新艺文类聚丛书（第一辑）

春 游 琐 谈

上

张伯驹 等著　　楼朋竹 校订

南開大學 出版社

图书在版编目(CIP)数据

春游琐谈：全2册 / 张伯驹等著；楼朋竹校订. —
天津：南开大学出版社，2018.7
（新艺文类聚丛书. 第一辑）
ISBN 978-7-310-05583-8

Ⅰ.①春… Ⅱ.①张… ②楼… Ⅲ.①随笔－作品集
－中国－当代 Ⅳ.①I267.1

中国版本图书馆 CIP 数据核字(2018)第 089885 号

南开大学出版社出版发行
出版人：刘运峰
地址：天津市南开区卫津路 94 号　　邮政编码：300071
营销部电话：(022)23508339　23500755
营销部传真：(022)23508542　　邮购部电话：(022)23502200

*

三河市同力彩印有限公司印刷
全国各地新华书店经销

*

2018 年 7 月第 1 版　　2018 年 7 月第 1 次印刷
195×130 毫米　32 开本　21.75 印张　7 插页　333 千字
定价：86.00 元

如遇图书印装质量问题，请与本社营销部联系调换，电话：(022)23507125

20 世纪 30 年代的张伯驹

张伯驹所藏隋展子虔《游春图》

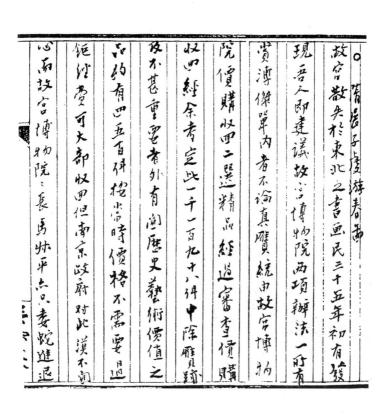

隋展子虔游春圖

故宮散失於東北之書畫民三十五年初有發現吾人即建議故宮博物院兩項辦法一時有贖溥傑單內者不論真贗統由故宮博物院價贖收凡二選一精品經過審查價贖收凡經余考定此一千二百九十八件中除雁蹟及不甚重要者外有關歷史藝術價值之品約有四五百件搶此當時價格不需要過鉅港費可大部收凡但南京政府對此漠不關心而故宮博物院之長馬叔平又囊蛇進退

张伯驹介绍《游春图》的手迹

20 世纪 60 年代, 张伯驹(左一)与友人吴则虞(左二)、童第周(左三)、于省吾(左四)

20 世纪 70 年代，张伯驹（左）与友人张牧石（右）

20 世纪 70 年代，张伯驹（中）与夫人潘素（右）、外孙女楼朋竹（左）

谨以此书纪念张伯驹先生诞辰 120 周年

出版说明

本书编者及主要作者张伯驹(1898—1982)是我国杰出的鉴藏家,原名张家骐,字丛碧,别号好好先生、春游主人、平复堂主人,河南项城人。张伯驹一生致力于古代文物收藏,民国时期曾以重金购藏西晋陆机《平复帖》、隋展子虔《游春图》等字画名迹,免致流散海外,并于 20 世纪 50 年代捐献给了国家,为保护祖国文化遗产做出了重要贡献。除收藏外,张伯驹在戏剧、书法、诗词等方面亦有很高造诣。

20 世纪 60 年代,张伯驹在长春担任吉林省博物馆副馆长期间,与吉林大学教授于省吾、罗继祖等人发起成立"春游社",每周一会,畅论金石书画、文史掌故,并各自随书一则,录之于册,由此集一时之盛,成为文坛佳话。后张伯驹将春游社累积之笔记文章编成《春游琐谈》一书,1984 年由中州古籍出版社出版。张伯驹去世后,楼宇栋先生于 1997 年对春游社文章再次搜集整理,增加了数十篇初版未辑之文,由北京出版社于 1998 年出版,名为《春游社琐谈》。本次再版,我们参照了以上两个版本,并进行了必要的编辑加工。主要包括以下方面。

1.为尊重文章原貌,对于不影响文意的古今字、通假字、异形词,予以保留。如惟(唯)、著(着)、那(哪)、采(彩)、坐(座)、省分(省份)、希有(稀有)等(括号中为现行通用规范字)。

2.繁体字依照《现代汉语词典》(第7版)进行了简化,但由于古今汉语在意义和用法上的区别,某些字无法进行类推简化,仍予以保留。如巑、聰等。个别人名依《辞海》(第六版)保留繁体字,如龚定盦、文徵明、邱濬、翁同龢等。

3.对书中一些现已废止的说法,虽保留原貌,但加注说明。如"蒙元""满清"等,后括注"编者注:此说法现已废止"。

另外,由于书中文章出自多位作者之手,行文及用字习惯不尽统一。在编辑过程中,除改正其中明显的讹误外,一律遵从原稿,不做更动。

本书出版前,张伯驹先生的外孙女、文物修复专家楼朋竹女士对书稿进行了校订,在此特致谢忱。

南开大学出版社

2018年7月

序

　　昔，余得隋展子虔《游春图》，因名所居园为展春园，自号春游主人。及晚岁于役长春，始知"春游"之号，固不止《游春图》也。先后余而来者有于君思泊、罗君继祖、阮君威伯、裘君伯弓、单君庆麟、恽君公孚，皆春游中人也。旧雨新雨，相见并欢，爰集议每周一会，谈笑之外，无论金石、书画、考证、词章、掌故、轶闻、风俗、游览，各随书一则，录之于册，则积日成书。他年或有聚散，回觅鸿迹，如更面睹。此非惟为一时趣事，不亦多后人之闻知乎！

　　　　　　　　　　壬寅春中州张伯驹

作者名录(按年龄排序)

原名	字号	籍贯
卢慎之		湖北沔阳
陈云诰	蛰庐	河北易水
张润普	虹南	北　京
叶恭绰	遐翁	广东番禺
戴正诚	亮吉	四川重庆(今重庆市)
沈曾荫	仰放	安徽石埭
恽宝惠	公孚	江苏常州
黄　复	娄生	江苏吴江
吴朋寿		河北丰润
谢良佐	稼庵	河北武清(今天津市武清区)
裘文若	伯弓	江苏新建
郑际云	逸梅	江苏苏州
李革痴		河北阳源
于省吾	思泊	辽宁海城
萧钟美		河南开封
陆丹林	自在	广东三水
杨轶伦		河北武清(今天津市武清区)

张伯驹	丛碧	河南项城
陈莲痕	旧燕	江苏苏州
陈器伯	玉谷	浙江镇海
龙松生		江西万载
黄公渚	劳人	福建闽侯
李大翀	石孙	辽宁义县
陈 直	进宜	江苏镇江
黄君坦	苏宇	福建闽侯
张树菜	伯敏	北 京
夏纬明	慧远	江苏江阴
阮鸿仪	威伯	江苏淮安
张江裁	次溪	广东东莞
傅武埜	和孙	湖北江陵
杨彦和		江苏无锡
罗继祖	奉高	浙江上虞
单庆麟	致任	辽宁凤城
周汝昌	玉言	河北天津(今天津市)
孙正刚	晋斋	河北天津(今天津市)
张牧石	杨斋	河北天津(今天津市)

目录（上）

卷一

卷二

卷一

北京清末以后之书画收藏家

丛　碧

　　清末至民初北京书画收藏家,首应推完颜景贤。景贤字朴孙,满族人,精鉴赏,所见甚广。当时端方尝与游,手录有《三虞堂书画目》(三虞者,唐虞永兴《庙堂碑》册、虞永兴《汝南公主墓志铭稿》卷、虞永兴《破邪论》卷也),目共百四十六件。每一目下皆注明为某人物或己物,或于庚子失去,而与端方互贻者尤多。是目于戊辰年经安徽苏厚如在厂肆冷摊上买得,与四川杨啸谷讨论目中书画之迹,加按语付以石印。其目内亦有赝品。如按语内云,景氏以"三虞"名堂,其实三虞皆不真确,惟藏张僧繇《五星二十八宿神形图》是唐画。上有梁令瓒题字,即梁所画,《宣和》曾经注明,现已归日本爽籁馆,为景氏生平压轴之迹。又目内梁武帝《异趣帖》真迹卷,《墨缘汇观》所载,谓笔势雄伟,然不敢许其为梁武。余于溥心畬家见一卷,又于他处见一卷,不真。目内卷注明为景氏自物,是否溥心畬藏卷旧为景氏之物,不得而知。又赵孟頫书《两汉策要》十四册,按语云是学赵书而非真迹;晋顾恺之《洛神图》卷,按语云宋人仿;唐小李将军《春山图》卷,按语云宋人仿。其他多系珍品名迹。景氏故后,遗物散失殆尽。目内晋王大令《东山松帖》卷、唐摹右军《嘉兴帖》卷、唐欧阳率更正书《阴符经》卷、唐高闲上人草书半卷《千文》册、宋王晋卿《颍昌湖上蝶恋花词》卷、宋张温夫《金刚经》册、元赵孟頫《宝云寺记》册、《陶诗秋菊有佳色帖》幅、元人《大观法书》册、唐吴道子《观音像》轴,均注明于庚子失去。流于日本者,有唐人篆书《说文·木部》六,纸卷(按语云,此卷有小米题字,是宋高南渡所收之物,较敦煌、吐鲁番掘出者尤精)、晋顾恺之《洛神图》卷、唐王右丞《济南伏生像》卷(即《伏生授经图》)、南唐董北苑《天下第一图》轴、北宋李成王晓合作《读碑图》轴、宋龚开《骏骨图》卷。其余则流于国内收藏家之手矣。在民初间,鉴藏书画之风又渐盛。然书不过成刘翁铁,画不过四王吴恽,其价值或在宋、元之上。因宋、元年代湮远，非经多见广不易鉴别，而时又重纸白版新故也。民初后，鉴藏家其著者有杨荫北、关伯珩、叶遐庵、颜韵伯、汪向叔诸氏。杨氏所收未见其目录，但文沈唐仇，金陵八家，画中九友，皆多真精之品。以晚年窘困，全部陆续让出。余所收吴渔山《兴福庵感旧图》，即其所藏。关伯珩当时收藏书画颇具魄力，在厂肆有"四冤"之名。关名冕钧，因"冕"字似"冤"字也。关当时官京绥铁路局长。其他三冤亦皆达官。但关氏所收真精之品亦殊不少，著有《三秋阁书画录》。三秋为唐阎立本《秋岭归云图》、五代黄筌《蜀江秋净图》、宋王铣《万壑秋云图》，因以为名。唐宋元明清卷册、轴联、成扇、便面，共三百数十件。录为邓文如所作。题识云："此予昔年为友人关伯珩所作，历时半月而成，舛误不少。然以清初遗老附明贤之后，具有深义。其余体例，亦颇矜慎，有识者当能辨之。伯珩收藏真伪杂糅，大约明清人书画皆真，颇有精美者；宋元则十不得一耳。"邓氏题识，颇不讳言。目录内所闻见者，如元钱舜举《柴桑翁图》卷，为景朴孙故物（见《三虞堂书画目》）。元王若水《鸠居簝落图》轴、元倪云林《自写清閟阁图》轴、明沈石田著色山水大册、明仇十洲《暮驴图》卷、清王烟客仿宋元诸家册、恽南田抚徐崇嗣没骨《花卉图》轴、王石谷仿关仝《太行山色》卷、仿巨然《临安山色》卷、禹之鼎《饷乌图》轴、郎世宁《獾犬图》轴（与吴观岱合作）、《松鹤图》轴，皆系精品。三秋则于关氏生前售于日人，乃赝迹也。关氏故后，所藏其家人亦陆续让出。颜韵伯与关伯珩同时以鉴藏书画著名，所收亦多，但赝迹亦不少，未有目录。售于日人之东坡《寒食诗》帖，为苏字之最精者。余收有其项圣谟设色花卉册。颜氏身后萧条，全部所藏售出抵债。汪向叔之收藏，有《麓云楼书画记略》，盖以所藏宋徽宗《晴麓横云图》为名。共宋元明清书画一百三十八件，内宋元十一件，均系纸本精品。汪氏眼力既佳，选择尤精，故所收少有赝迹，以欠债全部售出。叶遐庵收藏，初未见其有目录，近始刊出《遐庵谈艺录》及《纪书画绝句》。其间唐宋元明清名迹甚可观，如唐摹大令《鸭头丸帖》，即其一也。亦多有陆续让出者。旧人中事鉴藏者，尚有宝瑞臣、袁珏生、溥心畲、衡亮生、邵禾父、朱翼庵诸氏。宝袁两氏供奉清室，为废帝溥仪审定书画，眼界自宽，但并不以收藏为事，时入时出。在厂肆间，一言可以上下其价，有袁大掌柜、宝二掌柜之称。余所收赵松雪章草《千文》卷，即为宝氏之物（见《三虞堂书画目》）。袁氏之物，曾见者有宋米元章小楷《向太后挽词》册（见《三虞堂书画目》）、米元章《破羌帖跋尾》卷、张即之书《金刚经》卷、元耶律楚材书卷、朱德润书卷。溥心畬所藏，其著者晋陆机《平复帖》卷、唐韩幹《照夜白图》卷。韩卷为沪估叶某买去，售与英国。〔编者注：《照夜白图》现存于美国纽约大都会博物馆。〕《平复帖》后归于余。其他尚有梁武帝《异趣帖》、米元章行书《腊白帖》、易元吉《猿》卷、小米《楚山图》卷、马远《山水》杨妹子题小册，现皆无存。衡亮生所藏多端方故物，其著者有宋黄山谷字卷、许道宁《山水》卷、赵子固《水仙》自书诗卷（此卷后归于余）、元黄子久《秋山无尽》卷（两卷均见《三虞堂书画目》）、赵氏一门三竹卷、赵孟頫书《道德经》卷、吴仲圭《渔父图》卷。邵禾父所藏，为其先人遗物。其著者有宋巨然《山水》轴、米元章书《多景楼》册、元钱舜举《山居图》卷、柯丹邱《树石》轴、王叔明《山水》轴，以买卖公债失利，全部售出抵欠。《多景楼》册为叶遐庵收，《山居图》卷则归于余。朱翼庵以收藏碑帖为多，书画著者蔡端明自书诗册（归于余）、董玄宰没骨青绿《峒关蒲雪图》轴（现不知在何处）、唐高闲上人《千文》残卷。余则自三十岁至六十岁，三十年中事收蓄，亦忝列收藏家之列，为诸公殿，有《丛碧书画录》。约在民国十五至十七年间，日本在东京举行《中国唐宋元明清书画展览会》，宋元书画价值遂重，而流出者亦渐多。综清末民初鉴藏家，其时其境，与项子京、高士奇、安仪周、梁清标不同。彼则楚弓楚得，此则更有外邦之剽夺。亦有因而流出者，亦有得以保存者，则此时之书画鉴藏家，功罪各半矣。

宽永通宝钱

　　宽永通宝钱,为日本宽永年(相当于明天崇间)铸。日本人编《宽永钱谱》,谓宽永钱始铸于宽永十二年至十七年(明崇祯八年至十三年)。嗣后宽文、天和、元禄、宝永、正德、享宝、元文、宽宝、延享、明和、安永,屡铸不一(详见丁福保《古钱大辞典》)。故宽永钱流传颇多,且样式不一。其钱通行于琉球(见徐葆光《中山传信录》),亦流入中国。乾隆十七年,曾以沿海各省多行使宽永钱,疑有人私铸,传谕查禁。东北亦颇有宽永钱。清末即搀入制钱使用。一九五八年,予率吉大历史系学生赴农安普查文物,亦曾见宽永钱。当时不甚措意,近读曹廷杰《西伯利亚东偏纪要》(《辽海丛书本》)记珲春双城子东南里许,德商火磨房院内有古碑,字迹剥蚀,相传原文有:"宽永十三年,湖北进马二千匹"之语。今惟"宽永十三年,湖北进马"九字仿佛可识,"二千匹"字已乌有。曹氏疑其地曾为日本窃据,故碑有宽永字。又湖北,曹氏谓当指附近兴凯湖以北,而非湖北省,但惜书史无征。按日本果有窃据之事,不应不见其国史。闻曹氏之疑,日本学者否认之,有文论之,惜未见。故予颇疑此宽永为金元时,东北某一割据者之号。当时割据一方,且曾铸钱,旋兴旋灭,史乘遂失记载。若然,则今东北所流传之宽永钱,当不尽属日本,且事在日本前。年号偶合,亦一奇也。志之,尚容详考。

天发神谶碑

庆　麟

　　吴《天发神谶碑》相传为华覈文皇象书,或以为苏建书,记载纷纭,迄无论定。碑在秣陵南之岩山。因碑折为三段,遂名碑所在之地曰段石冈(亦作断石冈)。不知何时移于天禧寺门外。宋元祐六年,转运副使左朝请郎胡宗师辈致漕台后圃,刻一跋。崇宁元年转运判官石豫(方若《校碑随笔》作石豫亨,衍一亨字。原楷书石印本及后来石印、排印各本均沿其误,未及删改),亦刻一跋,均在碑额旁。元至治二年,移入庙学。明嘉靖四十三年,督学御史耿定向又刻一跋,在碑额上(此跋《金石萃编》失载)。清初以明府学为上元江宁学宫,碑在学宫明德堂后尊经阁下,中一石,左右各一石。中石阔三尺余,左次之,右又次之。其制似方非方,如钟之形。其字周回三方刻之共二十二行:正面八行,侧面六行,背面八行,而虚其一侧。石固三段,逐段释之,不成文理。清康熙间,祥符周雪客在浚,始叠合三段,连读其文乃通。

近人上虞罗叔蕴，以为此刻每行十八字：上截行八字，中截行七字，下截行三字，横列整齐。使一石而折为三，文字行列断无如此整齐之理。况侧面能容文字六行，合今工部尺二尺，与厚不逾尺之碑版可折断者迥异。定此刻乃累石而成，而非中断，其说至确。其书以方笔作篆，沉著痛快，古朴雄劲，岂独冠冕三国，直可方驾西京。惜原石毁于嘉庆十年，墨本流传，遂如星凤。嗣后阮文达摹石于扬州，林曙生泥墙于燕市，均可乱真。方药雨《校碑随笔》谓："是碑有宋人胡宗师、石豫亨二跋。江宁摹本，只胡宗师跋。近有石影残本，有张廷济跋字。"始，余深韪其言，去冬于长春坊肆偶得此册，有胡跋无石跋，先入为主，断其为伪。及持归细审，字口石花，的系清初拓本。有胡嗣瑗题签，定为明拓，误。并以吴平斋藏，经褚德仪、吴俊卿等十数人品题之珂罗版缩印本，并几对观，纤毫毕肖。但彼亦仅胡宗师一跋。初不以缺石跋为疑，盖是碑三跋，均不出于善书者之手。碑原不藉跋以增重，故耿跋久在若有若无之间，石跋亦在可拓不拓之列。既有不拓石跋之原本，遂有不摹石跋之翻刻。或方氏曾见原拓，后有石跋，未加深考，乃有此武断之说耳。泰和欧阳棠丞辅《集古求真》云："又一复刻，篆能夺真，而胡石二跋有讹字，且甚劣。"然则欲定此碑之真赝，不在石跋之有无审矣。《集古求真》又云："近有石印本，非全拓，张叔未跋，亦伪。"则方氏所举张跋残本反系伪刻。《校碑随笔》一书，考订颇为矜慎，独对此碑未免疏略，因辨而正之。

陆士衡《平复帖》

丛　碧

　　西晋陆机《平复帖》,余初见于湖北赈灾书画展览会中。晋代真迹保存至今,为惊叹者久之。卢沟桥事变前一年,余在上海闻溥心畬所藏韩幹《照夜白图》卷,为沪估叶某买去。时宋哲元主政北京,余急函声述此卷文献价值之重要,请其查询,勿任出境。比接复函,已为叶某携走,转售英国。余恐《平复帖》再为沪估盗买,倩阅古斋韩君往商于心畬,勿再使流出国外,愿让余可收,需钱亦可押。韩回复云:"心畬现不需钱,如让价二十万元。"余时无此力,只不过早备一案,不致使沪估先登耳。次年,叶遐庵举办上海文献展览会,挽张大千致意心畬,以六万元求让。心畬仍索价二十万,未成。至夏,而卢沟桥事变起矣。余以休夏来京,路断未回沪。年终去天津。腊月二十七日回京度岁。车上遇傅沅叔先生,谈及心畬遭母丧,需款正急,而银行提款复有限制。余谓以《平复帖》作押可借予万元。次日,沅老语余,现只要价四万，不如径买为简断。乃于年前先付两万元，余分两个月付竣。帖由沅老持归，跋后送余。时白坚甫闻之，亦欲得此帖转售日人，则二十万价殊为易事。而帖已到余手。北京沦陷，余蛰居四载后，携眷入秦。帖藏衣被中，虽经乱离跋涉，未尝去身。日寇降后，余回京。沅老已病不能语，旋逝世。帖书法奇古，文不尽识，是由隶变草之体，与西陲汉简相类。启元白释文"彦先羸瘵，恐难平复"，余则释"彦先羸废，久难平复"。虑不止此，"已为庆承"，余则释"已为暮年"；"幸乃复失"，余则释"幸为复知"；"自躯体之美也"，余则释"自躯体之善也"。然亦皆不能尽是。此帖自唐宋元明至清，雍正后乾隆生母孝圣宪皇后遗赐于成亲王永瑆，后由成王府归恭王府，而归于余。王世襄有《〈平复帖〉流传考略》一文，颇为详尽，载一九五七年第一期《文物参考资料》中。而对余得此帖之一段经过，尚付阙如，今为录之。丙申，余移居后海，年已五十有九，垂老矣。而时与昔异，乃与内子潘素商定，将此帖捐赠予国家。在昔欲阻《照夜白图》出国而未能，此则终了宿愿，亦吾生之一大事。而沅叔先生之功，则为更不可泯没者也。

唐书画家程修已

　　《金石续编》卷十一著录《唐荣王府长史程修已墓志》。《志》称："丞相卫国公闻有客藏右军书帖三幅，卫公购以千金，因持以示公。公曰："此修已绐彼，而为非真也。因以水濡纸抉起，果有公之姓字。"按：伪作古书画人习知有王诜、米芾，罕知有修已。《志》又称："修已直集贤殿甚久，内府法书名画，日夕指摘利病。于书精草隶，于画工桃杏百卉蜂蝶蝉雀。又尝奉诏画《毛诗疏图》，藏于内府。"按：修已此图前于南宋马和之三百余年。《图画见闻志》《图绘宝鉴》诸书皆不著修已名，惟《唐朝名画录》列修已妙品第四，言修已师事周昉，尽得其妙。《志》载修已评画于昉及张萱、杨庭元、许琨辈，皆有微词。果青出于蓝，抑夸词也。惜其迹无传世者，未由验之矣。

三希堂晋帖

丛　碧

　　清乾隆以王羲之《快雪时晴帖》、王献之《中秋帖》、王珣《伯远帖》，名三希堂。《快雪时晴帖》为唐摹，且非唐摹之佳者，以赵松雪之跋而得名。乾隆最重赵字，视为真迹，毕一生之力临仿此帖。《中秋帖》见《宣和书谱》，即《十二月帖》。《书画舫》云："献之《中秋帖》卷藏檇李项氏子京，自有跋。细看乃唐人临本，非真迹也。"《大观录》云："共三行二十二字，前后有收藏宋印。此迹书法古厚，墨彩气韵鲜润，但大似肥婢。虽非钩填，恐是宋人临仿。"则《中秋帖》即系米临。其明清鉴藏家认为晋迹无疑者，则王珣《伯远帖》也。《快雪时晴帖》原藏故宫博物院（现在台湾）。《中秋》《伯远》两帖，余于民二十六年春，并李太白《上阳台帖》，见于郭世五家，当为废帝溥仪在天津张园时所卖出者。郭有伊秉绶《三圣草堂额》，颇以自豪。但其旨在图利，非为收藏。当时余恐两帖或流落海外，不复有延津剑合之望。倩惠古斋柳春农居间,郭以二帖并李太白《上阳台帖》另附以唐寅《孟蜀宫妓图》轴、王时敏《山水》轴、蒋廷锡《瑞蔬图》轴,议价共二十五万元让于余。先给六万元,余款一年为期付竣。至夏,卢沟桥变起,金融封锁。款至次年期不能付,乃以二帖退还之,以《上阳台帖》《孟蜀宫妓图》、烟客之《山水》、南沙之《瑞蔬图》留抵。已付之款,仍由惠古斋柳春农居间结束。郭世五名葆昌,河北定兴人,出身古玩商。后为袁世凯差官,极机警干练,颇得袁宠任,渐荐升至总统府庶务司长。袁为帝制,郭因条陈应制洪宪瓷器,以为开国纪念,遂命为景德镇瓷业监督,承办其事。花彩样式,多取之内廷及热河行宫之物。袁逝世后,所取样本皆未交还,遂成郭氏觯斋藏瓷中之精品。郭氏鉴别瓷器,殊有眼识;收购论值,亦具魄力。再加以积年经验,海内藏瓷名家自当以其为冠。其为人与遭遇,使胸有翰墨,亦高士奇一流人物也。郭氏殁后,伪华北政务委员会王克敏欲以二百万元伪联币收购其藏器归公有,而未果行。日本投降后余返京,首托惠古斋柳春农向郭氏后人郭昭俊询问二王法帖,则仍在郭家。问其让价,二帖为三千万联币,合当时黄金一千两,尚属顾念交情未能减价。往返磋商,尚未有成议。

适教育部战时文物损失调查委员会副代表王世襄至京，欲使德国籍某人所藏铜器及郭氏所藏瓷器归于故宫博物院，就商于余。余亦主张郭氏藏瓷价收归公，告以所知经过。郭氏藏瓷原存中南银行。嗣中南银行遭回禄，又移存交通银行。王荫泰任伪华北政委会委员长，曾下令此部藏瓷有所移动须先呈报。因此，郭氏藏瓷之精品，除郭氏生前盗卖于美国者外，则由郭子价让于王荫泰。现存瓷器多非内廷及热河行宫之原物，是以议价不宜过高。正进行间，而宋子文以行政院长来京视察。郭子夤缘得入宋子文门（闻由朱桂莘所绍介），将藏瓷捐于故宫博物院，由行政院给予奖金美金十万元。瓷器在院专室陈列，悬挂郭世五遗像，并派郭昭俊为中央银行北京分行襄理。此出郭子望外之外。盖其中有原因在：二王法帖则由郭子献与宋子文矣。隔一年后，友人潘伯鹰主编上海《新民晚报·造型》副刊，来函约稿。余写《故宫散佚书画见闻记》应之，遂揭露二希法帖经过。上海文艺人士甚重视此事，传说纷纭。宋子文畏物议，复将二帖退于郭子。上海《新民晚报·艺坛通讯》载云："希世珍品王珣《伯远帖》、王献之《中秋帖》，前由袁世凯差官郭世五之儿献与宋子文。据悉宋不敢收已还郭子。刻原件存中南银行。郭子仍待价而沽。国宝之下落如此!"北京围城以前,郭子已逃往上海,携二帖逃香港转台湾。《新民晚报·艺坛通讯》又载云:"王珣、王献之二帖,今由郭昭俊自中南银行取出,携至台北,将求善价。此种国宝竟容私人如此挟逃,又竟无人管,怪极。"时余任故宫博物院专门委员,又连续发表关于故宫收购书画之事。马衡院长对人言,颇以余为院内人员而不为院讳为责。余笑置之。后郭昭俊居香港,二帖押于英国某银行。故宫博物院展转在香港以重价收回。然三希之延津剑合,则尚有所待也。

马阮诗画

继　祖

　　南明马、阮，朋奸误国，为世诟病。顾两人皆有才艺。阮诗为近代诗坛所推重，书迹亦工，曾于于思老斋中见之。瑶草工画，得者至改其姓名为冯玉瑛以丑之。亦能诗，《黔诗纪略》不登其一字。《纪略补》录其子马銮诗二十首。銮盖能干父蛊者也。予家旧藏瑶草《雪山》小幅，上端题诗曰："不知何处色，尽白此时山。履迹幽人过，寒声众鸟还。如霜微有质，遇月遂相关。独处抱遐想，城南烟树间。"颇清警可诵。款题辛酉冬，乃天启元年。又藏其评点《南华经》一部。

千文残迹

戚　伯

一九四九年秋,胶东初解放。余因事过招远玲珑山区。某日滞雨室内,偶于故纸堆中捡得绢素旧字一束,破弊几不可触,谛视之,乃千文墨迹残卷。神龙首尾,已不复在,而字势飞舞,略师怀素。用笔劲圆,雅多逸趣,有山林之致,信笔挥来,似不食人间烟火者,求之梅道人辈,庶几近之。因于暇时逐字临摹,以破山居岑寂。主事者见而问余曰:"此字佳否?"余曰:"大佳,不可多得也。"主者乃举以赠。月余归青岛,立付装池,神采焕然,墨色如漆,更增龙跳虎卧之势。细数自"緜邈岩岫"至"俯仰廊庙束带"字止,共三百三十六字。视其笔法定为元人千文残字无疑,而荒山中何有此佳迹,亦一异也。

曹雪芹故居与脂砚斋脂砚

思　泊

　　友人陶北溟云："河南莫韵亭藏王百谷《半偈庵图》，有乾隆数十家题跋，最末为舒位。"中间因王百谷与马湘兰之关系，连带涉及曹雪芹《红楼梦》故事，谓曹落魄后曾住千佛寺云。千佛寺在外四广安门内枣林街七号。友人徐邦达告余，曾见大手卷有曹雪芹题诗，忘其手卷之名。友人陶北溟告余，其同乡庄炎字庄汉藏有《海客琴尊图》卷，系乾隆时朝鲜人金某奉使中国丐某画家作。此卷遍征当时士大夫题咏，无虑数十家。中有可著重者二人，为曹雪芹、顾太清题诗，最后为欧阳述题诗。按：邦达所称者，当即北溟所言之《海客琴尊图》也。又按：脂砚斋所称之脂砚，言端砚之细腻如肉之脂，犹玉之称脂玉。蒲松龄《聊斋志异》有"猪血红泥地，羊脂白玉天"对语。胡适以为曹雪芹喜食女子口唇胭脂，完全出于想象。

西湖画稿

戚　伯

一九四八年,余居青岛,执教山东大学。课余之暇,喜游市肆。偶因购玻璃杯,售者以旧画作包纸,乃罄杯购之。画作西湖景,共十二景。内钱塘观潮一幅,铁线银钩,盖旧时画家之青绿山水稿也。全为写实,毫不苟且。尤以观潮一幅最为生动,共人物三十余人,人之大者仅二三分,小儿仅一二分。各行各业,男女老少,负者携者肩者,各尽其态。而每个观潮之形神,亦各有不同。潮势则白马银山,万丈奔腾,极汹涌澎湃之状。纸不盈尺,远具千里之势。揆其笔法应为初明人之作。惜未能辨作者真名,诚为憾事。此必为破落旧家子弟不习文墨,当故纸论斤捆载而鬻之耳。其间必尚有珍品而已经损坏者也。

隋展子虔《游春图》

丛　碧

　　故宫散失于东北之书画，民三十五年初有发现。吾人即建议故宫博物院两项办法：一、所有赏溥杰单内者，不论真赝统由故宫博物院价购收回；二、选精品经过审查价购收回。经余考定此一千一百九十八件中，除赝迹及不甚重要者外，有关历史艺术价值之品约有四五百件。按当时价格，不需要过巨经费可大部收回。但南京政府对此漠不关心，而故宫博物院院长马叔平亦只委蛇进退而已，遂使此名迹大多落于厂商之手。琉璃厂玉池山房马霁川去东北最早，其次则论文斋靳伯声继之。两人皆精干有魄力，而马尤狡滑。其后复有八公司之组织。马霁川第一次携回卷册二十余件，送故宫博物院。院柬约余及张大千、邓述存、于思泊、徐悲鸿、启元伯审定。计有明文徵明书《卢鸿草堂十志》册，真；宋拓欧阳询《化度寺碑》旧拓，不精；明文震孟书《唐人诗意》册，不精；宋拓《兰亭》并宋人摹《萧翼赚兰亭图》画，不佳；

明人《秋山萧寺》卷,不精;清刘统勋书苏诗卷,平常之品;五代胡瓌《番马图》卷,绢本,不真;宋人《斫琴图》卷,绢本,真;唐人书《金粟山大藏出曜论》卷,藏经纸本,宋人笔;明人《山堂文会》卷,纸本,不精;明人文徵明《新燕篇诗意》卷,纸本,不真;明李东阳自书各体诗卷,绢本,真,不精;明仇英仿赵伯驹《桃源图》卷,绢本,不真;宋缂丝米芾书卷,米书本伪;宋高宗书马和之画《诗经·闵予小子之什》卷,绢本,真,首段后补;元盛懋昭《老子授经图》卷,纸本,不真;明沈周《山水》卷,纸本,不真;清王原祁《富春山图》卷,纸本,浅绛,真;明祝允明书《离骚首篇》卷,不真(见《高士奇秘录》)。以上审定者多伪迹及平常之品。另有唐陈闳《八功图》卷,绢本;元钱选《观鹅图》卷,纸本;钱选《杨妃上马图》卷,绢本,则送沪出售。而《八功图》与《杨妃上马图》并已流出国外。盖马霁川之意,以伪迹及平常之品售于故宫博物院,得回本金而有余;真精之迹则售与上海,以取重利,甚至勾结沪商展转出国,手段殊为狡狯。又靳伯声收范仲淹《道服赞》卷,为著名之迹,后有文与可跋。大千为蜀人,欲得之。事为马叔平所闻,亟追索,靳故避之。一日,大千、叔平聚于余家,面定由余出面洽购,收归故宫博物院。后以黄金一百一十两价讲妥,卷付叔平。余并主张宁收一件精品，不收若干普通之品。后故宫博物院开理事会，议决共收购五件，为宋高宗书马和之画《闵予小子之什》卷、宋人《斫琴图》卷、盛懋昭《老子授经图》卷、李东阳自书各体诗卷，文徵明书《卢鸿草堂十志》册。叔平以为积压马霁川之书画月余，日占本背息，若有负于彼者，诚所谓君子可欺以其方矣。至范卷，理事胡适、陈垣等以价昂退回。盖胡于此道实无知耳。余乃于急景残年鬻物举债以收之。后隋展子虔《游春图》卷，竟又为马霁川所收。是卷自《宣和画谱》备见著录，为存世最古之画迹。余闻之，亟走询马霁川，索价八百两黄金。乃与思泊走告马叔平，谓此卷必应收归故宫博物院，但须院方致函古玩商会不准出境，始易议价。至院方经费如有不足，余愿代周转。而叔平不应。余遂自告厂商，谓此卷有关历史，不能出境，以致流出国外。八公司其他人尚有顾虑及此者，由墨宝斋马宝山出面洽商，以黄金二百二十两定价。时余屡收宋元巨迹，手头拮据，因售出所居房产付款，将卷收归。月余后，南京政府张群来京，即询此卷，四五百两黄金不计也。而卷已归余有。马霁川亦颇悔恚。然不如此，则此鲁殿仅存之国珍，已不在国内矣。

南宋折叠扇

苏　宇

　　泥金折叠扇一页,行书五言律诗一首:"细响通幽谷,偏宜静夜闻。寒分千树晓,石咽一溪云。寄韵琴三叠,清心酒半醺。枕流吾愿足,洗耳谢纷纭。"诗极隽逸,字亦挺健古肃。款署柴望。按望字仲山,号秋堂,又号归田,衢之江山人,宋嘉熙中为太学上舍,除中省奏名。淳祐丙午,元旦日蚀,诏求直言,乃撰《丙丁龟鉴》十一卷上之,忤时相下狱,旋放归。景炎二年,以布衣特旨授迪功郎,史馆编校。宋亡不仕,自号宋遗臣,与从弟随亨、元亨、元彪称"柴氏四隐",工词。周草窗《绝妙好词》曾辑录《念奴娇》一阕,审是则望南宋时人也。曾以示友人,或嗤之曰:"宋元安有折扇,只纨扇团扇耳。此必赝,何值一顾!"余因疏证折扇之原委,以为谈助。折扇初谓之折叠扇。宋时来自朝鲜,其始不甚通用。《图画见闻志》云:"(高丽)使人每至中国,或用折叠扇为私觌物,其扇用鸦青纸为之。"别见《画继》。《天禄识余》谓:"折扇古名聚头扇，仆隶所执，取其便于袖藏，以避尊贵者之目。元时高丽始以充贡，明永乐间稍效为之。"又考明陈霆《雨山墨谈》云："宋以前惟用团扇。元初东南使有持聚头扇者，人皆讥笑之。我朝永乐初始有持者。及朝鲜充贡，遍赐群臣，内府又仿其制，天下遂通用之。"二说略同。然《游宦纪闻》述宣和六年高丽进奉折叠扇，是宋时已充贡，不始于明也，且所云仆隶持用，为大雅所屏者，亦不尽然。元郑元祐有《题赵千里聚头扇》，上写山诗。又宋曾敏行《独醒杂志》云："予藏章伯益草虫九便面，是赵画曾录，均在宣和前后。"其时折叠扇似已盛行，且有作绘事于其上者，乃谓宋元绝无折扇，诚一孔之见耳。曩岁忽有人持明代无楹联之说，凡明人所书对句，均目为伪作。余曾拟写一文辟其谬，卒未果。今睹此箑，事有相类，觊缕及之，聊得谈艺考古之助。又吾友阮君威伯宿富收藏，曾出凌云翰所绘花卉便面一叶见示。凌为元至元举人，明洪武初成都府学教授，去柴望不过数十年。一书一面，相映先后，亦可互证矣。

近五十年北京词人社集之梗概

慧　远

自辛亥以后，京师文坛首有寒山诗社之组成。樊樊山、易实甫皆为巨擘。主其事者，乃关颖人赓麟也。寒山诗社以诗钟为主，间亦有诗题，古风、近体不拘，但不填词。故是时词坛甚为寂寞，偶有为者，不过一二友朋之唱和而已。迨癸亥之春（一九二三年），先君闰庵公在清史馆偶赋露华平仄韵二阕，史馆同人争相唱和，于是京师言词者又复渐盛。逾二载乙丑，谭篆青祖任乃发起聊园词社，不过十余人。每月一集，多在其寓中。盖其姬人精庖制，即世称之谭家菜也。每期轮为主人，命题设馔，周而复始。如章曼仙华、邵伯絅章、赵剑秋椿年、吕桐花凤（剑秋夫人）、汪仲虎曾武、陆彤士增炜、三六桥多、邵次公瑞彭、金篯孙兆藩、洪泽丞汝闿、溥心畬儒、叔明僡、罗复堪、向仲坚迪琮、寿石工玺等，皆先后参与。而居津门者如章式之钰、郭啸麓则沄、杨味云寿枏，亦常于春秋佳日来京游赏时，欢然与会。当时以先君年辈在前，推为祭酒。一时耆彦，颇称盛况。其时仍以梦窗玉田流派者居多。继则提倡北宋，尊高周柳。自晚清词派侧重南宋，至此又经一变风气。聊园词社自乙丑成立，屡歇屡续，直至篆青南归，遂各星散，前后达十年以上。及卢沟桥事变后，郭啸麓由津移居北京，又结蛰园律社及瓶花簃词社。每课皆由主人命题备馔。夏枝巢仁虎、傅治芗岳棻、陈莼衷宗藩、张丛碧伯驹、黄公渚孝纾、黄君坦孝平、关颖人、黄嘿园，皆为社中中坚。此时颖人亦有稊园诗社，兼作诗钟，但不作词。此乃寒山诗社之后身也。每期由主人命题，而社友分任餐费。与蛰园人才互相交错，有列一社者，有二社兼入者。京师骚坛，不过寥寥此数耳。迨啸麓逝世，蛰园瓶花，遂同萎谢。解放后，张丛碧于西郊展春园结庚寅词社。不定期聚会，由主人备馔，并预先寄题，交卷后再印送众人评第。始则二十余人，老辈如汪仲虎、夏枝巢、许季湘、陈莼衷等，尚能扶藜而过，并邀少年而好倚声者寇梦碧、孙正刚、周敏庵等入社。长幼咸集，颇有提掖后进之旨。关颖人除稊园诗社外，又唱立咽社，专作词。旋将诗词合为一，仍称稊园吟集。张主精，而关主广。有时亦联合邀集稊园社友，并征及外省，多至百余人。然能应课者为数仍不多。曾选印诗词两次，不无滥收之诮，然亦可聊志鸿泥耳。辛丑之秋，丛碧应聘出关。壬寅之春，颍人遽归道山。于是坛坫萧条，词客星散。回忆前尘，不能无慨。惟际此文学盛世，必将有重整文坛旗鼓者，庶使声家一脉，衍绪无穷也。余幼年学词受庭训，每见聊园新题，亦强步效颦，请教于父执诸词宗之前。庚寅词社及秪园咫社，余乃滥竽其间，执鞭负弩而已。略述所知，以备谈词史者之采择焉。

钞本《分韵东坡诗》编者考

伯 弓

吉林大学图书馆所藏《分韵东坡诗》六册,不著编辑人,前后亦无序跋,遍检公私藏书目录,均未记载。但纸色甚旧,钞工极精,硃笔圈点到底,眉批要言不烦,合韵字、出韵字逐字注出,间有小注极隽永,故决其必出于清初名人之手。今年春节,本校中文系黄广生教授在京购得康熙间刻本《玉堂才调集》残卷,乃金坛于鹏举分韵辑唐人七律而成。其自序中又有"钞得苏陆分韵别为一集"等语,则此《分韵东坡诗》亦即于鹏举所编可知。数年疑窦,一旦豁然。惜《分韵剑南诗》失群散落,延平之合,留待将来。考于鹏举,字襄子,号念劬,江南金坛人。清顺治六年己丑科进士,选翰林院庶吉士,授检讨,与吴梅村等游,官至湖广布政使。卒后汪琬为作墓志铭。《清史稿》本之入列传,惟未及平生著述,不无疏漏耳。

清朝皇帝之师傅

公　孚

　　清朝皇帝对于皇子之典学,除满文由清文谙达
(满语教习)教授外,其汉文文学必以汉员为师傅。
世宗(雍正)于高宗(乾隆)在潜邸读书之时,特命朱
轼(江西高安)为之师。高宗即位后称之曰可亭先
生,而不名。继此之后,仁宗(嘉庆)则师朱珪(顺天
大兴),宣宗(道光)则师曹振镛(安徽歙县),文宗(咸
丰)则师杜受田(山东滨州)。凡皇子皇孙读书,皆在
上书房。选翰林之通达者,命在上书房行走。其专
为某皇子授读者,则以特谕行之。近支王公奉旨在
上书房读书者,亦与焉。后来穆宗(同治)师李鸿藻
(直隶高阳),则在弘德殿;德宗(光绪)师翁同龢(江
苏常熟),宣统溥仪师陆润庠(江苏元和)、陈宝琛(福
建闽县),则皆在毓庆宫,非上书房矣。以上专指授
读之师。其派在弘德殿、毓庆宫行走人甚多,不列
举。清朝对于大臣之予谥,向有一定之原则。其由
翰林出身(散馆用部属或知县者,仍以翰林出身论),

光、宣时，如王文韶、鹿传霖（一则主事，一则知县）者，则上字坐谥"文"（左文襄仅一举人，奉旨赏翰林院庶吉士，始得为翰林出身）。"文"字之下，由内阁撰拟四字，候上圈定。惟"成、正、忠、襄"四谥，则由皇帝特定，不经由内阁撰拟。有清一代"成"字之谥，惟满大臣有之，汉大臣无谥"成"者。谥"文正"者，则康熙时之汤斌（乾隆追谥），乾隆时之刘统勋，嘉庆之朱珪，道光时之曹振镛，咸丰时之杜受田，同治之曾国藩，光绪时之李鸿藻，宣统时之孙家鼐。综上考之：一若每一帝只有一人得谥"文正"者，但并无明文规定耳。统计此八人中，除刘统勋、曾国藩外，皆帝师（汤斌奉旨教导皇太子亦在帝师之列）。杜之得谥"文正"在曹死后，特赠太师，清代一人而已。李、孙二人皆授读毓庆宫，亦沿此例也。清列帝对于师傅礼遇最厚。文宗与杜受田有特别关系无论矣。余皆恩礼始终弗替。惟翁同龢遭慈禧太后之忌，迫令德宗斥逐。变政后，又以其曾保康有为，下谕革职永不叙用，交地方官严加管束。死后苏抚奏闻，仅批"知道了"。翁临殁，口占二十字，示侄孙等曰："六十年间事，凄凉到盖棺。不将两行泪，轻为汝曹弹。"其内心之痛苦可知矣。又教满文者，不称师傅，读时立授,礼遇较汉师傅亦差。至溥仪时,清文谙达为伊克坦,奉隆裕太后旨,坐授称师傅,与汉师傅一律,始打破旧例。

房顶开门

思　泊

我国史乘记载各少数民族房屋建筑,有不少在房顶开门的作法。例如《后汉书·东夷传》:马韩人"邑落杂居,亦无城郭。作土室形如冢,开户在上"。又如《三国志·东夷传》:马韩人"居处作草屋土室,形如冢,其户在上"。此式房屋开户制度,在世界上其他少数民族亦属常有。例如苏联民族学家切博克沙罗夫所著之《民族学基础讲义》第十六讲说:"伊捷尔明人在西伯利亚之住宅特点,同其他古亚细亚人一样,是从开在屋顶上烟洞口出入,用砍有梯级之一根树干作为出入住屋之梯子。"又柯斯文所著《原始文化史纲》第五章说:"北美印第安人一支所建筑之被称为蒲埃布洛古代村落,亦是别开生面。蒲埃布洛是许多用石和砖建成住所之奇特总和。看来好像一幢住房,每一住所入口,都位于屋顶上面,出入全靠梯子。"房顶开门之用意,为是防备敌人侵袭和出放炊烟。吾乡习俗讽刺有事不肯互助之人家,往往如此说:"房顶开门,灶坑剜井"。如上述,余在吉林省某些乡村,曾偶然看到。这亦可能是保持着原始民族之遗留作风。

斩上书人

继　祖

专制王朝，人以上书而获咎者多矣，第遭谪降或斥责已耳。上书而立斩，据所知，金海陵王正隆六年（一一六一）将至获嘉，有男子上书言事，斩之。所言莫得闻。及发河南，又有契丹人不补驰陈破东海贼有功，为李惟忠所抑，立命斩之（见《金史·海陵王本纪》）。清高宗乾隆四十三年（一七七八）东巡盛京锦州，生员金从善于御道旁递呈词，陈建储、立后、纳谏、施德四事。谕斥为狂诞悖逆，为从来所未有，令行在大学士九卿会同审拟具奏。议照大不敬律凌迟，得旨从宽斩决（见《清实录》）。专制君主淫威可畏概如此。所陈四事皆深触高宗之忌。其中立后一事，盖自十三年孝贤后逝后，三十一年继后纳喇氏又以病逝闻，饰终之典，降同贵妃。据高宗自白：后于太后前不能恪尽孝道，又有举动尤乖，迹类疯迷等语。宫闱事秘，而外廷颇有议论。刑部侍郎阿永阿至冒死力谏，遣戍黑龙江以死。《啸亭杂录》记其事，所陈殆涉及宫闱隐私，致罹重辟。高宗初非暗主，所为尚如此。若海陵，则淫昏悍戾更难以理喻矣。

乾隆宫妃像

丛　碧

　　尝见清人画宫妃像，绢本设色。妃搴帷立，手持团扇，鬓插兰花一朵，貌秀美绝伦，汉人而旗装。衣褶仍用西法。团扇上画兰一枝，极似乾隆写兰体，或为希旨故学乾隆笔意者。为热河行宫物，而后经驻军劫出者，惜下署郎世宁伪款，殊为佛头著粪，而有人执言为郎世宁画。传乾隆有汉人妃，则事属违背祖训。乾隆下江南，在德州舟中与皇后龃龉饬送后回京，后遂断发。与汉人妃事有无关连，蛛丝马迹，当有可疑。如系臣工奉旨画像，则无敢书款名者，其可索证清宫闱秘史。价值如何，即使为郎世宁真笔，亦只一美人画片耳。且郎世宁不能书，皆他人代笔。凡题宋体字款者，多为伪迹。按乾隆妃魏佳氏，即嘉庆帝之生母。嘉庆即位后追封为孝仪纯皇后，乃缠足也。传为内务府某管领之女，亦无佐证。孙殿英盗掘裕陵，帝后尸骨散置满地，惟魏佳氏不惟尸骨未烂，并脸上脂粉犹存，双目微合若睡。孙等惊异不敢

动,将尸置于棺盖上。至载泽、溥忻等去陵收捡,始
将尸入棺,而一双缠足因亦证实。则此宫妃像是否
为魏佳氏,然总与乾隆汉人妃有关也。

北京文物商人

庆　麟

旧时,商人之垄断居奇,惟利是视,百业莫不皆
然。而经营金石、字画、书籍等之文物商人,其钩心
斗角,尔虞我诈,彼此倾轧,出奇制胜,甚至坐地分
肥,不劳而获,比比然也。北京琉璃厂通古斋黄浚号
百川,专营铜器。对于商彝周鼎,秦权汉量,历代镜
鉴印玺等,颇能辨别,并将其所得佳品绘图立说,印
出《邺中片羽》等书,炫耀收藏。盖即章实斋所谓横
通一流人物。其长袖善舞,视同行蔑如也。同行亦
畏而远之,不敢与之抗衡争利。某年河南有人罗致
大批出土铜器,辇至北京求售,先投骨董某商。某即
呼朋引类秘集,或任议价,或任筹款,分头进行,内部
人股财股之分配,皆经议妥;而惴惴焉共幸黄之不
知,又深虑黄之见夺也。时已夜色苍茫,某商匆匆返
家。行至琉璃厂东口,适黄饭后往东升平浴池就浴,
猝相遇,无可回避。某误黄亦以某批铜器来,乃前笑
谓黄曰:"某几件铜器已经买妥,无暇通知先生,曾为

先生安排一股。"黄事前并无所闻,遂漫应之,而四外侦询,消息杳然。数日后,某商专诚访黄,谓前收铜器业经脱手,并怀出千余金为黄应得之一股。而黄不劳而获,意犹不怿,既惜某商等之漏卖,又自咎错过机会,不能独擅其利也。

清状元趣事

公　孚

有清一代,会试凡一百十二科,即有一百十二状元。顺治间曾两次另开旗籍进士榜,其榜首亦称之曰状元。麻勒吉即其一也(北京新街口南,尚有麻状元胡同)。后仍并为一榜。此一百十二中,除崇绮为蒙古籍外(同治乙丑),余皆汉人。而江苏占四十九(苏州一府占十九),浙江二十人,安徽九人,陕西、四川或仅一人。兹姑举其中三人之轶事聊费谈助。江苏长洲彭启丰雍正间之状元,官侍郎,致仕归里。初彭为诸生时,曾因乡邻买田邀作中证,此恒有事也。事隔多年,忽涉讼列原中证名。邑令以田财细故不详核也,贸贸然发票签差传案。票至彭门,彭援笔批其票曰:"身(清代人民具呈官府,例自称身)是当年彭启丰,乡邻买地作原中。自从御笔亲题后,又见琴堂一点红。"(传票上例于姓名上加朱点)付差持去。邑令睹之,始知为彭侍郎,大惶恐,登门道歉焉。又浙江德清蔡启僔。公车北上,时迫岁暮,路过淮安,知山阳县令为同乡,投刺焉。公固不稔悉其人,遽批其刺云:"查明姓名回报。"挥阍人出拒不见。蔡睹之大诟而去。入京会试得大魁,追憾前事,乃书寄一扇胲之以诗曰:"去年风雪上长安,旅舍惟怜范叔寒。寄语山阳贤令尹,姓名须向榜头看。"此事忆曾载某笔记,惟误德清为萧山。蔡中状元在康熙间。又光绪己丑科状元,为广西临桂张建勋,捷南宫时年三十余矣。殿试在保和殿,例不准继烛。天将暮,室暗,移矮桌近门,至昏黑仍未写竣。时监试王大臣八人。头班四人已散,值二班亦以不耐久候一人,群议掣卷。二班领班者为贝子奕谟,惠亲王緜愉子也,夙娴文墨,趋张侧觇之,则策尾末二行未写竣。阅其卷通体工整,且知为边省寒士,意怜之。云:"我有一技,能令吸菸所用之纸捻不速烬。然仅存二枚,我点著纸捻照你写,不要心慌。倘捻烬而仍未迄事,则无可如何矣。"一面回顾其他王公令先散,众以其近支属尊,亦姑忍待之,随照随写,居然完卷而出。及胪唱,则获大魁矣。张于此宝石顶三眼花翎之人感之次骨,而不知其即为谟贝子也。谟后为人道及,张始知之。予之乡里为江苏武进,今之常州市也。城内有地名马山埠者,庄氏之旧第在焉。庄氏兄弟二人,长名存与字方耕,次名培因字本淳。大门楣上悬有"榜眼及第""状元及第"立额各一。乾隆乙丑殿试,状元为钱维城,榜眼为庄存与,皆武进籍。当悬立额时,其弟培因嘱移向稍左弗居中,人询其故,答曰:"待我中状元日,当两额并悬也。"并以调其兄有句云:"他年令弟魁天下,始信人间有宋祁。"其自负有若是者。及乾隆甲戌,培因果获大魁,乡里称为盛事。

谈杜诗倒装句法

继　祖

　　工部诗《秋兴》第八首颔联"香稻啄余鹦鹉粒,碧梧栖老凤凰枝",用倒装句法,语绝矫健。顾前人议论不一:有谓虽精切而非佳句者,宋蔡宽夫《诗话》也;藻绣太过,造语牵率者,明王世贞《艺苑卮言》也。皆非知言。近人亦有訾议及之者,至谓"推敲不合常规"或"逻辑反常",则几于蚍蜉撼大树矣。案此为倒装,前人无不承认,惟所举例多未恰。如宋沈括《梦溪笔谈》举昌黎《罗池神庙碑铭》"春与猿吟,秋与鹤飞"(石刻作"秋鹤与飞",与本集不同)及《楚辞》"吉日兮辰良"。近人又举杜诗中"绿垂风折笋,红绽雨肥梅"及"春水船如天上坐,老年花似雾中看"等句,彼实皆错综成文,而非倒装。惟宋罗大经《鹤林玉露》卷十二云:"杜诗有反言者如'久判野鹤如双鬓'。若正言之,当云双鬓如野鹤也。他如'香稻啄余鹦鹉粒,碧梧栖老凤凰枝'亦然。《左传》曰'室于怒,市于色'。曾南丰曰'室于议,涂于叹',皆此类。"久判句确与香稻碧梧同属一类，而"室于怒，市于色""室于议，涂于叹"亦同。"室于怒"两句出于《左传》，远在杜前。可见此类句法，杜亦远有师承。前人每谓杜诗韩文无一语无来历，谅哉。清吴景旭《历代诗话》卷三十八，有一则亦论此句，中引顾修远说云："诗意本谓香稻乃鹦鹉啄余之粒，碧梧则凤凰栖老之枝。盖举鹦鹉凤凰以形容二物之美，非实事也；重在稻与梧，不重鹦鹉凤凰。若云鹦鹉啄余香稻粒，凤凰栖老碧梧枝，则实有鹦鹉凤凰矣。"就诗意剖析，稻与梧实写，鹦鹉与凤凰则虚写，故不妨颠倒，甚是。

题主轶闻

丛　碧

　　旧时丧礼，最重题主一事，必须请科甲为鸿题官，以为荣。翰林而官礼部、翰林院、詹事府、国子监者最宜，而官刑部者则无人请也。即外省小邑，亦莫不重题主。本邑无翰林进士者，则请举人任鸿题；亦有请本邑教官者，则非地方绅士不能也。其司赞礼者则必须秀才，身著襕衫，圆领大袖，仍明朝服也。余先母卜葬原籍，题主时亦请老秀才赞礼，所著襕衫为其考中秀才时所制。又清代婚礼，新郎著清朝冠服，而新妇则著明代凤冠霞帔玉带，即俗传男降女不降及生降死不降之说。因生前必著清朝冠服；亡后入殓，无论僧服道服明代冠服，则家属遵亡者遗嘱，官府不干涉也。入民国后，以上海犹太人哈同之丧礼题主为最阔绰：鸿题为状元刘春霖，襄题为榜眼朱汝珍、探花商衍鎏；敬仪鸿题为一万金，襄题各五千金，一时称为绝后之盛事。又京剧名武生杨小楼逝世，其婿刘砚芳欲得科甲题主以为荣，就商于余。余因为请傅沅叔年伯题主。傅为翰林,光宣时官直隶提学使,入民国任教育总长,最为相宜;襄题则请陈莼衷、陆彤士两公。陈为某科进士;陆则为戊戌会元,余常戏以老同年呼之,盖余为戊戌生人也。是日,砚芳并请陪题二人,为邓宇安、吉士安为陪主襄题者。两人皆警察署长。北京梨园行对当地警察官员最尊敬,每以某叔称之。二人不谙礼节,以为陪题是襄题也,竟据襄题座。余在场拉而下之,使陈陆就襄题位。二人怒而去,后请教知礼者始自知其误。当时在卢沟桥事变后,已成立华北伪政府。王克敏任委员长,方做正寿,大事铺张,有人曰:"杨小楼也要点主?"余曰:"王三老爷能做寿,杨大老爷岂不能点主乎!"相与一笑,此亦题主之趣事也。

顾太清词

慧　远

文芸阁廷式《琴风余谈》手稿中,谓盛伯羲昱以为国朝词人专学《花间集》,而神似者太清一人而已。余觅之未得,仅于厚斋将军溥侗处见其手稿一首,今录于后:"镂月裁云手。好文章,天衣无缝,神针刺绣。写景言情无不切,一串骊珠牵就,应不数,豪苏腻柳,脱尽人间烟火气,问前身,金粟如来否?餐妙句,醇如酒。　　神龙变化云出岫;笔生花,篇篇珠玉,锦心绣口。文采风流谁得似,明月梅花为偶。比修竹,孤高清瘦。岂止新词惊人眼,行有恒,事事存心厚。三复读,味长久。"(《金缕曲·题〈行有恒堂词集〉太清春拜稿》)词虽应酬之作,吐属自不恶,书法亦雅静,当再访其全集阅之。按:芸阁当时尚未发现《东海渔歌》,然对太清之词已传扬众口。所录《金缕曲》一阕,并未见于《东海渔歌》刊本,不知是否在所谓六卷本中也。余曾撰有《清代女词人顾太清》一文,未将此词载入,兹特补录之,以待搜遗辑佚者焉。

神　判

思　泊

《说文》"廌"解:"廌,兽也,似牛一角。古者折狱令触不直者。"段玉裁注谓:"古有此神兽,非必皋陶赖之听狱也。"《论衡·是应篇》:"觟牴者,一角之羊也,性知有罪。皋陶治狱,其罪疑者,令羊触之,有罪则触,无罪则不触。斯皆人欲神事立化也。"《神异经》:"东北荒中有兽如牛,一角,毛青,四足似熊;见人斗则触不直,闻人论则咋不正,名曰獬豸,一名任法兽。故立狱皆东北,依所在也。"按王仲任不信令羊决狱之说,以为人欲神事立化。段玉裁信神兽,而不信皋陶赖之听狱。此两种看法都有问题。今人也同样把神羊折狱,说成是一种无稽神话。其实是我国古代原始民族之一种折狱办法,乃系极为罕见而又珍贵之史料。原始人之审判,除利用习惯法之外,判定有罪无罪,也往往求之于超人之权力神灵。非洲土人审判,令涉讼者行于热炭之上,是一种普通神断方法。神会使无罪者无事,而有罪者受伤。还有探汤之神断法,见于伊夫高人。当事者探手滚汤中摸取小石，如举动太快或烫伤甚重者，便是有罪之证据（见林惠祥《文化人类学》二六一页）。总之，步行热炭上亦好，探汤亦好，令羊触不直者亦好，都不过是由于初民之知识蒙昧，想要通过某项具体作法以求得神灵之裁判而已。

清两广二总督

公 孚

清道光、咸丰间任两广总督者前后有二人：一为林则徐，以正义折英商，烧由印度运来之鸦片烟土二万余箱，为首相穆彰阿所构，褫职遣戍伊犁；一则叶名琛，以大学士领粤督。于咸丰八年七月，英人欲进广州城，两次致将军督抚副都统照会。叶既不会商亦不复，英人请晤拒不见；司道环请方略，答以过八月半即无事。盖叶在署设乩坛，奉所谓吕祖者降坛云云，遂笃信之。时粤人为之语曰："不战不和，不守不走。宰相风度，唯唯否否。"英人入城后将叶掳去，为是年八月也。当叶过英舰时，其老仆某问之曰："主人果随之以去乎！"据传说，仆藏有毒药，拟进叶俾自尽。叶答曰："我何为不去？"老仆浩叹而已。英人置之印度海滨令其每日著衣冠补服坐大玻璃窗下。有欲看清总督者，人征印币一卢比。英女王维多利亚初践祚，命驻印度总督每日画叶像一次寄伦敦。久之卒于囚所，英人归其丧。当将军巡抚奏报到日，以使相之尊，国体所系，乃咸丰帝下谕云："叶名琛业经革职，无足重轻。"一若叶之被掳，仅关其个人之荣辱者。林之获谴，为道光二十年。庚子西行过豫，时河决祥符，特派督工者为大学士王鼎，奏留林襄办堵塞决口工程。次年辛丑工竣奏闻，奉旨林则徐仍著发往伊犁，盖仍为穆彰阿所谗构也。临行有《留别蒲城相国》七律二首。诗云："幸瞻巨手挽金河，休为羁臣怅荷戈。精卫原知填海恨，蚊虻早愧负山多。西行有梦随丹漆（梦丹漆见《文心雕龙》），东望何人问斧柯？塞马未堪论得失，相公且莫涕滂沱。""元老忧时两鬓霜，予衰亦感发苍苍。余生岂惜投豺虎，长策当思制犬羊。人事如棋浑不定，君恩每饭总难忘。公身要保千钧重，宝剑还期赐上方。"

王鼎复命后，宿海甸寓庐，缮遗疏严劾穆彰阿贪庸误国，力保林则徐，请起用，怀疏自缢。盖法古人之尸谏也。竟为陈孚恩及其子王抗（官翰林院编修）所改易。原疏未上达（并见《清史稿》列传）。

叶在囚所亦有七律二首，昔曾闻人诵之。诗云："镇海楼头月色寒，将星翻作客星单。纵然一范军中有，其奈诸侯壁上观。向戍何心求免死，苏卿无恙劝加餐。虽教日把丹青画，病态愁容下笔难。""零丁飘泊叹无家，雁札犹传节度衙。海上难寻高士粟，斗边空泛使臣槎。心惊跃虎笳声急，望断慈乌日影斜。

惟有东风依旧返,隔墙红遍木棉花。"

以林叶二人之诗论,则叶作亦未尝不斐然可观,然二人之品节高下,固早有定论矣。记有之曰:父母虽没将贻父母羞辱,必不果。况其母犹在,不更辱国辱身而辱亲也乎!

再谈折叠扇

苏　宇

余前记柴望书折叠扇,谓在宋时已有此制。兹阅陈贞慧《秋园杂佩》云:陆文裕得杨妹子写扇,折痕尚在。又多一证。扇式始于倭制,且先有采绘。首见宋郭若虚《图画见闻志·故事拾遗》:熙宁丙辰冬,高丽国遣使崔思训入贡。因带画工数人,奏请模写相国寺壁画归国,诏许之。于是尽模之持归。其模画人物颇有精于工法者。彼使人每至中国,或用折叠扇为私觌物。其扇用鸦青纸为之,上绘本国豪贵,杂以妇人鞍马;或卧水为金沙滩暨莲荷花木水禽之类,点缀精巧;又以银涂为云气月色之状,极可爱,谓之倭扇,盖出于倭国也。又《窈窕释迦室随笔》载藏扇目录颇详,皆可资藏明扇之考证也。

职官考

丛　碧

有友欲编职官辞典,久未能成,根据清代所辑《职官考》无用也。即以所发见秦汉官印,《职官考》所无者多矣。于思泊兄藏有"纳功旁校丞"秦印。余藏有"太上寝左田"汉印,考为司汉高祖之太上皇陵寝之官。两印皆白文方格,为官印中之稀品。依此以推,其晋唐以后见于官印而不见于职官志之官职当亦不少。有人谓不见于清代所辑《职官考》者应无此官职。此说与讲文字而不识金文何异,盖少所见也。又清代末叶新设官职,名目繁杂,于余所藏清《升官图》中可以见之。入民国后,官职更有不雅驯者,如安徽有芜湖烟酒丝茶蛋局局长,北京有妓女卫生检查所所长,粪便卫生研究所所长。某人之室人,曾任妓女卫生检查所所长,亦于其间舞弊,经妓女告发,判处刑事罪。北京粪夫皆山东人,成一帮会。粪便运售农村,其利甚大。宋哲元主政时涎之,拟收归北京市政府官办,以秘书长某兼任粪便卫生研究所所长。粪夫因以罢工,数日之间,官署民居溷厕堆积狼藉，臭气不可向迩。官府无法，仍归还粪夫，始得清除。然此亦异日职官考中所无之职官也。

攒泪帖

慧　远

　　罗瘿公题《攒泪帖》诗云：“述德含哀恨有余，更怜死友说交初。眼枯正尔悲衔索，腹痛那堪屡过车。汲郡图形嗟莫及，山阳闻笛意何如。篇篇血泪无干处，异代流传忍论书。”《攒泪帖》者，新会梁任公启超所书哀祭之文也。介弟仲策启勋拾其稿装池长卷，达十余丈。一先德莲涧公哀启；一海珠烈士汤觉顿叡、谭典虞学夔、王毓吉广龄三君祭文；一公祭蔡松坡锷文；一梁氏昆季祭松坡文，皆民国五年丙辰之作。其后又有三文：一松筠庵公祭康南海文；一悼元配李夫人文及告墓文；一哭麦孺博诗。仲策自书引首并记之曰：“此卷乃丙辰之伤心事也。是年春二月先君子弃养。三月而有海珠之衷甲会，汤谭王三君殉焉。秋九月旅京人士为位以哭三公于城南法源寺。时伯兄适以事南行，乃为文寄京，命余致祭。冬十月蔡公病终于日本。归梓之日，沪上同人公祭于蜀商公所，余亦与焉。既灌而后，乃拾袭祭文并哀启原稿汇为斯卷。既悲逝者，行自念也。再者，丁卯四月得公祭南海先生于松筠庵之祭文暨同年秋伯嫂下葬之告墓文,又得甲子悼启原稿及乙卯哭麦孺博之长古稿,总为一卷。人伦之性情,略备于是矣。"卷末诗文题识数十字。曾刚父习经、罗瘿公复堪、黄晦闻、姚茫父、周印昆、陈仲恕叔通皆与焉。此帖不仅以任公之遗文墨迹为可珍,而其孝悌之思,师友之谊,溢于纸端,尤足传也。至于汤蔡诸公之壮迹遗风,更有关于史乘,岂第以寻常哀诔之辞观之已。汤公觉顿为余之外舅,因反对洪宪帝制殉于海珠,事详于梁任公所撰墓志铭。余读瘿公诗有感,因请于仲策得观此帖,并记概略。

春节风俗

丛 碧

　　春节风俗各地不同。吾邑春节拜年之风极盛，亲友族人自正月初一日起至二月半互相拜贺，有时动行几十里，至晚或经宿始归。主人必设盛馔，鸡鸭鱼牛羊尽有，惟避食猪肉。而主人则亲奉红烧方块猪肉上席，客则竖辞不食，再三让，主人始将肉捧回，非此虚让，则为不恭。至颍州则避食鱼，与吾邑避食肉同。有远客适于春节后数日至颍州友人家，客不知此俗例，席间主人奉鱼至，上满浇红汁，热气腾腾，客不辞，下箸时坚不能动，视之则木鱼。再细视之，上有刻字，则康熙某年制也。另有陪客解释之，客始悟。又湖北春节拜年，主人必煮鸡蛋二枚奉客，客必食之，否则为不敬。是以一日拜年，只可三四家，如到十家，则食鸡蛋二十枚，腹不能受矣。未知今时尚有此风俗否。

黑小子、壶卢学士

娄　生

　　京师旧时酒家温酒之器，每范沙土为之。其质粗黑而轻松，其制方圆广狭无定式，名曰黑小子。酒人好事者饰以金玉，兼当玩具，且作黑小子传张之。吴谷人曾为之跋，辞甚诙诡，可谓矜宠之至。又有酒家造酒标，用大壶卢为身，上具头面加冠巾，号壶卢学士。二物名称虽俚俗，而均有风趣，可入吟咏。今无人称道及之矣。

宋人校书

　　宋官刊史籍以景祐本《汉书》为最善。经刁衎、
晁迴等初校,校定三百四十九条,签正三千余字。余
靖二校,又增七百四十一字,损二百一十二字,改正
一千三百三字。今百衲本二十四史中《汉书》即影景
祐本。张菊老推为见存最古善本。又有宋祁《汉书
校语》,全谢山疑为伪造。然颇有与王氏《读书杂志》
暗合处,纵伪亦不无可采也。刘攽《东汉刊误》亦为
当时所推重。可见宋时馆阁校书,颇精审不苟。乃
竟有大谬不然者。《梦溪笔谈》卷十一载:"旧校书官
多不恤职事。但取旧书以墨漫一字,复注旧字于其
侧,以为日课。"校勘之谓何? 直同儿戏矣。而《续资
治通鉴长编》卷一零二载:天圣三年六月丙辰,降直
昭文馆陈从易为直史馆集贤校理,聂冠卿、李昭遘并
落职。先是从易等校太清楼所藏《十代兴亡论》,字
非舛误而妄涂窜,以为日课。上因禁中览之,故及于
责。冠卿,新安人。昭遘,宗谔子也。当即《笔谈》所
指之事。梦溪不欲笔其姓名,仅言旧校书官。浏览
中忽得主名,遂识之,以资笑噱。

寿伯茀遗稿

继　祖

"赋断怀沙不可听，宗臣忧愤薄苍冥。荆高燕市耽沉醉，忍使重泉叹独醒。"此《广雅堂集》中吊寿伯茀之作也。伯茀名寿富，号菊客，清镶蓝旗第五族宗室。父宝廷官至侍郎，有名于时。伯茀中戊戌进士，授翰林院庶吉士。颇讲西学，论天下大势，以力泯满汉畛域为先。创立知耻学会于京师，勉励八旗子弟力学敦行。识者韪之。族中颇有持异同者弗恤也。庚子之变，妇翁内阁学士联元以直言罹难。伯茀亦慨然偕弟寿薰及二妹一婢从容仰药死，年三十有六。其诗广雅辑入《恩旧集》，已刻行。其遗稿存达寿挚甫所。二十余年前，先祖托恩华咏春求得之，谋为整理付刊。计有《读书札记》《读三国志札记》《春秋释义》《伯茀识小因话录》《患斋待质录》《易学启蒙浅释》《天元方程算草》及诗文若干首。率属草未竟。抄胥移录亦多误字，遂搁置之。先祖谢世，咏翁独索其诗去，而以整理遗稿事委予。予旅食东瀛，携在行箧，稍加整比，亦未竟事。近年遂束高阁，咏翁且久逝矣。其论时事诸稿及《知耻学会章程》约十余篇，中央民族学院满族调查组索之去，拟收入所编满族史资料中。

杜牧之《赠张好好诗卷》

丛　碧

　　唐书家书存世者亦不多见，而诗人书尤少。余所见惟太白《上阳台帖》、李郢《七言诗稿》卷与此卷而已。李郢诗稿卷见安仪周《墨缘汇观》著录，后为溥伦家藏。当时索价昂，余力不能收之，至今为憾。牧之诗风华蕴藉，赠好好一章与乐天《琵琶行》并为伤感迟暮之作，而特婉丽含蓄。卷于庚寅年经琉璃厂论文斋靳伯声之弟在东北收到，持来北京。秦仲文兄告于余，谓在惠孝同兄手，不使余知。因余知之则必收也。余因问孝同，彼竟未留，已为靳持去上海矣。余急托马保山君为追寻此卷，未一月卷回。余以五千数百金收之，为之狂喜。每夜眠置枕旁，如此数日，始藏贮箧中。卷见《大观录》著录，兹不详赘。后有年羹尧观款，《大观录》不及见。当时或曾经年羹尧藏。年亦文士，传其飞扬跋扈，当系欲加之罪故甚其辞耳。此卷不惟诗可贵，而书法亦为右军正宗。经董玄宰暨梁清标刻帖。余有《扬州慢》一词题于后，云："秋碧传真，戏鸿留影，黛螺写出温柔。喜珊瑚网得，算筑屋难酬。早惊见、人间尤物，洛阳重遇，遮面还羞。等天涯迟暮，琵琶湓浦江头。　　盛元法曲，记当时、诗酒狂游。想落魄江湖，三生薄幸，一段风流。我亦五陵年少，如今是、梦醒青楼。奈腰缠输尽，空思骑鹤扬州。"

王疚斋颇赏结句数语，盖亦一时兴会，不有此一事，亦无此一词也。

梨园轶事偶忆

公　孚

北京演戏之地名茶园，坐客相聚品茗，故所收曰茶钱，以聆剧为消闲之娱乐而已。清同治、光绪间，京城所谓四大徽班者：一为三庆，掌班事者为程长庚（安徽怀宁）、徐小香（苏州）；二为四喜，掌班事者为梅巧玲（江苏泰州，梅兰芳之祖父）；三为春台；四为和春。轮流在各茶园演唱。各班皆有总寓，收弟子学戏（私人授徒者名曰私房）。和春班解散最早，其总寓门联曰："和声鸣盛世，春色满皇州"，为一时传诵。

当时各班演剧，昆曲为主，而加以乱弹（西皮、二黄），但仍用笛伴奏，后始用胡琴。程长庚（内行尊之曰大老板）演剧以汪桂芬操琴。桂芬嗓宽而高，人呼之曰大头，凡程之行腔、念字、台步、动作，心领神会者已久。某次程演至半，入后台忽患气脱，不能接演。临时无可为计，程指汪可承之，遂匆匆扮戏出场，台下居然满意。此为汪登台奏技之始。汪性乖僻，后忽作头陀装，若《蜈蚣岭》之武松。每遇堂会，到后台已派好戏码，而往往失踪。故充来手者（堂会经管约角派戏开份等事名曰来手）见汪至，必须以专人伴之闲话，暗中监视，以防逃脱。汪晚年独身住东城椿树胡同承寿寺。晚间常自拉自唱，邻人在窗外窃听，若为所觉，则虽唱至半句，亦必戛然而止。

杨月楼（安徽灵璧）之子小楼，在小荣椿坐科（与长庚之孙程继仙同科），艺术声价早有定评。从前内廷传差演唱，最为慈禧太后所赏，赐予优渥。某次忽赏大葫芦酱菜两篓（宫廷以至王公府第皆用，地安门大街大葫芦出品，此铺另有牌号，而无人称之），及回家检视，则每篓均藏有一两重之金锞数枚（太后内帑各镌有福寿字），其宠异有若是者。民国后，小楼忽拜白云观方丈陈毓真为师，作道士装，绾发于顶，并宣言将绝迹舞台。为妻女所迫，始操旧业。

凡票友下海皆称曰某处。若金秀山为金处，孙菊仙为孙处，德俊如为德处，龚云甫为龚处，许荫棠为许处，所以别于内行也。光绪初年，以王帽戏擅场者为张二奎，后进效之称曰奎派。能略得其似者仅有许荫棠，以善演《打金枝》《牧羊圈》《除三害》著称。许面貌丰腴，每在肉市正阳楼食涮羊肉可尽十碟（当时每碟肉四两），人以许十碟呼之。

丑角刘赶三演《探亲》一剧，曾骑真驴上台者也。某次堂会演《思志诚大嫖院》，凡班中饰旦角者皆应上台。及嫖客入座，刘饰鸨母，高呼："老五、老六、老七见客啦！"此本沿北京妓院之恒规也。时道光帝之皇子惇王奕誴行五，恭王奕䜣行六，醇王奕譞行七，皇帝在宫内向呼之为老五、老六、老七，盖所谓家人礼也。奕誴闻之大怒，以其有意戏侮亲藩，嘱巡视北城御史（前三门外分五城，梨园界多住北城地面）严办，遂交兵马司传讯。刘到案力辩无他意。丑角之插科打诨本无罪可科，乃不容分说将刘责四十小板，一年内不准登台演戏了事。

挂名差使

丛　碧

樊樊山在江宁布政使任内,有候补老巡检久无差缺,上呈求进学堂。樊批云:"六十衰翁进学堂,此生堪笑亦堪伤。禁烟所里须差遣,挂个名儿也不妨。"(见《湘绮笔记》)挂名差使之风,入民国后更变本加厉。北洋派政府时,某总统之秘书长某,各省督军省长公署皆有其挂名顾问,月可入薪水万余金。又张作霖为大元帅时,潘复任国务总理兼财政总长,夏枝巢任次长代理部务。一日潘交一条子任某某两人为参事上行走,各月支薪三百元,乃潘复之两姜也。此事为枝巢对予言者,当出樊山意料之外矣。

林琴南《山居读书图》

思　泊

　　林畏庐为余作《山居读书图》，一时题咏甚多，散原老人有七绝一首："玩世穷年薄岭间，柴门深闭讬荆关。藏身一影如文豹，雾雨层层海上山。"格调高逸，意境雄浑，愧余弗敢当也。

江都史氏科名

娄　生

江都史氏为扬州望族，代有闻人，而以刑部尚书致俨为之冠。嘉庆四年二月，钦天监奏五星聚奎，大兴朱文正珪为作五纬联珠图。是年己未会试，文正与阮文达元同为总裁，致俨中式第一名，仁宗问文达曰：“会元是汝扬州人耶？”对曰：“是臣乡人，家寒，有品学及穷居苦读状。”仁宗颔之。是科同榜三百人。最著者武进张惠言、高邮王引之、歙县鲍桂星、全椒吴鼐、闽县陈寿祺、德清许宗彦、栖霞郝懿行、武威张澍，其通显扬名中外者则汤相国金钊、卢敏肃公坤，而官刑部最久绩最著者则惟推致俨。论者谓清代科目，斯为尤盛云。文达撰刑部尚书赠太子太保史公致俨神道碑，其铭辞云：五星聚奎为文之祥，人文大启为邦家光，尚德缓刑，皋陶拜飏，帝用刑官，空冬居阳，故所褒者学行为长，一曰明允，再曰纯良，以此名碑，佳城后昌。可见嘉庆四年之榜空前绝后，科目得人于兹可信。致俨孙念祖以军功起家，兼工文学，著有《俞俞斋诗文集》，积功荐升广西巡抚。

跋《中晚唐诗纪》

伯　弓

　　此明末遗民龚贤半千氏半亩园所刊《中晚唐诗纪》也。久已耳闻，却未目睹。予典藏吉林大学线装图书，保管之外，尚须补充甥女海宁查良敏之夫。大兴袁行云尝从予问流略之学，颇喜阅市，在北京中国书店获见此册，驰函相告予，乃转商馆领导允即采购。因古典书籍新辟门市，地址不明，煞费周折，始得归本馆。原书分秘本行本，字数行数不同。秘本行本中又各分中唐晚唐，而装订错乱，不便阅读。忆长沙叶德辉《郋园读书志》及其《书林余话》中均各有此书题跋一则，检出录之副页，并参考刘声木《三续补汇刻书目》及杨家骆《丛书大辞典》，另缮目录置之卷首，交工潢治改装，顿还旧观，惜全书仅存六十一家。据半千自跋《杨衡集》后所云，至少当有七十二家，则尚缺十一家，殊有大璞不完之憾。然持校叶氏《郋园读书志》第一次跋所称，则此本缺秘本中唐周匡物一家。而叶氏所缺之鲍溶、张祜、赵嘏、曹唐、徐寅五家，此本俱在。持校叶氏《书林余话》第二次跋所称，此本仍只缺周匡物一家，而叶氏所缺之于邺杨、巨源、窦庠、郑谷、陈陶五家，此本俱在。叶氏前后两跋，虽均缺五家，却前后所缺不同，或系前后两次获得此书，故所缺前后不同耳。然本馆此本比叶氏前后两本均溢出五家，仅缺一家。惟叶氏第一跋云秘本三十一家，此本存有秘本姓氏，确系三十一家，只缺周匡物一家。而行本叶氏云凡三十二家，此本失去行本姓氏，但有三十一家，所缺一家未能确定。查《丛书大辞典》，于中唐下尚列有朱画(朱泽附)，殆即行本中三十二家之一耶(亦即本馆此本所缺之一)，未见全书，出之悬揣耳。

《中晚唐诗纪》秘本鲍溶、张祜、欧阳詹、窦叔向、窦常、窦牟、窦群、窦庠、窦巩、陈通、方许稷、陈诩、潘存实、陈去疾、邵楚苌、吉中孚(以上中唐十七家)、赵嘏、曹唐、徐寅、郑谷、马戴、黄滔、陈陶、周朴、翁承赞、欧阳衮、欧阳澥、欧阳玼、江为(以上晚唐十三家);《中晚唐诗纪》行本张籍、孟郊、贾岛、李郢、张继、韩翃、于鹄、朱庆余、秦系、张南史、李嘉祐、熊孺登、朱放、畅当、朱长文、朱湾、杨衡(以上中唐十七家)、李洞、汪遵、于渍、方干、许琳、王贞、白项斯、许棠、温庭筠、斐说、李咸用、朱景玄、于邺、杨巨源（以上晚唐十四家）。

《玉堂才调集》残卷跋

伯 弓

　　《玉堂才调集》残卷六册,清金坛于朋举编,康熙
十四年乙卯研帙居刊版。朋举官至湖广布政使,康
熙十一年壬子被劾镌级,罢官归里。手辑唐人七律
诗三千余首,隶以上下平三十韵,每韵一卷,连章(同
一题而有诗二首以上韵不同者谓之连章)另为一卷,
凡三十一卷,名曰《玉堂才调集》,刊于康熙乙卯,距
今几百年迄未重刻,故南北书坊极称罕见,遍检公私
藏书目录,除北京图书馆善本书库有此书外,仅南京
图书馆尚藏有两部。此集原分三十一卷,分装十二
册。今此残卷仅存六册,上平声有东冬江齐佳灰真
文等八韵八卷,缺支微鱼虞元寒删等七韵七卷。下
平声有肴豪歌麻阳庚青蒸等八韵八卷,缺先萧尤侵
覃盐咸七韵七卷。连章一卷全缺。幸第一册不缺,
卷首有编者自序,不惟由此可略见全书梗概,且因之
考出吉林大学图书馆所藏钞本分韵东坡诗之编者,
亦一乐事也。钞本分韵东坡诗,纸色甚旧,钞手极

工,惜无序跋,不知编辑出何人之手。今读此集自序,有又抄得苏陆分韵别为一集等语,则分韵东坡诗亦系于朋举所编辑,第不识陆诗分韵流落何所耳。数年疑窦,一旦豁然,乐何如之。此残卷系吉林大学中文系黄广生君在北京国子监旧籍门市部觅得,价极廉,甚足珍,欣赏之余,并为跋而归之。

《唐诗三百首》辑者

娄　生

　　近来，中等以上学校添授诗词，青年学生以及一般职工皆学为吟咏，坊刊《唐诗三百首》搜购一空，书局先后翻印者若干万本，依然供不应求，家弦户诵，人手一编，几于无处不传，惟仅知书为蘅塘退士选辑，而于其人之姓氏、里贯、身世、行谊胥弗能详。有谓出于咸同间闽人魏子安秀仁之手者，时代舛错，绝无根据。余考是编为清乾隆间无锡孙苓西泲所辑。苓西一字邻希，晚年别署蘅塘退士，乾隆辛未进士，历宰直隶大城卢龙山东邹平等县，著有《蘅塘漫稿》，配徐氏亦能诗，是编之成，尝共商榷。张之洞任四川学政，撰《輶轩语》以训士，谓此编虽仅得诗三百，而约而能精，远胜《唐诗合解》，洵为通论，然亦未详孙氏姓名也。清末，西泠印社刊本最精美，流传不多，附有孙氏小传。常熟览辉堂刊本，但于退士下加"孙泲"二字。近年诸坊本都无姓名，惟首记乾隆癸未春日蘅塘退士题，故知孙氏所辑者甚少，因述梗概，以为知人论世之助。

罗两峰夫妇轶事

娄　生

　　两峰山人于乾嘉间客游京师,居琉璃厂观音阁破屋三间,仅可容膝。名流过访无虚日,法梧门、翁覃溪、吴谷人、孙兔如、张船山、王惕甫、伊墨卿、赵味辛诸名辈尤为莫逆。山人以布衣称尊,无所纡让,性好说鬼,所作《鬼趣》《鬼幻》二图卷,走索跳丸,寻橦扛鼎,夜叉啸雨,阴火烧旗,可谓极九幽之变态。其配方白莲女史,亦工诗画,尝请业于绿净老人。许太夫人与其妯孙氏净友、小姑秋英及里中汪镨亭之妻袁夫人为九九消寒会唱和成帙,管平原为写《寒闺吟席图》,名流题咏甚多,风流可想。

《草堂先生杜工部诗集》

继　祖

　　吾家旧藏杜诗残本二册,题曰《草堂先生杜工部诗集》,存卷十四(不全)、二十(仅三页),中多蠹蚀,损字处极多,每页十行,行二十字,白口双栏,中缝下栏记字数(或在左,或在右),黄纸,字体类南宋建本,无注,惟注异同字作某某,末页左下角有孙氏家藏白文方印。考杜集最古为北宋王洙编二十卷本,凡诗十八卷,文二卷,附补遗。现上海图书馆藏吴若刻即王本(中有缺卷,汲古阁毛氏据另一本抄补),1957年已作《续古逸丛书》影印出版。取校此本,编排分卷皆异,同者惟无注及注异同字耳。此本不知共若干卷,据现存残本卷十四为五律,十六为七律七绝,十八为七古,十九、二十为五七古,惟五七古中又分歌行引,则与王本亦不同。且书名《草堂先生杜工部诗集》,遍检古今簿录,从无此名。北京图书馆拟编杜集目录,亦云未见。近人有选注杜诗者。有编杜年谱者,独杜集版本尚无人作专考。此本究编于何人,刻于何时,暇当一详考之。

解经轶事

思　泊

《诗·邶风·简兮》末章称："山有榛，隰有苓。云谁之思？西方美人。彼美人兮，西方之人兮！"小序谓此诗为"刺不贤也"。语颇笼统，但大义犹为近是。清初陈启源《毛诗稽古编》以为美人乃指释尊"释迦牟尼"言之，清代学者多传为笑柄。新城王树枏先生尝谓余曰：官蜀时识廖季平，廖邃于经学，记问浩博，能背诵先秦诸子旧注，其解《关雎》"在河之洲"以为五大洲之洲，解诗"西方美人"以为美国人，不料今文学家解经之荒唐谬悠一至于此。

春集纪事

伯　弓

　　壬寅,清明后数日,集吉林省博物馆,是日有王度淮、潘素、孙天牧诸君,各写松竹梅石,思泊、继祖、威伯诸君各作书,星公、继祖、丛碧诸君各联诗,丛碧又歌京剧一曲,李廷松君弹琵琶《十面埋伏》。是日尽欢而归,觉山阴之会未有今日之乐,因得四绝句:"雪后初晴雅会开,新知旧雨不期来。时贤各擅诗书画,此是长春第几会。""恨无曲水与流觞,窗外风沙竟日狂。赖有胡琴当羯鼓,催花促柳转春阳。""高歌直上遏行云,余派声歌回出群。人在管弦丝竹里,风流不数右将军。""琵琶古调换新声,埋伏疑是十万兵。一洗浔阳商妇怨,金戈铁马话长征。"

春暮小集纪诗

伯 弓

　　壬寅,三月十一日,集单庆麟兄斋,到者张伯驹伉俪、于思泊、阮威伯、罗奉高三先生及余,品玩书画,并观日本刀,率成八绝:"窗明几净柳条街,绕屋垂杨次第排。难得主人能好客,琳琅满目集高斋。""南田便面偶图鱼,荇藻交横乐有余。漫作惠庄濠濮想,临渊徒羡渺愁予。""当年中日此鏖兵,袍笏登场号帝京。一自投降遗匕首,至今敢作不平鸣。""中州张老富收藏,不惜兼金质二王。脱手明珠莫惆怅,山河大地有兴亡。""丛碧携来王谷祥,一花一鸟耐平章。上承没骨徐熙法,下启瓯香画派长。""等身著作海城于,游戏诙谐一据梧。论画不随时尚转,贬低白石颇同吾。""阮君精鉴察秋毫,弃椟求珠计本高。八大山人交臂失,至今谈及首频搔。""奉高博雅号多知,架上时从借一觚。三世交情五十载,析疑问难亦吾师。"

卷二

清代乡会试硃墨卷

公　孚

　　武进孟森别字心史,专攻清史。其《心史丛刊》一集,叙述顺治丁酉科场案,末云:"此后科场试录遂无硃墨真卷。揭晓之日,发现违式,皆知照本人换卷。终科举时代皆然"云云。其所谓试录,系指进呈帝览者,而非外间流传所刻之闱墨,以余所闻则异是。乡会试向用"糊名易书"制。试卷概由"誊录所"用硃笔抄写,闱中同考官用蓝笔,主考官用墨笔圈点加批,凡同考所荐,主考所中及所黜落者,皆硃卷也(光绪壬寅乡试起始废除此制)。取中后仍调原墨卷加圈点。前十名原卷皆进呈御览。其有特别佳卷未名列前十者,如光绪壬辰会试,武进屠寄第三场策问条条实对,为全场之冠,遂亦原卷进呈。屠之自刻试卷,曾盖有红字戳云:"三场全卷进呈御览者也。"乡会试卷之规律,每篇文尾须加小注,云添注若干字,涂改若干字;或添注无涂改若干字;或涂改无添注若干字;或添注涂改无。然闱中由房考私携碌墨笔入内(为定例所禁),已成公开之秘密。遇有必须修改之中卷,即为润色,以成完璧,但字数不能与文尾所注者相去太多。光绪乙酉科顺天乡试,解元为刘若曾,第二(俗称南元)为张謇。是科正主考为翁同龢。其日记所谓南北两元皆知名士也。刘卷首篇之起讲,翁为易数语以进呈之。首卷而若此,此在顺治康熙年间,必犯磨勘被弹劾无疑也。至试卷则会试由礼部备办,加盖部印,凡粘页骑缝亦盖印。乡试则顺直由顺天府备办,用府印;各省由藩司备办,用布政司印,手续与会试卷同。揭晓之日,乡会试原卷除进呈外,扫数装箱加封送礼部,及派员磨勘时再向礼部调卷。主考在闱中既不能与外间交接,将原卷私自递出,知照本人换卷,若揭晓后则试事已毕,内外帘已撤,又何能通同作弊,令本人换卷哉?《心史》所说诚意为武断矣。

晚清词人王鹏运之二三事

慧　远

清季词学昌盛,名家辈出。同光之际,如文道希廷式、沈乙庵曾植、郑叔问文焯、朱彊村祖谋、况夔笙周颐、张次珊仲炘、宋芸子育仁等,皆当时以词鸣。而且除诗词唱和之外,于政治见解上亦属同气相求。诸人皆推王半塘鹏运为领袖,持词坛之牛耳。半塘中式同治九年举人,由内阁中书擢至侍读。光绪十九年授江西道监察御史,为礼科给事中。当清末叶,外侮频侵,国势日危,内外窳败,贿赂公行。半塘有鉴于此,屡上封章,弹劾权要,一时称为敢言。盖其具深筹卓见,非仅以词章著也。

半塘曾疏劾李鸿章、庆王奕劻、荣禄等,皆当时权势赫赫者,操生杀升黜之柄。而半塘不畏强御,概予抨击。光绪二十二年慈禧太后那拉氏日图安乐,终年多住颐和园,并诏光绪载湉随侍在园。又欲重修圆明园,将大兴土木。半塘深以为忧,遂上疏诤谏。奏疏中称:"颐和园驻跸,请暂缓数年,俟富强有基,经营就绪,然后长承色笑,侍养湖山。盖能先天下之忧而忧,自能后天下之乐而乐。"那拉氏见奏大怒,欲置之死罪,幸经军机大臣等吁恩免究,始传旨申斥,并谕:"此后如再有人妄奏,即将王鹏运一并治罪。"

半塘曾有一次受人之绐,误劾翁同龢,后颇悔恨。康南海有为有诗赠王幼霞(半塘字)侍御一首云:"修罗龙战几何时,王母重开喜见池。金翅食龙四海水,女床栖凤万年枝。焰摩欢乐非非想,博望幽忧故故疑。大醉钧天无一语,王郎拔剑我兴悲。"注云:"幼霞清直,能文填词,为光绪朝第一。时欲修圆明园,抗疏争几被戮,幸翁常熟为请得免。然后为荣禄所卖,误劾常熟。常熟以救幼霞语我,吾告幼霞,卒劾荣禄而自引去。"荣禄为那拉氏心腹,掌军政大权。半塘参劾之,不纳,不久即挂冠而去,至扬州主仪董学堂。甲辰春(光绪三十年)因扫墓过苏州,于六月二十三日病卒。半塘之政治思想,属于维新派一流,在戊戌年正月上疏请开办京师大学堂,至五月即奉旨开办。与盛伯羲昱、文道希廷式等酬唱甚多。其咏翁同龢开缺回籍之《鹧鸪天》二首,极示感喟。又如《满江红·送安晓峰(侍御)谪戍军台》及《八声甘州·送伯愚都护之任乌里雅苏台》二词,完全揭明其宗旨。因安晓峰维峻,是为参李鸿章得罪遣戍;志伯愚锐,乃珍妃之兄,被摈出京,此二人皆不容于那拉氏也。

文道希之《琴风余谈》笔记中载"王幼霞御史争割地一疏有云:'李鸿章奏调随员,有伊子李经方及道员马建忠、罗丰禄诸人。乱臣贼子,狼狈为奸,其可寒心,不啻兵临城下。'自谓警句为余诵之,时论亦颇为然。幼霞由内阁侍读迁御史,近颇能言。劾庆王一折,尤为得要。及庚子之变,又劾大学士荣禄,折入留中,幼霞遂乞假南归。"

文之笔记又一节云:"殷如璋劾内阁侍读王鹏运云:'面貌既有缺陷,声名又复平常。'措词尖刻,纯学明人流派。"在当时之互相讦诤,本非稀见,而以像貌缺陷,列入弹劾,乃属无理取闹。

半塘词学深邃。朱彊村所谓"君词导源碧山,复历稼轩梦窗,以还清真之浑化"云云,诚为至深之论,其词分为七稿:乙稿曰《袖墨集》《虫秋集》;丙稿曰《味梨集》;丁稿曰《鹜翁集》;戊稿曰《蜩知集》;己稿曰《校梦龛集》;庚稿曰《庚子秋词》《春蛰吟》;辛稿曰《南潜集》;独无甲稿。盖半塘春闱未第,不得成甲科,终引为憾事,故不存甲稿。于此亦可见旧时视科第之重,贤者亦不免焉。半塘晚年又自删汰,名曰定稿;朱彊村从删去者选出若干阕,名曰剩稿,在半塘逝后,一并为之刊行。惟以当日印布不多,近年已渐稀见。前十余年,成都薛氏曾印《清季四家词》,将半塘定稿收入。然刊本亦不多见。历时久远,将难搜集全稿。侧闻半塘故乡桂林人士拟为重印,则亦词界所乐闻之事矣。

四印斋所刻词,搜求宋元善本加以勘校,达数十种,对于研究词学大有贡献,为半塘之巨绩。而朱彊村继之成。《彊村丛书》收宋金元词一百七十余种,蔚为大观。四印斋为半塘之书斋,在北京宣武门外教场头条北口路西,为一旧式四合院三进之瓦房,至今尚保存原来面貌。此房为万青藜后人产,半塘乃租户。庚子年八国联军侵入北京,朱彊村及刘伯崇福姚,皆依半塘居此避难。三人所作《庚子秋词》,即成于是时。半塘迁徙后,彊村遂居之。半塘之殁为光绪甲辰,其遗闻佚事知之已鲜,所刻词与自著词集亦颇零散难求,愿将所闻一二录之,备忘而已。

脂砚斋所藏薛素素脂砚

丛　碧

　　珊瑚红漆盒，制作精致。清乾隆尺宽一寸九分，高二寸二分。盒底小楷书款"万历癸酉姑苏吴万有造"。盒上盖内刻细暗花纹薛素素像，凭阑立帷前，笔极纤雅；右上篆"红颜素心"四字，左下"杜陵内史"小方印，为仇十洲之女仇珠所画者。砚质甚细，微有胭脂晕乃鱼脑文，宽一寸五分许，高一寸九分许。砚周边镌柳枝，旧脂犹存。背刻王稚登行草书五绝云："调砚浮清影，嘴毫玉露滋。芳心在一点，余润拂兰芝。"后题"素卿脂砚王稚登题"。按万历癸酉，百谷年三十九岁。砚下边刻隶书小字，"脂砚斋所珍之砚其永保"十字，依此始知脂砚斋命名之所由。砚为端方旧藏，与《红楼梦》佳本随身入川。端死后砚流落于蜀人藏砚家方氏手，《红楼梦》本则不知所在。今岁癸卯元旦蜀友戴亮吉君持以示余，因为吉林省博物馆以重值收之。近日《红楼梦》学者对脂砚斋其人各执一词：或者谓为曹雪芹之族叔；或者谓为雪芹之堂兄弟；或者谓即雪芹本人；或者谓为史湘云。余意珍藏此砚必应文采风流如王百谷其人者，绝非默默无闻之流。否则为女子藏女子砚如史湘云，庶几近是。

《易·未济征凶利涉大川》解

思　泊

　　《易·未济六三》"未济征凶利涉大川"，朱子《易本义》疑利字上有"不"字。按既言"征凶"，征之通诂训往，"往凶"则与"利涉大川"句相矛盾。其实征应读作贞。商代卜辞以正为征，正者征之初文。《诗·文王有声》之"维龟正之"，即"维龟贞之"。洹契均言贞不言正，说详拙著《诗经新证》。又河上公本《老子》三十九章，称"侯王得一以为天下正"；王弼本郭云本"正"字并作"贞"，亦是正贞字通之证。然则此文之"征凶"即"贞凶"。六三以柔居刚，不当其位，故曰"贞凶"。但未济三至五互坎，坎为水，故曰"利涉大川"。朱子疑利字上有"不"字出于臆测。尚秉和先生所著《周易尚氏学》，精通象数而疏于文字通借之方。其释此文谓缺以俟知者，盖《易》义之晦茫由来已久。

佛时、贞观

公 孚

尝阅吴敬梓之《儒林外史》，其中讽刺明代士大夫之不务实学，惟以八股文取功名。如周进为广东提学道时，魏好古求面试，他说："当今天子重文章，足下何须讲汉唐？"所谓文章者，制艺也，即八股文也。其门人范进为山东提学道时，幕客蘧景玉曰：有人点了四川学差，在何景明先生处吃酒。何景明先生醉后大言："四川如苏轼的文章，是该考六等的了。"其人任满时回京说："学生在四川三年，到处细查，并不见苏轼来考，想是临场规避了。"其形容刻毒，真是入木三分。言外周进只懂得八股，其为学道者并苏轼亦不知为何许人也。相传清代某省学政，生童考卷有用"佛时"者，语出《诗经·周颂》。佛、拂古音义皆同。乃学政援笔批曰："佛经岂可入文！"又有一卷引用"贞观"，语出《易·系辞》，乃又批曰："东汉年号不可入文。"于是有人戏撰一联曰："佛时乃西土经文，宣圣悲啼弥勒笑。贞观是东汉年号，唐王惊愕汉皇疑。"此与《外史》所讥之空疏不学而膺衡文之任者,殆无以异。

薛素素脂砚及自画像

继　祖

　　丛碧先生新从燕市得明薛素素脂砚，小才盈握，贮以朱漆盒。盒背勒素素像，盒底有"万历癸酉姑苏吴万有造"款两行。砚背镌王百谷稚登题五绝一首，款曰"素卿脂砚"。原藏蜀人某；传某又得之端方。意即世所盛称脂砚斋评本《石头记》之脂砚也。丛碧已有文记之，予按缪荃孙《云自在龛随笔》(一九五八年版)卷二记所见书画约六十余事，皆匋斋物。内有薛素素自写像，绢本。高一尺七寸二分、阔七寸二分。画栏边石竹下有钩叶兰；自题小楷曰"玉箫堪弄处，人在凤凰楼"十字，款"薛氏素君戏笔"；下钤"沈氏薛""第五之名"两白文方印。然则端氏并得像及砚，惜像今不知归何所矣。素素事迹见记载者少，兹就涉猎所及，撮举并略加考辨如后：

　　一，薛为明南都妓。胡应麟《甲乙剩言》称："京师东院，本习诸妓，无复佳者。惟史金吾宅后有薛素素，姿度艳雅，言动可爱。"京师东院乃指南都，非北都。姜绍书《无声诗史》作"京师妓"，误。朱彝尊《明诗综》作"嘉兴妓"，则又涉薛后嫁为秀水沈德符妾而误也。又薛籍吴中，见韩昂《图绘宝鉴续纂》。

二，五为院行次，故有"第五之名"小印，又有印曰"五郎"，见《玉台画史》，非名也。盖名为素君或素卿，而素素为字，又小字润娘（见《明诗综》）。

三，薛工书小楷，法黄庭。画工兰竹，下笔迅扫，意态入神。亦能写人物，董其昌曾于禾中见所画水墨大士像，甚工。尝画花里观音，李日华为之赞。又善驰马挟弹，能以两弹先后发，必使后弹击前弹碎于空中，又置弹于地，以左手持弓向地，以右手从背上反引其弓以击地下之弹，百不失一，称绝技。

四，薛像上方有张文鱼燕昌录胡孝辕震亨《读（读下原夺一字）日录》一则云："薛从金坛于褒甫玉嘉有约矣，而未果。吾郡沈虎臣德符竟纳为妾，后不终，嫁为商人妇。"按：沈又字景倩，秀水人，著《野获编》，有名于时。

假目

君　坦

西医治眇一目者，防其病蔓延至双目，去之而配以假目。此法中国唐时已有之。钱希白《南部新书》云："施肩吾与赵嘏同年不睦。嘏旧失一目，以假珠代其睛，施嘲之云：'二十九人同及第，五十七只眼看花。'元和十五年也。"又陶宗仪《辍耕录》"杭州张存幼患一目，时称张眼子。忽遇巧匠为安一磁眼，障蔽其人，人皆不能辨其伪"云云。是假目之饰，自唐宋已盛行。至义齿为用，则未详于何时。又目内白翳病曰："烛睆"（见《一切经音义》引许慎注）；或作"烛馆"（见《名医别录》），名词亦新。

绿萼杏

丛　碧

　　梅花有绿萼梅,余于邓尉西湖尝见之,实白花绿蒂也。北京社稷坛宫墙西有绿萼杏一株,亦白花绿蒂,而较梅尤肥。赵剑秋、夏枝巢、陆彤士、郭蛰云诸词老皆曾咏之。余有《菩萨蛮·春》词,后阕云:"苔痕墙外道,傍晚人行少。背立夕阳斜,开残绿杏花。"后人见必以为疑,只有红杏花何有绿杏花耶? 而不知实有此奇种。余避日寇入秦三年,后归来花已萎。京西旸台山大觉寺杏花最盛,每岁清明,沿山三十里云蒸霞蔚,而绿萼杏独无一株。此花遂成燕都掌故。苏州拙政园有黄藤花,丰台有黄芍药,洛阳有绿牡丹,杭州有绿菊花,此等珍卉见《群芳谱》中。惟绿萼杏则《群芳谱》所不载也。

考孔有德女孔四贞入宫事

公　孚

吴梅村仿《唐人本事诗》七绝四首，吴翌凤注云：
"集览谓诗为定南王女四贞作。细按诗意第二首以
下或咏此事；第一首疑别有所指。"今先将第一首原
句录下，再为分析而诠释之："聘就蛾眉未入官，待年
长罢主恩空。旌旗月落松楸冷，身在昭陵宿卫中。"

孟森《心史丛刊》二集有孔四贞考云："四贞于清
宫最有关系之事，为清世祖曾有册立为妃之意。此
说官书固皆不载，私家著述记此事者无多，故以为
疑。而生当清代，虽疑之而不敢深究。"又云："其聘
就蛾眉二语，就清初纪载仅得一证。叶梦珠《续编绥
寇纪略》卷三云："九年（顺治）壬辰七月四日城陷（桂
林）。有德自经死，家属皆遇害。有女曰思贞，单骑
突围，出奔京师，上疏言其父死难。世祖怜之，将册
立为妃，知先许字孙延龄，乃止。"实则孟氏考之未
详也。

考《东华录》载："顺治十二年四月，以定南王孔

有德建功颇多，以身殉难，特赐其女食和硕格格俸，护卫仪从仍如旧。又顺治十三年六月，谕礼部奉圣母皇太后谕，定南武壮王女孔氏，忠勋嫡裔，淑顺端庄，堪翊闺范，宜立为东宫皇妃。礼部即照例备办仪物，候旨行册封礼。又先于顺治十一年六月辛酉孔有德榇还，癸亥遣礼部侍郎恩德格赍银万两赐孔有德女，充日用之费。女跪受讫，随奏曰：'臣父骸骨，原命归葬东京（东京城在沈阳东南，为清太祖所筑。考辽金时皆以辽阳为东京，但非今之辽阳县治），但臣兄既陷贼营，臣又身居于此，请即此地营葬，便于守视。'上允之，甲子命工部给予定南武壮王孔有德葬地，造坟立碑"云云。《东华录》依据官书，非私人著述也。据此则孔四贞赐和硕格格位号在前，立为东宫皇妃在后；且系奉皇太后谕，安得云世祖将册立为妃，知先许字孙延龄乃止乎！

又《四王合传》（传载《明季稗史》）云："四贞年十六，太后为择婿，四贞自陈有夫。盖有德在日已许配孙偏将之子延龄。因下诏求得之，奉太后命为夫妇。上念孔后无人（按四贞之兄廷训已在安隆遇害），且虑及孔师为主，乃封四贞为和硕格格，掌定南王事，遥制广西军。"按：四贞赐和硕格格在顺治十二年，嫁延龄在康熙初年,并封延龄为和硕额驸,授为广西将军,命夫妇往统桂林军。《合传》乃以封和硕格格与嫁延龄为同时者,亦误。

孟氏于《合传》所述下断语谓:"封格格与掌定藩当同为顺治十七年,其封格格当即为不行册立为妃之证。梅村所谓'聘就蛾眉未入宫',乃其以前之事;'待年长罢主恩空',乃指封格格嫁延龄时事"云云,亦沿误。又谓"十六年得延训死耗,世祖欲得四贞以收一军之心,当亦始于是。"则更乖舛。

又考孔有德隶正红旗汉军旗籍,有列传在《八旗通志》。乃《清史稿》本传仅称其为辽东人,似亦疏漏。有德祠墓在北京阜成门外。因孔后无人,官为照管。每年春秋派员致祭,讫清末以为例。

根据以上书证,吴诗第一首之首二句说明虽曾立为东宫皇妃,因待年而未行册礼;继因曾有许婚而作罢,完全符合事实。第三四句则指有德赐葬京郊,所谓"旌旗月落松楸冷"也。太后早抚四贞为养女,常居宫内。世祖崩时,四贞正以和硕格格掌王事在京师,又所谓"身在昭陵宿卫中"也。至第二首以下则全指四贞、延龄之事,词意明显,覆按可得。吴注所云"或咏此事"及"第一首疑别有所指",合观以上所述,固无所用其疑,亦无所谓或更非别有所指矣。至梅村以仿唐人本事为题者,因第一首关涉宫廷,有所忌讳而不敢明言。此与《清凉山赞佛诗》及此诗之前有《古意》七绝六首,咏世祖废后及董鄂妃专宠事,可参看。

义和团缘起

君　坦

　　周济《介存斋诗》卷二新乐府，叙述山东天理教攻陷曹滑情事，虽措语不无谬讹，而见闻颇详，可备诗史。其叙云刘轵子之后，其党名虎尾鞭。土人更为党曰义和拳以拒之，此即义和团之缘起。周为嘉道时人，已有此记载。迄至数十年后庚子之役，遂震惊世界矣。别有红砖会、瓦刀社，而八卦教最大，蔓延直隶、河南，凡数百里。红砖会后又讹为红庄云。济字保绪，即著《晋略》及《周氏词辨》者。

周白丹字圭

思　泊

　　王引之《周秦名字解故》二卷，后改名为《春秋名字解诂》，是清代名著。诠释周秦人名和字之相应关系，颇有发明。余二十年前曾作《春秋名字解诂商谊》一文，对于王书有所订正。近日偶翻阅王书，有周白丹字圭一条。王氏云："《说文》：'丹，巴越之赤石也。'《后汉书·儒林传》：'洼丹字子玉'，与此同意。"按王氏引《说文》训丹为巴越之赤石；又改订本读圭为鞋，引《说文》训鞋为鲜明黄色，均用以证明白丹字圭之义，殊不确切。圭字典籍中亦作珪，乃古代统治阶级执之以行礼者，均系玉制品，从未有用赤石以为之者。王氏又读圭为鞋，以为鞋训黄色，与丹色相配，皆是臆为之说，无由令人首肯。近年来出土之商周各种玉器，往往以丹涂之，其中所见到之周代玉圭，亦多涂之以丹。《书·顾命》"赤刀"，郑注："丹为饰，周正色也。"按以丹涂玉，商玉亦常有之，郑氏周正色之说，不尽可靠。以《顾命》陈赤刀于西序验之，则涂丹并非专为殉葬玉器为之者。总之，古人以丹涂圭，故白丹名丹字圭。以丹涂玉，汉人还有这样作风，故洼丹名丹字玉。

亙

继　祖

　　李思纯《说亙》(《江村十论》之一，一九五七年上海人民出版社版)，谓亙字始于南宋末年。本为蒙古字，即元世祖中统二年(一二六一)国师八思巴所制蒙古新字，源于藏文字母，故元代口语中常见。明清以来遂成为通用语。本写作亙，俗又写作歹。按：其说甚是，人习用不察，鲜不以为汉语矣。解放后，河北通县出元仆散某残碑，李谦撰，赵孟頫书。数年前单庆麟君以拓本示予。碑中有阔阔歹，乃人名。歹即亙。碑撰于至元二十九年(一二九二)以后，其时尚未改从楷体作亙，足以证成李说。阔阔亙之亙，殆为语尾无义，犹《南村辍耕录》所举蒙古七十二种族名有札剌儿亙、忽神忙兀亙、瓮古剌亙、别剌亙之类。他处又别译作台。

"六经之治，贵于未乱"说

伯　弓

　　《汉书·匈奴传》："（哀帝）建平四年，（乌珠留若鞮）单于上书愿朝五年。时哀帝被疾，或言匈奴从上游来厌人，自黄龙、竟宁时，单于朝中国辄有大故。上由是难之，以问公卿，亦以为虚费府帑，可且勿许。单于使辞去，未发，黄门郎扬雄上书谏……书奏，天子悟焉，召还匈奴使者，更报单于书而许之。赐雄帛五十匹，黄金十斤。"其书略曰："臣闻六经之治，贵于未乱；兵家之胜，贵于未战。二者皆微，然而大事之本，不可不察也。……唯陛下少留意于未乱未战，以遏边萌之祸。"唐颜师古注："已乱而治之，战斗而后获胜，则不足贵。""微谓精妙也。"《资治通鉴》亦载此书于汉哀帝建平四年。元胡三省注：《书·周官》曰："制治于未乱。"清姚鼐《古文辞类纂》选此书入奏议内。民国间高步瀛为之作笺（吉林大学藏有稿本）。其笺此句云：《尚书》伪《周官》篇"制治于未乱"盖本此。《易·系辞》曰："治而不忘乱。"《老子》曰："图之于未乱。"均置六经二字不谈。《骈字类编》及近出辞书，于六经下俱以《易》《书》《诗》《礼》《乐》《春秋》当之，或即引以释此书。窃以为不然。六经虽遭秦火，可以说残，可以说缺，如《尚书》仅伏生传二十八篇，《周官》亡《冬官》而补以《考工记》，不能说乱。古人谓六经如日月经天，更不能谓之微。诸经汉文帝时即已分别立学官、置博士，何待扬雄提醒哀帝治六经贵于未乱，以比喻遏边萌之祸，未免拟于不伦。然则六经究何所指？予谓盖指人体中之六种经脉也。按：《黄帝内经·素问·阴阳离合论篇》："是故三阳之离合也，太阳为开，阳明为阖，少阳为枢。三经者，不得相失也。"《阴阳应象大论篇》"六经为川"，即指太阳、阳明、少阳、太阴、厥阴、少阴之六经而言。《脉要精微论》："黄帝问曰：'诊法何如？'岐伯对曰：'诊法常以平旦，阴气未动，阳气未散，饮食未进，经脉未盛，络脉调匀，气血未乱，故乃可诊有过之脉（原注：过谓异于常候也）。"观于以上引文，则扬雄上书中之"六经""未乱""微""留意于未乱"，可断定乃指人体中六种经脉而言，不必怀疑矣。至于颜师古之注，望文生义，语涉含糊；胡三省之注，加引《周官》一句，便已误入歧途；高步瀛之笺，根据胡注，增加《易·系辞》及《老子》二条,繁琐无当,并不解决问题。兹证以《内经·素问》,情理吻合,可以发千载之覆矣。

宋徽宗《雪江归棹卷》

丛　碧

　　绢本，墨笔，著微浅绛，布置精密，笔意超绝。是以董玄宰谓迥出天机，而疑为摩诘之迹也。后有蔡京跋，虽为误国君臣，而艺苑风流，自足千古。王世懋跋云："朱太保绝重此卷，以古锦为褾，羊脂玉为签，两鱼胆青为轴，宋缂丝龙衮为引首，延吴人汤瀚装池。太保亡后，诸古物多散失。余往宦京师，客有持此卷来售者，遂鬻装购得之。未几江陵相尽收朱氏物，索此卷甚急。客有为余危者，余以尤物贾罪，殊自愧米颠之癖。顾业已有之，持赠贵人，士节所系，有死不能，遂持归。不数载，江陵相败，法书名画，闻多付祝融，而此卷幸保存余所，乃知物之成毁，故自有数也。宋君臣流玩技艺，已尽余兄跋中。乃太保江陵，复抱沧桑之感。而余几罹其衅，乃为纪颠末，示儆惧，令吾子孙毋复蹈而翁辙也。"观此跋，甚似世传《清明上河图》与严世蕃之事，余疑为《清明上河图》事，即此图之传讹。按《明史·王世贞传》："杨继盛下吏，时进汤药。其妻讼夫冤，为代草。既死，复棺殓之。嵩大恨。"是世贞得罪严嵩，以椒山事为主，因父忬卒以论死。又"张居正柄国，以世贞同年生，有意引之，世贞不甚亲附（世贞以右副都御史抚治郧阳）。所部荆州地震，引京房占，谓臣道太盛，坤维不宁，用以讽居正。居正妇弟辱江陵令，世贞论奏不少贷。居正积不能堪，会迁南京大理卿，为给事中杨节所劾，即取旨罢之。"与跋语中"持赠贵人，士节所系，有死不能"及"余几罹其衅"相合。且居正当国，严嵩已败，岂先有《清明上河图》之事，而后又有此图之事，何一再示儆惧令子孙毋复蹈而翁辙耶？故余论断如此。《清明上河图》之事虽见明人笔记，然图无世贞兄弟跋及收藏印。且世贞《四部续稿》云："张择端《清明上河图》有真赝本，余俱获寓目。真本初落墨相家，寻入天府；赝本乃吴人黄彪之造。"据此，世贞只看过真赝两本，图并未入世贞之家。而《雪江归棹卷》跋又如此，是不能无疑也。《缀白裘》昆曲有《一捧雪》剧目，在《红楼梦》中第十八回戏目第一出即《一捧雪》。可见此一戏编演甚早。皮黄戏亦有《一捧雪》，皆系根据《清明上河图》传说，讽劝嗜好古董者莫怀古，如怀古即成一捧雪矣。《雪江归棹卷》昔藏余手，惜未题之。

避讳改名

公　孚

清世祖讳福临,本为满文译音。当时议避此两字,世祖谕曰:"不可因朕一人使天下人无福。"于是民间对于五福临门等字连用者概不避也。自圣祖讳玄烨以次,则无不避。若误犯之,则视为大不敬矣。世宗讳胤禛,王渔洋名士禛,殁后刻书为改名士正,乾隆时追改为士祯。予之族祖恽振,以钦天监天文生历升至冬官正,引见时高宗顾管监事之王大臣曰:"汝等何不令此人改名?"始知此两字与世宗讳音同也,遂改名源景。家乘内称原名振,奉旨改名者是也。仁宗讳颙琰,李二曲名颙,后人追书改名为李容,尤无道理。此外改避者不胜枚举。宣统帝溥仪嗣位,于是唐绍仪改绍怡(民国后又复原名);王仪通改式通;曾仪进改彝进;仪贞县先避世宗嫌名改仪征,兹又改为扬子;銮仪卫改銮舆卫,犹可说也。全国各官署皆有仪门,原取整肃威仪之义;乃改为宜门,失其命名本义,则礼臣不学之过也。又如咸丰时之范鸣和（湖北人，为张之洞会试房师）原名鸣琼，文宗以其音类万民穷，令改名，遂改鸣和。光绪时有部选湖北知州名王国均，慈禧太后以其音类亡国君，说："好难听的名字。"未知曾改名否。

毕九水释杜诗

君　坦

杜工部《观公孙大娘弟子舞剑器》诗，千古杰作，自来选本无不选入。今细按原诗第四韵"来如雷霆收震怒，罢如江海凝清光"，上句既云来如雷霆，忽插一收字，与下句意复；且雷霆收时不应云震怒，于词于义均有捍隔。昨偶阅毕亨《九水山房文集》，有答友人书云："杜诗'来如雷霆收震怒'，收字误，当作抶字，与收形近而讹。世人多见收字，少见抶字耳。抶震怒出于扬子云《羽猎赋》'神抶电击'，师古云：'言所抶击，如鬼神雷电也。'"此解极精，使杜陵复生，当无间然。毕文登人，与明毕嘉会同名，精训诂音韵学，嘉庆时与孙渊如友，讲学九水，士林翕然宗之，亦齐东硕儒也。

篃箕山方竹

威　伯

赣粤交界之龙南、虔南等县盛产竹。某次因事登其间之篃箕山。时方盛夏，山下炎热逼人。入山数里沿小径行竹林中，炎威渐杀。再上有雾气出远林间，既而寒气侵人，雾凝成冻，愈上则凝冰愈厚。竹无论叶背、叶面、细筱、粗干，均包饰如裹琉璃，日光斜透，灿烂流虹。凡土地岩石，皆若藏水晶体内。万籁无声，一尘不染。瞻顾左右，心旷神怡。竹负重荷，渐压渐曲。时而霹雳一声，枝摧干折，山鸣谷应，真爆竹声也。山偶产方竹，为希有物。居停萧君以所藏方竹杖相赠。杖长三尺许，径方边各寸许，中空外直，劲节方棱。观此，古人以竹为师之语不虚。

唐以前书皆始艮终乾、
南宋以后书皆始巽终坤解

伯　弓

清泾县包世臣撰《艺舟双楫》五卷，前三卷论文，后二卷论书。论书中有述上中下三篇。《述书·上》云："乙亥（清嘉庆二十年，公历一八一五，包氏时年四十一）夏，与阳湖黄乙生小仲同客扬州。小仲攻书较余更力，年亦较深。小仲又云：'唐以前书皆始艮终乾，南宋以后书皆始巽终坤。'余初闻不知为何语，服念弥旬，差有所省。"《述书·上》之后低一格，附录云："嘉庆丁丑为此篇，又为中篇以疏之，戊寅客吴门乃为下篇。道光辛巳（道光元年，公历一八二一），余过常州晤小仲，出稿相质。小仲曰：'用笔者天书中尽之。始艮终乾，正所渭流美者也。书中阐发善矣，然非吾意。'请其术，卒不肯言。"《述书·中》云："山子（吴江吴育字山子）之法，以笔毫平铺纸上，与小仲始艮终乾之说同。始艮终乾者，非指全字，乃一笔中自备八方也。后人作书，皆仰笔尖锋，锋尖处巽也。

笔仰则锋在画之阳,其阴不过副毫濡墨,以成画形,故至坤而锋止。佳者仅能完成一面耳。惟管定而锋转,则逆入平出,画之八面,无非毫力所达。乃后积画成字,聚字成篇。盖人之腕本侧倚于几,任其势,则笔端仰左尖成尖锋;锋既尖,则墨之所到,多笔锋所未到。古碑皆直墙平底,当时工匠知书,用刀必正下以传笔法。后世书学既湮,石工皆用刀尖斜入,虽有晋唐真迹,一经上石,悉成尖锋,令人不可见始艮终乾之妙。故欲见古人面目,断不可舍断碑而求汇帖已。”包氏之书,嘉庆道光间负盛名,其弟子遍布江淮间,当时服习其说者至成包派。其说尊碑抑帖,蔚为一时风气。所著安吴四种,流传颇广;而《艺舟双辑》一种,翻刊排印,几于人手一编。南海康有为目空一切,独低首包氏,作《广艺舟双楫》以发挥其说。而《述书》篇中之“始艮终乾”“始巽终坤”二语,包氏故弄狡狯,不作解释,令人自悟。余初阅其书,为之眩惑,历访精研八法之人,均以不必过求甚解相搪塞。嗣偶尔披读朱子《周易本义》,前列文王后天八卦方位图,顿然触悟。图本圆形,表示八方。只须将圆形改作方形,则不待烦言而自解矣:

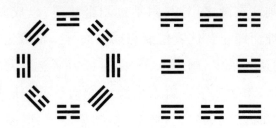

　　盖借此文王后天八卦方位,以表示笔锋所到之处。唐以前书悬肘竖锋,笔毫平铺纸上,八面饱满,俱无欠缺。画之阳巽至坤,固笔锋所到;画之阴艮至乾,亦笔锋所到。言"始艮终乾",即可以包括"始巽终坤"在内也。南宋以后书不但不能悬肘,甚至不能悬腕,下笔时自然笔管向后,笔锋向前。笔锋所及,始于巽终于坤而已,仅能完成画阳一面;其画阴一面,皆副毫濡墨成形。一笔之中阴阳已不相称,积笔成字,则处处呈现欠缺,处处暴露软弱。言"始巽终坤",即显示抛弃"始艮终乾"于外也。然则此二语十九字,不独贯串于《述书》三篇之中,亦足以揭橥包氏一生论书之旨。研究包氏学说者,讵可忽乎!

刘雪湖画梅巨幅

遐　翁

辛丑年（一九六一）冬，沪友浼人寄余画册。其裹纸似由大幅画分裂者，翻阅果然乃一幅墨梅，且非凡笔，但无题款。所画之梅，章法极大，度尚有五六尺始尽其势，则全幅当盈丈矣。余审视以为似明代刘雪湖笔。但余纸不知何在，急函沪追索，不久陆丹林以余纸二至，与前吻合，且果雪湖笔。因急以示陈叔老，盖叔老以藏画梅名海内也。叔老见之，亦极欣赏，商付装池，神采益焕。叔老意如此巨幅，非悬之高堂杰阁，不能相称；拟献诸公家，陈之庄严阔敞之区，高其位置，且供众赏，余亦同意焉。余维此伟大名家杰作，传之四五百年已沦毁灭，一旦出之尘埃败篚之中，由分而合，由碎而完，非但其画之幸，抑吾国人之幸矣。吾国画家喜绘梅兰竹菊，正以四者可代表吾人民传统之精神志节。今此画之出，适逢其会。既足示吾国艺术之崇高，并足使我国人之志节精神，为国内外观众所感受，滋可喜也。至此画笔仗纵横，使巨干疏枝，若自层阴积沍中披云雾而出，为大地阳和增其气势，斯其意境更有足资吾人兴起者。因纪经过，以验后来。雪湖浙江山阴人，名世儒。明中叶以画梅名，有《雪湖梅谱》传世。

清贝勒载澍被杖革职

慧　远

清孚敬郡王之子载澍素不孝其母,寿辰不叩祝,不跪接赏件。慈禧那拉氏闻之怒甚,降谕革去载澍贝勒,重责八十,永远圈禁,令世铎传旨遵行。次日复传旨不准本府送衣服食物。此事见翁松禅《丁酉年日记》。顷读胡思敬《国闻备乘》云:载澍娶慈禧之弟兆祥女,夫妻勃谿。盖慈禧久已恚恨,欲加斥责;此次因母寿事遂借题发挥,一时京师传为奇谈。长洲叶昌炽《诗谳》所咏,皆关当时朝致或宫廷秘闻。曾有《伯禽》一首,即指此也。诗云:"待罪桐宫许自新,酎金何止失侯身。反唇未合伤慈母,没齿何由作庶人?三百诗谁陈谏草,八千岁盍祝灵椿?伯禽受挞虽因过,顾复天家劝事亲。"

楹联之始

君　坦

楹联自宋时已有纪载。夏映庵《窈窕释迦室随笔》云:"初有联语皆书于一纸,至明末始作两条"云云。尝阅仇运《稗史》载洪咨夔《桃符》云:"未得之乎一字力,只因而已十年间。"盖即门联也。又《鹤林玉露》载傅公谋尤工作酸文。尝作无遮榜语云:"红旗渡口,凄凉芳草夕阳天;白纸山头,惨淡落花寒食节。"公谋名大询,宋隆兴间有词,见《词品》。厥后,赵鸥波为扬州巨室,书春题于江楼,曰:"春风阆苑三千客,明月扬州第一楼",尤脍炙人口。所谓"春题桃符无遮榜",亦即楹联之滥觞也。至陶宗仪《辍耕录》书俞俊事云:"俊嘉兴人,据其嫂为妻。既而死,俊缚彩缯为祭亭,缀钚盘十有四于亭两柱。书诗联盘中云:'清梦断柳营风月,菲仪表梓里葭莩。'柳营暗藏亚夫二字;菲仪谓非人,表梓谓婊子,总贱娼滥妇之称;葭莩皆是夫也。郡人莫不多其才而讥其轻薄如此。"此又挽联之创始,且明述诗联分书于彩亭两柱

�盘，又不仅书于一纸矣。乃晚近书画鉴赏家谓明代无对联，凡书为联语者皆赝，殆亦未之考耳。

清皇宫"主位"与"关防"之解释

公　孚

　　清咸丰帝崩于热河时,在行在之军机章京,与留京同事通信。后发现当时所谓十二通密札,内一札云:"先送主位回去。""主位"两字,为内务府官员及太监宫女所常用之术语。自皇贵妃、贵妃、妃嫔、贵人、常在、答应等人,皆在所称主位之内。亦犹如普通人家之有次妻众妾也。内廷对于某妃住某宫,即称为某宫主子,此"主位"两字所由来。又密札内并有"关防"二字。此二字亦可作主位解释。清皇宫内,皇太后、皇后有挪动(亦太监常用术语,即由此处到彼处意),先由守卫宫廷之护军驱逐行人,再由一太监走在前头口内打叱(音嗤),后即跟随手提香炉之太监四人成对前引,而太后、皇后乘轿过矣;其他所谓主位者,有时由某宫至某宫,必须经过甬子(即古之永巷),并不先驱逐行人,而仅由一太监走在前头口呼关防。凡在内廷当差之人遇见关防,应立即站住面墙而立,候主位过去即可照旧通行。或甬子内两门相对，主位由此门过到彼门，则由四名太监手执布围幪在两门之间左右遮挡，行人遇此仅稍止步即可。宫内呼此围幪亦曰关防，其意在禁止旁人窥视也。又凡亲王郡王府内，王与福晋所居为正殿，其侧福晋妾与成年之格格所居之处名之曰关防院。此院除太监、嬷嬷（乳哺某王之子女或照看子女之旗妇皆名曰嬷嬷）、仆妇、使女外，余概不准擅入。外回事处人员有必须禀闻之事，只能在院门外告知太监由其转达，其有本家内眷或亲近来者，亦须由太监领进，不能自由走进院内。盖亦沿宫廷之制也。

《实事求是之斋存稿》

继　祖

　　朱大韶《实事求是之斋存稿》底本三十册,现藏上海市图书馆。有沈文倬者曾作文介绍,谓为未刊稿本。按:朱氏此书,张文虎选录为《实事求是之斋经义》二卷刊行。后王先谦又据此刊入《皇清续经解》,后有光绪九年其子星衡跋语,称《实事求是之斋经稿》,共有正副两本。正本经大韶手订,未分卷帙。后迭遭兵燹家难,正本被盗劫,仅存副本,中多删改。光绪七年,星衡求张文虎选定上下两卷。因张匆匆应南菁书院之聘,未及再选;又由李兴锐助资付刊,其余仍藏于家云云。知《实事求是之斋存稿》即星衡跋中之经稿副本。张文虎作《朱氏家传》亦云:"文虎写其辩证典礼者四十五篇授之梓,而其众仍藏于家。"叙说甚明,而沈未详考,为补著之。

记苏州鸥隐词社

慧　远

清光绪时词坛人物甚盛。京师自端木子畴、许鹤巢、王半塘、况夔笙等有《薇省同声集》之后，一时兴起者众。而以半塘为领袖，如朱古微、张次珊、宋芸子、刘伯崇等皆社中坚。是时在南方亦有词社之创立。苏州有鸥隐社，惟声气不若京师之盛。距今已七十年，而知者已少；欲求其社中当日为谁何，更渺茫矣。昨读刘语石炳照《无长物斋词存》，略述鸥隐社梗概，故述之如下：苏郡西偏有艺圃焉，为胜国遗老姜如农给谏侨寓。详汪尧峰先生前后记中。池荷多异种，纯白无杂色。乙未七夕后三日，偕同郡费屺怀、夏闰枝、钱塘张汕莼、宝山陈同叔、金坛于仲威、余杭褚绎堂、铁岭郑叔问，结鸥隐词社于此，云云。按鸥隐社除上述数人外，先后入社者尚多。如：张子馥、易仲实叔由、蒋次香、况夔笙、潘兰史、金湛生等皆有唱和；而在北方之半塘、古微诸人亦时时邮笺往还。始终主其事者郑叔问也。郑居吴门，久执词坛牛耳数十年，为晚清词学大家。社中诸人刊有词集流传者固不少，亦有一无所传而湮没无闻者在。余恐岁时既久更不可考，濡笔记之。

同姓名

古今异代同时同姓名者多矣。如后汉王溥为中垒校尉；唐王溥昭宗时以中书侍郎同中书门下平章事；明安仁王溥仕陈友谅守建昌，后降明太祖为河南行省平章；明桂林王溥洪武末为广东参政。如元刘瑾著《诗传通释》，永乐时采入《五经大全》者；明权珰刘瑾竟与之同名。元张英善画花鸟，见《画史汇传》；明张英武宗时为京卫指挥使，以谏死；清桐城张英康熙进士，官文华殿大学士，卒谥文端；海宁张英，康熙进士，官广东提学道，出文端之门，师生同一姓名，当时传为佳话。又吾省有两吴姓大族，为通家好。两吴姓昆季命名皆以士字排行，下一字为马旁。如吴士骐、吴士骏、吴士骙类。一岁甲吴家遭母丧，讣至乙吴家。则乙吴家之昆季在讣文上皆孤哀子也，因是馈挽幛不好具名，遂送祭席经坛代之。又民国北洋派政府徐世昌为总统时，国会议员有韩世昌其人；时高阳昆曲旦角演员韩世昌入都登场，声艺腾噪。

议员韩世昌竟致函当局,须昆旦之韩世昌更名。事闻于舆论界,纷为文讦之,成为笑柄,而韩卒不更名。今日韩世昌为北昆剧院院长,桃李满门;而当时国会议员之韩世昌已与草木同朽矣。

清微道人《空山听雨图》

退　翁

　　清代锡山女冠韵香，又号清微道人。其《空山听雨图》久负盛名，自乾隆以后名流题咏殆数百家。其后失去，道人以是怏怏，旋即自经。光绪初年先大父南雪公得此图于京师，曾自为补图一帧，并摹清微道人像，又题《洞仙歌》一阕，详跋其颠末。当时友朋题咏甚多。但现在册内仅存易硕甫先生一诗一词，其他皆杳然；或系匆匆未及写入，抑后散失，亦未可知。余髫年侍大父于粤垣越华书院，每年曝书时见图书画册，辄摩挲不去。大父顾而乐之，许为能继家声。故对家藏清微道人《空山听雨图》早有印象，惜年幼未能深志之。大父弃养后，此图亦佚。余既长，往来南北，数十年访之终未得也。一度居沪，闻在徐积余所，曾面询之，徐云已归他人，遂未深问，仍时往来胸臆中。继得丁闇公《福慧双修庵小记》，每阅之怅然而已。今得锡山陶心华祖鎏君函告，收得《空山听雨图》册，凡四，以摄影见示；谓将献于无锡博物馆，以此图与寒家有故实,属为题记以志经过。闻之欣慰交并。陶君云此图册在徐积余殁后自其家中散出,于一九五一年在沪收得之。其先为王雪澄秉恩所藏,以银四百五十两让与积余云云。盖雪澄官粤甚久,又主广雅书局事,博雅好事,收藏精富,搜罗吾粤文献尤夥。余重思之,由此溯源,可能由余家流出后即入雪澄手,再归徐、归陶。计自大父收藏,展转流传迄今八十余载,复归回道人故里。楚弓楚得,良足庆幸。而余曩时在祖庭摩挲浏览之物,复以八十余之衰翁重睹先人手泽,并附识册尾,岂非香火因缘欤!独惜大父收藏剧迹,迭经变乱,与余数十年来所获金石书画均丧失殆尽。泚笔及此,能不怅怅耶!

俞曲园凿井词

俞曲园集外未刊词,有十二叠笏翁《金缕曲》一阕云:"巧引璇源放。笑中华、插秧时节,桔槔相望。高架木桃施铁凿,深浅何须测量。掘九仞、无泉休怅;一十二枝插尽后,不愁他、埋玉深深葬。来汩汩,涤而荡。　　竹筒自下能通上,吸清泉、沫珠喷玉,飞流堪况。西北倘能行此法,旱岁农田无恙,收禾稼欢腾穷巷。财赋东南应大减,合寰中统核盈虚帐。飞挽罢,讴歌响。"此即近日之机器井,俗所谓洋井也。百余年前,机械之设未备,农村以土法凿井,劳而鲜功。沟洫涸塞,阡亩荒废;而西北沙碛终岁苦燠,赤地千里寸草不生,至可哀也。俞词前附一长序云:"客或言日本国有铁棒开井之法;用木制长梯驾铁棒一枝,每枝长四间,重六十贯目(日本以六尺为一间,以百两为一贯目也)。将此棒硾入地中,尽一棒又以一棒继之;而棒相接处有三孔,以横铁贯之。随地浅深,以及泉为度,尽十二棒无不及泉矣。抽出铁棒,以巨竹如棒粗细者通其中节,首尾相衔,插入原穴中,即有清泉上涌如箭,盛夏不竭,一井之水可溉田十反(日本以方六尺为一坪,三百坪为一反也)。笏山方伯考试属官以海运河运孰利为问。余同乡宋蕉午晴初言二者皆有利弊,不如开西北水利以减东南之漕。方伯韪之,置第一。余因倚此阕进此说,为西北开水利之捷法,是否可用,则余固不知也!"云云。此词自近日观之,执眼前习见之工具,演为奥诡之词典,诘曲形容,然以闭门讲学之旧儒,究心海外新兴之事物,与言济世,自非蚓窍蝇声所能企及。曲园著述等身,世称朴学,间亦喜作小文绮语。集中骈俪文体则与吴园次、袁随园相近。词笔奔放,不为浙派雕琢所囿,亦不讲求格律。词藻酣畅处颇似湖海楼。盖为老年抒情写意之作。此阕及序直以汉赋唐文之笔行止,亦词家别开生面也。

诗 钟

稼 庵

诗钟,清嘉道间创于福建。林文忠则徐即喜为之。此道虽小技,然亦不易工,非失之晦涩,即失之平庸。近世听水老人陈弢庵最擅长,清稳曲畅,自成一家,洎闽派之杰出。如淡头一唱云:"淡比诗人从品菊,头看穷子不差蓬。"武平七唱云:"精舍画山才数武,小池涨雨欲全平。"突蒙四唱云:"秋来何突风鸣树,云过犹蒙雨满山。"街手六唱云:"醉归扶掖劳街卒,少作流传馘手民。"寒明三唱云:"灰死寒炉应妒扇,尘空明镜那论台。"皆佳制也。相传大生七唱云:"江左坐看孙策大,石头肯作褚渊生。"碧鸡二唱云:"残碧殿秋如有恋,老鸡知曙奈无声。"迁履五唱云:"一卧沧江迁谪感,十年京洛履綦痕。"则又自写身世矣。

福州托社传诵有数联。忧惠二唱云:"幽忧所积皆歌哭,微惠犹衔况死生。"天字四唱云:"楼阁半天双燕下,阑干卍字百花扶。"雨江四唱云:"万花著雨春如梦，一桨横江月有声。"客诗六唱云："中落门庭无客到，故交台省有诗来。"天马六唱云："黄河冰块兼天下，蜀道云锦夹马飞。"鬵银七唱云："感逝空山松已鬵，慰贫穷巷月如银。"余尝效其体拟作十数联，今仅记得三联，交尺四唱云："庭树花交香不断，山楼影尺日方中。"天字四唱云："井底有天蛙自乐，书中无字蠹偏生。"雨江四唱云："小墀甃雨搀花气，涨潦鸣江掩竹声。"邯郸学步，未能得其仿佛也。

分咏格诗钟每有极佳者。都中相传咏杨贵妃及煤云："秋霄牛女长生殿，故国君王万岁山。"宝剑崔双文云："万里河山归赤帝，一生名节误红娘。"又保山吴子明提法煮咏曙星比干云："横秋雁塞两三点，去夏龙逢六百年。"皆超脱壮浑，最为高格。又王壬秋咏翎管水烟袋云："双貂翠珥云南玉，二马黄磨汉口铜。"三六桥咏马褂羊叔子云："三字译音蔡尔伯，千秋绝对骆宾王。"蔡尔伯满语马褂也，皆精整滑稽。余有咏潘金莲及蟋蟀云："瓶梅春影孤臣泪，窗月秋声怨妇词。"丁酉冒疚斋北上来会于溥叔明所，叔明为述此联，疚斋数称赏之。

嵌字集唐之作，旧传女花三联，自是绝唱。一云："青女素娥俱耐冷，名花倾国两相欢。"一云："商女不知亡国恨，落花犹似坠楼人。"一云："神女生涯原是梦，落花时节又逢君。"若集唐分咏，而能辞句浑成别饶风趣，殊不多觏。往在诸季迟家作诗钟会，项城张丛碧有咏庸医及八字分咏格云："新鬼烦冤旧鬼哭，他生未卜此生休。"真可谓惊心动魄，一字千金。分咏集唐，叹观止矣。

老友王耕木亦喜作诗钟，最擅集唐。往往题目到手，随意安排，俯拾即是，有出人想象之外者。庚午辛未间旅居松滨，暇辄邀朋辈集余家为诗钟会，月常三四集。耕木必有集唐一二联为众口传涌，今犹约略记之。何问六唱云："更为后会知何地，自断此生休问天。"仁广四唱云："只有安仁能作诔，焉知李广未封侯。"白流六唱云："永忆江湖归白发，试凭丝管泄流年。"大秋四唱云："古来才大难为用，老去悲秋强自宽。"坐心七唱云："尽日淹留佳客坐，两朝开济老臣心。"赏春四唱云："刻意伤春复伤别，暂时相赏莫相违。"人落二唱云："旁人错比扬雄宅，摇落深知宋玉悲。"尺山七唱云："秋水才深四五尺，轻舟已过万重山。"节朝七唱云："且将酩酊酬佳节，未有涓埃答圣朝。"国分二唱云："三分割据纡筹策，万国衣冠拜冕旒。"山上二唱云："故山弟子空回首，路上行人欲断魂。"漠班七唱云："一去紫台连朔漠,几回青琐点朝班。"草罗四唱云："数丛沙草群鸥散,万里云罗一雁飞。"黄渭一唱云："渭水自萦秦塞曲,黄河远上白云间。"荒草七唱云："墙头细雨垂纤草,城上高楼接大荒。"边节四唱云："四时八节还拘礼,七国三边未到忧。"轻日六唱云："三峡楼台淹日月,五陵衣马自轻肥。"渔雨六唱云："圣代即今多雨露,夷歌几处起渔樵。"郎我七唱："词客有灵应识我,小姑居处本无郎。"夜三三唱："可怜夜半虚前席,犹得三朝托后车。"春丈二唱云："三春白雪归青冢,一丈红蔷拥翠筠。"边在二唱云："无边落木萧萧下,自在娇莺恰恰啼。"他作佳者甚多,不悉录也。

印 话

玉 言

清乾隆吴竹堂藏"史迁"二字铜印,自以为太史公遗物。后孙渊如得"司马迁"三字铜印,黄秋盦遂题云:"篆势雄浑迥不群,斯文也合妙香熏。龙门手泽先生握,天许词坛共策勋。内史印归虞秘监,书家物又付书家。姓名三字分明在,寄语吴君莫漫夸。"诗殊不佳,而事颇有趣。盖风气所趋,搜罗赝鼎,附会文字,势所必至,不独吴君闻之失色也。如龚定庵以婕伃妾娟印为婕妤妾赵,指为赵飞燕物,岂非即史迁一流乎!三年前友人孙正刚于津门收一汉铜印,文曰"周生之印",持以贻予。或谓此殆太史公所言吾闻之周生云云之周生也,亦未敢遽信。然其印法实佳甚。尤奇者,拂拭残砆,谛审字口内悉填以别色金,若铝锡之属,而复以刀重刊其笔画者。因戏谓"但闻秦鼓填金,未闻汉玺填锡"。询诸行家,亦不能言其故,识之以俟博雅论定。又昔年偶晚步于隆福寺,时华灯初上,信目游观,随手取一旧石印视之,文曰"快绿怡红"，索值甚微，遂得收之。印作古铜玺式，有纽可贯绶，方寸巨而扁，篆刻之法迥非晚近风格。尝乞谙于此道者鉴订之，谓似明末清初物，至迟亦不晚于雪芹时代，断非后来红迷所能为，或竟是雪芹遗物亦未可知云。予亦未敢遽言是非，盖平素于此实无所知，门外而强说行家话，必将贻笑大方。亦姑识之，聊资谈助云尔。

端方罢职之远因

公　孚

李鸿章殁，有旨在直隶建立专祠，列入祀典，由地方官春秋致祭。祠建于天津，在北洋大臣行辕西。直隶督署设保定，因兼北洋常驻津也。宣统元年秋祭，由袭侯李国杰先期诣祠预备，并谒总督端方请主祭，端允必到。届日布政使凌福彭等均到，久候端不至。再三催请犹未来，使人觇之，则正会客。客为梁鼎芬，云且留饭。梁固曾劾鸿章可杀者也。国杰闻之大恚。时过午，国杰本盛设以享客，未祭不得食，客亦腹馁矣。遽请布政使主祭；一面遣人至督辕报告祭已毕，请弗劳驾。实则祠距督辕伊迩，端何难一往祭而不饭？盖端自调北洋，志得意满，以国杰为年家子（其伯父李经方为端壬午乡试同年），以为少年纨绔，意轻之；而不知地方祀典，总督可预遣代，而不可临时不到也。翌年春，孝钦后奉安定东陵，端在陵将事，竟于红桩内行树钉电话线，且到处拍照，并乘舆横绝神路。国杰时以委散秩大臣奉派诣陵行礼

（其本官为农工商部左丞），目击其事，获得弹章好材料。遂在旅次草拟疏稿，劾以大不敬，连夜疾驰回京，趁端到京前上之。故事：陵差毕，直隶总督未得宫衔者可加太子少保衔。端诣宫门请安，即未召见。是日谕旨据李国杰奏参，端方著交部严加议处。寻吏部议上应得革职之处分，遂革职。此若在道光以前，律以大不敬，应拿交刑部治罪矣。人或云国杰此疏，可谓公报私恨。然在端则傲慢恣肆，未尝不咎由自取也。端姓托活洛氏，见之于所刻书及收藏图章。尝自称浭阳端方，浭阳即直隶丰润，端为其地屯居旗人故云。《清史稿·端方列传》云姓托忒克氏已误，又云隆裕太后梓宫奉安则尤误。其时隆裕太后随送在陵，国杰所劾固已就地知其事，无俟查办也。李祠内悬有袁世凯一联，其文曰："受知早岁，代将中年，一生低首拜汾阳，敢诩临淮壁垒；世难方殷，斯人不作，万古大名配诸葛，长留丞相祠堂。"为一时传诵。闻系袁幕阮斗瞻手笔。

刊书家穆大展行乐图

劳　人

　　穆近文字大展,一字孔成,金陵人。诸生,少游沈归愚门。工诗古文,精鉴别,多蓄三代秦汉钟鼎彝器;擅篆刻,抚秦汉印铢入能品;而碑版尤精,尝获晋右军将军王夫人墓志于吴门短簿祠,影刊行世,几于乱真。性淡泊不慕荣进,市隐阛阓,设书肆自给;躬任剞劂,所刻书校写精审,风行海内,名与汲古阁埒。生于康熙六十年,卒于嘉庆十七年,年九十一。子廷梅君度能世其业;吴中书业至今守其矩矱,称极盛焉。大展所刊书以写刻本最精。墨谑顾藏有《昭代词选》三十卷,吴县蒋重光辑,乾隆锄经堂刊。卷后有金陵穆大展刻字一行,写刻极精。二为《金刚般若波罗蜜经》二卷,乾隆四十六年刊。前序有吴门弟子穆大展薰沐敬刻各一行。三为《关圣帝君圣迹图志集》四卷,长洲沈德潜增订,嘉庆七年苏郡全晋会馆刊。是书共二十五图,首图左下角有吴门穆大展局镌,末图左下角有吴门穆君度镌各一行。图绘精致,刀法熟炼,犹存明文林阁遗矩。大展爱栖霞山松柏之胜,晚年筑精舍山椒,春秋佳日徜徉其间,极夷旷之高致。余藏有《摄山玩松图》,为娄东陆星山绘。星山名灿字幕云,善传神。尝绘清高宗御容称旨,赏赍优渥;画有士气,为世所重。卷高一尺三寸,长约四尺强。图绘古松七株,虬柯龙鬣,蹩跰天矫,临风披偃,谡谡有声,若与鸣泉相应。立松下戴笠笑睨者为大展,长身鹤立,貌清癯,双目炯炯有神。一小童撰杖侍侧,极谨愿。松石淡墨染,松身及岩石侧面略用淡赭渲;人物铁线描,钩勒简净,有筋骨;衣物淡著色,画风近曾波臣。图作于乾隆三十三年戊子,大展时年五十六岁。前额为沈德潜隶书"摄山玩松图"五大字。另纸题跋为陈宏谋、汪志伊、谢墉、沈德潜、彭启丰、王昶、钱陈群、秦大士、钱汝诚、张泰开、王鸣盛、薛观光、蒋谢庭、介玉涛、蒋熊昌、李棨,陈景良、戴奎、葛正笏、史尚确、彭绍升、张大金、张其炜、吴贤、顾惇量、顾宗泰、应澧、陆鸿绣、韩锡胙、孙登标、金祖静、陈兰森、袁鉴、袁枚、张凤孙、张埙、严长明、吴文溥、王玙、钱坫、毕泷、毕沅、毕溥、蒯谦吉、张复纯、王文治、谢鸣篁、黄轩、李廷敬、王杰、杨滑、蒋元益、宋思仁、钱大昕、沈沾霖、刘墉、蒯嘉珍、徐昌期、季惇大、毛藻、蔡九龄、毛怀、吴友松、熊枚、舒怀石、段琦、许宝善、范来宗、尤维熊、邢佶、沈起凤、甄辅庭、潘奕隽、舒位、王睿、石韫玉、单沄、李翃、王赓言、康吉因等八十一人。大展风流儒雅，交游遍天下。生际承平，寿跻大耋。图卷题识，乾嘉名流学者名公巨卿十居八九，极一时之盛，可备书林掌故焉。

张佩纶三娶

朋　寿

　　佩纶于清同治九年庚午捷南宫入词林，时年二十三岁。后数年始与大理寺卿朱修伯学勤之女朱班香结婚，而奁中之物，则宋本《汉书》也。婚礼之成仅用银五两，盖家无囊储，而翰林院之官俸甚薄，盐关津贴尚未复旧；所恃惟同年世好有外任者馈岁之举，美其名曰炭敬，冷官滋味清苦可知。所幸朱夫人幼承母教，勤俭持家，故不以为苦，且有唱和之乐。朱夫人年十五六时，其祖朱次云已罢官就养京寓，日手一编。朱夫人侍侧读书甚为强记，历代谥法年号背诵如流，不失一字。其父修伯承恭邸教，作《枢垣纪略》及《军机大臣表》，凡详查书籍及携出直房秘本均令朱夫人司之，并乘间考订后妃封拜年月甚详。曾作《春秋宫词》数十首。佩纶治《汉书》校正钱十兰《地理志》，偶与南皮张孝达言及《汉书》列传中有不列传人姓氏，若摘录亦便查阅。朱夫人即手为抄撮，

分门别类，井然有序。独惜结褵五载，朱夫人遽以劳
瘁逝也。所生二子，长志沧，次志潜，养育外祖母家。
人生至此哀悼可知。故佩纶有诗曰《梦中作》，谓：
"昨夕梦见亡妇，缟衣而坐，悄无一语，惟有五律一
首，亦不知为余作为妇作，姑录之：魂远君尤远，魂归
君未归。十年成断翮，五夜感元机。月冷空床簟，风
寒客邸衣。梦中无一语，握手暂依依。"

　　朱夫人故后，继配为河南巡抚边润民之女边夫
人。虽未闻遗有著作，而佩纶每称其学问渊雅。佩
纶于光绪十一年乙酉赴张家口戍所，边夫人于次年
丙戌卒于京寓。生离死别，伤悼弥深。其追悼诗云：
"肠断魂消未死前，更无人处有啼鹃。浮云幻尽三年
态，朝露虚留一梦缘。耿耿望夫真化石，深深埋玉早
成烟。衾裯动郁山河恨，倘结来生更惘然。"

　　光绪十四年戊子遣戍期满。佩纶孑然一身，无
力缴纳在军台效力之台费，由直隶总督李鸿章代缴。
盖李在安徽练淮军时与佩纶之父张印唐为旧交，而
李又为佩纶之师，故有此举。迨佩纶由张家口回，先
赴李鸿章处致谢，遂入李幕府。李极重其才学，即以
第三女菊耦妻之。李夫人藏宋拓兰亭甚富，张亦有

之,暇辄各出所蓄兰亭互相题咏为乐。李鸿章遂书
"兰骈馆"三字颜其斋,并在其丰润县原籍齐家垞为
筑新居,题曰"明致书屋"。在甲午中日之战前,朝中
有起用佩纶之议,被忌者所知,谓李鸿章容留罪臣,
奏请驱逐。于是佩纶夫妇迁居总督署外。至光绪甲
午则迁南京之七湾。白下俗说有"眼泪流到七家湾"
之语,佩纶心甚恶之。初则意在北归,不能决意谋
宅;继则次媳已成痼疾,无从移居。居七湾五年,长
子志沧第三四两幼子、次媳黄氏及一孙均死焉。乃
购张袭侯之旧园居之;迨修茸略定,而佩纶于光绪二
十九年癸卯逝世矣。李夫人诗之见于世者,仅《涧于
集》中之兰斋联句,乃用昌黎会合韵者。至其学识议
论,略见《涧于日记》中:一为与李鸿章论明成祖朱棣
为何人所生。李鸿章谓为高丽妃所生,李夫人谓为
孝慈高皇后所生。佩纶则曰皆有据,谓为高皇后所
生本于《明史·成祖本纪》;谓为高丽妃所生则有朱
竹垞《南京太常寺志跋》。跋云:海宁谈迁孺木馆胶
州高阁老宏图家,借改册府书纵观,因成《国榷》一
部,掇遗为《枣林杂俎》,中述孝慈高皇后无子,不独
长陵为高丽碽妃所出,而懿文太子及秦晋二王皆李

淑妃所生也。闻者争以为骇。史局初设，尝质诸总裁前辈，总裁谓宜依实录之旧。今观天启三年《南京太常寺志》中，设高帝后位，左生子妃五人，右硕妃一人，事足征信，实录史臣曲笔不足从也。长陵上阙下书及宣谕臣民曰"太祖高皇帝孝慈高皇后嫡子"，壶浆欲掩而迹返露矣。是竹垞之意以成祖为硕妃所产也（《太常志》四十卷，嘉兴沈若霖编）。二为佩纶与李夫人谈宋太祖烛影斧声之事。李夫人谓为宋太祖之死为太宗所弑，引《通鉴》太祖崩后，皇后使内侍王继恩夜召德芳，而继恩以太祖传位晋王之意素定，乃径趋开封召晋王。王犹豫不行，继恩促之。后闻继恩至，问："德芳来耶？"继恩曰："晋王至矣。"后见王愕然，遽呼官家。据此即见瑕隙。夫太祖果欲立弟，何崩时寂无一言？然则帝自遗命立子，而晋王阴结宦官突然直入，夺之孤寡，其后乃以金匮之说愚天下耳。其无兄之迹已不待书而自显，初何烦考《湘山野录》哉！且以《湘山野录》之说证之，则是夜帝本无疾，忽焉而崩，尤可疑怪。《穀梁》谓郑伯克段，处心精虑成于杀，太宗本建陈桥之策，导兄以不臣，旋即报兄以不弟。盖代周之日兄已显而己尚微，故如商

卷二　　151

人之让惠公；及海内小康，威名已立，则弑其兄杀其子而代之，视齐之武成等耳，亦处心积虑而成乎杀者也。宋臣文字缘饰弥缝，使弑兄之罪不彰，均不足据耳。佩纶曰："卿竟如老吏断狱，识力甚辣。"观此可见李夫人之卓识。李夫人生一子曰志沂。

张学良所藏书画目录

庆　麟

　　张学良将军嗜书画,在掌东北军政任内搜集颇多。"九·一八"变起仓卒,其所蓄书画在沈阳部分悉陷敌手。日人投降后,余自渝返乡,于沈阳冷摊购得油印书画目录一册。封面正中书"书画目录"四字,右上角书大同二年十月,左下角书满洲国国务院逆产处理委员会等字。目中罗列张氏藏品二百四十一种,六百三十三件,末附汤玉麟所藏十件,都凡六百四十三件。其煊赫有名之迹有王献之《舍内帖》、小李将军《海市图》、董源《山水卷》、郭熙《寒林图》、宋徽宗《敕书》、米元晖《云山图》,下至元明清赵松雪、钱舜举、吴仲圭、王叔明、文、沈、唐、仇、四王、吴恽、石涛、八大之品俱备。顾所收殊杂,若慈禧、光绪以至东瀛画人横山大观、中村不折等作品亦入箧中。向在沈阳友人处曾见张氏原藏十洲、南田、石谷等轴卷,中有赝迹,想见其晋唐宋元诸迹亦不无问题。闻其藏品为伪满洲政府没收,后交伪奉天博物馆。而余后在辽宁及沈阳故宫博物馆均未见其目录所载之件，询之馆中主事者，谓于一九四五年光复后尽遭浩劫无存。其在北京经周大文、胡若愚为其所收书画多系精品，内有元张子正《折桃花卷》最为名贵。此一部书画张氏交其顾问英国人端纳代存，西安事变后张氏为蒋介石所囚，而端纳死去，全部在北京所收书画至今仍无下落也。

赠钱金福《金缕曲》词

丛　碧

　　五代北宋参军戏丑角为主。是以梨园行后台规矩，座位丑角坐上首，勾脸时须丑角先开笔，后净杂各角始能勾脸。传以后唐庄宗为老郎神，庄宗曾自演戏饰丑角，故后以丑角为尊，乃附会之讹也。乱弹戏（今称京剧）自清乾嘉后入京，号四大徽班，皆以老生为主。程长庚大老板之后，有汪桂芬、孙菊仙、谭鑫培老生之三大流派。至清末民初始以旦角为主。而老生沦为跨刀矣（行话，演倒第二出戏及与旦角配戏名跨刀），其他净丑武杂更无论焉。武花面钱金福家学渊博，负绝艺，非惟昆乱不挡，即生旦丑武各角戏皆能之。梨园称"钱家脸谱""钱家把子"。名武生杨小楼、名老生余叔岩皆依以为辅，且师事之。一次张宗昌家堂会，派叔岩演《一捧雪》之莫成。叔岩于此角不甚清楚，乃请钱教之，余适在座目睹。余亦曾从其学《五雷阵》《九龙山》两出，一饰孙膑老生戏，一饰杨再兴小生戏也。某岁余由北京去汉口，车行须二日，途中无聊，乃戏作《金缕曲》词六阕，分咏杨小楼、梅兰芳、余叔岩、钱金福、程继仙、徐兰沅。其五阕皆不复记忆，赠钱一阕颇滑稽，今录于后："耆旧凋零叹。想承平、梨园白发，物移星换。龚陈已老长林死，惟有此翁尚健。算留得、灵光鲁殿。脸谱庄严工架稳，看演来、咤叱风云变。须传此、《广陵散》。

有谁不挡兼昆乱。无奈他、失之子羽，艺高价贱。当日只将师傅恨，为何不教学旦？真活把我家眼现，梅尚荀程皆有党，问谁人、拼命捧花面？空出了，一身汗。"时上海小报甚风行，因用别名投稿于上海《晶报》。登出后，群揣猜为何人所作，有谓为北京某老翰林者，有谓为上海某老举人者，直至今日犹不知为余作也。钱之工架身段有威有美有刚有柔，把子起打疾徐进退游刃有余，有神而化之之意；能昆曲《刀会》《火判》《嫁妹》《醉打山门》《芦花荡》，迥非苏昆高阳昆所能望其项背；而《牡丹亭·花判》一折尤为绝传。余曾观其与清宗室将军溥侗演《刀会》饰周仓及《火判》《花荡》。其子宝森亦能继其艺，曾向其父请学此数出昆曲戏，钱曰："学会也不能换饭吃，白出汗耳。"后余谓要宝森陪余演昆曲，钱始教之。今岁癸卯宝森病故，终至失传。此数出惟《嫁妹》《花荡》清贝勒载涛曾从钱学。载于堂会偶一演《花荡》,其《嫁妹》一出,则未之睹也。

八贤王

继　祖

《龙图公案》及《杨家将演义》均有八贤王赵德芳。按《宋史·宗室传》，德芳为太祖第四子，以太平兴国年薨，年二十三。德芳早薨，初无表现，则所谓八贤王者殆指太宗子周恭肃王元俨也。《宋史》二四五卷本传称："帝不欲元俨早出宫，期以年二十始就封，故宫中称为'八太保'，盖元俨于兄弟中行第八也。"元俨历事三朝，位望崇隆，极人臣之遇。薨于庆历四年正月，赠燕王。《传》又称"元俨广颡丰颐，严毅不可犯，天下崇惮之，名闻外夷"云云。后富弼条上河北守御十二策，其首策曰："北虏风俗，贵亲率以近亲为名王将相，所以视中国用人亦如其国。燕王威望著于北虏，燕蓟小儿每遇夜啼，其家必谓之曰'八大王来也！'儿啼即止。每牵马牛渡河，旅拒未进，必曰'八大王在河里！'其畏之如此。虏使每见南使，未尝不问王安否。今年王薨，识者亦忧之，谓王之生，虏以为重，今王之薨，必以朝廷为轻矣。"（见

《说郛》二四引沈征《谐史》)北虏者,辽也。辽以部落建国,封建化未深,其宗王若隆庆重元辈皆握实权。宋则不然,元俨虽生拜太师,屡典雄藩,止于虚衔,初不预政。然八大王之名,竟能使敌国震慑,亦异矣。稗官所传自出虚构,惟非毫无影响耳。

附会古迹

公　孚

曲阜孔庙有杏坛。考其所自始，则宋因殿基甃石为坛，环植杏。其碑篆书"杏坛"二字，则始于金。《庄子·渔父篇》："孔子游于缁帷之林，休坐乎杏坛之上。"《南华》寓言八九莫可指实，即有其地，恐亦非孔氏宅今之所谓杏坛也。泰山顶有石碣曰"孔子小天下处"，则因《孟子》一语，好事者遂臆指其地为之。又山东郯城县南有孔子问官处，则因《左传》孔子曾官于郯子。河南又有子路问津处，则因《论语》子路与长沮桀溺问答而附会之。又后汉马融茂陵人（陕西兴平），今陕西扶风县南有地曰绛帐。其名甚雅，未知即季长传经之地否？惟扶风为马氏郡望，今之扶风则为古之岐阳，与槐里茂陵并不相涉，或亦后人景仰前徽而出于附会耶。又唐韩愈人称昌黎，以殁后曾封昌黎伯。顾亭林云："昌黎为韩氏郡望，以昌黎称其封爵者，韩氏非一人也。而直隶（今之河北）之昌黎为愈立祠，畿辅先哲祠且列入圣贤，实则愈为南阳人。朱熹《韩文考异》谓乃河内之修武。考今之昌黎,隋唐时为卢龙县地,辽为广宁,金始改曰昌黎,在唐时安得有昌黎之名?至李翱撰愈行状所云"公昌黎人",当系南阳之昌黎,而《旧唐书》因之耳(《新唐书》作南阳人)。此亦地以人重,而愈遂庙食卢龙,复享乡贤之祀矣。姑举一二,以俟博雅考订。

巨　阙

伯　弓

昔人谓"著书难，注书尤难"。李善不闻其精通内典，而其注王简栖《头陀寺碑文》，于三藏经律论，征引繁博，如数家珍，所以推为莫及。至近人之于四史可谓研讨最勤，然罅漏仍复不免。如余前所举扬雄《谏不受单于朝》书中之"六经"乃《黄帝内经》中"六经"，非儒家之六艺也。顷阅陈寿《三国志·魏书·方技传》又得一条。《方技传》中《华佗传》云："广陵吴普、彭城樊阿皆从佗学。……（阿善针术）凡医咸言背及胸藏之间不可妄针，针之不过四分，而阿针背入一二寸，巨阙胸藏针下五六寸，而病辄皆瘳。""巨阙"二字，各家均未作解释。辞书中只云剑有巨阙之号，而与此不合。嗣查《铜人针灸图》，则巨阙乃胸藏之一腧穴，可以施针，疑团遂释。颜之推《家训》云："读天下书未遍，不可妄下雌黄。"诚然。

方孝标诗笺

劳　人

清初文字之狱继南浔庄廷钺明史稿案之后，以桐城南山史案受祸最惨。南山族诛，方孝标追削论罪，宗族流徙。方望溪即以是案入狱，编管旗籍。南山为孝标高足弟子，自负史才，以记南明事实触忌。传闻则本诸孝标，故身后被剖尸之祸。孝标名玄成号楼冈，避清康熙讳以字行。顺治己丑进士，官至侍读学士，著有《滇越纪闻》。身后遗著禁毁，藏者与之同罪，以故手迹湮没。南山书札间有发现，独孝标手墨搜求数十年，仅于高密綦汝楫学士之封君纂遇六袭诗册中见之。吉光片羽，视南山墨迹尤为可宝也。诗七律一首，用赤金笺书云："弭毫尝起白云思，遥捧霞觞献寿时。阶下赐袍青似草，堂前簪发白如丝。人看海枣三千岁，梦入松风第几枝。玉液欲陈南望远，高歌一曲上陵诗。"书法遒劲，深入香光之室。款署"方玄成"，当在康熙以前，故尚未避玄字讳也。

《闹红集》

丛　碧

　　江苏吴江黎里，一称范上乡，传为鸱夷所宅，地邻秋禊湖，每届中秋，千家士女群游于是。灯月炫夜，笙歌盈耳，连宵达旦，尽醉极欢。吴江诗人黄娄生复、柳亚子弃疾于乙卯岁（民国四年）创为酒社，即世所称南社也；亦以中秋日集社友泛舟以为秋禊，互作唱和。自乙卯以逮庚申，无秋不会，而以己未为尤盛。时娄生客京师，亚子居故里，飞柬招邀，期以中秋前二日会于湖上。娄生于三千里外急遽驰赴为长夜饮，亘数日夕。会者娄生、亚子外，有吴江顾悼秋、凌莘安、朱灵修、柳北垫、朱璧人、黄良伯、嘉善余秋槎、周芷畦、郁佐皋、郁佐梅、蔡韶声凡十三人，为诗词五十余篇，以湖船署牓名集曰"闹红"。时在洪宪帝制前后，触目荆棘，故篇中多忧伤傥荡之言。次年，娄生手录成册，民三十二年重为之记；丙戌后复丐徐北汀、陈夷简两画家作《闹红秋禊图》。流寓京师吟人题咏者有胡先春、夏枝巢、许季苪、傅娟净、宋筱牧、关赓麟、高淞荃、顾散仙、侯疑始、叶誉虎、王耕术、陈莼衷、梁仲策、萧龙友、陈紫纶、汪仲虎、邢冕之、钟刚中、章行严、李根源、冒鹤亭、汪公岩、陈敬弟、周肇祥、宋紫佩、李永晟、吴兆桓、蔡璐、吴修源、寿石工、齐之彪、徐北汀、郑之堇、胡眉公、王铎父、徐石隐、刘挈园、王冷斋、赵汝谦、唐益公、胡泠堪、姚宁、杨维新、廖旭人、谢稼庵、张浩云、黄君坦、周维华、田名瑜、陈欨湖、马宗艻、吕文斌、胡先骕、王简庵、陈继舜、萧钟美、王季点、许稚簧、王养怡、徐石雪、郑诵先、郭则濂、邢赞廷、郭风惠、陈定扬、李兆年、张鹤、李涵础、诸季迟、张籀斋、溥叔明、张丛碧；集中人题者有柳亚子、凌莘安，凡诗词百六十一首。今岁癸卯娄生逝世，都中稊园后社吟集秋课，复以题《闹红遗集》为词题，附于集后，装成巨册。于雪泥鸿爪，足为韵事流传。然物换星移，当时集中十三人都已作古，此遗集亦遂成吴江之掌故矣。

广和居

稼　庵

　　北京广和居饭馆，为清季士大夫城南宴集之地，历时百有余年。轩窗雅洁，傭保咸有法度，不独庖馔之精也。所制菜有潘鱼、陶菜、江豆腐等目。相传潘鱼传自闽人潘炳年，江豆腐传自旌德江树昀，陶菜传自陶凫香，同为广和居名馔。胡漱唐《江亭话别》诗云："楔事休提顺治年，同光老辈已华颠。江家豆腐伊家面，一入离筵便不鲜。"张广雅《食陶菜》诗云："都官留鲫为嘉宾，作鲙传方洗洛尘。今日街南询柳嫂，只因曾识旧京人。"自注"陶凫香宗伯以西湖五柳居烹鱼法授广和居名陶菜，今浸失其法。柳五嫂乃汴京厨娘"云云。又广和居以糖蒸山药最得名，室内旧悬楹联云："十斗酒依金谷罚，一盘春煮玉延肥。"此联本元人萨雁门集中语。悬壁诸书亦多旧物。犹忆清光绪末叶，直隶道员段芝贵以歌妓杨翠喜献贝子载振，得超授黑龙江巡抚，朝野哗然，为御史江春霖所刻，词连庆亲工奕劻及贝子载振。时直隶总督陈夔龙贵州人,安徽巡抚朱家宝云南人;相传陈妻为奕劻义女,朱之子朱纶为载振义子,皆以夤缘任疆寄,中外指目。及案结,以查无实据,江春霖得革职处分,而奕劻父子皆无恙。有好事者于广和居题壁云:"干儿干女又干爷,喜气重重出一家。照例自当呼格格,请安应不唤爸爸。岐王宅里开新宴,江令归来有旧衙。儿自弄璋爷弄瓦,寄生草对寄生花。""居然满汉一家人,干儿干女色色新。也学朱陈通嫁娶,本来云贵是乡亲。莺声呖呖呼爷日,豚子依依唤母辰。别有风情谁识得,劝君何苦问前因。"(第七句刺朱纶为龙阳,传为荣县赵香宋手笔)一时传诵都下,皆广和居掌故也。

《书目答问》作者

继　祖

张广雅任四川学政，作《书目答问》示诸生。其书指示治学门径，雅有断制，极便学者；重印再刻，流布甚广。顾世人每惑于缪艺风自订年谱之说，谓出缪代撰；致沪上某次印本竟改列缪名。犹忆己巳庚午年间，侍先祖旅顺山居，先祖出是书为讲说，且曰："广雅虽达官，然学识实淹通，非艺风所及。是书纲领皆出广雅，艺风第佐搜讨耳。或传艺风代撰者，妄也。"心焉识之，后见胡钧《广雅年谱》亦举广雅亲笔致王廉生札，证缪撰之诬。最近中华书局重印《书目答问补正》，柴德赓序谓《艺风堂续集·半岩庐书目序》，明言南皮师相督四川学政，有《书目答问》之编，荃孙时馆吴勤惠公棠督署，随同助理，与后来自订年谱，命撰《书目答问》四卷之说，本相牴牾，年谱云云，未免掠美之嫌。且谓陈援庵先生亦曾有文辨之，惜未见。予谓艺风未必志在掠美，特出于不经意，如改"命撰"为"佐撰"，斯无嫌矣。

清朝薙发令之始因

蒙元〔编者按：现此说法已废止。〕统治中国，衣冠服制仍沿汉俗。满清〔编者按：现此说法已废止。〕入关初准元制，满洲剃发，明臣仍冠服如旧，分为满汉两班。有山东孙之獬者，先薙发易衣冠而出归满班，满班以其汉人也，不受；归汉班，汉人以其满装，亦不容。之獬羞愤上书疏，略谓："陛下平定中国万事鼎新，而衣冠束发之制犹存汉旧。此乃陛下从中国，非中国从陛下也。"于是薙发令下，而江南百万生灵尽膏锋刃，皆之獬之言激之。陈名夏亦有"长头发汉衣冠，则天下立刻太平"之语，可见尔时操切。之獬字龙拂，淄川人，明天启壬戌进士，官翰林院侍讲，即在崇祯时焚三朝要典曾痛哭于朝者。顺治甲申起礼部侍郎，升兵部尚书兼都察院右副都御史，翰林院侍讲学士。顺治四年在籍值谢迁之变，城陷被絷，身加三木，至以针穿缝两唇，祖孙五人同时饮刃死，其为贰臣之丧心病狂者可以鉴矣。

吴可读尸谏及绝命诗

公　孚

　　吴可读字柳堂，甘肃人，清道光末年进士。同治间起用废员，补吏部主事。穆宗崩无子，以德宗继统。光绪初年穆宗奉安惠陵，可读自请赴陵行礼，至蓟州寓旧寺中自缢身死，预缮遗折，由吏部尚书宝鋆等代递，则请为穆宗立嗣也。当时发言盈廷，皆著重于预定大统之归，将来继统者即为穆宗嗣子。殊不知帝室与民间不同，民间绝嗣立后者为承产业主祭祀，始以某人为嗣子或嗣孙。皇帝则所传者统绪，所祔者太庙，无论继统者为弟若侄，援《公羊传》义则"为人后者为之子也"，既无绝嗣之说，亦无继子之理。如宋之徽宗、明之世宗、怀宗，皆以弟继兄，未闻为哲宗、武宗、熹宗立后也。可读死前有绝命诗一首留于案上，经人传诵罕见记载，兹录之："回头六十八年中，往事空谈爱与忠。抔土已成黄帝鼎，前星未耀紫微宫。相逢老辈寥寥甚，到处先生好好同。欲识孤臣恋恩所，惠陵风雨蓟门东。"可读住宅在北京宣武门外南横街西头路北，予少时屡过之。门有吴柳堂先生故宅横额，今已不存。

覼

继　祖

　　钱舜举画折枝梅花,自题一诗曰:"石坞花光生暖烟,短篱寒日照清妍。覼来偏爱繁枝好,折得归时雪满船。"原迹为项墨林天籁阁物,后流落沪市,霉烂不堪,近为李亚农所得。"覼"字不见字书。亚农释之曰:"字书中不少从习之字,据《集韵》有'𧠡',又有'诊',注谓'𧠡'即'诊'之别构,以此例之从见、从習之覼,实即从言从習之谓之别构。《庄子·庚桑楚》,'夫复谓不餽而忘人,忘人因以为天人矣。'陆德明《释文》:'復音服,谓音習。据此,谓即習。《礼记·月令》:'鹰乃学習'。《说文》'数,飞也。'《易·坎卦》:'習坎'。《释文》'習,重也'。由此可知,谓即習之繁文,而習之涵义实有数复重一类意。因此,覼来偏爱繁枝好之'覼来'即'習来',亦即'重来',又释覼音当读牒,而不当读習举,《韵会》摺字注直涉切,同牒薄切肉也'为证"。(见《中华文史论丛》第二辑李著《论钱舜举在美术史上的地位》)。按覼明明不见字书之字，而李所释迂曲如此！何不惮词费耶？
予谓靓即靚玩赏之靚，舜举误书耳。敢质之方雅。

女酋长

女酋长每见于原始氏族社会。商代虽已入阶级社会，而今日所见殷虚卜骨尚有"帚好伐土方"字样。帚同妇，好其名，盖即商王之妇也。女子出征自是氏族社会女酋长之遗，后来少数民族中偶有之。今举所知二事：一、明万历中，建州女真有女酋长椒箕，见于朝鲜申忠一所著《建州图经》。申奉命视察建州女真努尔哈赤（即清太祖）部落所在赫图阿拉（今辽宁省新宾县西南旧老城遗址），中经蔓遮（朝鲜他书又作"万遮"或"满车"，王独清《朝记录》则作"旺清"，其地在今吉林省集安县境霸王朝花甸乏间），即寄宿椒箕家数日。后努尔哈赤且命椒箕设宴款申，盖一建州女真属部酋长也。二、康熙三十四年辽东边外一女酋长率其部落降清，其夫先战死，夫之弟年甫六七岁，俟其长，将与女酋长为夫妇，见于王一元所著《辽左见闻录》（传抄本，未刊）云，配夫弟盖犹袭古少数民族兄死妻嫂之遗俗，惟《清实录》不载其事，属何部不能详矣。准此例，则吉林乌拉街有所谓金兀术之妹白花公主点将台者。白花公主金史无征（金史中公主凡二十余见，惟无一人以武事著称者），疑其人亦明代女真某部落酋长而讹传为兀术之妹耳。

《孽海花》小说《基隆诗》之谜

朋　寿

　　《孽海花》小说为曾朴所撰。曾之外舅汪鸣銮，颇近贵游，其书所叙率涉实事，故有人谓李鸿章之第三女李菊耦与张佩纶结婚，成于李菊耦在《绿窗绣草》中《基隆诗》之二律。今观其诗，第一首云："基隆南望泪潸潸，闻道元戎匹马还。一战岂容轻大计，四方从此失边关。焚车我自宽房琯，乘障谁教使狄山。宵旰甘泉犹望捷，群公何以慰龙颜。"第二首云："痛哭陈词动圣明，长楸长孺傲公卿。论才宰相笼中物，杀贼书生纸上兵。宣室不妨留贾席，越台何事请终缨。豸冠寂寞犀渠尽，功罪千秋付史评。"其诗似脱胎老杜，议论亦较平允，是否真有此诗为媒，殊难猜测。因李夫人之诗集当辛亥革命时自南京赴上海，被肬箧者视为珠琲窃去，而《孽海花》载此诗已至第十四回。而第十四回之问世已在一九二七年以后，载在上海真美善书店《真美善》杂志中，距李夫人逝世又十年矣，安能起李夫人而问之。

锡天宝

丛 碧

锡天宝,天津娼寮之名也。孟恩远少年落魄时曾为锡天宝之伙计(天津土语称茶壶)。袁世凯练兵小站,孟应募入伍,后由哨官累擢至管带,统领协镇。袁世凯为总统,孟任吉林将军(后改称督军)。袁死后,黎元洪继总统任。段祺瑞与争政权,由督军团通电倒黎,而通电领衔者则孟恩远也,足见当时声势。然孟殊不忘本,每至天津必去锡天宝见老鸨,犹以老姐姐尊呼之,若家人焉。张作霖入关过天津,行辕恒设于河北某军衣庄,召妓侑酒,皆锡天宝应之。孟亦在锡天宝宴各省督军。锡天宝之排场势焰甲于天津各娼寮,而老鸨对一般狎客仍善事周旋,不自倨满,手段圆到。余尝与张绍曾(辛亥革命滦州起义之二十镇统制)到锡天宝游,张能催眠术,对雏妓以手式若按摩者,旋睡熟,再以手式画之,乃醒,雏妓不自知也。老鸨亦亲出招待。直皖战前,张作霖欲统一东三省,逼孟让出吉林地盘。孟自揣兵力不能敌,由鲍贵卿从中说合，让出吉林督军，保全其军队，整师入关。直皖战起，奉军助直败皖，张欲分得关内地盘，时先君因事答拜张作霖到奉天，余随侍寓其居邸。一夜，聚于张之内室，孟恩远、鲍贵卿皆在座，张以人参煮水所熬鸦片供客，宾主彻夜尽欢，谈及关内各省形势时，孟对张云，老兄弟你想要那地方，哥哥替你打去，言语之声口与神气犹使人想象其当年在锡天宝之风。

清四川提督李有恒之死

仰　放

西藏民族性多强悍。清代虽有改土归流之举，仍不能怀柔远人。光绪中，藏氏肇乱，朝旨命川督刘秉璋相机处理。刘遣四川提督李有恒率师入藏，授以"相机剿灭"之札。李出身行伍，目不识丁。到藏后尽力剿戮，乱益扩大，朝旨严行申斥。刘畏罪欲移祸于人。时有四川试用知县田子石者，久无差缺，乃献计请另写一札，将"相机剿灭"字句改为"相机抚剿"。刘用其谋，仅幕府一二人知之。田与李夙有交谊，夜往李寓密谈，李览督署之札，即告以"奉令剿灭，与君无干"，乃暗以改札偷换，李竟不知。及朝旨查办，刘诿李违令剿戮，致酿巨患。朝命处李极刑，以谢藏民，藏乱旋告平息，刘仅罚俸而已。刘既感田，计两月后，札派田署理富顺县知县。富顺为四川省肥缺，不易取得。讵田到任后，不及半载，遽病死于任。后此事渐由督署幕府传出，知者无不称快焉。

卷三

韩蕲王夫人

继　祖

　　蕲王四夫人白、梁、苑、周，皆封国夫人，见赵雄《蕲王神道碑》（《名臣碑传琬琰集》卷十三）。梁即红玉，故京口娼。其黄天荡桴鼓助战故事，以梨园上演，几于妇孺皆知矣。其平生事迹除此外，苗刘明受之变，居中颇有斡旋之功。蕲王以诛苗刘受上赏，梁亦自硕人超拜国夫人。制词有云：智略之优，无愧前史。且给内中俸。宋功臣妻食俸盖自梁始也。周亦故汴都露台娼，与王渊素昵，后归宗室秀州守叔近，渊恨之。南渡初，渊扈从康王任御营都统制。张循王俊与蕲王俱隶麾下。会秀州告变，叔近已抚定，而渊以前嫌令张提师往。叔近郊迎，张杀之，取周归渊，渊以赐蕲王。《宋史·叔近传》《王渊传》及王明清《挥麈录》均载其事。周后生子,遂膺国封之荣,且于四夫人中最为老寿。

《帆影楼纪事》

稼　庵

　　清光绪三十年廉南湖应合肥李经迈之聘，设局江宁，编刻《李文忠全书》。至光绪三十四年五月版片告成，计奏稿八十卷、朋僚函稿二十卷、译署函稿二十卷、蚕教堂函稿一卷、海军函稿四卷、电稿四十卷，御制文国史本传及各省奏建专祠疏列之卷首，凡一百六十卷。由上海李光明书庄承办，仿汲古阁廿一史本式，写刻极精。计成本共洋一万九千五百余元，皆南湖一手经理。后因结欠李光明书庄印刷费三千一百余元，经迈未偿，南湖以经手庆丰成钱庄借款，至鬻所藏四王吴恽诸画抵债。其夫人吴芝瑛（即世所谓小万柳堂夫人者）曾手写《帆影楼纪事》襮其颠末。后附小万柳堂四王吴恽画目多至三十种，其语痛绝。余藏有宣统三年《帆影楼纪事》一册，系珂罗版印本。亦当时编刻《李文忠全书》者所不及料也。

蘼芜砚

丛　碧

　　高凤翰夜梦司马相如来拜,次日得司马相如印,以为奇珍,宝若头目(见《阅微草堂笔记》)。此亦事之偶然巧合者。丁亥岁余夜过溥雪斋君,彼适得柳如是砚。砚宽乾隆尺五寸、高三寸八分、厚一寸,质极细腻,镌云纹,有眼四,作星月状。砚背镌篆书铭文云:"奉云望诸,取水方诸。斯乃青虹贯岩之美璞,以孕兹五色珥戴之蟾蜍。"下隶书"蘼芜"小字款,阳文"如是"长方印,右上镌"冻井山房珍藏"一印。砚下侧镌隶书"美人之贻"四字,左草书小字"汝奇作"三字。砚右侧镌隶书"河东君遗砚"五字,左小字"水岩名品,罗振玉审定"。外花梨木原装盒。余见之爱不释手,请于雪斋加润以让。雪斋毅然见允。当夜携归。次晨有厂肆商来,携砚求售。视之,乃玉凤砆砚,钱谦益之砚也。砚宽乾隆尺三寸强,高二寸七分,白玉质,雕作凤形,刀工古拙,望而知为明制。外紫檀木原盒。上刻篆书铭文云:"昆岗之精,璠玙之英。琢而成砚,温润可亲。出自汉制,为天下珍。永宜秘藏,裕我后昆。"小字篆书款"牧斋老人",下刻阴文"谦益"方印。余即留之,并示以麋芜砚。肆商悔索价廉。一夜之间夫妇砚合璧,其巧岂次于南阜之得司马相如印!然南阜有梦,余则无梦。盖南阜事收汉印,日思得汉名人印,故有梦。余向不蓄砚,无得砚意,故无梦耳。此皆事之偶然巧合,无足奇也。

孙世良《柳堤送别图》卷

即墨地灵人杰，文风特盛。世族若蓝若黄若杨若周，自明以来，科第蝉嫣不绝，而周氏尤为冠族。周如砥以万历己丑进士官至国子监祭酒，与弟如纶、如锦以文章振起山左，有声隆万间，而如锦尤为白眉。如锦，字叔文，号大东。万历戊子、丁酉两科拟解头未售，晚以选贡任盐运通判。幼聪慧，读书过目不忘。为文汪洋恣肆，千言立就。著有《紫霞阁诗文集》数十卷。诗学盛唐，感时抚事步趋工部，盖不为历下诗派所囿，而能自树立者。余藏有孙世良为叔文绘《柳堤送别图》卷，高一尺，长二尺余。世良，字叔美，吴人（见《珊瑚网》），以画名隆万间。工人物、花鸟、山水，焦墨皴染，得元人意。此卷纸本墨笔，人物车马栩栩如生。春柳初黄依依别绪，遥山一抹尤有远神。款在右下角，署"吴下孙世良写"，押尾有"孙印世良""孙氏叔美"两白文方印。卷中有顾时题诗云："一带遥山接楚天，垂堤绿柳万条烟。行人尽在春风里,玉勒金羁饰锦鞯。"押尾有朱文"顾时""孔如"两方印。另纸题冯舜世《大堤歌送周叔文还即墨》一长古并序,云:"夫丰颐广颡,岸帻称伟丈夫;绝唱雄襟,吐辞为大学者。匪伊异人,齐国周叔文也。叔文远图凤举,来共鸰飞。橐笔自东,合簪于楚。契我于萧朱之上,知心在管鲍之先。往者兰皋一结,而臭味不殊;今也袍泽再同,而寒温愈合。惟其好矣,若将终焉。无何茬苒东风,递耳边之归信,逗遛北路,摇心上之前旌。言秣其车,遄臻于卫。唯时青烟归柳,白日熏梅,轻风尚带余寒,野冻半留残雪。春光且淡,别思难禁。面分齐楚,凄其去住之情;泪下杨朱,顾盼留连之色。不觉惊离吊往,黯目销魂。谁能攒景于四星,未许留人于十日。但言离别,呜呜叹食藿之场,遽话睽违,吃吃愧悬河之口。聊陈短绪,浪发长歌。歌云:大堤草发春欲晖,元宵羯鼓响成雷。花飘绛雪雨霏微,此时美人别我归。凤亭山峻亭如飞,冰解习池池水溦。去年欲傍习池饮,杜公山简期相随。君今别家去何速,飘盖断风乱行曲。千里遥怜汉上花,一车肯滞山东轴。山东道路隔黄河,一望不尽生蹉跎。他乡之发今日别,明日之愁可奈何。摇摇玉斗太阿白,化作虹霓千丈赤。射破蓬莱十二楼，独驾彩云挟太室。我欲乘风共君举，只赤皇都皆我所。挽吹吟梅落酒中，白日青山共凄楚。把赠梅花芳可啮，丹鸡之盟勿自劫。山长日远情不殊，三千里外同明月。"款署"辛卯上元襄阳友人冯舜世九顿首书"，押尾有白文"舜世"之印，"冯氏""见之""六出长"三印。引首有白文"带长铗之陆离，冠切云之崔嵬"长方印。考同治十二年三修《襄阳县志·职官表》，周如纶万历中任襄阳县知县。辛卯为万历十九年，叔文省兄官所，因得与当地士夫诗酒酬酢。故冯舜世序有"远图凤举，来共鸰飞"语。舜世，字见之，号六出长，名不见《襄阳志》。《耆旧传》有冯舜臣，字王余，万历辛卯贡生，著有《衣带集》三十卷。潜楼侍郎考舜世当为舜臣群从行。诗学青莲，磊落有奇气。序用俪体，风华雅令，犹存徐庾风矩。书法遒劲，在虞欧之间。叔文《紫霞集》有《春燕曲酬襄阳冯见之》，诗云："燕燕来何时，青春忽及仲。来当汉阳来，破我南国梦。细听呢喃语，一一美人书。呢喃仍归去，凭寄汉阳居。"又如纶《周工部集》载《冯见之自楚以二诗来讯如数答之》云："归田常谢客，厌俗倍思玄。君卧余千里，我违忽九年。心悬江阁雨，目断楚云天。珍重秋兰佩，休歌九辨篇。风雨更偏急，怀人鬓忽丝。轩车违俗久，岁月著书迟。独往真何事，重来会有期。岘山碑在否，一泪一相思。"可见叔文昆季与舜世交谊之挚，盖亦风雅士也。

北京丧事接三

公　孚

北京旧日风俗，凡家有丧事，应即向亲友送报条云：某人某日逝世，于某日接三。名曰报丧。恒于人故后第三日受吊，名曰接三。并糊纸扎车轿及杠箱，内装纸钱金银纸锞，于是日傍晚由放焰口之僧众敲打法器送往焚化场所，亲友随行，名曰送三。予友三原陈君之尊翁在京寓病故。予于接三日往吊，行礼后例应向孝子慰唁。彼昆仲在苫次俯伏，见其麻衣之内背上有纸一方，并有字迹，不便细看。及送三时始看清，乃《诗经·蓼莪篇》之四句，即"哀哀父母，生我劬劳。欲报之德，昊天罔极"也。字若寸许，每行四字，凡四行。孝子背上有字，京中从未见过，路人无不注目。盖三原有此乡风，陈君踵而行之耳。予往亲友家送三者多矣，见此则仅此一次也。

纪先世秘藏元明清初人文集孤本

　　先五世祖文达公曰修，以文章受清高宗知遇，屡司文柄，典江浙湖北乡试。经学家休宁戴震、史学家嘉定钱大昕，皆出其门。公性喜藏书，当时士夫争以书籍为羔雁。除版行者不计外，尚有元明清初人诗文集一千余种，多系世间孤本。以胡中藻文字之狱，公曾牵连获遣，故未敢进呈，贮于南昌德胜门外之私第爱日堂。经先高祖恭勤公行简、先曾祖传胪公元善，世守勿失。迨咸丰初年太平军起，先祖华远宦山东，从伯祖从叔祖或供职京曹，或听鼓各省，留家者多属妇孺。而江西当局，采坚壁清野之策，附郭房屋限日拆除，所有藏书完全散失。及至光绪中，番禺徐绍桢以道员随江西巡抚鄂城柯逢时到南昌，以三万元从某绅处购得此项抄本，但只八百余种。柯亦好搜罗秘本，愿以原价向徐求让。徐不得已割爱赠柯。民国间，徐转告武昌刘禺生，嘱向柯家物色。询之柯逢时之孙柯继文，则藏书甚多，抄本固在。时刘方奔走于孙中山、萧耀南之间，因建议萧氏购此，设湖北图书馆。议以二十万元全部收购。事机不秘，被日本浪人得知，竟以二十万专购此抄本八百余种，捆载以去。刘、萧闻之，徒以呼负负而已。吾国古物文籍，流于日本者多矣，此亦其中之一，特为记之。

读词小识

"五四"以来，印行古籍多加标点，嘉惠初学，意至盛也。顾校读古籍，殊非易事。标点万一失当，转损古人原意，反不若不标点之为愈。如李后主《虞美人》词"春花秋月何时了！往事知多少？"近人标点两句均用问号。余谓"往事知多少"用问号，而首句"春花秋月何时了"应用感叹号。有此上句感叹之辞，下接一问句，意味深长，方显不尽之致；如两句均用问号，意境便觉索然。吾人于往哲名句，循环雒诵自能得其妙谛。惜近时标点者读书不求甚解耳！若句读不明，率尔操觚，差之毫厘，谬以千里，自郐以下，更无论矣！

《瓮天脞语》载宋江潜至李师师家，题《念奴娇》于壁云："天南地北，问乾坤何处、可容狂客？借得山东烟水寨，来买凤城春色。翠袖围香，鲛绡笼玉，一笑千金值。神仙体态，薄幸如何销得！　　回想芦叶滩头，蓼花汀畔，皓月空凝碧。六六雁行连八九，只待金鸡消息。义胆包天，忠肝盖地，四海无人识。闲愁万种，醉乡一夜头白。"世传此词系杨升庵伪作，亦《杂事秘辛》之类耳。然豪放处石破天惊，有叱咤风云之概，的是渠帅口吻。江若成事，岂非又一刘邦朱元璋哉！升庵才人，宜其摹拟极肖也。

曲园老人经学大师，著作等身。门下弟子，悉成名儒。老人纂述之暇，余兴制词，亦复别有会心，特阐灵思。尝见其《醉花阴》词，系咏自鸣钟者，词云："轧轧声中昏又晓，暗运机关巧。帘幕寂无人，忽听丁冬，幽梦惊回悄。　金针镇日冰轮绕，旋转何时了？莫道不销魂，听取声声，只是催人老。"可谓传神阿堵，形容入微。世称经生率多迂语，不善词令，读老人此作，夫岂其然！

临桂王佑遐别署半塘老人，自刊《味梨集》词凡百余阕，曾谓梨之为味，外甜而心酸，故以名集。老人夙与况蕙风、郑大鹤、朱彊村诸家倚声叠韵，号清末四家。兹录其《定风波》词，感慨苍凉，其有哀梨并剪之风味欤？词云："说到玄黄事可哀，江山销歇伯王才。可是鱼龙真曼衍，谁见，狂澜只手挽能回。

斥鷃纷纷君莫计，曾是，镜奁长对月明开。梦里椊枪挥剑扫，一笑，惊人海上看儥来。"集中复附载盛伯希同作《八声甘州》一阕，盖送驻蒙都护首途之任者。词云："蓦横吹意外玉龙哀，乌里雅苏台。看黄沙毳幕，纵横万里，揽辔初来。莫待访碑荒碛，尔是勒铭才。直到乌梁海，蕃落重开。　　六载碧山凡阙，几商量出处，拔我蒿莱。怆从今别后，万里一身埋。约明年自专一壑，我梦君千骑雪皑皑。君梦我，一枝椰枥，扶上岩苔。"按蒙古地名入词，前此未尝或觏，且雄肆俊逸，词意兼工，当为沙漠壮行，生色不少。昔人尝云：红牙檀板，低吟晓风残月，铁板铜琶，高唱大江东去。然则毳幕揽辔，荒碛访碑，宜将胡笳燕筑，点缀风光矣。

　　江阴夏闰枝先生，吾友慧远之尊人。甲科清望，倚声特工，刊有《悔龛词》。篇幅无多，而下笔不苟。江阴清属常州府，先生之词初不囿于常州派之偏见，实亦兼撷浙派之精髓，卓然大家，必传无疑。其词集自序尝云："光绪乙未，侨居吴门，始学倚声"。计其时当在中年以后也。晚岁居京，赋露华两阕，情因景造，传诵一时。辛亥以来，词坛沉寂已久，迨此两词出，和作逐多，词风复振。尝读其落叶词《水龙吟》用碧山韵云："年年摇落如斯者，者番倍觉风霜早。飘烟铜陌，凋阴玉井，声凄意悄。动地金商，长年怅触，望穷天杪。又洞庭波恶，吴江水冷，秋心共，南鸿到。

旧梦梧宫渐杳，怅空枝夜乌还绕。题红暗诉，回黄有待，几重情抱。漫羡残枫，春花比艳，余霞应少。愿松筠本性，岁寒长守，且闲门扫。"结句盖先生自况，其高致可想见也。

三十年前于厂肆购得《小苏潭词》六卷，署名蕉南旧史。初不知何人所作，后读黄润甫《清词综》续编卷五，有谢学崇《水龙吟·秋草》《长亭怨慢·秋柳》两阕，即从《小苏潭词》卷一《宋鶒翾风集》中所录刊者。始知蕉南旧史即学崇之别号。学崇，字仲兰，号椒石，江西南康人，嘉庆七年进士，授编修，历官开归陈许道。近郭啸麓《清词玉屑》卷二云："昨于汪鹣龛斋头见南康谢椒石学崇《小苏潭词》，盖市间希见之本"。椒石为桂林中丞启昆子，由翰林出为开归道，坐事镌级去官。于吴下僦得小园，为蒋氏绣谷交翠堂故址，是谢氏晚年固尝卜居吾吴。《小苏潭词》当即刊之吴中，而百年来流传亦不甚多，故郭君有市间希见之感也。其卷二《桃坞琴言集》皆寓吴时所作,多写吴中风物。卷五《潜石蛩吟集》有《临江仙》咏秋柳云:"一霎西风吹瘦影,丝丝短发谁怜?夕阳楼角渐无蝉。舞衣非旧榭,羌笛又遥天。　　摇落江潭如此树,丹枫紫桂依然。那关录别梦魂牵。未曾攀折尽,已不似当年。"此词当作于罢官后,缠绵凄惋,殆难为怀焉。

讼堂养猪

继　祖

袁枚《随园诗话》补遗九云："处州山水清佳，而朴野已甚。余壬寅（乾隆四十九年）春游雁荡山，过缙云县，见县官讼堂养猪，为之一笑。"按缙云为浙东山僻小县，道光修《缙云县志》赵光序云："地多硗埆，户鲜盖藏。其民多醇谨朴愿，勤于耕读，狱讼稀简，攘窃无闻，非难治之邑也。"顾官斯土者，恒以贫瘠凋敝为虑，未及期，辄营求脱屣以去。缺既清苦，俗又朴野，故县官自养猪，殆如近所谓生产自救者。然讼堂非养猪之地也，宜为随园所笑。予捡《缙云官师志》：乾隆三十八年知县为盛如龙，五十二年为周掞，中间竟缺略若干年。欲求随园所见讼堂养猪之县官姓名而不可得，修志胡草草乃尔耶？近见郭沫若《读随园诗话札记》，亦举此则称讼堂养猪为大好诗料，养猪县官为大好清官。且谓猪乃利用厚生之至宝。并历举己于抗战时所作之《猪颂》及前年所作之《养猪印谱序》，而以随园之笑为非。予谓古人非不重养猪，孟子即以五母鸡二母彘为王道之始。随园素精饮馔，讵能舍猪？特笑其不当于讼堂养之耳。今人如因重养猪，不择地而于办公室养之可乎？至于县官藉养猪为生资，自与剥民者有间，亦不当遽誉为大好清官。独其事甚趣，采风者作为诗料，可资笑噱耳。

陕西之"德、言、容、功"

　　余昔避日寇居秦，闻陕西人尝戏谓吾省有德、言、容、功者四人：德者印光法师；言者张季鸾，《大公报》社论皆为其手笔；功者李仪祉，关中少雨多旱，渭水开渠皆为其所经营；容者则于右任也，辛亥革命陕人拥以为首，遂得誉，伟身长髯，相貌魁梧。后南京政府时任监察院长，噤若寒蝉，毫无建白，陕人故以讥嘲，谓其徒有其表耳。

矿山纪闻

戚伯

　　赣中某地夙以出产钨矿见称。抗日战争初期余经其地，从事矿脉考察。有旧矿洞虽已产尽，但位置得宜，居诸脉集中处，疑曾为盛产之区。询之当地矿工，果如所测。但不知前此采矿者何以具有专擅之识。知之者告余曰：此洞名黄老三大洞。其始有湖南矿工人黄某，轶其名，群以黄老三呼之。黄每年以农闲时来，鸠合朋俦，从事开掘。日久熟知矿脉出没走向，所往获利。黄谓其伙伴，若能集资在某处开掘，至山深处必有厚获。群信其言，推以为首。于是集合十数人凿石崩岩，继日而作。久之入山已深，而仍未见矿脉。斯时资斧罄尽，债台高筑，有不可终日之势。除夕夜，黄以仅余资沽酒置脯，邀其伴共饮。席次，黄举杯曰："今昔岁除，索债者将至，无以为偿。请共饮此杯，以为年来辛勤之酬。此后天各一方，无以我为念矣。"酒未半，黄仍携其一伞一被越山而去。黄行后其伴有曰："老三待我等夙厚，今日酒肴满陈，亦难下咽。不如再趋洞内，尽一夕之力，事或可为。"众乃相将入洞，斧凿俱施，引炮崩岩，一发而脉见。黑质白章，富集为前此所未见。于是众欣喜如狂，回席更饮，差捷足者尾黄遇于破庙中，告以故。黄初不信，出矿石示之，乃仍返其地。于是经营凡十数年，富甲全区。黄死前，尽散其资。以其所采洞产最高，黄亦负盛名，故至今称其洞曰黄老三大洞。

云南个旧，夙以产锡闻名于世。其主矿矿山名马拉格，有洞名天良洞，二十年前以盛产名。锡矿生红土层内，矿脉离乱，走向无定，中途作断续，非老于识者不能踪迹。矿工某甲自幼入山，娴习脉向，鸠资自主，常获厚利。某公居权位重货殖，以其戚投资矿区，经营开掘。耳甲名召之来，谓曰："尔之矿照，尽其四至将罄矣。苟与某合资，各居其半，得利亦按此均分。"甲允之，于是订立合同，从事开发。岁终获暴利，主事者匿其资之大半，甲未获其应得，乃废约。翌年入山既深，矿脉断失，前此盛产之区，几无所出，日以赔累。不得已再召甲至，俾以资重建前约。甲乃入洞寻视，指点方位，不数日又以盛产名。嗣以建洞工程之便，额其洞曰"天良洞"，盖有所指也。字可径尺，作柳公书，至今犹在。

云南石灰岩层邻近铝矿。抗日战争后，闻朱熙人、南延宗两氏在呈贡附近有所发现，秘而未宣。余久有志于此，于一九三八年入滇居昆明，每外出必携锤凿，冀有所获。因渐习滇池附近地质，益认为有铝矿存在。一九四〇年过安宁渡螳螂川，见一草屋，墙基有石一块，睇视似铝矿。取而细审，为典型之豆状构造，确属铝矿无疑。询之屋主，云："此石来自山巅之虾蟆岭。"时已傍晚，乃寻径登山，有大丘隆起即岭也。遍施锤凿，确为铝矿露头。顾日已暮，山多野兽，因下山。嗣详加勘测，设计经营，遂开我国产铝之一页。

明福王朱由崧所选定三宫归宿考

　　清太仓吴伟业《梅村诗集》中《听女道士卞玉京弹琴歌》云："中山有女娇无双，青眸皓齿垂明珰。"女者谓福王聘后徐氏也。又云："依稀记得祁与阮，同时亦中三宫选。可怜俱未识君王，军府抄名被驱遣。"谓清兵陷南京，军府名索选定三宫，驱之北去也。惟诗用"依稀"二字，则尚非肯定之词。而靳荣藩《吴诗集览》及吴翌凤《梅村诗集笺注》，均仅注徐氏为系出中山，不及其归宿。于祁阮竟只字不提。程穆衡《吴诗编年注》，亦云祁、阮未详。梅村又有《过锦树林玉京道人墓》诗并传。传云："吾见中山故第，有女绝世，名在南内选择中。未入内而乱作，军府以一鞭驱之去。"语亦未及祁、阮。考徐氏本中山王徐达之裔，于南都覆亡后，经钱谦益作合归洪承畴（见袁翼《邃怀堂集》）。阮氏本怀宁阮大铖侄女，即大铖之弟号圆晋者之女也。经钱谦益献于清豫王多铎。多铎因已拥有刘三秀（《过墟志感》中之黄氏媵妇），无意于阮，遂转赠定南王孔有德。有德携往广西（某氏《有台集》）。及至，李定国攻下桂林，孔有德自经死，有二妃同殉。后清廷为孔立祠，以二妃配祀。此二妃中，可能有阮氏在内，苦于无从断定。又孔无子，仅一女名四贞。亦未详四贞之生母为何人。然则阮氏不死于殉，或死于乱，否则沦落民间，不知所终。祁氏本明金都御史山阴祁彪佳之女，膺选而未入宫。因家山阴，固不在一鞭驱遣之列，亦未成为钱谦益夹袋中之礼物。南都既破，马士英挟福王入浙。福王藩邸嫡妃黄氏之弟黄调鼎，亦亡命在山阴，主于祁家。此时，祁彪佳已沉水殉国，不知何时赘黄为婿（见清初张有谟《一瓢集》）。按祁彪佳之妻商景兰有才名，且工诗。生二男三女，或云四女，皆才名籍甚。其长女名德渊，字韬英，适姜廷梧；次女名德琼，又云一名德璞，字卜客，适王鳄叔；三女名德茝，字湘君，适沈翠芷（均见《两浙輶轩录·国朝闺秀正始集》中）。此赘黄之女，却名字翳如竟难指实。或疑德琼又名德璞者，并非一人二名，而实是二人。则赘黄之女，非德琼即德璞。如只是一人，则王鳄叔或即黄调鼎之化名耳。盖浙江方言，黄王不分。为此说者亦有相当之根据。但无论如何，此赘黄之祁氏，确为福王聘定之妃，则无疑义。因此女曾经御选，继又改适，在封建时代自应讳莫如深，岂肯宣扬于外，更不能载入家谱及诗文集中。故而关于祁黄结合，如此混淆。又闻此女最贤。黄调鼎被征入都，祁戒以勿仕。黄入都授职，力辞未就。上书请将弘光遗柩还葬洛阳，得获清廷谕允。后与祁氏鹿车偕隐。比诸中山徐氏以妙龄少女而枉配白发贰臣，怀宁阮氏以名门闺秀而一再转手侪于妾媵，其遭遇见识皆超出一筹矣。余惟朱明末造，天下骚然，民不聊生，揭竿而起，致使南北两京，相继覆灭。钱谦益原为明室旧臣，乃屈膝降清，竟将故主选定之后妃，作为进身之礼品。此三女出于诗礼大族，尚有此悲惨曲折之遭遇，至于当时一般贫家之子女，由于兵燹之祸而被侮辱者何只万千！因考三女归宿，不禁感慨系之。

王钦若

继　祖

　　寇莱公澶渊翊赞之功，颇为真宗所眷。王钦若以春秋城下之盟间之，眷顿衰。而天书封禅之议起，《宋史》斥钦若为奸邪有以也。元曲中则以为私通外国之汉奸。近日杨家将戏剧中，反面人物为潘美，另一则钦若，且改其名为王辉，盖本于元曲。钦若平生行事倾巧矫诞，皆极其至，且智足以饰奸，故终其身眷遇不衰，若云通敌则未也。戏剧家塑反面典型人物，既以莱公为正面，则反面宜非钦若莫属。迹其所为，贻后世唾骂，非不幸也。近校《宋史》，于李焘《长编》中得钦若轶事一则，文曰："钦若为人倾巧。所修书或当上意，褒赏所及，钦若即书名表首以谢。或谬误有所谴问，则戒书吏，书杨亿以下所为以对。同僚皆疾之，使陈越寝如尸，以为钦若；石中立作钦若妻，哭其傍；余人歌虞殡于前。钦若闻之密奏，将尽绌责，王旦持之，得寝。"其事甚趣，殆有如今日所谓话剧者。怨毒入人之深概可见矣。

淇　鲫

丛　碧

　　吾国著名鱼之美者,有镇江鲥鱼(在谷雨前后游焦山,于船中网得即烹食最鲜)、松江鲈鱼(出水即死,即上海亦鲜能食活者)、天津金眼银鱼(旧时以三岔河口者为最佳)、天津河豚鱼白(烹用红烧法。外金黄色,内白嫩如豆腐。食时佐以生拌苦菜即俗名曲曲菜)、汉口鮰鱼、江西赣江鳜鱼、吉林松花江白鱼、广西嘉鱼(似鳊鱼而长)、杭州西湖五柳鱼(鱼为青鱼,有两种:一食螺蛳青鱼;一食草青鱼。此为食螺蛳青鱼。烹法据传仍为南宋宋嫂鱼之遗传)、开封黄河鲤鱼(巩县邻黄河,卖鱼者甚多,而绝不及开封河鲤之佳)、百泉白鳝,再则即淇泉鲫鱼。淇泉为淇水之源,地居僻县,少人知者。鱼长尺许,腹横数寸,肥美异常。予曾一食之,则开封河鲤瞠乎后矣。清末袁世凯军机大臣开缺,居彰德洹上村,于淇泉较近,常食之。后为总统时必食淇鲫。淇县令专役网取,以原泉水贮盆送卫辉,运京供食。其纵嗜劳役,与唐杨贵妃食岭南荔枝、李德裕必食扬子江心泉水者何异!

丁野鹤《赤城梦渡图》卷

劳　人

丁耀亢，字西生，号野鹤，诸城人，明侍御惟宁子，少孤贫，负奇才，倜傥不羁，弱冠为诸生。数千里走江南，游董其昌之门。既归，郁郁不得志，取历代吉凶由人事著《天史》十卷，以示益都钟羽正。羽正奇之，才名日起，文社争奉为主盟。郡有稷门社会，城有山左大社，莱有大泽社。当明末时，天下方争门户。野鹤与莱州王子房讲求经世之学。后子房死乱兵中。野鹤顺治四年入都，由顺天籍拔贡充内廷教习。于米市筑室，与王觉斯、傅掌雷、薛行屋、张坦公诸人赋诗其中，王敬斋额曰"陆舫"。后为容城教谕，迁惠安知县，以母老不赴。六十后病目，自署木鸡道人。其诗蹈厉风发，开一邑风雅之宗。新城徐夜尝于逆旅见一客裤褶急装，据案大嚼。见徐年少，呼就语曰："我东武丁野鹤也。顷有诗数百篇，苦无人知，尔为我定之。"因掷一巨编示徐。尚书王士禛传其事以为美谈。著有《椒丘》《陆舫》《江干》《归山》《听山亭》诗集,《西湖扇》《化人游》《蚺蛇胆》《赤松游》传奇四种,《出劫记略》《问天亭放言》《续金瓶梅》等。余藏有野鹤自写《赤城梦渡图》卷,纸本淡著色,长丈二尺余。右起云峤秀峙,林壑深邃,蜿蜒曲径,掩映其间。石壁作绀赭色,飞泉断续,短径通幽,招提窣堵,隐见林际。中幅石梁亘空,瀑布出其下;冈岭断处,爰启幽构,琳宫梵宇,璇台玫陛,丹髹金碧,照耀天中。后幅云气苍茫,群峰眉痕淡扫,东趋如涌波涛;天际白鹤蹁跹,飞仙羽客,控鹿游遨,琪草瑶花,迥异尘境。款在左上角,署"顺治戊戌春日梦游石梁,东海丁耀亢写纪于容城椒山祠下"。另纸自书长歌一首云:"我梦游天台,起画天台山。仙人携杖来相引,飘飘直度天门关。赤城玉京何寥廓,但闻瀑布声潺湲。璇台紫阁中天起,石梁千尺波萦环。天姥峰头待许迈,苦无仙骨难追攀。大雷华顶有去路,桃花洞口石苔斑。红桥曲曲倚绝壁,下见列岫开烟鬟。谁控白鹿过芝涧,我欲结茅长松湾。毛女荷锸去何往,寒山石窦多险艰。天风四起海波沸,草木鸾鹤非人间。此身已老壮志误,空有仙约缘何悭。金庭洞天许梦到,聊将图画消痴顽。他年渡海浮槎去,群仙大笑回朱颜。"诗末缀长跋云:"顺治戊戌孟春,岁序既更，寒暑多暇。求归计而不得，流览山海聊以自娱。梦入一山，天海青苍，列岫无数，烟云历乱，岩峤杳冥，有石梁出乎天外。渡此则璇台中起，紫阁如雾，飞仙羽客，来往无迹。少顷则海涛声沸，草木鸣号，惊栗而醒。因忆孙绰《天台赋》有赤城瀑布之奇，长松芳草之秀，援图而观，以当卧游。惜不及王觉斯先生见之，题于其左，故述作画之由，以求名公咏之，非敢涂鸦，自负作者。时元宵前一日题于上谷容城椒署。丁耀亢野鹤道人纪。"画卷前额为石城施化远行书"赤城梦渡"四大字。后跋有中州薛所蕴、骈邑冯溥、东蒙高珩、射州孙一致题诗。野鹤不以画名，涉笔成趣，自然古拙。此卷涉想奇，构图尤奇，仙山飘缈，令人作天际真人想。野鹤生平与王觉斯交最挚。觉斯卒于顺治九年壬辰，此卷作于戊戌，距觉斯下世已五年矣。故有惜不及见之感。

苏氏出子

继　祖

　　梁师成自言为东坡出子，见《宋史》本传。而《两朝纲目备要》卷七（《四库珍本丛书》本）载：平江书佐苏师旦，以附韩侂胄得除带御器械知阁门事、枢密院都承旨干办皇城司，亦自名苏氏之出子。何苏氏出子之多也，可发一笑。且师成赫然名列六贼之一，师旦依托权门，卒与冰山同尽，人亦极相类，可谓无独有偶矣。

太白山纪游

丛　碧

　　太白山脉起昆仑，为秦岭极峰。界跨郿、洋、佛坪、留坝、周至五县，盘郁数百里。挺镇西纪，障隔汉渭，峥嵘峻极，拔海四千余米，为中国内地最高之山。只以不临通衢孔道，所处幽迥，森林菁密，嶂岭重复，又以疾风暴雨，凝冰积雪，故游旅鲜能登陟，书志少见记载。余癸未避寇居秦，乙酉夏长安酷热，乃同友关冯王常四君及室人潘素、女儿传䌽往游。夜半出发，经陇海路车天明至郿县车站。早食后雇驴十余头、小车三乘，载行李背干粮至渭河渡口。河水方涨后，中流湍急，近岸泥泞。候渡者甚众，渡船只二只。岸无林树荫蔽，炙晒不可当，旋船上移靠岸，人驴争上，余等夹于驴群中。船夫皆赤身牵缆。船由上流下放疾如箭，抵滩边，滩外尚有二支流，水浅船不能行。渡者下船赤足行滩上，室人及女儿由船夫背渡登岸。行八里至郿县。按县即汉时郿坞，为董卓封邑。城不大，于县署前饭馆午餐。询登山道有二路：

一由县趋金渠镇至营头口入山；一由县趋槐牙镇至远门口入山（见清人赵嘉肇游记），此路已荒，沿山寺多毁废。余等乃取道营头口入山。饭后骑驴出东门，东南行二十里至金渠镇。少息饮茶食瓜，烦热少解。再行夕阳已西下，照人影如走马观灯。村树渐密，流水潺湲，十五里至营头口。一行宿于古庙中。

次晨上山，经孤魂洞、达摩洞，五里至响水石。有岩石中闻水声，迄南两岩中断，洞水奔流而出。再行五里，经蹬开山至杨爷关。一路洞流曲折，颇似杭州九溪十八涧。又十里至蛟龙寺，殿宇宽敞，右倚层岩，左沿流涧，树木阴森。再行五里至蒿坪寺，于此午饭。饭后行，乱流争路，丛莽翳日。五里至刘家岩。再行渐为陆路，不复更沿涧流。十里至中山寺宿。此处北望来路，川原分明，日暮霞绮满天。夜支板为床，睡佛殿内。有虫名麻蚊子，似蝇而大，飞集扰人，复有蚊蚤，致不能睡熟。

次晨行二里至下白云。北望岐凤高原，西南望云山重叠，自西而来，涧流一道，即斜峪也。三里至上白云，均上坡路。两边山木荫翳，不见天日。五里至骆驼寺，忽开旷，左右大树环拱。五里至大殿。于郿县望最高四峰为四嘴山，此处视四嘴山已在足下，仍为太白外垣。一路多松桦杂树。桦树叶似杏,干似桃,皮丹赭色,软韧可为雨衣。奇花异卉不可名状。见有百合一茎,绿瓣绛须,奇种也。又多草杨梅,酸甜可食。在大殿饭后,行二里至五台。孤石撑支,险不可登,怪松如龙蟠,俨然黄岳胜境。半里至阎王扁,自此以上崎岖难行。一里至六台,共攀登之,大似黄岳始信峰。五里一堵墙、梯幢坡、九道拐,皆难行。五里望乡台,于此望西太白,雄伟之极,似较峨嵋为高。再行至斗姆宫。西南望为西太白,南望层峦叠嶂,渺无穷尽。北面突起二峰:西为玉皇台,东为二郎台。孤石突兀,插空如笏。东台置一高梯。梯顶有巨石系以铁链。人登梯攀链,跃身而上。天都太华,险无是过。再行二十里至平安寺宿。寺位一坪上,下为削壁。西南望西太白。东南望始见太白之面,云雾常隐其顶,与西太白互为雄峙。中则万山千壑,直接天表,极天地之大观矣。寺狭隘,于地下铺草作褥,上盖棉被,气候已似深秋。

晨起,朝日烘耀。幻成青绿丹碧山水。早行一里许,陡路峻坡。再一里过桦树林,朱柄翠幄,点缀山崖。一里,路愈窄,削壁千仞,下临绝壑。一峰如劈,怪松五六株生石缝中,上挂白草如丝絮,如芦花,曰"天蓬草"，山中珍药也。生于悬崖，不易采取。共十里至鲁班桥。路陡险，以木为桥，窄仅容足。桥外数步有大罗汉松一株，虬干凌空，翠盖翳日。再行，丛林菁密，杂以野卉，药气袭人。一里至骆驼石，又突起一孤峰。下为深壑，时白云飞过，峰摇摇欲动，天风吹来，万籁答响。余有题潘素画诗云："云飞山欲舞，风怒壑齐鸣。"不图于此见之。更上山东南行六里至明星寺，倚岩筑板为屋。岩有泉，以竹管接引，饮食赖之。再上山五里至一险路，悬崖万丈，绝壑无底，路仅容一足，以手扶岩石相牵而过。再行，一路多金背枇杷，如峨嵋桫椤、黄岳玉莲。又多罗汉松，大合抱，小数拱，虬屈龙蟠，绿苔遍体，俨如鳞甲。五里至三重峡，有孤峰耸起。一台方圆数尺，环生罗汉松，有直立者，有蟠屈者。右望万壑如海，不可穷测。又十五里至放羊寺。相传昔有人朝山至此绝粮，忽来一山羊，食之，获至山顶。后送一羊于此放之，还于太白山神。盖为道士故作神话，以坚朝山者之信心耳。寺位于两山相接间，颇平坦，东西太白俱在望中。自平安寺至此，最为幽奇，如黄岳西海、天台双阙，每处皆是。又多茂林深菁，松柏桦树夹路参天，芳草药卉被崖蔓石。太白之胜已得其半。东行更上山，皆落叶松，自踵至顶，翠黛千重。落叶松为寒带植物，在山无人珍重，道士伐以为薪，可惜殊甚。附近又产手掌参、贝母、铁棒锤等药。再行八里至神、鬼二凹，一山突出，两山左右张成凹。乱石摊积，塞路填谷，曾若山崩者然。于此可望见太白拔仙台绝顶，岩石皆灰白色。过凹已上太白本支。再行乱石上，中有水声，数十步有泉一泓，山半有瀑布一叠出于乱石中。再行二里许，尽上坡路，至文公庙。庙在两峰间，自此以上树木不生，只怪石嵯峨，杜鹃莎草蔓生山岩。旁生白芽长寸许，曰"太白茶"。再上行，沿山左越高峰，望东南群山尽如培塿，蜿蜒千里直赴华商。共十五里至大太白池。池广约九亩，色黝绿，澄澈无滓，曾有测量者，谓深可九百余尺。庙筑板为楼，位池东北面。水于乱石中下流至郿县入渭，灌溉利之。据道士云：池每三年泉涌一次，水趵突五六尺。盖上古为火山，池即火山喷口，后变为泉，则池之深与泉涌为当然也。于楼上睡，寒甚。夜大风排窗撼户，池水波涛澎湃，声如海啸。

天将明，大风雨。晨放晴，往登拔仙台绝顶。行乱石上，五里至二太白池。池广约六亩，西南于乱石中流于三太白池。再行二里许至拔仙台。于庙后拾级登，为太白绝顶。西望叠嶂重重，平原莽莽，渭水萦回如带。东望不见长安，只见云雾旋阴旋晴。于云雾开阖时，忽见神光于足下，彩色重重，时隐时现。所谓神光者，即圆虹也，亦即峨嵋佛光。平地只见半虹，非于天半不能见全者。下台去二太白池。午饭后去三太白池。东南行乱石上，五里至池。池小于二太白池，水东南流于玉皇池。又二里至玉皇池，池广十三四亩。山腹渐有落叶松，于此遥望药王池约五里。庙在山坡下，地势平旷，山面尽排落叶松，浓翠千重，为太白幽胜地，惜以天暮未去。南山梁上为南天门，汉南登山路也。少息，回二太白池宿。

夜大雨，如悬河，天明止。晨起寒甚，尽御所携衣。同行皆面目浮肿，头涨气促，并有鼻孔出血者。盖山势过高，空气低压之故。早食稀粥一碗，因面饭不能蒸熟，多食亦欲作呕，即下山。过大太白池，望云海茫茫。二十里至文公庙，二里经落叶松林。望太白池背，瀑流一道垂练而下。过三重峡，云山雾海变化万千。二十里至放羊寺。再下，云雾四来，笼罩头上，毛雨霏微，时下时止。林薄偶见锦鸡雌雄行伏，树上松鼠往来跳掷，人物俱忘。二十里至明星寺雨止，已至未时。饭后又雨，泥路峻滑，易致倾跌，乃止宿。围火烤湿袜履。傍晚晴,忽见霞彩焕天,夕阳返照。山峦林木,均现异彩。西太白高峰倏如硃砂,倏如紫宝石,倏如黄金。远峦近嶂或蓝,或墨,或赭,或绿,或螺青,或翠黛,光明灿烂不可以颜色名状,诚为奇观。晚煮山薯野蔬,围火共食。朝山者男妇络绎三十余人亦聚宿于此,于人语嘈杂中睡去。

夜又雨,晨晴。未食即行,均下坡路甚滑。二十里平安寺早食。再行二十里斗姆宫。沿路松桦枫竹,草卉花药,雨后滋润鲜艳。二十里至大殿。天已暖,脱所御毛衣。此处为太白城门,然已高于华岳,再下即出太白界矣。麻蚊子又出扰。再行至骆驼寺,此间雨较太白为小。望斜峪水一线北趋入渭,即太白池之流。山前一涧西趋,乃西太白之水流向汉南,脉界分明。再行至中山寺。天热,又脱所御夹衣、布裤。午饭后再行五里至刘家岩。再行,觉天气又热,但呼吸通畅。回望天上白云,是余等来路。关冯两君手摇竹扇,态度暇整,若不觉其狼狈者。六七日来扇亦属初见也。再行至蒿坪寺宿。今日共行八十五星,为夏历七月十三日。晚饭后坐寺门外看月。

早食后行十里至杨爷关。乡民酬神演傀儡戏。有卖西瓜者,买食休息。又十里至营头口午饭。饭后至郿县宿。晨乘骡车至葫芦峪渡口,渡船人少,不似来时拥挤。渡河至车站,适车方至,上车下午至长安,酷热一如去时。

余斯游所得,以太白之奇奇于黄岳,险险于太华,雄雄于五台,峻峻于峨嵋。其林木之美,草卉之艳,兼有他山之有;积雪灵池,更有他山之无。有游者往往遇疾风暴雨,废然而返,为无食宿设备,全视天假机缘。余斯游也,室人以病后之身,女儿以十二之龄,亦偕登绝顶。关冯王常四君身行四百余里,履险径,踏乱石,不挠不息,神志愈旺。山居七日,凡阴晴风雨、彩虹绮霞、朝阳夕照、岚光云海,无不毕见,亦难能而可贵矣。因记所历,以导来者。

法门寺

丛　碧

皮黄《法门寺》一剧甚普遍。郿坞县知县赵廉为老生饰，刘瑾为架子花脸饰，旦角孙玉姣在《拾玉镯》中为主角，此剧中则为配角。入民国后，饰刘瑾者以侯喜瑞、郝寿臣为最擅长。此剧刘瑾揉红脸，异于他剧中之刘瑾揉奸脸，盖此为刘瑾之一件好事也。郿坞县即今陕西郿县，已见前《太白山纪游》中。其地确有法门寺。而刘瑾家为马嵬坡，今属武功县，与郿县为近。丁闇公《明事杂咏》诗云："豹房连夕歇笙歌，威武龙旗已渡河。南幸何如西幸好，老奴家住马嵬坡。"即咏刘瑾家马嵬坡事。则《法门寺》一剧，或即瑾事，即出附会，亦不无所本也。

宋代妇女封爵食俸

继　祖

予作《杨业与杨家将》,谓俗传佘太君、穆桂英皆实有其人。惟佘太君姓折,不姓佘;穆挂英姓慕容,不姓穆。两人皆曾佐夫立战功。而名不见史乘者,乃宋代妇女无政治地位,虽有战功不能作官,举韩世忠妻梁红玉为例,金山桴鼓传为巾帼美谈,而梁亦止于食俸,且为南渡旷典。顷因校定《宋史》又得两例:一、宝元二年十二月乙丑,赏保安军守御之功,刘怀妻之与西贼战也。其妻黄赏怡率兵来援,多所俘获,丙寅封赏怡永宁县君(见《续资治通鉴长编》卷一二五);二、庆历六年正月庚戌,录湖南捉蛮贼胡元兄子定塞军士澄为十将,妻刘氏及女并加封邑,仍赐绢三百匹(同书卷一五八)。黄赏怡以破贼立功封县君,刘佚其名与女并加封邑,赏与黄等,知亦立有军功。与因夫或子得封者不同。黄、刘皆封建时代能自奋于功名之妇女,为巾帼生色。其姓名仅存于《长编》,故急表襮之。南渡时,刘光世妻汉国夫人向氏、张浚妻华原郡夫人魏氏，皆给内中俸，见《建炎以来系年要录》卷八四。盖援梁氏之例。向、魏徒以宿将妻受封食俸，一无表现，其人又迥非梁比矣。

美国掠夺中国古物之所见

　　第二次世界大战期间，纽约市展出中国古物。陈列清代历朝帝后之衣冠朝服，多貂貉冠履，尽饰珍宝珠玉尤物。有翡翠插屏一对，玻璃透绿，高尺许，宽约八寸。又有翡翠灯一对，透绿色，略次于屏，圆径可六寸。最奇者为一将军之金棺及骸骨，其全部髑髅均以金片包镶，金丝连系。殉葬佩刀亦金鞘，散嵌珠玉。华盛顿之艺术博物馆藏康乾间彩瓷极富。纽约博物馆罗列唐以前石刻佛像，大者仅存头部手部，盖当时来我国凿岩盗窃之物。又有魏碑一座，高达二丈，完整无残。此数十吨之古物若无内奸，岂能偷运出国！有姚某者，自诩曾以名贵瓷器售于美国博物馆。言下颇自得，岂其俦欤？

宋蔡忠惠君谟自书诗册

丛　碧

淡黄纸本,洁净如新,乌丝格,字径寸,行楷俱备,姿态翩翩。开首书"诗之三",下小字书"皇祐二年十一月外除赴京"。诗《南剑州芋阳铺见腊月桃花》七绝一首、《书戴处士屋壁》七古一首、《题龙纪僧居室》五律一首(此首欧阳文忠批:此一篇极有古风格)、《题南剑州延平阁》五古一首、《自渔梁驿至衢州大雪有怀》五长律一首、《福州宁越门外石桥看西山晚照》五绝一首、《杭州临平精严寺西轩见芍药两枝,追想吉祥院赏花,慨然有感,书呈苏才翁》七绝三首、《崇德夜泊,寄福建提刑章屯田思钱塘春月,并游》五长律一首、《嘉禾郡偶书》七绝一首、《无锡县吊浮屠日开》五古一首、《即惠山泉煮茶》五古一首,共计字八百八十四。册后及隔水有贾似道三印。后蔡伸(前有小楷书"蔡状元"三字,即伸,似为宋人书)、杨时、张正民、蒋璨、向志、张天雨、张枢、陈朴、吴勤、胡粹跋。蒋璨跋后另一跋书东坡体,无款,前有小楷书

"霍状元"三字，当即其人。君谟书在宋早有定评。欧阳文忠及东坡皆誉为当世第一。此册为蔡书之尤精者，刻入梁蕉林秋碧堂、毕秋帆经训堂帖。于毕氏籍没入内府，载《宝笈三编》，未经乾隆过目，因无乾隆玉玺。在废帝溥仪未出宫时，由太监偷出。萧山朱翼庵氏于地安门市得之，其时价五千元。壬申失去，穷索复得之于海王村肆中，又以巨金赎之归（见此册影印朱氏跋中）。朱氏逝后，其嗣仍宝之不肯以让人。庚辰岁翼庵氏之原配逝世，其嗣以营葬费始出让，由惠古斋柳春农持来。时梁鸿志主南京伪政，势煊赫，欲收之，云已出价四万元。时物价虽涨，然亦值原币二万余元。而朱家索四万五千元，余即允之，遂归余（后与陆机《平复帖》、杜牧《赠张好好诗》、范仲淹《道服赞》、黄庭坚《诸上座帖》、吴琚《杂书诗》、赵孟頫《章草千文》，一并捐赠于故宫博物院）。余习书，四十岁前学右军十七帖，四十岁后学钟太傅楷书，殊呆滞乏韵。观此册始知忠惠为师右军而化之，余乃师古而不化者也。遂日摩挲玩味，盖取其貌必先取其神，不求其似而便有似处；取其貌不取其神，求其似而终不能似。余近日书法稍有进益，乃得力于忠惠此册。假使二百年后有鉴定家视余五十岁以前之书，必谓为伪迹矣。辛丑岁有友人持米字卷来求跋。余视之伪迹，而为高手所作者，又不能拒，因题云："宋四家以蔡君谟书看似平易而最难学。苏黄米书皆有迹象可寻，而米尤多面手，极备姿态，故率伪作晋唐之书。然以其善作人之伪，而人亦作其伪耳"。余此跋明眼人自能辨之。世多苏黄米伪书，而伪蔡书者不多，乃知蔡书于平平无奇中而独见天资高积学深也。

呼家将

　　杨家将几于妇孺皆知者，稗官及戏剧宣传之力也。后又有所谓呼家将者，则为前者之模造品，予未见其书。记昔予服务于旅大图书馆，一日业务研习中有人忽及宋代历史。主馆事者某慨然曰："宋代人才不过老杨家老呼家而已，他何足算乎！"此君盖熟于稗官者。予为一笑而罢。呼家史实记载亦罕，予就所知略述之。按：呼实复姓呼延，先世为胡族。《宋史·卷二七九·呼延赞传》称赞并州太原人。宋初累官骁骑军使、铁骑军指挥使，从平蜀及北汉，皆先登有功。后迁马步军副都军头。太宗曾令面试武艺，赞具装执鞭驰骑，挥铁鞭、枣槊，旋绕庭中数四，又引其四子必兴、必改、必求、必显至，迭舞剑盘槊。蒙厚赏，且赐四子衣带。出为保州刺史、冀州副都部署。以无统御才及不能治民，复召为都军头。真宗幸大名，为行宫内外都巡检。后又护元德皇太后园陵卒。四子中必显亦官至副都军头。赞不过一武夫耳，然传中述其遗事有可笑者，亦有可取者。可笑者如尝刲股为羹疗子疾；可取者如不自矜伐。尝谓"无以报国，不敢多求迁擢，恐福过灾生"。时人嘉其知分。又如尝作破阵刀、降魔杵；铁折上巾，两旁有刃，巾上著刃，盖用作武器，设想甚奇。又如盛冬以水沃孩童，冀其能耐寒而劲健。史氏颇以鄙诞不近理讥之，而不知其合乎锻炼身躯。又如常言愿奋身死敌，遍文其体为"赤心杀贼"字，妻奴仆役皆然。诸子耳后别刺字曰："出门忘家为国，临阵忘死为主。"读之虽亦不禁令人失笑，然其人总不失为一血性丈夫。孟子所谓"勇士不忘丧其元"者，庶几近之。南渡时其后人有名通者，为韩世忠部下统制官。勇而善战，曾破金兵于宿迁，擒其骁将牙合孛堇，积功至永州防御使。世忠老犹嗜色，每饮诸将家必使诸将出妻女侑筋，世忠辄为之流连忘返，又尝夺通所眷角妓韩婉。通因积愤，阴欲图之，为世忠所觉，竟被斥为士伍。后值世忠生日，诸将皆趋前为寿。通亦至，世忠见即避去。通涕泣以请，不可。主者又以擅离军杖之。通怏怏遂投运河死，人皆惜之。其事亦见《建炎以来系年要录》(卷九八、一三八)、《三朝北盟会编》(卷一六九、二零四)，甚详。以燕昵而失勇将，公私之谊谓何？盖韩岳虽并称中兴名将，而制行之严，韩不逮岳多矣。

《钨金属》作者外记

锑矿盛产于湖南,旧时行销美国。杨姓某,湘之有力者也,于北洋派政府时设公司经营其事。送子赴美留学,兼主销售。子方弱冠,乃以同乡戚李某佐之,乃独揽实权,外人只知有李,不知有杨氏子也。不数年,杨子在美以被戕闻,而李则俨然公司经理矣。杨氏讼于官,然李旅美不归,案悬不获结。李获宠于美政府,继锑矿经营之后,二次世界大战中凡中国出口之钨矿,统由美政府委李代为分析定等。李设厂于纽约之长岛,专司其事。因雄于资,乃以重金赂某要人寝杨氏悬案。又聘冶金学者王宠佑代撰《金属丛书》中《钨金属》一册,在美出版。作者署名则竟为李某也。

翁常熟访鹤

伯　弓

常熟翁叔平同龢,以户部尚书、军机大臣兼充光绪帝师傅。当甲午日本侵韩时为主战派,与李鸿章之主和争执。适所蓄二鹤亡去,亲书访鹤招贴,悬重赏以寻之。因其书法之工,旋贴旋被人揭去,轰动都门。有人嘲以诗云:"军书旁午正徬徨,惟有中堂访鹤忙。从此熙朝添故事,风流犹胜半闲堂。"又有人以联语调侃翁李云:"宰相合肥天下瘦,司农常熟世间荒。"同时吴县吴清卿大澂为湖南巡抚,酷好古董。安吉吴俊卿工篆刻,伪造汉渡辽将军印以骗取善价。吴得之大喜,以为立功关外之征,请缨杀敌。乃所统士卒素无训练,甫临阵即溃散。亦有人以翁吴配合撰成一联云:"翁叔平两番访鹤,吴清卿一味吹牛。"一诗隽永有味,二联对偶极工。嘉应黄遵宪《人境庐诗集》中有《渡辽将军歌》,专咏吴大澂事。

认 宗

丛 碧

继祖前写《苏氏出子》一则,顷见清梁茝林《楹联丛话》云:"宋时尚书孙觌,传为坡公遗体。冯具区所云,阳羡孙老得坡公弃婢而生者也。惟王渔洋先生力辨之。谓坡住阳羡,见一童子颇聪慧,出对句云:'衡门稚子璠玙器',童子对曰:'翰苑仙人锦绣肠'。即孙觌也,坡甚喜之。据此,则觌非坡子明矣。抑或宋人好名,如童贯自托为韩魏公所生,梁师成亦自谓坡公所出耶。"近世托为名人出子之习尚已少,而认宗之风则甚遍。如无论何地凡姓孔者皆孔子后,排名且有行辈。有一噱谈云:河北省任邱县边姓为名族。一日京中有主人宴客,客有边姓者推为上座。陪客中有孔姓者向首席请姓,边姓者遂答曰"任邱边"。边姓者复回请姓,孔姓者遂答曰"曲阜孔"。边姓者大窘。又有林姓者自称为林和靖后人,不知和靖梅妻鹤子,固无后也。又凡岳姓者皆谓为汤阴人,岳忠武之后。而秦姓者则无人自谓为秦桧之后者。

又有一噱话云：河南省有秦姓候补官奉差委去汤阴县查案。车站离县尚有数里，乃雇一土车（俗名土牛，为一轮。人自后推之，一边可坐人，一边置行李）乘之。途中攀谈，问推车者姓。推车者曰："姓岳，本县人。即岳老爷之后。"推车者回问差委姓，曰："姓秦。"推车者遽翻其车，人与行李并摔于地，曰："你我世仇，我岂肯推你乎！"不索资竟去。推车者亦未知此秦姓者是否秦桧之后，未免唐突。乾隆时状元秦大士，江宁人，秦桧亦江宁人，应为秦桧之后。大士到西湖，人故请其瞻拜岳坟，并请其题联。岳坟前有铁铸秦桧夫妇跪像，大士不得已题联云："人从宋后无名桧，我到坟前愧姓秦。"如此措语，亦复不易。又吾友淮安阮鸿仪之弟，惑于苏州上海之低视江北人，报户口时登记为南京藉。不知阮大铖由怀宁迁南京，遂为南京人，竟成阮大铖之后。比知之，而已不能改易矣。

状元驸马

继　祖

小说艳称状元驸马,已成通套。然求之史传,竟无其人。盖状元为唐以后名称,而唐以后公主选尚者又多为勋臣后裔,萃状元驸马于一人,几于不可能也。顷校《宋史》,于《宋季三朝政要》中得一则云:理宗开庆元年四月,上试进士,赐周震炎等及第出身有差。时公主方选尚,丁大全欲用新进士为驸马,因命考官私置震炎为第一,倡太平状元之说以媚上。震炎草茅士,年几三十矣。恭谢曰公主于内窥之不悦,事遂寝。丁大全败,震炎降第五甲出身。岂当时状元驸马之说已流传民间,大全故欲实之以为盛事欤?

满人贯姓

丛　碧

在昔，北魏人迁河南者，革于华俗，改三字四字姓名为单词，若叱邱之为吕，刀代之为鲍，羽真之为高者，不可一二数也（见全椒苏圣生《檐醉杂记》）。辛亥革命后，满族人亦多改汉姓，如金姓罗姓关姓是。金姓或为爱新之反切，或因女真国号；罗姓当为爱新觉罗之罗字；关姓者则或为完颜之反切也。

易元吉

继　祖

易元吉工画花鸟，尤以写獐猿擅名，评者谓为徐熙后一人。山谷为作《易生画赞》。陆存斋《宋史翼·方技》，有易小传。所据《宣和画谱》《图绘宝鉴》《图画见闻志》《画史》数书而已。顷读《宋会要·职官》载："嘉祐二年九月十六日，知邓州吏部郎中天章阁待制刘元瑜，降知随州，坐前知潭州私补画工易元吉为助教。"捡《宋史·元瑜传》，亦载此事。私补固为非法，亦缘当时鄙视工匠故也。同书又载嘉祐四年二月七日，提点河东路刑狱公事祠部郎中庞汝弼，降知华州，坐尝知遂州补画工陈义为传神学究，事正相类。

索 薪

丛　碧

　　北洋派政府时，民国初年各部经费每年十几万元，后增至二十余万元。至徐世昌为总统时财政部每月所费需二十余万元，人员几及二千，而各省税金多被截作军饷，于是薪俸至积欠数月以上。各部情形相同，而以参谋部、教育部为尤甚。财政部仅以发行公债与借款藉作点缀，然亦不能全给欠薪。各部人员皆有索薪团之组织。一日有某人打电话向某部请某佥事说话，茶役答云，请改日再来电话，现在某老爷正索着薪呢。如此运用语辞，令人发噱，然亦可见索薪之现象。当日银行经理，则为天之骄子，财政部主管者见之，无不卑躬如也。有曾任达官之江西钮传善者，思再作冯妇，认为有机可乘，挽求友朋集资开设一银行，股本一百万元，先收二十五万元开业，乃向政府当道与财政部自荐，可以借款，因得任财政部次长。一次将所收股本借与财政部，银行则靠所预扣放款利息撑持门面，招来存款。亦有续借于财政部者,财政部终不能还款,不二年银行倒闭,股东除丧失其本金外,又须偿还存款。此亦索薪中之一事也。其财政部主管者之与银行经理相倚为奸,更不待论矣。

晚清以轿夫喻四京官

清末官场窳败，尸位素餐者多。当时以抬轿夫四人喻四京官，语虽近谑，然恰如其分。轿夫四人，各有韵语一句。第一名扬眉吐气，喻军机；第二名不敢放屁，喻御史；第三名昏天黑地，喻翰林；第四名全无主意，喻部曹。凡充军机者，必当时得意人物，趾高气扬，正如第一名轿夫仰首挺胸之像。御史职居谏垣，应有建白，但仗马寒蝉，无声无气，譬之第二名轿夫，位在乘座之前，故不敢放屁。翰林出身文学之士，一入词林，便居清秘，不谙世故，时作迂阔不切实际之论，如第三名轿夫，隐在轿后，全无所见，不知天地。部曹惟知秉承上司意旨，办事不敢自抒所见，更乏崛起振发之士，恰似第四名轿夫，只随前者步伐，全无自己主张。观此可知彼时官场现象矣。

曹雪芹卧佛寺故居

玉　言

　　《春游琐谈》卷一有一则记曹雪芹故居,谓友人陶北溟云曹落魄后曾住千佛寺,寺在广安门内枣林街七号。然以余所闻,亲聆陶说此事者佥言是卧佛寺。后识张次溪先生,征旧闻,亦确言陶先生所称者卧佛寺,不云是千佛寺。复举已故数先生之所传悉同。白石老人曾有《红楼梦断图》,并题句云:"风枝露叶向疏栏,梦断红楼月半残。举火称奇居冷巷,寺门萧瑟短檠寒。"亦即辛未秋日访卧佛寺雪芹遗迹所为作也。次溪先生又云,近有人投书,乃复指传闻为大佛寺矣。因叹书经三写虚化为虎,况口耳之间,益滋讹误。访古之事,良不易言,以兹例往,盖可推也。前岁上巳曾与次溪同访卧佛寺。寺在广渠门内稍北,临汽车路,山门无存,遥望与人家无异。今为民居大院。院中老槐一株,身不巨而古,欹曲有姿。殿一,外粗完好,阶右断碑平卧。入观,四壁徒立,巨佛枕肱而卧,覆以衾衣。满身髹绘,剥落处见木雕也。

以其制考之，至晚亦明代艺事。殿东端亦民居，未能周视。出洗断碑，仅辨岁月，则乾隆三十一年重修所树，去雪芹逝世亦既三载，纵有遗痕，彼时当已扫尽矣。殿周庑悉矮屋，皆断瓦颓垣所构者。居者郭君为言，卧佛初不在此。居后殿，塑座极精，沦陷时某奸拆殿为材，佛乃移前殿，隘不能容也。草草架置，其环周十八立佛埋于土。今殿中倚而竖者二，其孑遗耳。寺中一二文物，已徙前门外石头胡同某庵寺。旧有跨院颇幽静，具亭石花木之致，意者雪芹或有取于是欤。是游兼吊明袁督师崇焕故居、祠庙及墓堂。墓堂即寺之东邻也。又涉张园故址，桔槔旁小桃一树，盈盈初萼，恍然久之。其明年春，次溪以丛碧夫人潘素女史所绘《袁居故园图》嘱题，为书《浣溪沙》有云："意钓亭荒瓦砾空，小桃无语向人红，去年今日画图中。"谓此也。其下阕云："脂砚有神存翰墨，豆棚随意话英雄，墓堂犹在妙音东。"盖其时丛碧方得脂砚斋遗砚，语非泛设。妙音者，以卧佛寺旧有钟一，铸妙音寺名，或言寺原名妙音，或言钟当由他寺移此，妙音别有属云。然以余论之，卧佛名寺皆俗称耳。燕京卧佛寺凡三：西城之卧佛寺本曰鹫峰；西山之卧佛寺本曰寿安（雍正重修易名十方普觉寺）可以

卷三　　241

为证。则此卧佛寺固当自有本名，其曰妙音，亦固其所。移钟之说第揣测为言，非有确见也。以此题作长短句者未能多见。唯次溪旧有《琴调相思引》，则秋夕过广渠门谒袁墓兼吊雪芹卧佛寺故居之作，其词云：“素魄波澄乍脱云，携将涕泪拜忠魂。乱蛩声咽，衰草化秋磷。　　鹊尾烧残香已尽，西风吹梦了无痕。鬓丝禅榻，消得几黄昏。”余又有为次溪《题白石梦断图》自度曲云：“几片行云，一角残檐，丹堊便出层楼。虫鱼惯见，谁知老笔此风流。满帽西风，多情问古，巷冷记寻游。沙窝路，何许雪旌霜钥，对琉璃佛火不胜秋。　　瞿昙示倦，槐柯卧影，此间曾系虚舟。红豆通辞，黄车托体，当时意兴岂闲愁。昈年已新周命，看文星光焰，惊动十洲。思巨手，更三毫上颊，传神写石头。”广渠门俗呼沙窝门。清制，广渠门归正白旗汉军守辖，雪旌指此。意谓雪芹则内务府正白旗人，或因白旗亲故牵绪而寄寓耶！弱笔殊不足当此佳题，录之聊备掌故云尔。

旧瓶装新酒

稼　庵

　　《八声甘州》声调至为优美，宋人名篇中，柳屯田《潇潇暮雨》一首其最著也。近有人以此调咏新事物者，或称之为旧瓶装新酒。如《武汉大桥》云："奠神功鞭石涉波涛，峥嵘此津梁。看碉楼西峙，飙车飞渡，下瞰征航。历历晴川烟树，虹影压波光。灯火黄昏后，一道银潢。　　指点龟蛇犄角，是旧时天堑，今日康庄。又纵横驿传，五岭接三湘。转江流，众擎一力，便移山填海亦寻常。通呼吸，星辰上界，示我周行。"（作者姓名未详）《发射卫星》云："尝闻少皞命群黎，绝地与天通。历沉沉亿载，茫茫下土，升陟途穷。蓦地一丸晶魄，焜耀走长空。日绕寰球转，掣电流虹。　　瞬息扶摇直上，恁凭兹巧历，费煞神工。把天荒突破，造化与同功。想原来青云有路，任嫦娥奔向广寒宫。看三箭，待奇勋奏，压倒西风。"（作者为许季湘宝蘅）《宝成铁路通车》云："笑从兹蜀道不惊呼，难于上青天。向蚕丛辟古，离堆凿险，造化无权。曲曲贯穿秦岭,直叩剑门关。首扼嘉陵走,尾掉巴山。　　　高拱锦江玉垒,正北通京洛,南接黔滇。问曹刘战地,老亮恨常捐。更何须木牛流马,任飞刍輓粟各争先。丰碑峙,借卿云笔,奇迹新镌。"(作者为诸季迟以仁)盖刻意选题,惊新耳目。视瞿宗吉之咏西湖、边袖石之赋燕台,专以描摹风景为能事者,迥不侔矣。惜《蕉雪堂词选》不易访求,许诸墓木已拱,其词集尚无刊本行世,故并录而存之。他时搜集遗佚者,或有取焉。

杨妹子

玉　谷

关于杨妹子有无其人一节,各家意见殊不一致。余以为杨妹子即宋宁宗杨皇后,而非杨皇后另有妹子也。杨皇后从幼年即被选入宫,忘其名忘其姓忘其籍贯,或云会稽人,亦非肯定之词。史称以杨次山为兄,遂姓杨氏。有兄而后有妹,人以为杨妹子,彼亦自以为杨妹子矣。帝王之名,必须公开,专制时代,使天下有所避讳。若后妃之名,多失记载。杨本无姓名,故即以杨妹子为姓名。观杨皇后之出身孤子无依,何来妹子?丛碧兄云若无杨妹子,则杨妹子诗词,来源何自?如《词林纪事·题马远松院鸣琴图》即其一证。余曰:宋代皇后能诗者惟宁宗杨皇后与高宗吴皇后二人。吴皇后博习书史,妙于翰墨。帝尝书六经赐国子监刊石,稍倦即命后续书,人莫能辨(见《书史会要》)。杨后由封平乐郡夫人进封婕妤,而进封婉仪贵妃。及帝立为皇后,在以杨次山为兄而冠以杨妹子之后,著有宫词十九首,世称"杨后宫词"。又有《题朱锐雪景册》赐大少保云："风吹醉面不知寒,信脚千山与万山。天甃琼街三十里,更飞柳絮与君看。"诗格清婉流丽。又按厉樊榭《宋诗纪事》一百卷杨皇后诗在卷一中。而卷八十七有闺媛一门,共计八十家,如有杨妹子诗,亦不应遗落,亦可见杨妹子除杨皇后外,更无另一人也。

光绪间京师之口号

公　孚

清光绪间,京师有人编口号曰:"帝师王佐,鬼使神差。"当时为之分析:帝师,即毓庆宫行走,其授读者,皇帝以次皆称之曰师傅,自属琼楼玉宇,高不可攀。即上、南两书房翰林亦为最清华之选。皆近接龙光,易蒙宠誉。王佐,即军机处及总理各国事务衙门(当时简称曰总理衙门或总署、译署),向以皇子及亲王领其事,得充章京者皆由阁部各员考取传补,日趋承于枢邸之侧,近水楼台援引自易。其总署人员号称谙习夷务,保奖优异,等于远涉重洋。鬼使者,时华人称外国人为鬼子。道光时奏牍径称曰夷鬼。其充任出使各国大臣,头衔躐晋,薪俸优厚。参赞随员更三年一保,谓之异常劳绩,向奉特准,不经部核。神差,即神机营,由八旗旗兵挑入,同治以后以醇亲王奕譞管理;后又于光绪间,特设虎神营,派端郡王载漪管理,皆称禁旅。其翼长领队督操专操等员,冗滥莫可究诘,亦三年一次照军功给奖。以上四项,或在帝与王之左右，或视为终南捷径，均可超迁不次。

妙在此八字皆现成语，故流传一时。

《探源书舫丛书》

继　祖

　　清光绪间,吉林盛福辑刊《探源书坊丛书》,初、二集其目如次:

　　初集《理学正传》《李忠定公别集三种》《北溪字义》《读书分年日程》《呻吟语》《庭训格言》《汤子遗书摘抄》《治家格言》《图民录》《性理易读》《史鉴节要便谈》《小学韵语》。

　　二集《三十五举》《续三十五举》《再续三十五举》《分隶偶存》《苏斋唐碑选》《续书谱》《论学三说》《声调三谱》《咽喉脉症通论》。

　　盛字介臣,何图哩氏,蒙古正白旗人,吉林驻防。父伊兴额字松坪,道光时从征喀什噶尔,积军功至侍卫。参加镇压捻军,转战江苏山东诸省,咸丰六年死于汶上之役,谥壮愍。《清史稿》(卷四三二)有传。据丛书初集赵韫辉(直隶景州训导)序,称介臣上承壮愍余荫,未登仕版,作苦田间,俭衣节食,而性嗜书籍。每遇善本,虽多方告贷,亦必购之云云。盛以八旗宦家子弟，能不汲汲于仕宦，而从事于刊书，亦难得也。虽其所刊初集皆理学书，二集旁及字学、篆刻，其中并无秘本。意其人亦不过乡学究一流。然以出于莘路未启、人文朴僿之吉林，不得不谓之空谷足音矣。金静老《辽海丛书》刊印缘起，遽以千山曹氏之《楝亭十二种》、沈阳孙氏《问经堂丛书》比之，微嫌非匹。其书刊于光绪十八年至二十六年间，刷印流传甚罕，今惟辽宁省、吉林市两图书馆有其全帙。其后人清末已改姓何，住市内崇文胡同伊壮愍公祠，书版闻旧亦贮藏祠内。伪满时，后人以贫故，摧烧为薪。未烧者七块，现存市馆。予初从孙晓野知有此书，去年详询市馆得复，撮记其略，亦吉林省一故实也。

故都竹枝词

丛　碧

　　国民党北伐后,政府南迁,北京更名北平,人以故都称之。日军侵占东北,风鹤频惊,竟成边地。时簇园诗社以故都竹枝词命题,旅京吟人多以时事为咏。余亦有作,尚记数首,录之于下:"登场百货各争标,太庙翻成市井嚣。野鹤不知人世改,将雏相避远离巢。"时于太庙陈列百货,竞相买卖,庙东侧古柏上向有鹤巢,因畏嘈杂避去。"白山黑水路凄迷,年少将军醉似泥。为问翩翩蝴蝶舞,可曾有梦到辽西。"时东北已失,张学良在京方昵电影名星胡蝶,每跳舞至深夜。"茫茫苦海正无边,愿证菩提隔世缘。佛力未随王气歇,万人空巷拜班禅。"时班禅自玉树到北京,一般要人发启为时轮金刚法会,在太和殿传法,参加者万余人。事先邀请各方面人士在金城银行总经理周作民绒线胡同宅募捐,如吴佩孚、张宗昌、曹汝霖等均到,各捐款二百元。次日张宗昌即去济南,为韩复榘所杀,而未受佛之庇被。"山河不重重连城,退让堪为步步营。御路森严同警跸,飙车载宝夜无声。"东北失后,当局无恢复抗御之策,而将故宫珍宝连夜悄悄运去南京,以为敌进寸而我退尺之计。"寒暖不殊气候更,去年无雪一冬晴。银鞋空作化装舞,太液池波已解冰。"国事日急,而一般士女犹纸醉金迷,筹备于新年在北海举行化装溜冰会,纷制服饰,所费不赀。惟本年气候特异,一冬无雪,和暖如春,比及筹备完毕,而池冰已解矣。彼跃跃欲参加化装溜冰者大为扫兴。"风鹤频传刁斗鸣,可怜上国作边城。年年五月惊烽火,不信名花号太平。"过去军阀内战,多发生于五月。此时北京地位已为边城,谣言四起,有草木皆兵之势,而故宫太平花正于是月盛开。北京后终至卢沟桥事变而沦陷,余避寇入秦。日军投降,始重返故都,以为从此太平可致。乃上下贪污之风大起,金融崩溃,当局欲依外力发动内战,国事益不可问。余再去极乐寺看海棠,因题壁一诗云:"又见娇红濯锦尘,海棠犹似去时春,只今倾国倾城事,不是名花与美人。"此亦竹枝词也。竹枝词可补史乘之不足,昔曾有印本,惜遗失,诚憾事也。

汉赵婕妤玉印

慧　远

　　此印为纯白玉制，上有凫纽，做工极细，纽上有鲜明血红一小块。印二厘米见方，镌篆体"倢伃妾赵"四字，历代传为瑰宝。宋时王晋卿诳得之，视为奇珍，断为赵飞燕物。元时曾藏顾阿英金粟山房。迨明嘉靖年间入权相严嵩手。又在项子京天籁阁、锡山华氏真赏斋、李日华六研斋诸家藏过。清代曾归钱塘何梦华、秀水文后山、仁和龚定盦、道州何子贞诸人。光绪年间入南海潘氏海山仙馆。其源流最古，唐代诸家皆极珍秘。瑞安孙诒让曾购得何梦华手拓本一纸，已称为罕见。据云：印盒上有李日华题识，乃系端木太鹤手录于拓本上者。孙氏谓"倢伃妾赵"四字，篆势绝奇，《汉书·外戚传》作"婕妤"二字。此印为"倢伃"，较之一般汉印，字体甚殊，实为缪篆之嫡传。不仅以绝代菁华矜慕芳艳，而缪篆藉此流传，尤足珍尔。或有疑为汉钩弋夫人印者，只能各存其说而已。清嘉庆时朱椒堂为弼，有《咏文后山所藏汉婕妤玉印》一诗,题注云:"印径汉虑傂尺一寸三分,凫纽纯白,纽旁有朱斑半参,缪篆四字曰'緁仔妾趙'"。按:《汉书》飞燕合德皆为婕妤,此印难定为谁所佩。第其篆法古浑媚逸,非后人所能作者,刓玉泽温润,入手凝脂,洵奇宝也。又婕字作緁,足校班书矣。今录其诗于后:"后山雅似文三桥,阁开清秘邻紫桃。紫桃轩中一方印,入手换却青琼瑶。当年姊妹联春宴,娇殊赤凤无人见。何时手截素鹅肪,鸟体绸缪似飞燕。燕子飞来风自芳,纤腰携珮杂明珰。细看小点黏红粉,曾写新歌钤绿章。歌筵捉搦舞裙骋,纽凫恰似鸳鸯颈。扶寸瑶华透骨秀,平分蛤采缠莈冷。我来雅玩剧伤情,如看鲛绡玉体横。安得金钲与相见,昭阳旧侣话深更。"此印至民国时由潍县陈簠斋家中流出,转入徐世襄手。闻当时以重金购入,轻易不肯示人。近年已由公家购藏,从此得以永久保存。余昔年曾在吴印丞先生处得一拓本,旋遗失不见。顷承王孝饴君惠赠一拓本,乃徐氏拓送者,外间不多觏也。

诗话两则

稼　庵

定兴县北河店即古河阳渡也。以在固城之北，故名北河。从前驿站未废时，为南北通衢。店南有桥。桥侧有杨椒山读书处碑。崇祯末李自成与清兵大战于河阳渡，即此河之下流，曰白沟。有六郎堤。宋杨延昭在边防，敌人惮之，目为杨六郎，盖守益津关时所筑。世言孟良、焦赞为六郎裨将，战功最多，今新城东北有孟良营，雄县有焦赞墓。野史亦不尽杜撰也。旧传白沟店题壁二绝云："拒马河边古战场，土花埋没绿沉枪。至今村盲鼓词里，威震三关说六郎。""亚古城荒焦赞墓，桑干河近孟良营。行人多少兴亡感，落日秋烟画角声。"论者谓其气格在达夫、嘉州之间。山西灵石县韩侯岭上有淮阴侯韩信墓。相传汉高祖征陈豨自代还驻此，适吕后函淮阴首至，遂葬焉。余少时过其地，见祠壁石刻甚夥，记两律云："百战勋名一概删，头颅草葬此荒山。罪疑布越宜轻减，功比萧曹岂妄攀。亭长八年成帝业，将军三族弃人间，项王虽死匈奴在，谁与边城杀敌还。"末署杨霖川。"高鸟原来是项秦，淮阴勋业古无伦。十年成败一知己，七尺存亡两妇人。孤冢如何钟室闭，荒祠应似将台新。简城遥接长桥在，国士千秋与比邻。"末署吴逢圣。

电灯轮船公所

公 孚

　　清慈禧太后每年交夏即移驻颐和园，必过十月
生辰始还宫。时京中尚无电灯，由北洋购置锅炉派
匠安装，遂专设公所以管之。太后于平时亦驻西苑
（今之中南海），乃另设西苑电灯公所。其锅炉房则
在今之府右街路西，即旧国务院西门外。并由海军
衙门进奉小火轮三艘：太后所乘曰祥云，皇帝曰捧
日，皇后曰翔凤，仅回旋于昆明湖中。另有备拖带之
小火轮两艘。太后由西直门外长河赴园，在高亮桥
西码头（宫廷术语谓之座落）登御舟。内监膳房等亦
各乘舟随往，由火轮拖带。路经万寿寺必茶憩或用
膳。寺中牡丹最盛，有国华堂，为设临时宝座之处。
船进绣漪闸，在园内水木自亲码头登岸。以上三处
皆分派委员管理，平日无所事事，唯领薪水得保案而
已。此项委员必夤缘钻营始获与选。间有汉员厕足
其间，大抵皆候补道府，挟大力、辇巨金而后得之。
民国后，北京电灯早发达，而中南海及旧国务院尚兼

用官电。电力不足，灯光暗弱，徒滋糜费，不知何时乃停用。其锅炉房废置已久，后亦拆去夷为平地矣。

宋宝祐四年登科录

继　祖

　　宋文谢陆三公同登宝祐四年进士榜，其登科录刊入《粤雅堂丛书》。原本明代藏闽中某故家，清初归林吉人。今卷后有康熙甲子林佶、乙丑叶封、丁卯黄晋良三跋。乾隆中有梁国治一跋，翁覃溪及陈淮各题观款。后归番禺许青皋，有咸丰乙卯沈世良、张南山两跋。沈张跋同在一年。张跋称伯眉学博，出观属题，伯眉殆沈字也。又有冯龙官一跋、陈兰甫一短跋，无年月，邈园叔祖旧藏一本，乃活字单行者，当在粤雅本之前，予未及见。叔祖身后藏书久散，今不知归何所矣。是科凡六百一人，计一甲二十二人、二甲四十人、三甲七十九人、四甲二百四十八人、五甲二百一十三人。今录至五甲一百八十九人而止，盖原有佚叶。又所附文山试策亦缺其尾。文山巍然榜首、叠山二甲一名、君实二甲二十七名。他若黄东发（四甲一百五名）、胡梅磵（五甲一百二十一名），皆卓然传人也。黄胡外，名字事迹略可考见者尚多，惟薰犹异趣耳。顷校点《宋史》本纪既讫,检阅是录,姑就所知依名次胪举于后,其所未详,俟异日更考焉。

一甲八名　田真子　泉州晋江,宋末知泉州,降元(见《宋史·端宗纪》)。

九名　王应凤　庆元鄞县,深宁之弟。

二十名　季可　处州龙泉,官监察御史,擢右正言。德祐元午间元兵至遁,夺官,未几复官,令如龙泉募兵(见《端宗纪》)。

二十四名　何时　抚州乐安,宋末起兵应文天祥(见《端宗纪》及《天祥传》)。

三十名　罗椅　吉州庐陵,著《涧谷集》《放翁诗选》,入元以遗民终。

三十五名　许自　福州闽县,两浙转运副使,闻元兵至,与季可等同遁,夺官(见《端宗纪》)。

二甲十四名　森镗　福州长乐,平江通判,德祐元年降元(见《端宗纪》)。

三十八名　罗林　温州永嘉,两浙转运司准备差遣,与张濡戍独松关(见《端宗纪》)。

四甲十八名　陈景行　处州青田,左司谏,请令讲官坐讲陪宿直,后迁礼部侍郎,辞官不允去。

三十八名　唐天麟　嘉兴嘉定,有诗(见《宋诗纪事》)。

四十一名　柴随亨　衢州江山,《丙丁龟鉴》著者,柴望之从弟。知建昌军,宋亡不仕,与望及弟元亨元彪称柴氏四隐,《宋史翼》入《遗献传》。

五十二名　李雷应　饶州浮梁,父遇龙湖北提刑,雷应度宗末知鄂州,以功加守军器监(见《恭宗纪》)。

八十一名　陆梦发　徽州歙县,有诗(见《宋诗纪事》)。

一百三名　祝洙　建宁建阳,《方舆胜览》著者。祝穆之子。

一百十六名　钱真孙　安庆桐城,知江州,诏与吕师夔同募兵抗元,后以城降(见《恭宗纪》)。

一百十七名　舒岳祥　台州临海,著《阆风集》十二卷(《嘉业堂丛书》本),诗见《宋诗纪事》。

一百四十一名　李成大　南康南昌,知金坛县,起兵抗元,兵败被执,二子死之(见《恭宗纪》)。

五甲十七名　陈著　庆元鄞县,有诗(见《宋诗纪事》)。

二十名　刘岊　重庆巴县,宋亡,以监察御史充祈请使至元军(见《恭宗纪》及《元史·世祖纪》)。

三十七名　薛嵋　温州永嘉，有诗（见《宋诗纪事》）。

一百三十三名　梅应春　（但有济县二字，上缺）知泸州，降元（见《恭宗纪》）。

又《宋史·端宗纪》景炎二年十一月癸丑，知福安州王刚中以城降元。今录中王刚中凡两见：一、四甲三十四名，吉州泰和；一、五甲二百三十八名，台州宁海。则不知孰是矣。祝洙本贯下注祖居徽州，确乃朱公之外祖。朱公指朱熹。自理宗表彰理学，紫阳遂为儒学大宗，凡与姻联，皆藉光宠。至公然见诸取士之籍，亦为典制所许，此有关一代风气，读史者所宜知也。

重瞳乡人印

丛　碧

　　吾邑项城县春秋时为项子国，后灭于楚。以封霸王项羽先世，故以地为姓。今项城东尚有地名项羽城。项城旧属陈州府。陈为舜都。太史公《项羽本纪》云："舜重瞳子，羽亦重瞳子。"两重瞳皆与吾邑有关。三十四五年前，余与梅畹华、陈半丁诸人每夕聚于虎坊桥国剧学会，余与畹华向半丁学制印。畹华曾有自刻名印，并有《缀玉轩印存》。而尚未钤印之本一，不知何时遗落于余家，前岁捡出用以手抄余《春游词稿》，前有序纪颠末。此词稿抄本，今春为孙正刚君索去保藏。当时余曾丐半丁为余制印，文曰"重瞳乡人"。半丁刻意为之，白文，仿汉印，篆意醇朴古茂。印石质，四周尽镌余所云重瞳史事。此印余不轻用，只于题画作书时偶用之。然后人见此印文殊不知所谓，亦不知重瞳乡为何地，故录之，亦一小掌故也。

郑大鹤为王湘绮谈游

曩湖南王闿运湘绮翁将揽胜邓尉诸山,向余郑
叔问大鹤丈过问山中游顿,甚处最佳。丈因举似水
流云在之旨,会心当不在远。盖山游之善者,志欲其
放(随其所之);神欲其空(若心目中存一名山,必多
佳境,则意将不满,毕竟何境为佳);趣欲其静(山水
娱人以清晖,何必意存看花);迹欲其疏(入山虽不为
生客,而景物因时千变,在闲中领略,以为熟游则易
倦,穷探又多忽),四者能兼,方为胜引。佳侣难得,
清独尤宜,壬老板叹为能乐山也。又云:游船宜吴篷
单橹,取其轻快,随地可到,饮馔精洁,不拘时不计
赀。若大舸方舟,则类谢客山贼,林壑辣诮已。余性
爱丘山,每喜独游,意不受伴侣拘牵,全凭一己领略
放空静疏之妙(除余弟自牧性情相近,时与同游外,
绝少结他伴)。故人王畊木先生怪余独游孤癖,疑少
佳趣。余举大鹤丈语告之,叹为得未曾有,赞赏不
置。赠余诗云:"戴侯性耽汗漫游,行不裹粮但橐笔,

扪籐攀葛忘厥劳，惟恐春秋负佳日。足所到处意辄
会，胜境历历毫端述，锦囊压折小奚肩，满载呕心李
长吉"（诗长不俱录）。已知余独游能得山水情也。
余草此，则窃愿与好游者共参之。

东海孝妇

山东郯城为汉之东海郡治,有孝妇祠,春秋祀事,至今不废。于公自谓治狱多阴德,此其一也。孝妇周青,母族窦氏。其未婚夫病重,自知不能起,匍匐至窦氏家,以老母为请。夫殁,窦氏归周,事姑曲尽孝思。姑屡劝改嫁,不许。姑念贫老,不忍久累青年,遂自缢。姑女因控诉母由妇死,太守令妇抵罪。于公诣太守谓妇孝,必不杀姑。太守弗听,竟杀之。史传孝妇含冤,三年不雨。后任太守为之昭雪,诣祠致祭,乃雨。阳湖孙星衍有孝妇碑,文大致谓姑由妇死,然妇非杀姑。妇念夫亡姑亡,代子之职已尽,视死如归,故诬服不辨,叙述甚详。太仓王曦,作传奇以纪其事,陆继辂纂修《郯城县志》亦详载事实,距今二千余年,人犹敬而重之。

谈 剑

朋 寿

　　吾师丁孟麟先生喜藏刀剑。有青铜剑一，色青，其光如电，两面刃上皆现蓝碧色之犬牙，排列整齐，用手抚之则极平，可见古人制剑技术之精妙。又有龙壳剑一，满剑皆折铁之纹，若蛇皮然，故名龙壳。环之可围在腰间，放之则铿然有声。又有一刀，亦折铁纹，环之放之与龙壳同。按《文选》张协《七命》："若其灵宝则舒辟无方。"善注："舒，申也"、济注："辟，卷也"。岂吾师所藏即此类耶？但剑刀上皆无字，或如沈括《梦溪笔谈》所载能环能申之剑，年岁当不甚远耳。今师去世已二十有一年，剑落何处，恨难起雷焕而问之。又王渔洋《精华录》有《双剑行》七古一首，乃在孙退谷邀其看剑时席上所作。退谷藏有吴季札剑及鱼肠剑，故诗名《双剑行》。吴季札剑为铜剑姑不谈。鱼肠剑渔洋诗："又有古鱼肠，形制殊蜿蜒。"可知此剑为屈曲蜿蜒之势。剑后入清宫。孙殿英东陵盗宝案发，经南京政府派员会同河北省地方官及清室后人往东陵查勘被盗情形。由毓朗持簿核对，发现慈禧太后地下宫殿镇宫门之鱼肠剑被盗，因是此剑外间无目睹者，究不明其蜿蜒形状。检阅《增补事类统编·兵器部》载："吴越春秋，越王允常以鱼肠示薛烛，烛曰：金精不理，至本不逆，今鱼肠倒本为末，逆理之剑也。"按蜿蜒本为龙蛇行貌。皇甫松《大隐赋》："刚龙之蟠长云兮，天矫蜿蜒。"李尤德《阳殿赋》："逢璧组之润缦，杂虹文之蜿蜒。"以此类列，薛烛所言倒本为末逆理之剑，若以龙蛇行貌之常理言之，其屈曲蜿蜒，应由龙蛇之前部动作，至尾部则随前部之活动而走耳。此为顺理。若由尾部屈曲蜿蜒而首部不动，则逆龙蛇行貌之理矣。可见鱼肠剑为尾部蜿蜒，而为倒本为末逆理之剑。但查涵芬楼影印明弘治邝璠刻本《吴越春秋》及涵芬楼借江安傅氏双鉴楼藏明双柏堂刊《越绝书》影印本，均无薛烛论鱼肠剑之记载，尚望博雅君子教之。

道学先生

丛　碧

朱文公晦庵熹,为孔孟继统者,理学大儒,后世咸称朱子而不敢名号。宋理宗表彰理学,遂成一代风气。而当时国势孱弱,不图强奋振发,举国之士高谈性理,率为迂执谨拘,亦促成亡国之一因。但其学派殊足影响后世,直贯九百余年。尤其是在科考时期,熟背四书五经,必须熟背朱注,"诚意正心修身齐家治国平天下"为千古不移之金科玉律。然观晦翁对台州守唐仲友营妓严蕊之事(见宋洪迈《夷坚志》《齐东野语》《宋稗类钞》、明凌濛初《拍案惊奇》),又何其矫揉造作,阴险狠毒耶。盖为增高其威望,扩张其地位,出发于自私,便作出此不近人情之手段,所谓诚意正心者何?凌濛初《拍案惊奇》"甘受刑侠女著芳名"之一段结语,谓后人评论严蕊乃真正讲得道学的,诚慨乎其言之。而其流毒后世更不知有多少化身,受屈者岂止一严蕊,可怜可惨可恨可痛之事当更不胜数矣。吾邑有道学先生某者,学宗紫阳,言非圣贤之言勿言，居则正襟危坐，行则目不斜视，平时不沐浴，衣破敝虱缘领而上不顾也。主修邑志，文艺一门多载其朱注式之文章。本邑士人皆以执贽为荣，远近旁邑，亦争延聘其讲学。一次应聘至外邑，门弟子聚资供张，饮馔丰盛。某日方食，适家信到，拆视之急复封好置案下。食竟，诸门弟子来侍，乃复取信拆视，一恸而绝。门弟子视信，乃其生母病故之报丧书。奔丧营葬毕，庐墓三年。将及一年，其妻忽生一子，命名天赐，盖天鉴其孝而赐以子也。余亲见其人，亲闻其事，此亦朱晦翁所栽培之人物。

八大山人绘鱼

　　八大山人绘鱼，横幅墨笔，以湿笔横刷数笔，以肖池塘，画极简。后有李梅庵清道人题诗二绝，道及总统府卖鱼事，极蕴藉有致。诗云："处处安流成险滩，桃花雨急独行难。春来无限沧桑感，愁向山人画里看。""竭泽翻愁国用虚，摸金端合到池鱼。可怜雪压乌龙胲，零落金牌御字书。"有小序云："戊子七月朔日为一亭先生题八大山人画鱼。今年春间总统府尽卖南海子鱼，英使购得二尾，上有明嘉靖及清高宗纯皇帝放生金牌，未忍烹食，送还外部，请仍蓄之禁池，于是始申网罟之禁。故诗末及之。"清道人题一亭为王一亭。南海子卖鱼则为冯华甫任期时事也。

南明弘光帝之伪

伯 弓

　　清太仓唐孙华字实君号东江，康熙间进士，选朝邑令，迁礼部主事，以罣误归，年至九十卒，著有《东江诗钞》十二卷，康熙五十六年丁酉精刻本。此书流传不多，内有谈金陵旧事诗一首，谓弘光非福王常洵之子，乃贵阳马士英拥一妄男子以希图富贵，诗末云：得之众口所传，亦曾见遗老所记，但明季正史稗史甚多，均未见有记载此事者，诚异闻也。诗云："金陵昔丧乱，炎运值标季。忽从大梁城，仓皇走一骑。偶窃藩邸璋，自言某王嗣。贵阳一奸人，乘时思射利。奇货自可居，何暇论真伪。卜者本王郎，矫诬据神器。遂修代来功，超逾登相位。权门辇金帛，掖庭陈秘戏。江表张黄旗，王气销赤帜。偷息仅一年，传闻有二异。北来黄犊车，天表自英粹。杂问聚朝官，瞠目各相视。遥识讲臣面，备言宫壸事。诸臣媚新君，谁肯辨储贰。争效隽不疑，竟指成方遂。泉鸠无主人，束缚乃就吏。复有故宫妃，飞蓬乱双鬓。自言丧乱时，仳离中道弃。生子已胜衣，壮发犹可识。不望昭阳恩，不望金屋贮。愿一见大家，瞑目甘入地。上书欲自通，沈沈九阊阖。诏付掖庭狱，见者为垂泪。不如厉王母，衔愤早自刺。只缘当璧假，反遭故剑忌。诚恐相见非，对面谅余愧。嬴吕及马牛，秦晋潜改置。毕从胎孕中，长养崇非类。未闻妄男子，潜盗出不意。龙种乞为奴，狐假得暂恣。兹实众口传，曾见遗老记。疑事终阙如，庶听来者议。"诗中之"北来黄犊车"，指崇祯之太子慈烺，由北都逃至南京。"遥识讲臣面"，指太子于众中呼东宫旧臣方拱乾。"复有故官妃"，指福世子妃童氏。后童氏于狱中榜掠死，太子则被清兵与弘光一同北去见害矣。

先祖斋名别号

继　祖

先祖雪堂公（振玉）斋名别号，为问者屈数之不能竟。爰就所知疏记之如下，尚不能无遗漏也。

面城精舍、陆庵（三十岁以前居淮安）；

学稼楼、怀新小筑、唐风楼、玉简斋（三十一岁至四十岁居上海）；

俑庐、磬室、赫连泉馆、帖祖斋（四十一岁至四十六岁居北京）；

雪堂、永慕园、麦秀园、宸翰楼、楚雨楼、吉石庵、殷礼在斯堂、梦邗草堂、大云书库、后四源堂、建安双镜斋（四十七岁至五十四岁居日本京都）；

贞松堂、四时嘉至轩、库书楼、二万石斋、凝清堂、瞽砚斋（五十五岁至六十三岁居天津）；

鲁诗堂、六经堪、嘉草轩、双鹡馆、灵檫馆、百爵斋（六十四岁至七十五岁居旅顺）。

以上斋名。

坚白（淮安）、江东稽夫、叔耘、稼民（上海）、刖存、舌存、僧潜（北京）；雪翁、商遗、东海愚公、永丰乡人（日本京都）；贞松、抱残老人、松心老人、贞松老人、松翁、含章（天津）；岁寒退叟、俟河老人（旅顺）。

以上别号。

《楚辞·远游》"南巢"解

　　《楚辞·远游篇》称："顺凯风以从游兮，至南巢而壹息。遇王子而宿之兮，审壹气之和德。"洪氏补注："《山海经》丹穴之山有鸟焉，五彩而文曰凤鸟。南巢岂南方凤鸟所巢乎？成汤放桀于南巢，乃庐江居巢，非此南巢也。"《国语·鲁语》称："桀奔南巢。"韦注："南巢扬州地，巢伯之国，今庐江巢县是也。"西周器鼓霉簋称"唯巢来伐王命东宫追以六师之年"。战国时器鄂君启节有"庚下鄩（蔡）庚居郧"之语。居郧即居巢，亦即南巢。桀奔南巢韦注谓在今"庐江巢县"是对的。《远游》之南巢，亦即桀所奔之南巢。补注之说殊误。清俞樾读楚辞根据郑玄说以解《远游篇》之南巢，谓南巢乃荒远之国，从未有知其处者，固在九州之外。近人之注楚辞者，沿用俞说，不知其非，"至南巢而壹息"承上文"吾将从王乔而娱戏"为言。洪氏补注引《列仙传》云："王子乔周灵王太子晋也。好吹笙作凤鸣，游伊洛间，道士浮丘公接上嵩高山。三十余年后来于山上见桓良曰,告我家七月七日待我缑氏山头。"因此可知《远游篇》之王乔,即《列仙传》之王子乔。王乔仙游虽系神话,但造神话者于地望亦不会自相矛盾。据《列仙传》所记,其游踪所至,在伊洛嵩高山、缑氏山等地。据《远游篇》所记,则王乔曾居南巢,均不离乎豫皖境内。然则俞氏以南巢为荒远不可知之国,肯定非是。

五代阮郜《阆苑女仙图》卷

丛　碧

　　五代阮郜《阆苑女仙图》卷备见《宣和画谱》《式古堂书画汇考》《江村消夏录》《大观录》《石渠宝笈》著录，为一幅秾纤深厚、富丽灿烂之五代仅存巨迹。近印于《文物精华》内，其内容说明已详见谢稚柳读后记，兹不更赘。溥仪潜移出宫之历代书画珍品一千二百余件，伪满覆灭，皆散失于长春、通化一带。当时北京古董商人争出关收买，名之曰东北货。解放后，国家文物主管机关多方征购此佚目中书画，至现在止已收回八百余件。然此《阆苑女仙图》则非从东北收得，而系由福建收得者。其原因经过如次：溥仪出宫后由日本使馆移居天津日本租界张园，甚困窘，而从臣俸给，不能稍减，遂不得不卖出所携之书画，其事颇似李后主银面盆事（《十国春秋》：后主归宋贫甚，张洎犹丐索之，后主以白金颒面器与洎，洎犹不慊）。时日人某欲以二万日金得宋梁楷卷。陈太傅宝琛经手其事。成之后，又有日本某侯爵欲以日金四万得李公麟《五马图》卷，献日本天皇。时溥仪正艰窘，愿以四十件书画售日金四十万元。《五马图》则不更索值，以赠日皇。陈又经手其事，以四十件书画畀其甥刘可超。一日刘持四件向天津盐业银行押款两万元，经理朱虞生约余往观，则为关仝《秋山平远图》、李公麟《五马图》、黄庭坚《摹怀素书》、米友仁《姚山秋霁图》四卷，开价《秋山平远图》五万元，《五马图》三万，《摹怀素书》《姚山秋霁图》各两万元。押款两个月后，刘归还一万元，取走《五马图》卷，其《姚山秋霁图》则以一万元售于余，更以《秋山平远图》《摹怀素书》向余押款五千元，展转半年不还，以《摹怀素书》了结，《秋山平远图》退还之。《秋山平近图》纸本短卷，后有金章宗明昌御览玺，绫隔水，高士奇跋，江村秘目注，不真自跋，但为宋人笔无疑。朱经理殁后，所藏有方从义《云林钟秀图》、文徵明《三友图》、王翚《观梅图》、蒋廷锡《五清图》、董邦达《山水》五卷，尽归余，与关仝等四卷，皆在四十件之数。载赏溥杰目内，更有黄筌花卉甚精，余未之见。后刘以数万元缴溥仪，糊涂了事。所有书画尽未交还。后刘回福州原籍，死于法。《阆苑女仙图》由故宫博物院于福建收回，未于刘手流出国外，诚为幸事。然书画佚目中唐代珍迹如林藻《深慰帖》、尉迟乙僧《天王像》，尚未发现，不知是否在此四十件之内。关于此事，当时书画鉴藏者对陈太傅多不谅焉。

记学海堂广雅书局书板

遐　翁

　　吾粤自宋元以来已有书板雕镂事业，迨明代崇正书院刻书渐盛，其大事发展当以清代嘉道时为始。阮芸台元为两广总督时，在粤秀山创立学海堂以朴学课士，提倡刻印经史子集，在文澜阁启秀楼置藏板校书之所，故又称为文澜阁刻本。陈兰甫澧为学长，主持刊书事宜，校对精审，板式古雅。其后菊坡精舍继起，亦由陈氏任学长。从此粤省刻书之风大作，官刻私刻，日见繁多，所刻达数百种。及至光绪中叶，张香涛之洞督粤又立广雅书院，并设广雅书局，一承阮氏宗旨，广搜博采，不少孤本手稿尽付剞劂，尤以史部中多有罕见之书。在嘉道以后，受官书局刻书影响，私家亦纷纷崛起刻书。如潘氏海山仙馆，伍氏粤雅堂，皆成巨帙丛书。陈氏菦古堂以独资刻成二十四史、孔氏三十三万卷。书堂所刻《北堂书钞》，皆有功艺林，其他刻总集别集者更不胜枚举。总之，吾粤刻书之盛，在晚清时当首屈一指。至于各书木板，自然亦成庞大之数。除各私家自存者外，原存于文澜阁藏板楼之学海堂及广雅书局书板，约有十五万块。多年来由徐信符绍棨负责保管，虽经变乱，而书板无恙，其保护之功匪鲜。及卢沟桥事变后，日军南侵及粤，徐信符与黄希声、廖伯鲁三君，设法将各书板运至广州乡间分存，以避兵灾。至日本投降后，广东省成立广东文献委员会，推余为主任委员，除筹办保管有关粤省文物事项外，对于此项分散寄存乡间之书板，亟谋运回广州市内。时主管广东财政者为余门人某君，遂与其商议筹款，渠慨允拨一千万元（合平时两千元之谱），决定仍由原送出书板之廖君向各寄存之处接洽分批运回。是时国民党政府日趋覆灭，四乡盗匪（粤称为大天二）横行，凡属商旅每经盗匪盘踞之地，均须付行水，即所谓买路钱也。在书板运回途中，非止一次遇到拦路，见此大批重载，意必为物资，遂索行水，经运送人婉告，此中全系书板，为保护文物故此运回市内。各大天二闻之慨然放行，并云前路恐仍有阻，遂出一刺，嘱持此前行，必无事也。于是所运书板能顺利陆续到达市内，此可谓意外之幸，颇类演义中之绿林故事。书板运回广州后，原来之藏板楼已为机关占用，不允交还，一时无处存放，几经与当局磋商，始借存于前广州府学宫旧屋内。暂时堆置，未及整理，其后市府屡催迁走，终亦无法解决。余曾建议将全部书板清查，每种书板顺序编号，全份或部分未损者，分别整理，妥善保存。其实残毁过甚无法修补者可剔出，并拟趁暑假时期，商请中山大学选学生六人至十人逐日清点，由公家酌予补贴伙食，庶可一劳永逸。但余之主张，不得实现，不久余亦离粤赴港矣。解放以后，广东副省长兼文教厅长杜国庠与余素稔，谈及此事，允尽力设法。乃购得民房数间，将全部书板移至保藏，并派二人看守，以候机会。不幸杜君病逝，遂又搁置。广州白蚁最多，藏书板乃极麻烦事，余颇为悬念。盖因此十五万块书板，乃近一百五十年来吾粤刻书之大成，其中有关学术历史者非细，若能选择较完善而重要者重加印刷以广流传，不必另行排版，即于经济方面亦属有益之举。因学海堂广雅书局所刊书是陆续刊布者，不易集中，近年欲求一全部印本已甚不易得（全国各图书馆尚共有十余部），零星访觅，亦不多见。余数十年来为乡邦文献亦曾尽绵薄，耄年多病，精力不继，不复能如昔日之勇往任事。今将书板之经过原委，为文记之，以为他日书林故实，切望文化界同人，共继往开来也。

记《明诗赏奇》

进　宜

一九三八年余避兵于江苏省东台县溱潼镇之孙家庄,始识孙南滨君,出示其家秘藏《明诗赏奇》四册及《南国集》二册。《明诗赏奇》为明陈文恭公仁锡之子陈皇士所编。皇士在明末曾任太仆寺属官。集中有投赠各诗,皆称之为陈太仆。此书四厚册,书面原来皆撕毁,其内容选录明末遗老诗篇约二百余家,二千余首,或记清兵之屠杀,或记孤城之抗守,或写遗臣哀咽之音。如瞿式耜、黄道周、冒宗起、夏完淳诸公,所选分量均不少。当时蛰居无书,惜不能与今有传世之本略加对勘。其刊刻年代应在顺治初年无疑。至于《南国集》为明中叶时高邮张世绖所撰,纯为诗集性质。记忆有《嫁女篇》七古一首最为生辣可喜。此两书之来源,为其五世祖孙乔年所秘藏。乔年系乾隆中年进士,后官苏州府学教授,与栟茶场徐首发(原名守发)为至契。首发为徐述夔之子,因一柱楼诗案兴成文字大狱。当案初发时,首发夜雇舟载书一箱寄存乔年家中。后徐氏灭族，书箱故未取回，而乔年亦恐以此案牵涉，在苏服毒自杀。历年既久，子孙或焚或遗失，故仅存此两部。余当时拟借抄两副本，孙君坚执未允。事隔二十余年，去夏与南滨通信，始知《明诗赏奇》为其亲戚借去，已不可踪迹。《南国集》孤本则售与泰县文化馆，尚保存完好，其价值远不如《明诗赏奇》之大。此等清代之禁书，未知天壤间有第二本否，姑记以志之。

新艺文类聚丛书（第一辑）

春 游 琐 谈

下

张伯驹 等著　　楼朋竹 校订

南开大學 出版社

目录（下）

卷五

附录

卷四

山　长

继　祖

汉阳叶名沣《桥西杂记》谓五代时蒋维东隐居衡岳,受业称山长,乃隐居者之号。至元山长始为官(见元《顺帝纪》及至顺《镇江志》)。予按:山长为官不始于元。《宋史·理宗纪》"(景定四年五月)丁酉婺州布衣何基,建宁府布衣徐几,皆得理学之传。诏各补迪功郎,何基婺州教授兼丽泽书院山长,徐几建宁府教授兼建安书院山长。"山长盖为南宋季年理学盛行时期产物,元又袭宋制耳。何以名山长?意者书院率在山区,如鹿洞、鹅湖,又悉据名山胜处,史公所谓藏之名山,为后来"名山事业"一语所本。书院自来与山有联系,故称山长而不称院长,且其名甚雅,其职亦介乎官师之间也。清乾隆三十年始以名义未协,宜改称院长。传谕各省督抚,然迄沿习未革,辛亥后始有正式称呼为院长者。

北方四银行

　　清末，山西大德通票号，自京都至黄河流域各省，皆其经营范围。庆亲王奕劻当国，极贪婪，公然卖官纳贿，而大德通常为过手人。又如各外省候补官，一经挂牌任知州县，票号立即送去折子，可在票号支钱，则到任后所刮地皮之钱，当然存于其号矣。所以，大德通票号声势浩大，手眼通天。至民国后，有中国银行及交通银行，更有外国银行，大德通始渐衰替，后遂收庄。南方商业银行已有浙江兴业银行，后成为浙江财阀，而北方则无商业银行。袁世凯任总统时，先君建议创办官商合办银行，由财政部及私人各出资一百万元，名盐业银行。因袁任直隶总督时，先君任长芦盐运使，对于盐务熟谙，由银行经营盐税，与盐商存放款，有固定来源去路。袁批准办理，时财政总长为周自齐，以为盐税为财政部主要收入，如由银行经营，财政部即不能独自掌握，乃拖延其事，仅由盐务署入股八万元以应命。袁殁后，官商合办之议作罢，遂成商业银行，由先君任总理，成立北京、天津、上海、汉口四分行。北京行由岳乾斋任经理，为北方成立商业银行之创始。嗣淮安周作民成立金城银行，江苏胡笔江成立中南银行（为华侨黄奕住等之独资），淮安谭丹崖成立大陆银行，总行皆设于北京，称为北方四银行。

先是清末时直隶候补道段芝贵（与段祺瑞当时称大段小段）任天津警察局南段总办，与先君为盟兄弟。时庆亲王长子载振到天津，奕劻方秉国政，袁世凯又与奕劻为一系，演戏设宴伺候极殷，段正司其事。有女伶杨翠喜，色艺俱佳，载振一见，大为赏识。段遂买翠喜以献，并附厚奁。载振回京，言于奕劻，段遂由候补道一跃而署黑龙江巡抚。旋为御史江春霖劾奏，载振不敢纳，杨翠喜转嫁于天津盐商王某。载振以查无实据免究，段芝贵另以他事革职永不叙用，先君以是轻之。至袁世凯任总统，授段芝贵镇安将军，兼奉天将军，总揽东三省军政。段为人上谄下骄，因不得军民心。张作霖为师长时，派其参谋赵锡龈与先君通音问，谓段卑鄙，不洽舆情，总统何以重用此人。先君复函云可以撵之。张又命赵锡龈持函来，谓如此举动，恐总统怪罪。先君复函云："总统方面由我去说。"张接函乃布置军队于上将军署外呐喊鸣枪，入告将兵变，段次日狼狈入关。先君向袁力保张作霖继任，遂任命张作霖为奉天将军，后段知之，对先君深衔恨。

袁世凯死后，黎元洪任总统，段祺瑞任国务总理。由段黎争权而发生督军团通电倒黎，继以徐州会议，清室复辟。徐州会议，各督军皆签字，徐世昌、段祺瑞亦皆赞同，通电原稿均列名，且原稿曾由徐亲笔改易字句。而张勋入京后大权独揽，自为内阁总理，兼直隶总督，因与徐段不协。徐先欲任内阁总理，并希以己女配废帝溥仪为后，令曹汝霖去日本使馆探询其对复辟意见。日本为侵略中国，不愿中国有任何统一局面，表示极为反对，徐遂退避。段祺瑞在洪宪帝制时倒袁，已与日本勾结，而其羽扇徐树铮又为日本留学生，因得日本人之支援，于马厂誓师讨逆，复辟之局遂告终。先君与雷振春皆为复辟之中坚人物，先君为度支部尚书，雷振春为陆军部尚书。张勋已避荷兰使馆，先君以为北洋派内哄，无所顾虑，与雷同去天津，行至丰台被扣解押陆军部，乃段芝贵所指使也。雷振春移军事法庭，先君移大理院，年终以调往军前效力结案。旋张勋亦开复一切官勋。时徐世昌继任总统,以复辟通电原稿尚在张手中,恐其公之于世,而张对徐亦有所点缀,遂送一顺水人情了之。原电稿后徐树铮以三万元从张之参谋长万绳栻手中买去。

先君被押时,段芝贵任京畿卫戍总司令,派吴鼎昌接任盐业银行总理。吴原籍浙江嘉兴,幼随父宦四川,又为四川籍,日本留学,清考试经济特科翰林(当时称洋翰林),曾任职大清银行。入民国依附熊希龄之研究系,后又倒入梁士诒之交通系,任北洋造币厂长。梁向袁世凯推荐,袁召见之,谓梁曰,吾观其貌,两颐外张,有声无音,颇阴险谲诈,未可重用。后吴每向人自夸耀,以项城之雄才大略,于彼尚惮之,实袁谓其阴险小人耳。段祺瑞当政主亲日,吴又为日留学,因夤缘段芝贵为入幕宾,时得与段及王郅隆(安徽督军倪嗣冲之驻京代表)打麻将,又得识徐树铮。吴本非盐业银行股东,由段芝贵之命而任总理。北京行经理岳乾斋亦即趋附受指使,盐业银行股本一百万元,先君之股款尚未交齐者,吴鼎昌到任后首先规定股款限于年前收齐,不缴者由新股代缴。先君在移大理院时,岳乾斋不经先君家属同意,即代延律师汪友龄,出庭费为盐业银行股票十万元。律师费如此之巨，为前所未有，盖岳吴上下其手，乘危下石，为压缩先君股权之做法也。嗣成立董事会，于董事会议通过吴提议，每年捐助经济调查研究费三万元，此即吴办《大公报》之基金。后《大公报》发展为吴独资经营，实乃盐业银行之款也。时吴除任盐业总理外，并任财政次长，仍兼北洋造币厂长，为安福系之要角。

　　直皖战段祺瑞下野。徐树铮、曾毓隽、梁鸿志、姚国桢等安福系要角皆被通缉。吴鼎昌将北洋造币厂结余四万元献予曹锐（曹锟之弟直隶省长），得免，居日本租界其日妻家，避风半年始更出任事。先君被押时，张作霖曾事营救。是时往奉天答谢，谈及盐业银行事，张大为不平，即电致盐业银行质询，经岳乾斋请张勋出面调解，推先君任董事长，吴仍任总理。嗣四行皆逐年增股本，吴与周作民、胡笔江、谭丹崖协商成立四行储蓄会。中南银行有发行钞票权，由中南发行钞票，四行共成立准备库，在上海建十四层大楼，设国际饭店，四行储蓄会亦设于其下，吴任主任、钱新之任副主任，四行声誉日起。北京盐业银行岳乾斋受押清室珍宝四十万元，押品有贵重瓷器、玉器、后妃金玺册封及镶宝石珍珠金塔、十二律吕金钟（钟二十四个，重一万数百两）并明清大小银元宝等。时溥仪已出宫，押款过期，按章可转期，或双方协议押品多值，银行可退一部分，或增加借款结束。而岳乾斋即以到期不还款没收押品，将后妃金印金册金塔尽行溶化，按金价售出。贵重瓷器，岳吴检精品廉价自留数件外，一部售出，已足充抵欠款本息之数，净余玉器两三箱，及十二律吕金钟二十四个，为帐外浮存。

国民党南京政府时期，改行法币，停止兑现，全国公私银行皆以逃避资金购买美金美国股票为主要业务。金城另经营者有工业。大陆另经营者有房地产。盐业与四行储蓄会除一般放款外，大部购买美金及美国股票。中南为华侨资本，有国外贸易，更不待言。此时四行一会因拥有外汇，势力更为雄厚。吴鼎昌所主持之《大公报》，社论皆出陕西张季鸾手，文笔锋利，颇风行社会。吴以四川人与张群取得契合，又以浙江人通过钱新之与浙江财阀联系。而《大公报》对南京政府以小骂大帮忙之做法，受南京之重视与接近，吴遂为蒋介石之幕中人，与张群、熊式辉为政学系核心。蒋改组行政院，吴任实业部长，张家璈任交通部长，当时称为名流内阁。所谓名流内阁者,亦即加入两银行也(张为中国银行总裁)。

日本侵占东北后,形势紧张,四行总处皆迁上海。先君故后,吴兼董事长,行事皆由上海行经理兼北京行副经理王绍贤请示办理。北方宋哲元、李石曾方面亦皆由王联系(宋任华北政务委员会主任,在北京方面占有势力,与弥缝清室押款有关)。王原为中国银行副经理,能伺候人意,豪赌剧饮健谈,挥金不吝,上下交结,其时为当行出色之副经理。吴对王甚赏识。王与前交通次长刘景山设东北公司,向盐业银行借款三十万元,连其私人透支,共五十余万,均打入呆账内结束,吴仍倚用之。

卢沟桥变起,吴以董事任凤苞代董事长。吴随南京政府退重庆,任贵州省主席,滇黔绥靖副主任,总处事由王绍贤代照料。第二次世界大战爆发,王投机购买大量美国小麦橡皮军火股票,赔累美金三百余万元。时北京、天津、上海沦陷已三年。天津盐业银行经理陈亦侯与任凤苞为一系,欲取吴而代之,以赔累如此巨款,又恐负责任而不能决。盐业银行此时呈蛰伏局面。日本投降后,国民党政府迁回南京,吴鼎昌任蒋介石之文官长,召集盐业银行开董事会,时岳乾斋已故,王绍贤任总经理,陈亦侯任协理,任凤苞任董事长，尸位而已。中南胡笔江以乘飞机失事死，由王孟钟继任。大陆谭丹崖故后，由许汉卿继任。金城周作民在日伪时期颇活动，以吴力并向张群馈重礼无事。此时四行无不以吴之马首是瞻。南京将崩溃之前，吴尚主张将清室所押十二律吕金钟熔化，王绍贤未敢办。解放后，吴死于香港，四行一会合并于公私银行，至此由浙江派所掌握之北方四银行始告结束。

杨妹子诗词

宋杨妹子题马远《松院鸣琴图》："诉衷情,闲中好,一弄七弦琴。此曲少知音,多因淡然无味,不比郑声淫。　松院静,竹林深,夜沉沉,清风拂轸,明月当轩,谁会幽心。"此词见《韵石斋笔谈》,张宗橚《词林纪事》列为杨妹子词(按此词亦见张抡《莲社集》,抡有《咏闲》十词,此其一也)。妹子诗翰数见于书画录笔记者尚不少,惜未著有诗词集,遂不以诗词家称。暇时特辑之,以供玩诵,庶亦刘夫人王秋儿之韵事。

题马远梅花四幅

白玉蝶梅　重重叠叠染缃黄,此际春光已半芳。闲处不禁风日暖,乱飘积雪点衣裳。再题"晴雪烘香"四字

著雪红梅　铢衣翠盖映朱颜,未悉何年入帝关。默被画工传写得,至今犹似在衡山。再题,"朱颜傅

粉"四字

烟锁红梅　夭桃艳杏岂相同,红润姿容冷淡中。披拂轻烟何所似,动人春色碧纱笼。再题"霞消烟表"四字

绿萼玉梅　浑如冷蝶宿花房,拥抱檀心忆旧香。开到寒梢尤可爱,此般必是汉宫妆。再题"层叠冰绡"四字

断句

题杨叶　线橪依依绿,金垂袅袅香。

题竹枝　雨洗娟娟净,风吹细细香。（按:此诗系杜工部句）

项鼎铉《呼桓日记》:"六月二十四日赴鉴台叔招,　出马远单条四幅,俱杨妹题。其一,白玉蝶梅云云。其二,著雪红梅云云。其三,烟锁红梅云云。其四,绿萼玉梅云云。后有杨娃之章一方小印,与余家所藏杨妹子题马远杨叶竹枝二册字画差大,然笔腕瘦嫩略相似"云云。

题马和之画

人道中秋明月好,欲邀同赏意如何。华阳洞里青坛上,今夜清光此处多。

石楠叶落小池清，独下小桥弄扇行。蔽日绿阴
无觅处，不如归去两三声。

清献先生无一钱，故应琴鹤是家传。谁知默鼓
无琴曲，时向珠宫舞列仙。

雨洗东坡月色清，市人行尽野人行。莫嫌荦确
坡头路，自爱铿然曳杖声。（按：此首系苏诗，殆
录前人句题画，非自作。）

厉樊榭鹗《南宋院画录》引沈津《吏隐录》杨妹子
题马和之画四首云云。

厉鹗《南宋院画录》引《真迹日录》，清献先生一
首，又载杨妹子题刘松年赵清献《琴鹤图》。

厉鹗《南宋院画录》："乾隆八年三月十四日过吾
友周少穆欣记书斋，出观马和之小幅，上有杨妹子
题，即'雨洗东坡'一诗也，字画秀逸，款之杨小妹，下
有双龙小图印，和之二小字在下方，即四景之一也。
少穆云得于淞江。厉鹗记。"

题马远松鹤对幅

仙丹傅顶寿无涯，岂许蜉蝣浪得知。行到水边
尤可爱，立居松上更相宜。

姚际恒《好古堂家藏书画记》：马远松鹤对幅，杨妹子题诗云云。下钤有坤卦印。

自题菊花图

莫惜朝衣准酒钱，渊明身即此花仙。重阳满满杯中泛，一缕黄金是一年。

江砢《玉珊瑚网》：杨妹子菊花图并题云云，赐大知阁、☷☷杨氏画记方印。并见《南宋画院录》《玉台画史》。

书团扇

瀹雪凝酥点嫩黄，蔷薇清露染衣裳。西风扫尽狂蜂蝶，独伴天边桂子香。

《听驷楼书画目录》宋高宗团扇书十一幅，其第十一幅，行书，下注杨妹子。此诗为杨娃所作，抑赐杨，待考。

断句

人世难逢开口笑，黄花满目助清欢。

《听骊楼书画目录》：唐宋元人画册马远画页，杨妹子题句云云，款字行书，题于上方左角。翁方纲题云："水屋先生所藏马远画，杨妹子题，赋二诗奉鉴：'一缕黄金是一年（注：杨题画菊句），何人菊径泛舰船。斜枝淡倚屏山影，湖角秋空岂易传。''画藁园前旧典型，思陵笔法到光宁。等闲截断樊川句，可抵宫闱补石经。'"

杨妹子与杨后之辨

四部稿马远画上有书"赐两府"三字，并有杨娃印章。远在光、宁朝，后先待诏。宁宗后杨氏，杨娃即后妹也，以艺文供奉内廷。凡远书进御及颁赐贵戚，皆命杨妹子署题。后兄石，位太师，称大两府。书两府者即石也。

《韵石斋笔谈》："杨妹子乃宋宁宗皇后妹，其书类宁宗，凡御府马远画多命题咏，余曾见马远《松院鸣琴》小幅，杨娃题其左方'诉衷情'云云。"

《书史会要》："杨妹子书似宁宗，马远画多其所题，语关情思，人或讥之。"

吴师道《吴礼部集·题马远〈仙坛秋月图〉诗》："（自注：宫扇，马远画，宋宁宗后杨氏题诗，自称杨妹子)宫中美人秋思多,夜揖明月追仙娥。画阑桂树倚楼阙,碧落天坛飞佩珂。画师不解西风梦,笔端便有华阳洞。更将研画写清词,轻扇君王意已动。炎精季叶堪叹嗟,矧尔妖丽倾其家。申生遗祸到济渎,府中丞相真奸邪。吴宫一扫荒烟冷,旧事凄凉谁复省。百年永鉴不可忘,留与人间看扇影。"按:吴诗"画师不解西风梦,笔端便有华阳洞"句,与厉鹗《南宋院画录》所载杨妹子题马和之画诗第一首诗意相合。杨题《仙坛秋月图》诗未得见,或即此诗此图耶!

王士禛《香祖笔记》:"吴师道《仙坛秋月图》诗,自注宫扇马远画,宋宁宗后杨氏自称杨妹子,诗中感慨济王之事。以杨妹子为杨后,误。"

厉鹗《南宋院画录》引《六研斋笔记》:"王世贞跋马河中远画水,画凡十二幅,各有题字,如'云生沧海,层波叠浪'之类,书极柔婉而有韵。下书'赐两府'三字。其印章有杨娃字。长辈云杨娃,杨后妹也,以艺文供奉内廷,凡远画进御,及颁赐贵戚,皆命娃题署云。按:远在光、宁朝,先后待诏艺院。最后宁宗后杨氏,承恩执内政,所谓杨娃者,岂其妹耶!又后兄石、谷,皆以节钺镇宫观,位至太师,时称大两府、二两府,则所谓赐大两府款,即石也。此卷初藏陆太宰全卿家，李文正、吴文定、王文恪诸公俱有跋，而不能详其事，聊记，俟再考。"按：王世贞题马画水诗有云（杨妹即大家女史司校书）："朱填六玉箸，墨乱四银钩，锦缥赐两府，青箱阅千秋"云。

陶元藻凫亭《越画见闻》："杨妹子恭圣皇后之妹，会稽人，其画为掖庭所重，亦复流播民间。书法类宁宗，故内府多命题咏，如刘松年、马远诸画幅皆是也，而马远画尤多所题，语关情思，人或讥之。题后各有杨娃之章一小方印。乾隆初，钱塘周少穆于吴淞得马和之画一幅，上有杨妹子题咏，厉樊榭有诗纪其事。杨妹子曾画赵清献《琴鹤图》（按：《真迹日录》载杨妹子题刘松年、赵清献《琴鹤图》，杨诗非杨画）传世，人遂疑为清献之妹与女，殆忘其姓矣。或又疑为其子妇，亦非。"

汪砢《玉珊瑚网》："杨妹子《菊花图》并题'莫惜朝衣准酒钱'云云。杨娃即宁宗后之女弟，故称妹子，以艺文供奉内庭，凡颁赐贵戚画必命娃题，故称大知阁。然印文擅用坤卦，人讥其僭越。王弇州以其字柔媚而有韵，乃此画亦清妍而有致，第画记稗乘独遗之，不得与建炎刘夫人希并垂为欠事。"

吴其贞《书画记》："马麟《雪梅图》上有杨妹子题

五言绝句一首,有坤卦印。此乃杨后印,后即妹子姊也。"

近人张葱玉珩《书画赏鉴》稿本:"《月下把杯图》无名氏作,高二五.三,宽二七.五厘米,天津市艺术博物馆藏。此图为散册,各家著录所未载,风格极近马远,似出于马氏诸人手笔。图上楷书七言诗,后押坤卦小玺。对幅楷书'人皆无著便无愁'一绝句,押杨姓之章及坤卦小玺,均为宋宁宗后杨氏所书,诗意与图合,且尺幅大小如一,非后人从他处移来配入者。杨后书,明人沿袭《书史会要》之说,且误读杨姓之章为杨娃之章,无不以为杨后之妹杨妹子所书,甚且以娃为妹子之名,其实杨妹子即杨后自称,见元吴师道题马远《仙坛秋月图》自注。清代傅如孙永泽、王士禛,亦皆狃于旧说,《香祖笔记》且以为师道之说为误矣。吴其贞虽知画题皆出杨后,而未能辨杨后与杨妹子实为一人。今传世题画之迹尚多,以所钤坤卦小玺及坤宁睿笔诸印记验之,无一非杨后书,别无杨妹子其人。以此知吴说为确,而诸书皆误,附志于此,以去数百年之惑。"按:张氏《书画赏鉴》遗稿,又载有马麟《层叠冰绡图》,杨题"浑如冷蝶宿花房"一绝,与项鼎铉《呼桓日记》所述图章、题字无一不同，惟项云马远所作，与马麟是否一图，抑转相摹仿，沿袭旧题，殊未可知。又另册《山腰楼观图》，无名氏作，故宫博物院藏，今列入《历代名笔集胜》第四册。杨题"仙丹傅顶寿无涯"一诗，当为《好古堂家藏书画记》所云之马远松鹤对幅，题句后配，可无疑义，并附于此。

上辑杨妹子诗词十数则，附录诸家记载杨妹子杨后之辨若干则，以资谈助。然细按所题之诗词句意，多为长门怨女之思，何耶？张氏《书画赏鉴》所举坤宁睿笔诸玺印，实为诸家著录所未及。茂陵玉碗，尽出人间。考据之学，今胜于古。但遽谓玺记为杨后真迹之佐证，杨妹子并无其人，亦未尽然。试以近例揆之。清末，叶赫慈禧后御笔书画，半属代笔，钤玺之御笔流传虽夥，而捉刀人缪素筠固在也。至《吴礼部集，题马远〈仙坛秋月图〉诗》自注："宋宁宗后杨氏题诗，自称杨妹子。"则属狡狯，借题咏事，自标题注，以为喤引耳！杨后援引外戚，恃宠乱政，至酿废储之变（即吴诗所咏之事），为南京私家笔记所不满，谓后由歌儿入宫承宠，耻其家微，绝不与通，而密求同宗杨次山冒姓为侄，补宫建钺，均未道及杨后工书翰擅丹青之事，则杨娃之为杨后妹，固属疑问，而捉刀弄翰,实有如缪素筠其人者,亦意中事也。

周密《齐东野语》:"慈明杨太后养母张夫人善声,随夫出蜀至仪真长芦寺僦居,主僧善相,适出见之,知其女当贵,因以二千楮假之,遂入杭,或导之入慈福宫为乐部头。后方十岁,以为杂剧孩儿,宪圣尤爱之,举动无不当后意,有嫉之者。适太皇入浴,侪辈俾服后衣裳为戏,因谮之后,后笑曰,汝辈休惊他,将来会到我地位。其后茂陵每至后所,必目之,后知其意。一日内宴,因以为赐,且曰:'看我面,好好看他。'既贵,耻其家微,阴有所遗,而终不与通,密遣内珰求同宗,遂得杨次山,宣召入见。次山言与泪俱,且指他事为验,或谓皆后所授也。以为侄,即补官驯至节钺。"

张端义《贵耳集》:"济王夫人吴氏,恭圣太后(杨后晋为皇太后之徽号)之侄孙也(杨后本不姓杨,故于吴有侄孙之说),性妒嫉。王有宠姬数人,殊不能容,每入禁内,必诉之杨后,言王之短。一日内宴,后以水精双莲花一枝,命王亲自为夫人簪之,且戒其夫妇和睦。未几,王与吴复小竞。误碎其花,吴入禁内言碎花事,于是后意甚怒,已有废储之意。会在邸新饰素屏,书'南恩新'三大字,或叩其说,则曰花儿王

（按王墉父号花儿王）与史丞相通为奸，异日当窜之
三州之上！既而语达王，与史密谋之，杨后遂成废立
之事。盖当时盛传花儿王秽乱宫闱，市井所唱花儿
王曲指此。"

《贵耳集》："天宝杨妃宠盛，安史乱作，遂有杨安
史之谣。嘉定间杨太后史丞相安枢密亦有杨安史之
谣。"

数则可作吴礼部《题马远〈仙坛秋月图〉诗》事笺
释。余因浏览书画，搜及杨妹子诗词。又因笺诗涉
及杨后轶事，聊与秘辛杂事等，不足以语正法眼藏
也。张君葱玉《书画赏鉴》一文，今岁已成遗著，登载
《文物》期刊。故人之墓，嗟宿草矣。暇辑此编，有可
为补订者数则，有待商讨者数则，安得起故人于九泉
相与析疑辨异耶！曩岁曾于肆获观杨妹子花卉山水
卷，绢本，设色，笔姿娟秀工细，颇具院画绳矩，非率
尔操觚者所能，今归张氏丛碧山房藏，其卷中款识印
鉴不复省记，当询丛碧以资验证（又端匋斋曾藏有杨
太后宫词字册，惜未之见，记之以待鉴别）。

董元醇与董醇

公　孚

清咸丰帝殁于热河行宫后，奏请太后听政者为御史董元醇也。肃顺等拟旨驳斥，本极正当，不料太后之密运机谋，于是恭王奕䜣赴行在，继以胜保之请垂帘，及带兵卫梓宫，而朝局大变，事关清室兴亡，俱见记载。所可怪者，元醇疏远小臣，以满汉重臣所不敢言者而首发此议，章行严先生著有《热河密札考证》一文，推勘入微，几于尽发其覆。予亦曾就所知所闻稍为涓壤之助，独以董之此疏，系受何人指示，不能明其来历。且有人谓同时有两董元醇，一江苏、一河南。其苏籍者，后改名董恂云。兹于友人傅和孙君案头，得睹咸丰十一年辛酉冬季《搢绅全书》，时适在肃顺等既败之后，检得上疏之董元醇，为河南洛阳人，咸丰壬子翰林，掌广东道监察御史，是年冬已升任工科给事中。其讹传又一董元醇者实名董醇字酝卿，江苏甘泉人。道光庚子翰林，时任户部右侍郎，后因避同治帝载淳之嫌，改名董恂，则又一公案矣。上疏之董元醇，后并未大用。胜保且因案拿交刑部。胜言但求一见慈禧，死而无怨，而太后实有不可告人之隐，卒致之死以灭口，其不显擢首上疏之人者，亦不愿居酬报之名也。又王壬秋所著《祺祥纪事》，则请垂帘者为高延祜，而无董元醇。后之谈者几不知高为何许人。今检此书，始悉高字星岘，浙江萧山人，咸丰癸丑进士，是年冬任工科给事中。若以官文书考之，始终不见高有此奏，亦无肃顺等援例请斩及从轻发落披甲为奴之事。壬老为肃顺门客，以当时之人，记当时之事，何有舛误。此坊本《搢绅》，距今已一百零四年，别种记载，或有传讹，惟此为可靠之参考资料。

潘画王题

丛　碧

丹徒潘莲巢恭寿,山水、花卉、竹石并秀逸,惟每不署款,多为王梦楼文治为题识,故称潘画王题。余所见不一。去岁吉林省博物馆收得一纸本设色《蜀葵萱花》轴画,右下但钤一名印,上梦楼题七言诗,款署莲巢仿白阳山人。文治题句下钤"文章太守"朱文方印。画笔意古雅,书并超隽。顷见《云在山房丛书·醉乡琐志》载,梦楼以书法妙天下,世罕知其能画。惟见《南照堂集》中,有过晋庵画墨梅一枝于壁,题云:"梅花树下与僧期,旋染隃糜写折枝。却忆去年花放日,无人看到月斜时。"又画石诗云:"平生足迹半中外,胸中万峰纷拏怪。每逢奇赏不自摹,自恨当年未之画。"又画菊于便面赠王菊田云:"君家种菊已成田,每到秋来香满轩。写把一枝君手里,赚君看画忆乡园。"画虽未见,读其诗可知。古云:能书者无不能画,而莲巢能画者何不书耶? 盖因潘王同里所居,又为比邻,偶一画一题,为一时趣事,世因重之,求潘画者必求王题,遂成习尚耳。

张亨甫答黄树斋书

伯 弓

偶读清建宁张际亮亨甫文集中《答黄树斋鸿胪书》(黄名爵滋,江西宜黄人,奏请严禁鸦片,为道光帝采纳,始派林则徐为钦差大臣,驰往广州办理禁烟),略云:今之外吏岂惟讳盗而已哉,其贪以朘民之脂膏,酷以干天之愤怒;舞文玩法,以欺朝廷之耳目。虽痛哭流涕言之,不能尽其情状,闽省一隅如是,天下亦大略可知也。为大府者见黄金则喜,为县令者严刑峻法以搜括邑之钱米,易金赂大府以博其一喜。至于大饥,人几相食之后,犹藉口征粮,借名采买,驱迫妇女,逃窜山谷,数日夜不敢归里门,归而鸡豚牛犬一空矣。归未数日,胥差又至矣,门丁又至矣,必罄尽其家产而后已。而尤甚者,绅衿之不安分者,则用为爪牙,引为党类,随同至村落,别租一寓,与今之公馆相比,近而为富人被拘者进赇关说,瓜分其利,其安分者,则使之偿一族之逋粮,管一里之采买。稍不如意,则立加锁押管责,非惟不与买一丁官价而已。又须每谷一石，另送县令银若干，胥吏门丁银若干，始肯罢手。于是县令将至里，其一里之安分读书者亦远避尽绝矣。然而又恐不来迎送也，则搜及其家室，拘及其父母，皂快发藏攫箧，无所不至。至于少女投池，寡妇自缢，此等凶惨之状，不知天日何在？雷霆何在？鬼神又何在？呜呼！至矣极矣，贪酷之毒无以加矣！以吾邑建宁一县如是，则闽省他县又可知也。以敝邑僻在山陬，无官京朝者，无能将下情上达，父老欲控诸大府，然鉴于历年正钦，一皆化实为虚，化大为小，况县令又钱可通神，大府又受金钳口耶。其悲怨愤恨之情，如弟者略具血性，见见闻闻，刺骨伤心，惟有远避凶人之锋，独洒贾生之泪而已。

此书作于道光末年，摹写当时官吏贪酷之情况，至今读之，犹令人发指。

郭京与邱濬感事诗

北宋末年，汴城被围，出师屡败。秉政大臣知武力不足与金竞，于是笃信军卒郭京，妄欲持其所谓六丁神兵以退敌。《三朝北盟会编》及《靖康要录》皆记之甚详。今参考两书，辑其事如下：

有郭京者，军中一老卒也，妄传有李药师术，募七千七百七十七人，号六甲正兵。王宗濋信其术，令于殿前验之，其法用一猫一鼠，画地作围，开两角为生死道。先以猫入生道，鼠入死道，其鼠即为猫所杀；又将鼠入生道，猫入死道，猫即不见鼠，云如此用兵入生道，则番贼不能见，可以胜也。何㮏孙傅与内侍辈尤尊信，倾心待之。京城居民，不论贵贱，无不喜跃。盛传用六甲法，可以生擒二酋。初为成忠郎，寻迁武翼大夫，赐以金缯数万，使自募兵，人皆呼为郭相公。京耀兵于市，鬼颜异服，皆市并游惰，色色有之，不问武艺精否，但择其元命合六甲法者。又相其面目以为去取。有卖线儿，一见授以告命。有武臣欲为偏裨，不许，曰："公虽才，但明年正月当死，恐为众累。"又募无赖之辈，有刘无忌者，乃卖药道人，常以身倒植泥中以乞钱，亦作统制。又有还俗僧傅临政者，谓之傅先生，献策自言能止敌。而有商贾伎术之人，言兵机退敌。募兵而为将帅者甚众，或称六丁力士，或称北斗神兵，或称天官大将。京尝曰："非朝廷危急，吾师不出。"贼兵攻围甚急，或告之，京谈笑自若，云："择日出师，凡三日可致太平，直抵阴山而止。其所招军但斫敌首，不必战也。"尝上言请槛车数十乘，欲出城槛致粘罕，其诞妄自信如此，小人以邱濬感事诗有"郭京杨适刘无忌，尽在东南卧白云"之句附会之，以为谶。时何㮚募奇兵数千，并属于京。有士人上书孙傅，谓古今未有此成功者，宜少付之兵，今闻众至一二万，万一失利，为朝廷羞。傅怒谓士人曰："京乃为时而生，敌军仔细，一一知之，幸公与傅言。若是他人，定坐沮师之罪。"识者危之，心知其必误国也。靖康二年闰十一月二十五日，金人乘大雪攻城益急，人告之出兵，京乃登城树旗，绘天王像，曰天王旗每壁三面，按五方指示众曰："是可以令虏落胆矣。"人亦莫测，大启宣化门，去敌不百步，又天已明，城中士庶延颈企踵于前，立候捷报者凡千万人，又有从旁鼓噪以助勇者又数万人。俄报云前军已得大寨，树大旗于贼营矣。又报曰前军夺马千匹矣，其实皆妄。先是每出师，城上皆持满，待我师稍却，即并力以射，用此退贼。京欲出兵，令守御人皆下，无令觇军，恐失大事，独与张叔夜坐宣化门瓮城头上，以亲兵数百自卫，初贼阵陈州门外，京自内出，正当其锋。我军数百人方逾濠，贼二百余骑突之，皆没河中，蹂践殆尽，哀号之声，所不忍闻。贼因趋门，急呼守御堵之，已乱不及出。京见事去，即白叔夜须自下作法，因下城引余兵南遁，城遂陷。

予读史至此，不禁失笑。综其始末观之，不啻一场儿戏。李伯纪虽不知兵，使其在位，当不至贻误若此。孙傅、何㮚何足责哉。独惜当时号知兵者，尚有张叔夜亲与其役，不能力斥其妄，第云恐京狂率而已。又古所谓兵有奇正，乃兵家术语，未有以奇名兵者。何㮚巍为政和廷魁，又负诗名，顾瞆瞆若此耶？其云小人以郭京名应邱濬感事谶者。据《宋史·何㮚传》：小人非他，即㮚也。邱名与明丘琼山同，初不知其人，顷翻《宋会要辑稿》，忽于职官门中，见有庆历四年五月十四日卫尉寺丞邱濬，降饶州军事推官监邵武军酒税一条中，言濬作诗一百首，讪谤朝政，言词鄙恶，兼及阴阳灾变，皆非人臣所可言，传布外夷非便。又在杭州持服，每年赴阙，稍不延接，便成嘲咏，州县畏惧，印书令县强卖以图厚利云云。并令福建转运提刑司常切觉察，如有违越，并具以闻。知濬为仁宗时人，且籍杭州，不知尚有他事迹可考否，其人盖无足道。郭京、杨适、刘无忌三人者，似亦实有其人，而非预言，《续资治通鉴长编》（一三）载：庆历元年四月丙午，陈州布衣郭京，为大理寺评事、陕西都部署司参谋军事。京少任侠，不事家产，平居好言兵，范仲淹、滕宗谅数荐之，上召见，特命以官，非即诗中之郭京乎。

记西安传世两汉名人之遗物

进　宜

余客西安二十年，所见两汉名人之遗物略记于下：一、淮阴侯印封泥，怀宁柯莘农翁所藏。柯卒后，此物不知流散于何处。二、淮南邸印封泥。余与柯莘农各藏一品。同为一印所打成，余所藏者现捐赠于西北大学历史系文物室。三、梁宫瓦。汉城出土，文字极精，为余所得。盖梁孝王在京师离宫之物。一九四九年寄存于重庆亲戚家，途经沙坪坝覆车被毁。现仅存拓本两纸，曾缩印于拙著《秦汉瓦当概述》一文中（见《文物》一九六三年第十一期）。四、萧将军板瓦。汉城章门内出土。四字隶书系排打方印式，《汉书·萧望之传》：宣帝末，官前将军光禄勋。瓦盖为其邸第之物，现存余处。五、张骞博望家造陶印模。是一九四二年西北联大历史系教师在城固修理张骞墓时取出。此物及墓砖五方，原存西北大学文物室，现已调至北京中国历史博物馆。六、昭阳宫铜镜，汉城出土。文八字："昭阳镜成宜佳人兮。"

"阳""成"二字为韵,"佳""兮"二字为韵。八字中,篆隶各半,尤为创见。镜背满面涂金,光彩夺目,纵不能定为赵飞燕所用,亦当为昭阳舍中宫女之遗物。余斋存有拓本。七、赵充国带钩。初为陕估李道生所得,后售于罗振玉,现藏沈阳辽宁省博物馆。钩制既小,又不涂金,可以见营平侯之朴素。八、韩王孙子母印,汉城刘家寨出土。涂金伏罴钮,初在夏侨生九鼎斋,余代吴兴次量翁购致。子印锈结甚牢固,后托陈炳昆取出,为"曹丞谊"三字,疑为韩嫣夫妇之合印。子母印两人合用,在汉印中仅此一见。余斋尚存有拓本一纸。九、岑彭印。龟钮,面积不大。岑彭征公孙述时,秦陇为必经之地,故有遗印之可能。此印亦为次量翁所藏。次翁卒后,所藏久星散矣。一九六四年六月来客长春,拉杂书此,以志多闻。

清宫闱三事辨

虹　南

一、顺治母孝庄皇后下嫁摄政王多尔衮之传讹

清太宗后孝庄皇后博尔济锦氏,生顺治、睿亲王多尔衮。元妃博尔济锦氏于顺治六年卒,复纳继妃亦博尔济锦氏,元妃妹也。(清初以蒙古博尔济锦氏首降,故选后尚主皆先博尔济锦,即元太祖孛儿只吉歹转音也。)因同为博尔济锦氏,于是有娶太后之说。张煌言《建夷宫词》,遂有"春官昨进新仪注,大礼恭逢太皇婚"语,世即据为信史。裴毓麟《清代轶闻》,且谓孝庄之葬西陵,不与太宗同穴,即微示绝于太宗之意,引为确证。然考顾炎武《昌平山水记》,十一陵皆一帝一后合葬,其继为后及追尊所生为后者,皆祔葬。清初太宗既有元后孝端皇后(亦博尔济锦氏),孝庄以尊所生为后,不与太宗合葬,正与明制相符。且当康熙二十六年孝庄崩时,于合葬之事斟酌至再,徐乾学时官刑部尚书,为作古不合葬考,历举古来帝后不合之事上之,故清代诸后凡后帝而卒者皆不合

葬,别建陵寝,不足作为示绝根据也。

二、顺治纳董小宛及出家事

顺治有四后七妃六庶妃,姓董鄂氏者凡三:曰孝献皇后;曰宁悫妃;曰贞妃。而以孝献皇后最承宠,顺治十七年卒,帝自为行状累数千言,复命金之俊为之传,史称婉静循礼知书,尤笃信佛。当时词臣有进诔文者,吴伟业《清凉赞佛诗》所谓"从官进哀诔,黄纸钞名入"是也。而世人以诗中"可怜千里草,萎落无颜色"之语,遂以董鄂氏为董小宛。按:小宛为冒襄姬人,当顺治元年已二十一岁,顺治则仅七岁,小宛殁为二十八岁,为顺治八年,顺治亦只十四岁,以十四岁之童,而纳二十八岁之妇,殆不近情。陈维崧《湖海楼集·读史杂感》:"董承娇女拜充华,别殿沉沉斗钿车。一自恩波沾戚里,遂令颜色檀宫家。骊山戏马人如玉,虎圈当熊脸似霞。玉柙珠襦连岁事,茂陵应长并头花。""董承娇女",殆指孝献后。"玉柙珠襦连岁事",谓顺治十七年孝献卒,十八年顺治崩,又贞妃殉死。又《东华录》载康熙二年葬顺治于孝陵,以剃度五台之说不足信也。

冒鹤亭言上项讹传,缘盛伯熙一日约黄仲弢、王廉生、沈子培、易实甫等小宴,谈及顺治出家,系为董后亡故悼念弃位，遂谓董后必有如小宛，始值得为之敝屣帝位。实甫因以《顺治出家》与《影梅庵忆语》合印一册，世遂传为信史。子培赏戏谓鹤亭：阎王如审此案，彼可与鹤亭出庭证明实甫造谣之罪。鹤亭曾跋《影梅庵忆语》，谓小宛墓明明在如皋故居，尚有小宛侍婢附葬，何有入宫之事。况《忆语》当时曾遍征同人题咏，如姬人被帝夺去，清初文网甚密，焉敢形之歌咏，流布世间，以触帝怒。

三、乾隆帝为海宁陈氏之裔

民初，上海印行《清宫秘史》，载康熙南巡至浙江海宁陈家，见陈氏襁褓儿殊英俊，心爱之，乃以雍亲王之子方弥月易之而还，即乾隆帝也，其后迭次南巡，即为省视陈家等语。考康熙南巡凡六次，始于康熙二十三年，最后为四十六年。考乾隆生于康熙五十年，已在停止南巡之第四年，岁月殊不相合，且雍亲王分属藩邸，安有皇帝身携分藩亲王幼子巡幸远方之理。又乾隆于胜衣就傅，始入宫读书（见《东华录》），康熙六十一年始命养之宫中（见《清皇室四谱》），可证在初生时不能随便入宫也。历次南巡踵行故事，似不为陈氏也。

金章宗词

丛　碧

　　金章宗工书画，仿宋徽宗瘦金体能乱真，如李太白《上阳台帖》后徽宗跋，实章宗书也。（按：安仪周《墨缘汇观·法书续录》，李白《上阳台帖》真迹短卷后瘦金书跋，未云为徽宗跋，只云瘦金书跋，盖已疑非徽宗书。）章宗尤嗜法书名画。汴京陷后，宋内府名迹多流失金邦，为章宗所收。余所见其著者如唐摹《右军此事帖》、五代阮郜《阆苑女仙图》、五代关全《秋山平远图》、宋赵幹《江行初雪图》，皆经章宗藏，钤明昌御览玺。周公谨《癸辛杂识》："金章宗之母，乃宋徽宗某公主之女也，章宗嗜好书札，悉仿宣和字画，尤为逼真，金国典章人物，明昌为盛。"观此，知金章宗书瘦金体及嗜好书画之由来。又《词苑》："金章宗喜文学，善书画。闻宋徽宗以苏合油烟为墨，命购得之。墨一两黄金一觔，尝有《蝶恋花》词咏聚头扇，甚佳。"按词云："几股湘江龙骨瘦，巧样翻腾，叠作湘波皱。金缕小钿花草斗，翠条更结同心扣。　　金殿珠帘间永昼,一握清风,暂喜怀中透。忽听传宣须急奏,轻轻退入香罗袖。"聚头扇即折叠扇。词首句"几股湘江龙骨瘦",说明扇有股,且为竹,并以为饰。次句"巧样翻腾,叠作湘波皱",说明为折叠式。结句"轻轻退入香罗袖",则合扇置藏于袖中,其非团扇可知。(按:清官吏夏日官服乘马服装,开气袍马褂,白绸扣带,佩扇囊荷包。非乘马服装,外褂补服,不佩带,折扇则插藏靴筒中。)盖折叠扇先由朝鲜入金,再由金入宋,此为在宋时已有折叠扇之有力佐证。君坦于《琐谈》一卷中有《南宋折叠扇》及《再谈折叠扇》二文,谓宋元时已有折叠扇,不仅有团扇,多所引例,考证甚详,惟尚未引金章宗此词也。

楝亭夜话图

丛　碧

余昔藏《楝亭图》四卷。曹完璧玺官江宁织造，曾于署中亭畔手植楝树一株。殁后，子寅官苏州织造，再官江宁织造，楝树犹存，因为《楝亭图咏》以追怀先德。四卷共十图，为黄瓒、张淑、禹之鼎、沈宗敬、陆漻、戴本孝、严绳孙、恽寿平、程义画。题咏者有纳兰性德、顾贞观、潘江、吴暻、王方岐、唐孙华、陈恭尹、吴文源、方仲舒、顾彩、张渊懿、方嵩年、林子卿、袁瑝、姜宸英、毛奇龄、张芳、杜浚、余怀、梁佩兰、秦松龄、严绳孙、金依尧、王丹林、顾图河、姚廷恺、吴农祥、费文伟、王霨、何炯、徐乾学、韩菼、徐秉义、尤侗、杨雍建、王鸿绪、宋荦、王士禛、徐林鸿、冯经世、田时发、邵陵、许孙荃、潘秉义、石经于，图上题诗与自题者为张景伊、禹之鼎、戴本孝、程义。此四卷，北京图书馆赵万里君言有关《红楼梦》资料，求让于余，遂让之。另一卷为《楝亭夜话图》（番禺叶遐翁旧藏，现归吉林省博物馆），纸本墨笔，楝树丛竹，房舍文石,夜月苍凉,庭院岑寂,屋内置烛台,三人共话,为张纯修见阳笔。三人者曹寅、张见阳、施世纶也。事在康熙三十四年秋,曹在江南织造任,张见阳任庐江知府,施世纶任江宁知府,三人相聚于南京织造衙署书斋,秉烛夜话。卷后曹寅、张纯修、施世纶、顾贞观、王楘、王蓍、王方岐、姜兆熊、蒋耘渚、吴之骐、李继昌题诗。曹寅题诗内有:"忆昔宿卫明光宫,楞伽山人貌娇好。马曹狗监共嘲难,而今触绪伤怀抱。"后结句云:"家家争唱饮水词,纳兰心事几曾知。布袍寥落任安在,说向名场此一时,"盖为追念纳兰容若而作。此时容若逝世已十年矣。按织造一职,不过为皇帝内务府派出管理织造衣物执事差人,然为皇帝亲信,并采访外事,专折密奏。曹寅在任,广交东南遗民文士,来往唱和,藉以联络情感,消除其思明情绪。观《楝亭图》四卷,可见其当时交接人物之盛。纳兰容若为一代词人,贵胄公子,风度濯濯,结义输情,海内知名之士,多倾心接纳,与曹寅气息相通,又幼同侍康熙,同年中举,其两人交情之深,可以想见。卷内寅题诗"马曹狗监共嘲难",为回忆同官侍卫时以自喻。"而今触绪伤怀抱",寅所刊诗集改作"而今触痛伤枯槁"。结句"家家争唱饮水词,纳兰心事几曾知。布袍寥落任安在，说向名场此一时。"
何以引用太史公与任安之事，或有所指。而刊集改
作"纳兰小字几曾知，斑丝廓落谁同在，岑寂名场尔
许时"，用意隐微，亦似有所讳。而容若生长华胈，其
词何以悱恻缠绵，凄咽欲绝，意者彼与故明文人遗士
相交结，日久神合心契。又曾目击丁酉科场惨案，对
其遭遇，寄有同情，遂诗词中流露其感触情绪。且曹
寅于康熙南巡有保全陈鹏年之事，容若亦有营救吴
汉槎之举，此其文字之交，不以富贵贫贱威武文弱而
异者也。而容若与曹家交谊之厚，与《红楼梦》之关
系，此图卷更为重要资料。

记作伪骗钱之《未来预知术》

溥仪所著《我的前半生》第五章内，记其在旅顺时曾从天津携带《未来预知术》一书用以占卜，文后附注云，此书为香港出版之一种迷信书，伪称诸葛亮所著，而其中之卦辞则有汉代以后之诗文典故。迷信与欺骗为旧时代习见不鲜之事，但亦竟有深信不疑者，可谓其愚不可及矣。据余所知，此书原是两个无聊文人所伪造，目的无非骗钱而已。一为江苏常熟人，清末民初在苏州师范学校肄业。一人在上海开设一小书店，编印各种滑头书籍。此书即以其书店名义出版，以后曾有不少人受其迷惑，非但遍及全国各地，而且远销南洋一带，赚得一笔不小资财。而其他滑头书店亦大量翻印，因版权存案，假托为国外所出版。溥仪之一本云为香港所出版，当即为翻印之本。

此种滑头书商，在辛亥革命以后之上海，如雨后春笋，应时而起，出版之滑头书籍，多至无以估计。

但作伪技巧与骗钱本领,此《未来预知术》一书可为滑头书中突出一例。其能哄动一时,销路广泛,非仅在借重诸葛亮大名,而是利用想入非非神乎其技之奇妙广告。不惟意识薄弱之人,即老于世故者也不免被其所骗。当时有人虽明知非诸葛亮遗作,但又认为亦即《推背图》一类,为前人所留传之秘本名著,而不知出于此两个无聊文人所伪造。

其利用广告之法,在民国九年间上海著名大报《申报》《新闻报》刊登一则出售珍本秘籍广告。出售人自称关中世家,先世在陕西郿县西南石壁中发掘出帛书若干卷,审定为蜀汉诸葛亮所著,行军时用以占卜之金钱神课,与时下通行之金钱神课大不相同,现由原籍携来上海,待价而沽。数日后,此广告即不复见,代之而登出者,为某大律师代表某书局购买版权之声明。略谓兹买关中某姓家藏秘籍版权,原书未有名称,特取名为《未来预知术》,议妥售价,已立契约,因系某姓世代相传珍贵物品,恐有族人争论,特先登报声明,如有异议,应于一个月内与售主交涉,不与买主相干。果然不到一月,报上又见某姓族人代表所登启事,称此书系阖族所公有,非经阖族同意,不得擅自私卖,所订契约,应作无效。于是某律师又代表某书局登报警告，谓某姓族人，因卖书发生争论，乃某姓内部之事，不应涉及买主，况已收取定钱，订立契约，岂可任意翻悔，否则法律具在，应即依法解决。又隔一时期，某书局以某姓诈欺取财为理由，在租界会审公庭提起诉讼，某姓方面收取定钱者，与反对出卖者，皆为此案被告，亦各延律师辩护，官司打得非常热闹，三方皆由律师代表，始终当事者无一人亲自出场，会审公庭几次开庭，未予判决，再三勒令和解，最后由三方律师协议调停，登报声明，版权仍归某书局购受，但买价酌添若干，由某姓阖族人等按股均分。此一场莫名其妙之官司，遂告圆满了结。继之某书局在报上登巨幅广告，大肆宣传，谓不惜重金，几费周折，收到此一秘本，如何灵验。广告刊出版数千册，不数日销售一空。再版十余次，仍供不应求，直至翻印本层出不穷，市上触目皆是，销路始受影响。后秘密渐泄露，所谓关中某姓，实虚构之乌有先生，并无其人。请律师打官司确不假，但原告和被告皆某书店所扮演，故弄玄虚，闹了一阵，律师费广告费虽费钱不少，而书则源源倾销出，所得盈利，已大有可观。此两无聊文人，居然面团团而腹便便矣。

彼之一套把戏，而能一帆风顺者，亦有原因在。当时上海交易所之风正盛，一般想发财之投机分子，求神问卜，头昏脑热，见此一本诸葛亮遗作，岂不视为至宝。此书适当令与世相见，自然畅销。尤有滑稽者，曾有一老学究大做其考据文章，谓武侯卒于五丈原军中，五丈原在郿县西南，此书当是武侯生前行军时随身携带，所以卒后遗落在五丈原附近。此种想当然之说法，当为两作伪者所暗笑。

上海俗谚云："拆穿西洋镜。"意谓西洋镜表面十分美丽，拆穿一看，原来如此。此《未来预知术》拆穿亦卑不足道，其内容不过根据通行本金钱课作蓝本，略加变通，增加篇幅。通行本金钱课用铜钱五枚，此则用铜钱六枚卜课。此两作伪者文笔尚通顺，韵语卦辞亦不鄙陋，但所用典故多是三国以后者，遂成为宋版康熙字典而露马脚。因不久被人所识破，当溥仪在旅顺摇起金钱神课时，此本骗钱之滑头书已少人相信矣。

北京旧设各省会馆及府县会馆之始末

仰 放

北京旧设各省及府县会馆，肇始于明永乐中年，盛于清康熙乾隆间。其设置原因，为各省乡人授职来京引见及考试者供住所，且使旅京同乡藉以联络。每年春由掌馆人召集同乡来馆聚会一次。至于会馆基金，初由京内外显宦捐助房屋或银两，后由各省驻京印结局之援助补充之。所谓印结局者，即清代纳粟捐官，必须乡人在京各部院任郎中员外郎主事者出具保结。盖用本人在某部某司之印，按捐官大小定保结费多少，一人出印结，而同乡京官俱得分润一份，另提一份为会馆基金，每月清算，年终分送省馆，所得者酌量再配给府县馆，皆由本省京官掌馆务。每修理馆房，于此款开支，如尚有余款，另买市房出租以为备用基金。例用馆役一名，呼为长班，携眷住馆，世袭其职。乡人有庆吊事，长班供奔走，年节向各家领赏。辛亥革命，侨京之无告者要求分散馆金作回乡资斧,馆金遂空乏。至民国,各馆多改为旅京乡校,收乡人及外籍学生。如宣外大街直隶会馆改畿辅中学。福建会馆改闽学堂。后孙公园安徽会馆改皖学堂。北半截胡同江苏会馆改江苏中学。八角琉璃井江西会馆改豫章中学。四川营四川会馆改四川女学。化石桥山左会馆改齐鲁中学。达智桥嵩云草堂改嵩云中学。亦有未改学校之馆,则为特殊情形。如旧刑部街奉天会馆为张作霖捐资所建。太平仓吉林会馆亦然。宣外大街江西会馆为张勋捐资所建。虎坊桥湖广会馆在清末已改为宴会演戏场所。下斜街畿辅先哲祠、山西云山别墅,改为宴游地。西柳树井越中先贤祠、永光寺西街全蜀会馆、山西街山西会馆、储库营四川会馆、教场头条山左会馆、延旺庙街云南会馆、菜市口贵州会馆、樱桃斜街贵州省馆,皆由旧居租住。各府州县会馆亦林立于前三门附近。属直隶者有西柳树井南皮会馆、盐山会馆。属河南者有骡马市大街中州会馆、贾家胡同开封会馆、郑州会馆、前孙公园朝歌会馆、西砖胡同陈州会馆。属山东者有王广福斜街乐陵会馆。属山西者有石头胡同汾阳会馆。属陕西者有四川营延安会馆、宣外大街咸长会馆、前青厂凤翔会馆。属四川者有贾家胡同龙绵会馆、魏染胡同叙州会馆、北半截胡同潼川会馆、南横街重庆会馆、泸州会馆、珠巢街成都会馆。属湖北者有宣外大街天门会馆、前孙公园沔阳会馆、孝感会馆。属湖南者有宣外大街善长会馆、草厂十条湖南旧馆、椿树三条长沙郡馆、长巷四条岳阳会馆、草厂四条宝庆会馆、北半截胡同浏阳会馆、烂漫胡同湖南会馆。属江西者有长巷三条南城会馆、宣外大街南昌会馆、西草厂安福会馆、粉房琉璃街萍乡会馆、鄱阳会馆、保安寺街丰城会馆、铁门胡同弋阳会馆、西柳树井九江会馆、板章胡同袁州会馆。属安徽者有铁门胡同安庆府馆、宣城县馆、宣外大街歙县会馆、丞相胡同休宁会馆、油房胡同望江会馆、长巷四条贵池会馆、大席儿胡同石埭会馆、施家胡同青阳会馆、前青厂颍州会馆。属江苏者有北半截胡同江宁会馆、菜市口扬州会馆、宣外麻线胡同淮安会馆、西珠市口南通州会馆、前青厂武阳会馆、后孙公园如皋会馆、铁门胡同上元会馆、米市胡同江阴会馆、求志巷太仓会馆、延寿寺街长元吴会馆、烂漫胡同松江会馆、小沙土园昆山会馆。属浙江者有东大市宁波会馆、浙慈会馆、北半截胡同湖州会馆、南横街嘉兴会馆、虎坊桥仁钱会馆。属福建者长巷二条汀州会馆、煤市街漳州会馆、骡马市大街福州新馆、粉房琉璃街延平会馆、铁门胡同莆田会馆、椿树三条永春会馆。属广东者有广安门大街广东会馆、赶驴市嘉应会馆、烂漫胡同东莞会馆、米市胡同南海会馆、草厂七条惠州会馆、前孙公园广州七邑馆。属广西者有銮庆胡同粤西会馆等。甘肃无省馆，宣外大街有兰州府馆。此外尚有试馆，多与考试贡院相近，为来京参与北闱乡试及各省举人会试者所设，如三里河天津试馆、东裱褙胡同池州试馆、顺城街桐城试馆、兵马司中街望江试馆，是科举既停，改为租居。入民国已无印结费补助，各会馆多成杂居，复不易收租，房屋坍漏，院宇秽芜。现则收归房产管理局管理，修葺一新，不复更有会馆名义矣。

谭鑫培二三事

予于民国初年入京师为大学生。时京师有谚云："有匾皆为垿，无腔不学谭。"垿即王垿，清末官法部侍郎。京师各大商店匾额咸其所书故云。谭即鑫培也。谭之声誉固由彼为内廷供奉，唱腔独有特长，然亦有其他原因，即为亲贵大员所特赏也。某次那拉太后传各供奉演戏于颐和园，赏各王公大臣一起陪观，恭王奕䜣亦在座。是日谭演捉放宿店。陈宫对操白口例有"你的疑心也忒大了"，谭改为"你这一猜太差了"。谭之改词究属何因，殊不得知，但奕䜣以为讳奕（奕疑京音同）而改，大加欣赏。谭甫卸装，奕䜣即差人请谭老板。谭入恭王室，居然命坐，并大赞其唱腔精到，自是遍誉于王公大臣，谭名益噪。光绪末，袁世凯以那拉氏宠，由直督入值军机兼外务部尚书。外务部系由总理各国事务衙门所改，在六部上，袁虽释兵柄，然北洋新军六镇隐然在手，以是亲贵大臣内而奕䜣、那桐、世续，外而端方、徐世昌无不附骥。袁五十寿时,京师巨公为谋彩觞祝寿,群推那桐为戏提调。时那亦尚书,但为亲袁,特于事前广约各名角届时演其拿手戏,并亲至谭家求谭演出双戏。谭那素往还,且恒相戏谑,谭云:"中堂(清尚书称谓)如肯为屈膝,我即遵办。"那未犹豫即下一跪,谭惶恐云:"中堂吩咐,岂敢不遵,适戏言耳,何必如此认真。"此事为徐世章内弟杨立坦君告予者。予在京喜观剧,尤震谭名。彼时梅兰芳演于天乐,票价仅铜元十二枚。龚云甫、杨小楼、刘鸿声合作演于广和,亦仅二十五枚。而谭独演于文明,则高至四吊(即四十枚)。予以穷学生殊难筹措,但又不肯割爱,往往为石印局书写一日换资以餍。京大员喜庆称觞,必有堂会,且以能邀谭出演为阔。凡堂会贺客盈门,主人并不辨其为何人,阍者亦不禁,予偶随众人入场,非特观剧,且有烟茶招待,甚乐之也。自此予得窍门,每遇堂会即衣冠而入,主人为谁,固不暇问,今日思之,亦殊可笑也。民国六年,予毕业后任教职,月入殊丰,然谭极少演出。民国八年,陆荣廷入京,总统府宴陆,堂会强谭抱病出演,归后病重,不久故去,可慨已。

顾太清遗事

公　孚

顾太清之事，记载者多矣。予居北京西城鲍家街，与醇亲王祠堂而前身为荣亲王府者仅一墙之隔（府之西墙外为太平湖）。偶与邻老谈及太清掌故，尚有为他人所未详者。考清高宗第五子永琪封荣亲王，其孙奕绘降袭贝勒。太清则奕绘之侧夫人也，生子载钊、载初。及奕绘卒，嫡子载钧降袭贝子，颇不礼于太清，太清不得已挈其两子出居锦什房街养马营。载钧于咸丰七年卒，无后，乃以载钊之长子溥楣继钧为嗣子，降袭镇国公，太清始挈其子孙仍回太平湖邸内。而清例凡亲郡王立爵者，降袭至镇国公或辅国公时，须将原赏府第缴还，另拨给官房由工部内务府营造迁入。旋于咸丰九年醇郡王奕𫍽指婚分府，即将此府赏给奕𫍽居住矣（光绪帝即诞生于此）。又太清自称西林春清。名臣中鄂尔泰为西林觉罗氏，未知太清系以氏自号否。有人言顾之姓因其顾八代之后，然顾八代为伊尔根觉罗氏，与西林无涉也。又西直门外长河北岸万寿寺牡丹最盛，太清曾游其地，有诗自注："十年前曾侍家大人游此"，则其父必为满洲世族，亦文武仕途中人，不知何缘而沦为奕绘之妾也。

晚清三大词家之友谊及其治学

亮 吉

　　临桂王鹏运半塘，高密郑文焯叔问，归安朱祖谋古微，同时齐名，世所称晚清三大词家也。余所藏三人往还书翰，可考见彼此友谊之笃，治学之精，足以矜式后学。光绪丙戌年起，半塘刻所著《袖墨集》《虫秋集》。戊子年起，叔问刻所著《瘦碧词》《冷红词》，声应气求，从此缔交。古微在汴粱与半塘相交，已而从学为词。半塘致书叔问云："古微学使，尝拳拳于执事。此公微尚，信是我辈，且于公甚倾倒，冷红南音，盖不时出入怀袖中，此亦一知己也。盍作一缄，以通殷勤。"于是朱郑二人又成好友。庚子事变时，八国联军入京，古微与临桂刘福、姚伯崇，僦居半塘四印斋中，相约为词课，以陶写悲愤。半塘以词函寄叔问，略云："困处危城，已两月余，如在万丈深阱中。尝与古微言，当此时变，我叔问必有数千阕佳词，若杜老天宝至德间哀时感事之作，开倚声家从来未有之境。但悠悠此生，不识尚能快睹否？名章佳句，意外飞来，非性命至契，生死不遗，何以得此。与古微且论且泣下，徘徊展读，纸欲生毛。中秋以后，与古微、伯崇每夕拈短调各赋词一两阕，亦闻闻见见，充积郁塞，略为发泄。近稿用逎渚唱酬例，合编一集，已过二百阕，宋育江芸子检讨属和，亦将五十阕，兹先挥录十余阕呈改。词下未注明谁某，想我公暗中摸索，必能得其主名。虽伯崇词于公为初交，然鄙人与古微之作，公所素识，座上孟嘉，固不难得也。"按半塘所寄词，即世传《庚子秋词》。叔问得书，欲寄《浣溪沙》词一首。此词与书中所言名章佳句，即叔问所赋《谒金门》《汉宫春》《雨淋铃》《燕山亭》《杨柳枝》等二十六首词，俱载《比竹余音》卷四中。嗣半塘罢官来扬州主讲仪董学堂，旋又客苏州，与叔问游，并约卜邻半塘先垄，在桂林东半塘尾之麓，因以半塘自号，盖不忘誓墓意也。叔问遂谓之曰，去苏州三四里有半塘彩云桥，是一胜迹，宜君居之，异日必为高人嘉践。半塘心肯，辄赋《点绛唇》以见志，惜未几染病逝世。古微则于半塘逝世后第三年，在苏州购得小市桥东听枫园，叔问为相阴阳拣时日，且举宋词人吴应之故事词以张之，极意吟赏，有林下相从之乐。古微为半塘定稿刻行，请叔问叙之。又为叔问《清真集校本》《樵风乐府》《苕雅余集》刻行，数十年患难交情之际，笃交生死不渝，风义之高，有如此者。至三人平素商量词学，互相请益，斟酌往还，书翰中所见甚详，将来可汇成专刊，供倚声家参考。兹姑录数则。半塘在扬州函寄叔问词三首："《御街行赠驿柳浣溪沙》《再过牧马百字令》《宿双沟有怀渔湾》三首，谓此行虽得词十余阕，唯此三首似略成音节，故敢录出，求公正之。经年不作词，不知又退几许，公真爱我，请明示之。"又游焦山，寓自然庵为庵主六公题《如此江山图》，用《百字令》调东坡赤壁韵，函寄叔问："自谓不恶，因写上，以公之和否，断此词之优劣。"原作确佳，叔问亦为酌易数字，已载入半塘定稿。叔问有《泸江夜游，忽值半塘老人，狂喜不寐，作〈兰陵王〉词》一首，载入《苕雅余集》，亦就原稿与半塘商改数处。古微每作，多写就叔问商正，《彊村语业》所载《霜花腴》《瑞龙吟》《龙山会》《月下笛》《安公子》《西河》《祭天神》诸词，皆经修饰而定。初阅各人原稿，觉皆妥帖，一经润色，更觉精当，于此颇得用字、协韵、运典之启示。三人并一时词宗，声华藉甚，从不自负，虚心求益，直谅相亲，有庐陵文乞正师鲁之风度，无《典论》所谓文人相轻之恶习，故能卓成大家，永垂艺苑。再关于研究词学，校正词本，每有所得，必详相告语。亦摘录数条，启示一斑。叔问致古微书云："近索词境，于柳周清空苍浑之间，益叹此诣精微，不独律谱格调之难求，即著一意，下一语，必有真情景在心目中，而后倾其才力以赴之，方能令人歌泣出地，若有感触于景之适然如吾胸中所欲言者。太白所谓眼前有景道不得，岂易言哉，盖不求之于北宋，无由见骨气，不求之南宋数大家，亦患无情韵文质相辅，又必出以骚雅，齐以声律，洵非学力深到，由博反约，奚克语此，悬此格以读古今人词，会心当不在远已。"又一书云："昨校吴词《八声甘州》'九险'句，半塘翁疑九为就，既不得解，重失梦窗举典链字之雅，殊为无谓。按《吴地记》：姑苏台，阖闾造，九年始成，高三百丈，望见三百里外，作九曲路以登之。此词中"辇路九险"之所本，至为典切，足证梦窗深博绝丽之才，非好为奇特者。（或以是句末字不宜入声律，故不径用九曲。）切题颖事，实无一字无来历，后学如戈杜之浅妄，不值一笑。毛本存之，洵亦不误，经一再改削，谬本流传，不亟亟勘定弹斥其非，将何以见良工心苦。半塘翁致疑之故，亦缘于戈杜臆改而偶失考耳。至故余即姑胥、姑苏，亦本之《吴郡图经》，无可疑者。然则朱刻之手稿，信而有征，乌可不字字依据，奉为定本耶。"又一书云："考《梦窗乙稿》：'新雁过妆楼'次解结处，'徐郎老恨，断肠声，在离镜孤鸾'，汲古本作'徐郎'不误。半塘刻易'郎'为'娘'，遂失其要，实或因词中用'徐郎'者罕故耳。偶读王涣《怊怅词》第二首，'诀别徐郎泪如雨，鉴鸾分后属何人。'乃叹梦窗所本无一字无来历。所读唐诗多，故语多雅澹。今人仅于词中求生活，失之远已。爰记所得，质之沤翁，庶此疑义相与析焉，惜不获起半塘而扬榷之。"由上所述观之，以三大词家造诣之高深，胸次尚如此谦冲，态度尚如此谨严，词虽小道，焉可率尔操觚，不求甚解。自限所学，吾侪后学，允宜奉为楷模也。

琼林宴

丛　碧

余曾问傅沅叔年伯当日琼林宴情形。云琼林宴由光禄寺及礼部承办,新科进士齐集拜揖入座,二人一席,席各陈干果十几事,坐定后旋即起拜辞去,干果则由伺役一抢而空。视此颇如戏台上之饮宴,只少吹牌子耳。无锡顾涵宇《竹素园丛谈》:"世以光禄寺为天厨,实则光禄寺庖厨,但承办外廷筵宴,坛庙祭祀及琼林外藩宴饮而已。至宫中自有御膳房御茶房,设尚膳尚茶专官。清朝御膳定百二十品,每膳须设同样三席,所谓吃一看二也。嘉庆道光之间,减为六十四品。咸丰之际又损去半数。同治初元复减八品,仅存二十四品,且少官场满汉酒席之品。此盖出于孝贞皇后之意。孝贞崩,慈禧专政,复规定八十一品。内务府报销太后及德宗膳银每天各二百两,零点心银各二十两,后宫减半,三宫日用膳费几六百金,零添点菜不在其中,撤下之品,均归太监取去。尝闻人言,皇帝面前数味尚可口,再远则馁败恶臭矣。"余友溥叔明曾言其结婚时入宫赠宴情况，行礼后衣冠入席，止一人，肴馔满前，但例不能举箸，少坐起，谢恩出。宫廷赐宴尚如此，则光禄寺礼部之琼林宴可知。故当时有口号云："光禄寺茶汤，武备院刀枪，翰林院文章，太常寺笙簧，钦天监阴阳，太医院药方。"言皆样子货也。

先 考

丛 碧

清科考简放学政到任，第一年为岁考，第二年为科考，凡府州县生员皆须应试，考列四等者例须罚跪责戒尺，故生员之文墨不佳者，畏考试如虎也。昔传某生员赴试，有友人拈小令嘲之云："轿夫小狗才，无端抬个学台来，吓得我灵魂儿飞在九霄云外。愿来生我做轿夫，你做秀才，我也抬个学台来，看你魂儿在不在。"又传有一笑噱：有某老生员每考皆列四等，罚跪受责者屡矣。考期将届，心恒惴惴，年已将届花甲，而犹须应试。某岁又届考期，抑郁忧虑，竟以致疾死。其后人治丧举行题主礼，主例书"显考某某府君之神主"，而其后人亦不通文墨者，"显考"乃误书为"先考"。题主日，鸣赞人唱礼启椟，忽闻棺木中有敲打声，时棺尚未钉死，家人启视之，某老生员复活，掖出之。老生员曰："我为怕考，逃至阴间，不料那里又要先考我，所以赶快又逃回来了。"此盖为嘲不识字义者，故作笑噱耳。余《太白山记游》文内，至郿县于车站站长某君室内休息,某君本年遭父丧,寄供神主,余视之竟书"先考陆军中将某某府君之神主"。余因思及某老生员事,不禁暗笑而不敢言也。

中 堂

丛 碧

全椒苏圣生《檐醉杂记》一则云："今称大学士为中堂（按：清末官尚书亦皆称中堂），习其名而莫究其义。俞荫甫《茶香室四抄》云："大学士设座在翰林院正堂之中，故有是称。"因忆及梅兰芳之夫人福之芳女士绰号中堂，凡与梅氏友好之较近者，对福皆以中堂呼之，日久成习惯，彼亦自应之，未知何以有此绰号，京剧界后辈不知也。

大庾散记

威　伯

予昔曾从事赣之大庾,居数月。庾岭梅花,久负盛名,以非花时,未得欣赏。大庾城颇湫隘,其热闹区则在郊外之西华山矿场。入晚笙歌盈耳,灯火闪灼于崇山绝壑间,盖寻芳冶游者事也。城外有河名沙河,广而可涉,有餐馆筑室水上,夏日小酌,颇有临流之趣。地有破庙,某日披榛往游,踯躅断井颓垣间,阴森袭人,忽于殿角见一大于寻丈之蛛网,晦暗间谛视,有蜘蛛一盘网中,身大如人首,连足几可及丈,不知此荒殿何以竟无人到而见之耶。县居赣粤之交,习俗近粤人。有卖蛇者,晨背负贮蛇竹筒行通衢间,以细铁丝贯一蛇首,置地上导其行,遇买主则启竹筒之洞出其蛇,持其尾力抖之,蛇即不能自绕,以红巾引蛇,蛇咬巾,因力振巾脱其毒牙。继以竹钉倒钉蛇于墙上,以竹刀开蛇出胆,置破瓷器中,脱蛇皮沿脊取肉两片以飨购者。凡此均在数分钟内毕其事。又有市乳虎者，虎大如巨猫，斑斓可爱，值仅九元。余欲购之，有人曰虎大后将何以处之，余乃止。

水围坊记

水围坊在广东东莞县城西南五里许,地名篁村,亦名篁溪,先君取以为号,世称篁溪先生。坊名水围者,以村多竹,重溪围环,烟火人家,皆吾张氏子孙所居。考始祖九皋公为九龄公弟,由曲江展转迁此,累业耕读。至明季人才杰出,如芷园璩子两公,皆以复明为职志,有名于当世。水围坊面临方塘,塘外长河,河外错落纵横,上下其亩。隔一衣带水,即詹家犄角,其下则曲海龙湾,其上则鲢鱼金鳌两洲也。沿金鳌洲而上,即东莞县城。水围坊前有铧花书屋,庭前环植梧桐、芒果、龙眼、荔枝、黄皮杨桃、葡萄、栗子、柳橙、黄李、桂木、庚斗、柠檬、甜桃、石榴诸果树,并植桂花、白玉兰、鸡爪兰、桄榔、樟木,四时花香不绝。铧花书屋后改建为棣甫公祠,其北有室祀陈仙翁,右为今犹昔轩,篁溪公与先仲叔伯鋆公读书燕寝之所,其左室为先祖谷泉公所居。屋后为鱼塘。度香亭在棣甫公祠前,杂树环之,篁溪公诗所谓"曲曲溪流暗度香,汤汤源是水云乡,芰荷绿与修篁碧,最好花阴话晚凉",即指此亭。内有木制联曰:"水静欲为花写照,月明常有鹤飞来。"有三长石,清莹如镜,中置圆台于此,敲枰煮茗,无间晨夕。亭左右老松两株,作龙凤形。龙者凌霄花盘其上,凤者则紫藤花绕之。亭侧有石山极瘦透玲珑之致,旁植梅菊及牵牛花。亭后左为小河,右为鱼塘,水乡风景,宛然在目。亭额何仁山先生题跋称,亭绕水,杂树环之,稻香荷香荔子香百花香四面俱来,四时不断,因摘昔人"香度水边亭"句额之曰度香云。亭东为小浦,两岸红花丛生,高者逾丈,四时如锦,红梅腊梅数株,横枝倒影其间。浦水清澈,小红蟹青虾穴于苔石下。先九叔卢城公与余年相若,尝捕取以相娱。浦边旁门植富贵及老槐多株。富贵叶光润,子黄熟,食味甘,相传唐玄奘法师曾以之与诃梨勒、菩提杂植虞翻苑中,今遍粤中皆有之。度香亭南门往西有小巷,坐南向北,为司宪第,宣统元年己酉三月四日余生于此。向西南行百余步,为柱史公祠。祠之西南为崇福宫,宫前为渡口,对面为太清宫。渡口两岸多植水榕花树,于此上船向北行可达东莞县城。癸丑岁余方五龄,侍亲来京,先三祖母送余上船。余穿道童红袍,牵裾痛哭，依依不舍，即在此渡口也。三界庙在垳头坊，离水围坊里许，渡石桥循行田塍即可达。余幼时多病，寄居其中三年。今庙已圮。坊之东南半里许为先叔豫泉公故宅，对面为愚甫家塾宅。按此地为南汉邵廷琄生长处，故名邵村。旧有汉宫洸庙，今已荡为平地。仁和墟在坊西南半里许太清宫前，月逢一四七日为墟期。上下午趁墟人络绎不绝，食品百货，无不具备，因邻近乡村多而水陆交通便也。池唇市离坊亦近，清晨售鱼肉菜蔬及早点，若张贺记之三及第粥尤著名。

余自癸丑离乡，甲寅随先慈蔡太夫人偕大姊考莪四姊赐莓归里，嫔大姊归黎氏。是冬先慈携四姊与余北返，五十余年未归乡里。村人务田畴狃于故习，向鲜进取，耕读桑渔，不问世事，如桃源中人。今则熙攘盛世，勇耕女织，桑麻更茂。每依北斗，能不动越鸟之思乡耶。

米芾族系

继　祖

近读《中国新刊画家丛书》中述海岳族系，世居太原，后迁襄阳，定居润州。宋初勋臣米信，乃其五世祖。按海岳为米信后裔，未注出何书。据《宋史·米信传》："米信旧名海进，本奚族，少勇悍，以善射闻。周祖即位，隶护圣军。从世宗征高平，以功迁龙捷散都头。太祖总禁兵，以信隶麾下，得给使左右，遂委心焉，改名信，署牙校。"奚本与契丹同种异部，唐人号为两蕃，五代时为契丹所灭。在未被灭于契丹之前，其部落已有内徙至幽州一带者，藩镇每刺其健儿为兵。米信居于太原，当系奚部徙居太原之一支族。海岳果为信后裔，则非汉族。然则海岳乃吾国少数民族艺术家之一也。海岳尝自称为楚国芈姓之后，当由附会古书，遥攀华胄。《通志·氏族略》谓米姓出自西域康居。康居之米亦与海岳无涉。

袁寒云《踏莎行》词

丛　碧

　　袁寒云工诗词、书画,善戏曲。昆曲《八阳》一折脍炙人口,以其演来恰合身份。观者为之动容,人比之陈思或为过誉,然文采风流,固一世翩翩。而家国沦尘,更多感触,中岁放歌,饮醇近妇,其遇亦可哀也。庚午岁冬夜,以某义务事共演戏于开明戏院。寒云与王凤卿、王幼卿演《审头刺汤》,寒云饰汤勤。乱弹戏寒云只演《群英会》《审头》之蒋干、汤勤两角,学于老苏丑郭春山。郭此戏极有矩矱,而寒云饰演更生色。大轴为《战宛城》,余饰张绣,溥侗(红豆馆主)饰曹操,为黄润甫真传。阎岚秋(九阵风)饰婶娘,钱宝森饰典韦,许德义饰许褚,傅小山饰胡车,终场夜已将三时。卸装后余送寒云至霭兰室饮酒作书,时密密洒洒,飞雪漫天,室内炉暖灯明,一案置酒肴,一案置纸墨,寒云右手挥毫,左手持笺,即席赋《踏莎行》词。词云:"随分衾裯,无端醒醉,银床曾是留人睡。枕函一晌滞余温,烟丝梦缕都成忆。

依旧房栊，乍寒情味，更谁肯替花憔悴。珠帘不卷画屏空，眼前疑有天花坠。"余和作云："银烛垂消，金钗欲醉，荒鸡数动还无睡。梦回珠幔漏初沉，夜寒定有人相忆。　　酒后情肠，眼前风味，将离别更嫌憔悴。玉街归去阒无人，飘摇密雪如花坠。"时已交寅，余遂归去。词上阕忆韵误以入作去，余亦未注意及之，迄今三十余年乃为发见。在当时为寒云兴到之作，因偶失韵，宋人亦尝有之，固无妨也。后人知其词而不知其事矣，爰为记之。

镇象塔

次　溪

象产自热带,中国古亦有之。或谓来自贩运贡品外,借以鬻伎得利。东莞在南汉时时有象群出没,其为浮水而来,抑粤本有之,盖不可考也。邑乘云:"群象害稼,官杀之。大宝五年禹余宫使邵廷琄聚其骨建石塔以为镇。"先叔祖豫荃公云:"东莞城内一小庙,额曰象塔。庙破湫隘不堪,内神像丛杂不相类。塔身高出地面仅四尺余,周围亦如之。凡八面,上镌大士像,下周遭刻咒语及序文,刻泐过半,而大宝乙卯群象踏食百姓田禾,累奉敕下采捕,诸字均可辨。"

白石翁放婢赠诗

伯　弓

湘潭白石翁齐璜,卖画燕京。某年有蜀友迎其入川,谓既可览三峡峨眉之奇,又可收模山范水之润,且预购一鬟,以给折枝捧砚之役。翁辞以年老,并寄二百金,嘱即遣嫁,并媵以绝句二章云:"衣裳作嫁为卿缝,青鸟殷勤蜀道通。好事新夫操井臼,罗敷空许借山翁"。"桃根一诺即为恩,旧恨新愁总断魂。我慕香山放樊素,永丰艳质让他人。"殊饶风趣。

肃顺幕客高心夔佚诗

慧 远

　　肃顺、载垣、端华之被慈禧太后那拉氏锄杀也，为清末五十年政局之关键。根据各方之记载，对此一段公案已可明了。肃顺等未有真正谋逆证据，但其把持朝政，反对两后垂帘，实为其致祸之根由。肃顺颇能延揽人才，信任倚畀，而无满汉之分。及其被诛，党羽亦多获罪。湖口高心夔字伯足号碧湄，咸丰己未进士，曾主肃西亭家，乃其重要谋士之一。及肃败，虽未如陈孚恩之被谴远戍，然亦颇困顿。其后赖李鸿裔等维护，仅官吴县令，侘傺终身。至光绪七年罢任，旋即病逝。其诗放恣恢诡，著有《陶堂志微录》诗五卷、文一卷、恤诵一卷、碑掖一卷，由中江李鸿裔删定，平湖朱之榛刊行，有潘祖荫、杨岘、刘履芬、傅怀祖、徐景福等序。书刊于光绪八年秋，流传不广。晚晴簃《清诗汇》选载三十三首。其诗话略称："《碧湄自定诗集》序谓：'于诗好渊明，故曰陶堂。'然观其所作，华而致，栗而纯，琢磨刻画，入奥出坚，盖且上窥颜鲍,旁取韩孟,殊不似渊明。西亭既败,仕宦不得志。《城西》二首,愍西亭以骄侈掇祸,而微雪其无不轨之谋,眷念旧游,不以盛衰易节,是亦足多也",云云。《城西》二首已选入《清诗汇》,然潘祖荫所藏《高陶堂手录诗册》,《城西》诗为四首。因另二首语涉讥讪,恐系李氏在刊印时删去,免遭忌讳,非碧湄心志也。今将《城西》诗四首并为录出,免致久而失传。碧湄悲愤之情,庶可得宣于后世,并为究心史学者之参证耳。诗云:"连云列戟羽林郎,苑树依然夕照苍。一狩北园盛车马,再寻东阁杳冠裳。瀣兰苦污生前佩,炷麝能升死后香。赫赫爱书铸惇史,天门折翼梦荒唐。""宠冠群贤料遽衰,致身胡取亟登危。将军清静归醇酒,公子声华误绣丝。坊乐入筵天庆节,殿材营费水衡司。十年风义亏忠告,江海烟流此泪垂。""二圣如天义断恩,虚闻请室剑加盆。未湛七族刑非滥,频坼三阶运已屯。白马犹朝胥母岸,黄熊不化羽山魂。首和将帅艰难日,心在安刘莫与论。""迎辇芳菲一路花,金屏翠幰五云遮。昭阳似检长楸籍,春色仍赍曲宴家。旧赐画图丹扆正,新联宫衔墨封斜。太行绝险君知否,殷鉴前途有覆车。"后两首为佚诗,未入集中。碧湄末路凄凉,才与运违,铁岭词人郑文焯有《读〈高陶堂志微录〉书后一律》云："梦落沧流此辍弦，一官滞调逼残年。振奇文字投珠晦，垂老功名误瓦全。宁惜清流论党局，从教才思傲顽仙。荒荒西曜湛归翼，虚傍柴桑卜墓田。"可概其平生矣。

说荼蘼

钟　美

　　暮春三月，京华荼蘼开遍九衢，花色黄白，颇多争论。盖偶览书籍，言色黄者则固执其黄，言色白者又坚执其白，此争论之所由也。《群芳谱》云"本名荼蘼，一种色黄似酒，故加酉字"，因谓酴醾花必黄矣。阅《花木考》云："酴醾，唐宋诗词，多用'粉面''额黄''香琼''香雪'等字，心窃疑之，及考此花本作荼蘼，以酒号酴醾，花色似之，遂复从酉，花作白色，似无可疑，因谓荼蘼花必白矣。"适与《群芳谱》所谓色黄似酒，故加酉字之义相反。酒色固有黄有白，以似酒二字说明花色不足征也。二者均为臆断，若谓花色似酒而名花，安知非酒酿花时而名酒。花酒得名，孰为先后，惜不能起古人而叩之也。《草花谱》云："荼蘼花大朵白色，千瓣而香，枝根多刺。诗云：'开到荼蘼花事了'，为当春尽时开耳。外有蜜色一种。"蜜色者黄色也，可为黄白二色兼有之证。《四川志》："成都出酴醾，花有三种，曰白玉碗、曰炉银、曰云南红，色香俱美。"则是黄白色外又有红色一种，与《花木考》另一则酴醾花色浅红一语相吻合。证以白居易诗："翦碧排千萼，研朱綵万房。"花有红益可征信。至读无名氏诗："可怜标格真清绝，说与金沙莫效颦。"注："金沙罗似荼蘼，单瓣，红艳夺目。"则是以红艳之金沙罗，比清绝之荼蘼，当指白色荼蘼而言。见之前人诗词，言白花者多，以故今人多谓荼蘼白花，黄花则非荼蘼。而近今都中所植黄荼蘼，固多于白荼蘼，都人因谓荼蘼只有黄花，此外更不知有红色一种矣。咏荼蘼者如白居易诗："怯教蕉叶颤，妒得柳花狂。"薛能诗："香琼缬带雪缨络。"张舜民诗："冰肌雪艳映残春。"徐致中诗："白雪春深压架香。"崔鶠诗："独留白雪花，洒此千尺翠，嵯峨珠笼冠，缥缈冒佛髻。"黄庭坚诗："日色渐迟风力细，倚栏偷舞白霓裳。"刘龙山诗："满前玉蕊名犹重，特地梨花梦不同。"朱淑贞诗："白玉体轻蟾魄莹，素纱囊薄麝脐香。"杨万里诗："乱吹香雪洒栏干。"晁补之诗："玉龙惊震上千条。"刘子翚诗："翠叶银苞照眼新。"梅尧臣诗："簇簇霜苞密。"贡奎诗："宛如万玉娥，素袖舞云中。"张叔夏词："翠格素虬晴雪，锦笼紫凤香云，东风吹玉满闲亭，二十四帘风静。"均吟咏白荼蘼。独欧阳修诗："清明时节散天香，轻染鹅儿一抹黄。"是说黄荼蘼。《花木考》谓唐宋词多用"粉面""额黄"写荼蘼。"额黄"者必指黄荼蘼无疑，后又谓荼蘼似酒，花作白色，自相矛盾矣。晏殊诗："玉女雕琼蕊，仙翁借鞠衣。"鞠衣亦指黄色而言。又刘子翚诗："且对芳辰赏丽丛。"当指各色荼蘼，黄白一种皆不得云丽。上所举述荼蘼花，当有黄白红三色，书之以质博雅君子。

端方之贪鄙

和　孙

刘鼎臣者湖北江陵沙市人。嗜金石，以母多病，乃耽研岐黄，遂精于医，后官陕西郿县知县。适端方调任陕抚，闻刘有三代铜敦二，因借观赏。见二敦彩锈斑斓，爱莫能释，欲攘夺之。遂借口拓铭文，久不见还。而刘不能会意，屡次往索，端怒将二敦之彩锈刮去，遣使还之。刘见敦彩锈已毁，亦莫如之何也。既而各地教案起，端竟诬刘擅启衅端，褫其职。刘遂流居西安。无何两宫西狩，孝钦后偶恙，时鹿相传霖，以苏抚奔赴行在，孝钦询其本地有精于医者否，鹿以刘对，并云系革员，未便传召。孝钦即赏刘以五品顶戴，召视疾。乃药不数剂，病已霍然。及回銮，带刘来京，为更名绍郐，加三品顶戴，屡守正定大名保定等府。刘所遇可谓塞翁失马。而端则竭毕生贪鄙聚敛之精英，身死未久，荡然无存，其悖入悖出可慨也已。

陆子刚治玉

石 孙

　　陆子刚苏州人，为明代碾玉妙手，所造水仙簪玲珑奇巧。徐文长渭曾题诗云："略有风情陈妙常，绝无烟火杜兰香。昆吾锋尽终难似，愁杀苏州陆子刚。"（见《苏州府志》）余曾见汪寂庵先生士元藏有子刚制白玉簪，长三寸弱，有篆书铭云："结好除悭，绾绰永保。"书势绝妙，刀法入神。闻寂庵先生言，曾见一白玉扇骨，系唐六如作山水画，子刚刻，乃为绝品。至若厂肆中所售子刚款勒子佩件之类，其人物画稿如木兰太白等像，大半自《无双谱》上摹得者，其真伪不足辨矣。

中国菜

稼　庵

中国肴馔，制作甚精，各家食谱著录无虑数千百种。近数十年最流行者有广东菜、福建菜、四川菜、扬州菜、苏州菜，皆南菜也。又有山东菜、河南菜，皆北菜也。大抵南菜味浓厚，色泽鲜美，为北菜所不及。而北菜专门制法，多为京朝士大夫所传授，亦往往过于南菜。别有私家女庖师，制作尤精，如北京之谭菜、梁菜，皆负一时盛名。谭菜即谭篆青家之菜，其夫人亲自烹调享客者，假其厅事就餐，制皆精美，尤以鱼翅为最。梁菜稍后出，逊于谭菜，而价皆昂于市肆。沪上嗜广东菜，鱼翅亦特精致丰满，一席之费动辄百数十元。享客者但以取悦口腹，弗计也。清道光九年宋小茗《耐冷谭》云："康熙初，神京丰稔，笙歌清宴，达旦不息，真所谓车如流水马如龙也。达官贵人盛行一品会，席上无二物，而穷极巧丽。王相国胥庭熙，当会出一大冰盘，中有腐如圆月。公举手曰：'家无长物，只一腐相款，幸勿莞尔'。及动箸则珍错毕具,莫能名其何物也,一时称绝。至徐尚书健庵,隔年取江南芜来笋,负土捆载至邸第,春光乍丽,削之而挺爪矣。直会期,乃为煨笋以饷客,去其壳则为玉管,中贯以珍馐,客欣然称饱。或谓一笋一腐,可采入食经。"后光绪九年,许士瓞《珊瑚舌雕谈》亦云:"富贵家一品锅即此遗制。"清季达官贵人之穷奢极欲,就饮食一端,已可考见矣。

华　表

庆　麟

　　置于官阙前或墓道前之华表，人皆知之。北京天安门前之华表，其最著者也，惟非古制。崔豹《古今注·杂注》谓："尧设诽谤之木，今之华表木也。以横木交柱，头壮若花也，形似桔槔，大路交衢悉施焉。或谓之表木，以表王者纳谏也，亦以表识衢路也。"惟尧舜代远，制度荒邈，当时有无华表，及其用途如何，晋人何由得知。观何晏《景福殿赋》："华表则镐镐铄铄。"李善注云："华表者，华饰屋外之表也。"似仅就字面铨释。华表原为何物，起自何代，终不能明。询之于思泊先生，渠谓前安阳出土一铜质柱状物，长约四十厘米，上端铸有文饰，并在上端稍下部分嵌一云状雕玉，略如今之华表，系用手执者，盖为殷商仪仗用具，此或为原始之华表也。

明邓汉本《农书》

继　祖

　　《书林清话》卷五,明人刻书之精品中,列邓汉文远堂刻王桢《农书》三十六卷,注见《天禄琳琅后编》十六。按今通行《武英殿聚珍版丛书》本,乃乾隆四库馆臣自《永乐大典》中辑出者。《大典》合并为八卷,割裂缀合。已非旧观。馆本仍依据原序目改编为二十二卷,然亦非原本卷第,《提要》谓《大典》尚是元时旧本,明人刻则舛讹漏落,疑误宏多。明时《农书》凡两刻:一刻于嘉靖庚寅巡按山东都御史邵锡。首有阎闳序,陆存斋《仪顾堂题跋》(卷六)有跋。今公家图书馆多有之。一刻于万历,即邓刻,较少。近人万国鼎著文述《农书》版本云:"邓刻旧日惟上海涵芬楼有之,已毁于兵燹。予藏有邓刻一部,尚是大云书库旧物。王观堂手书'明刊农书'小签尚存,下注五本,盖原为六本,已佚其首本四卷矣。序已不可见。每卷前题元东鲁王桢撰,明建武邓汉校。半页十行,行二十字,刻甚不精。不知叶氏何以列入明刻

精品中？暇当取与聚珍一校，其舛讹漏落，是否如
《提要》所讥也。"

海源阁

山东聊城杨氏海源阁藏书甲海内。吾闻之鲁友
云,四十年前曾往观三次。阁凡三楹,庋碑帖、瓷器
之类。阁后正厅五间,东半经部,西半史部,东配房
三间子部,西配房三间集部。宋版最精者为四经四
史,以锡制匣贮藏,不轻示人,余皆亦善本及精钞,为
人间所罕见者。当时袁克文欲谋得其书,豪夺既不
可能,巧取亦无计可施,智尽能索,最后思以虚荣厚
利饵之,乃派河南人丁子文充东昌烟酒公卖局长,意
在相机盗买杨氏宋版书,历一年之久,终未办到。嗣
闻陕西人宋世男与海源阁主杨凤阿为金兰友,自谓
得其书不难也。克文遂授意山东省长官委宋署聊城
县知事,意只在谋得杨氏宋版书耳。宋已在他处觅
得宋版《周易》一部,持往杨宅,时凤阿已故,宋谓凤
阿夫人曰:"凤阿在时尝索吾此书凑足五经,吾当时
不曾面许,抱歉至今,兹特送来以践前约。再贵府如
有重复之本,不妨出让几部,现在袁二公子思得宋版

书甚切,如肯出让,价值多寡不拘,如要荣誉,可以封赠三代。"并拟送嗣子西服料。杨夫人婉言谢之。后宋又来函重申前议,杨夫人答书称:"宋版《易经》为难得之书,仍请带回,不必割爱。至先人所遗各书,我负保存责任,断不敢妄动。封赠之说,人以为荣,我家当以为辱。家有薄产,粗足自给,亦不能高价卖书。嗣子幼稚,家居也不用著西服。璧回谢谢厚意。如果有人以威力相加,我既无力保存,不能尽其责任,惟有付之一炬,以身殉之而已。"宋无计可施,旋亦去职。厥后屡经丧乱,阁圮人亡,藏书散佚,岂徒杨氏之不幸哉。

退　谷

玉

　　退谷一地,异称甚多,以吾所知不下七八:曰卧
佛寺石硐,曰退谷,曰烟霞窟,曰水尽头,曰水源,曰
五华寺盘道,曰樱桃沟,曰周家花园。其名或以山,
或以水,或以木,或以私人别墅,或文士笔下之称,或
父老口头之语,或事出晚近,或名在昔年,可得而分
疏也。卧佛寺石硐,见于文征仲诗题,此系泛称,正
见彼时尚无专名,有之则自孙承泽始,即所谓退谷
矣。自兹以后,多称述之。乾隆季年,吴长元辑《宸
垣识略》云:"水源头,两山相夹,小径如线,乱水淙
淙,深入数里。……其硐最深处,退谷在焉。……退
翁亭在退谷中。亭前水可流觞,东上则石门岿然,曰
烟霞窟。"嘉道时麟见亭《鸿雪因缘图记》云:"一老头
陀言烟霞窟在水源头,儿时记有一亭,今圮。"又云:
"乘肩舆寻水源头,泉语出乱石间,如琴始张。谷口
甚狭,乔木荫之,有碣曰:'退谷'。其东石门隶书'烟

霞窟'三字,尚存。草没亭基,荒寂殊甚。"盖烟霞窟之名,亦自孙氏始然。此等皆士大夫之事,山民土著,固无用乎雅名也。父老口中则曰樱桃沟。沟者正涧谷之谓,俗语即山沟也。此间类尔,如地藏沟、象鼻沟等不一。樱挑者,以谷中特多此木。汤右曾《水源头》诗有句云:"樱桃花万树,春来想灼灼。"则清初为然,得名固其所也。五华寺盘道,见谷中乾隆五十九年所立修路碑,则以山路名,此皆当时口语矣。若夫以涧泉而名者,厥惟水尽头最古。明末刘侗、于奕正《帝京景物略》云:"西上圆通寺,望太和庵前,山中人指指水尽头儿,泉所源也。"正谓是。尽,当读本音上声如紧。语云紧头儿,谓原始之极端也。若作去声读而误以为尽绝之末头义,则适得其反耳。于奕正略例云山之名,水之名,寺院家园之名,书土人所习呼,便游者询问也,此最可贵。而士大夫则又不然。不曰水尽头儿,而曰水源头焉,便觉索然寡味。如陈瓒、倪元璐、王应翼、谭元春、释修懿、谭贞默、张学曾、毛锐、李元弘诸人诗题,皆曰水源,如出一口,是其例矣。周家花园得名最晚,盖缘周肇祥于此营别业,遂有此称。余殊不之喜。何则?如此胜境，讵容私家据为己有，一也。兹地涧谷天成，自然深秀，虽小有人工，亦迥异乎园池亭苑之流，乌得以花园为目，二也。周家花园者，比之俗语，既乏其意趣，较诸雅言，又欠其特色，不伦不类，徒成两失，义何居乎！然尝以询之附近八十余龄老人，乃只知有周家花园之名。历年稍久，习俗已成，亦无怪乎。退谷中之樱桃万树，《景物略》绝无只字及之，岂明末尚无樱桃沟之称呼？时至今日，此木仅沟南端子遗数株而已。顾此万树者，汤氏亦未目睹，盖其游在秋，故曰"春来想灼灼"也。若秋色之美，端在柿树。《景物略》所谓"然春之花，尚不敌其秋之柿叶，叶紫紫，实丹丹，风日流美，晓树满星，夕野皆火，香山曰杏，仰山曰梨，寿安山曰柿也。"足以想见其胜。然时至今日，柿树固亦无多，若夫不关樱柿，无间四时，常分水光而皼风韵者，则竹林尤为巨观。如《景物略》所言："观音阁而西皆溪，溪皆泉之委；皆石，石皆壁之余；其南岸皆竹，竹皆溪周而石倚之。燕故难竹，至此林林亩亩，竹丈始枝，笋丈犹箨，竹粉生于节，笋梢出于林，根鞭出于篱，孙大于母。"数百年下，读此犹令人诧羡其情景，诚燕地所绝不得而更有者也。他处亦有竹,茂者成丛而已,安有林林亩亩之众,而丈始枝,丈犹箨之巨者乎!复次,以吾所考,竹又不止溪南也,沿水源皆竹也。黄耳鼎《游卧佛寺,寻山泉发源处》诗云:"每泉分一枝,为竹万竿绿。"袁中道《卧佛寺》诗:"觅泉源更远,寻石径偏荒。数里新篁路,将无似楚乡?"他家以柿竹为仗而歌咏之者例尤夥,则吾谓沿溪遍谷皆竹不诬也。至康熙时,王渔洋《晚入退谷,却寄北海先生诗》乃云:"溪南万竿竹,岁久渐蒙密。"颇疑斯时竹林稍不若前时,而又渐多新篠焉,不则渔洋语气不应尔也。更至乾隆间,敦诚《次韵永忠雪中往寿安寺访莲上人》诗,仍有:"退翁亭上风竹合,卧佛庵前石磴纤"之句,是此时尚有竹在谷中深处。自兹而后,言者遂不多见。而时至今日,又仅周氏所营鹿岩精舍门内,有翠竹两丛,皆新植者,昔时之巨竹深林了无痕迹。因念岁月所至,陵谷递迁,岂特樱柿竹三者之不能永寿,必欲于今日而求竹林,亦良可笑。谷中名已尽者尚夥,兹不暇缕举。虽然,其地之深幽曲静,犹胜京郊他处游人常涉之境万万,大体固无改也。未尝至者,可造而领焉。斯文既非考古,亦异记游,所以聊陈梗概者,窃见世传曹雪芹《行乐图》所写之泉石幽篁，绝与此谷吻合。香山传说，云雪芹尝居健锐营（距退谷甚近）一带，又言其居近有竹林，而此谷正在营后，综数线索而观，若合符契，故以为雪芹当日山村，殆即营谷之间有小村曰北沟者是。向未有能言及此者，吾记退谷，记雪芹也。

《采风录》

自　在

卢沟桥事变前,天津《国闻周报》按期有国风社编《采风录》两页。内容以诗词为主,词只一阕。连载十年左右,全国各地诗词家之作多在此发表。作者约有三百人,包括文学家、诗词家、官僚、军人、名士以至逊清遗老,网罗甚广。如探讨此一时期民族形式诗词,在四册汇刊中可以窥见作者思想生活与彼此唱和情况。

《采风录》发表作品,虽然以纯文艺为主,但编者则掌握内定而不公开之原则,是作者要与编者有直接或间接往来者为主,否则作品如何到家?自行投稿,编者绝不考虑发布,诚恐有抄寄别人作品,一时失察,造成笑柄。又作品如有涉及复辟帝制及讪谤政府,或亵词绮语,一概不予登录。如郑孝胥、陈曾寿因投伪满,即停止发表其作品。

作者大多署名用号而不用姓名,只于合订本中卷首排有作者题录,列有作者姓名、别号、籍贯。

《采风录》选录诗词虽无门户之见，而事实上局限于一个小圈子范围。若干作家，编者未与联系征集，因之历年所发表者，熟人应酬之作为多。如编者曹纕蘅移居诗，先后发表和诗总在百首以上。曹纕蘅主编《采风录》有十年之久，始终其事，当时朋友有戏呼其为诗词经纪者，彼亦不以为忤也。

丛碧按：《采风录》虽为曹纕蘅主编，而背后实为《大公报》社长吴鼎昌所主持，吴已有其政治金钱势力，复事风雅为诗，《采风录》中作者皆谀其诗有逸才。吴曾买得逊清庆亲王奕劻挂甲屯园墅一区，轩榭精丽，院有海棠二株，不减溥心畬之萃锦园。花时置酒宴客，第一日皆银行界人，第二日皆《采风录》中人。余写有一说部，内一回云："扫地薰天纪开盛会，落花秋草共和新诗"，即指其事也。诗七律每作四首。余曾和秋草诗，不载于《采风录》。内一首三四句云："已尽余生还莽道，犹拼垂死待燎原。"盖暗刺南京政府。适章太炎先生北来时相晤，见此二句甚赏之。

梅兰芳画梅

丛　碧

　　书画家之作品，每至晚年而愈臻上乘，以积学日深，遂有得心应手之妙。梅兰芳畹华画梅，其晚年之笔，反逊其富年之作，因人求者多，无暇应接，而又不愿开罪于人，遂倩代笔者为之。在己卯岁（卢沟桥事变后）畹华居香港以前，为汤定之涤代。汤画有文人气，殊雅致。畹华后归京，而定之于戊子岁殁，则由汪蔼士代。汪虽专画梅者，而韵则不及定之。后汪亦殁，不知代者为谁，更不及汪。又于都中酒肆见畹华书字幅，颇凡庸，亦代笔，非其自书者也。惟畹华工画佛像，藏有明佛像册，常临摹。壬申正月余三十五岁，畹华为画像幅赠余为寿。画未成时，余至其家，见其伏案弄笔。畹华夫妇爱猫，余亦爱猫。畹华特摹册中一佛像，身披袈裟，坐榻上，右手抱一猫。画幅藏经纸，乾隆尺高一尺七寸许，宽一尺一寸许，墨笔线条工细。楷书款"壬申元月敬摹明首尊者象为伯驹先生长寿，梅兰芳识于缀玉轩"，为黄秋岳所代书。钤"兰芳之印",朱文小方印。右下钤白文"声闻象外生"方印。画迄今三十二年,余尚珍藏箧中,而畹华墓木已拱矣。追忆前尘,能无慨然。畹华画梅存世不少,后人不知必认为真迹而宝之,故为拈出。

草食之民

朋　寿

　　自大禹平治水土，蒸民乃粒。故三代而后，未闻
有草食之民。刻阅湖南周半帆锡浦所著《安愚斋诗
集》，有《蓬草篇》七古一首，所述甘肃北部中卫县香
山一带，皆沙碛，无五谷，居民皆以蓬草为食。此在
清乾隆全盛之时，而有草食之民，恐著史者所未知
也。亟录其诗及序，以供先睹。序云："己酉六月，予
自兰州循中卫回宁朔，适接府檄委勘香山雹灾。山
在中卫城南八十里，而至灾所几百里。涉大碛，薄暮
始至，人马饥疲，出钱易粟刍不得。询之居民，则山
中故食蓬草也。持示予，有沙蓬、水蓬、绵蓬三种。
其法入水一沸，漉出之，别入水烹以为羹，充日餐，其
多则乾以御冬。予乃知边塞间民竟有啖草为生者。
命烹以进，则腥涩不能下咽，而山民终年食此，可叹
也。按：蓬即蒿类，见于《毛诗》《尔雅》诸书。三蓬即
三种蒿也。又《博物志》所称一种蓬草子作饭，无异
稉米，俭岁可接粮。而香山民所食之蓬草，皆取根叶
茹之，未闻有子如稉米也，与《博物志》所记美恶迥

别。又今宁郡近河，诸堡无此草名称，志亦不载，或当年地利犹厚，山民未尽食此，抑其地僻远，非采风所及耶。予因勘灾，目击斯异，以为雨雹天之常沴，而茹草人之奇厄，回车感怆而韵之，名曰《蓬草篇》，用补风土之缺，并告其令胡君息斋，俾加赈焉，亦无可如何之极思也。"诗云："金城归来寒始退，凌晨飞骑至中卫。卫东半壁绕边墙，香山却出边墙背。炎风五月雹如雷，捧檄行看香山灾。路穷岸断百里许，始见屋角烘烟煤。居民迎谒舞相属，我仆已痡车卸轴。呼令换米充一餐，山中草食不食粟。夜深月黑人奔波，太息奈此官供何。口道草名手摩挲，逡巡予侧那忍诃。一种头垂如羽葆，名曰沙蓬出沙杪。一种微露谷下苗，厥名水蓬类荄蒿。沙衔水洑蓬生少，水激沙穿蓬见高。别有绵蓬叶爪碧，入夏顿现兜罗色，青裙小妇瀹残冰，三种齐烹待官择。土气苦腥味苦涩，舌本间强嚼不得。推案置之长太息，问民啖此经几秋，岂无五种田可耰？民言宁夏河为塞，此山巉岿悬河外。禹时弃地秦时壕，偶有人民杂魑魅。枯暑战霜阴气涸，重霾轧露阳施闭。舍南老翁面冻裂，知春不知杨柳稀。病思清井浇肺渴，雪尽却饮沙中泥。先时父祖营耕垄，万锹劚山山脉动。短苗初苗冰花开，又报沙虫大如蛹。官籽委弃如土苴，子孙啖草为生涯。草少人多日一啜,饥肠宛转鸣缫车。昨寻荐地西山麓,牧放牛羊盼年熟。肉可充食皮可衣,赢得余资作稗粥。雹灾瞥过旋成空,牧场死骨撑青红。老鸦恶鸥饱狼藉,五更往往啼腥风。东家西家泪沾口,回看蓬草嗟独在。谢天再拜乞天慈,但愿葳蕤得长采。我闻此语感且吁,大哉天地何事无。记我南中岁无恙,廪困遮迤如屏障。市桥豚酒满眼酤,老饕未餍犹惆怅。自从作吏来边关,边黎照眼饥赢瘝。年年浚渠溉河堡,渠水不到浅河滩。巡稍放闸旋无暇,赤手那补地角划。每闻流亡夜展转,忍竭膏血营炮燔。岂知香山近咫尺,性命乃有悬草菅。人生九土共覆载,不著食籍良可叹。行告尔主发陈廪,漏泽一线回天悭。语阑携絮疏所记,客次萧飔北风厉。莫怪我诗多苦声,请官尝此三蓬羹。"周半帆锡浦,清乾隆甲午举人,乙未进士,官甘肃宁朔县五载,其《蓬草篇》序所言己酉六月为乾隆五十四年。常熟孙师郑编纂清道咸同光四朝诗时,此诗集经抄送,以限于年代未能入选,而所关历史地理政治经济之大如此。今中卫县面貌一新,前所未有,思甜忆苦,当共识之。

章太炎对联

　　章太炎炳麟书联不用自作联语。某岁到京，同吴检斋、黄季刚饮于余家，为人书联七八副，皆唐宋诗句。赠余篆书联则杜诗"盘剥白雅谷口粟，饭煮青泥坊底芹"也。然嘲弄人联却极滑稽之致。如清廷逊位后，南北议和，伍廷芳任其事，颇费周折，久无成议。伍心劳唇敝，须发为白。后病笃遗言火葬，卒后家人遵行之。太炎为挽联云："一夜白髭须，多亏东皋公救难；片时灰骸骨，不用西门庆花钱。"又国民党政府建都南京，蒋介石于钟山设坛祭阵亡将士，太炎为联云："一群鼠窃狗偷，死者不瞑目；此地龙蟠虎踞，古人之虚言。"又谭延闿之父钟麟官两广总督，孙中山被捕入狱，谭曾释而遣之。延闿为庶出，少年科甲，晚岁两任国民政府主席，与宋子文论行辈，登堂认母。卒后太炎为联云："荣显历三朝，前清公子翰林，武汉容共主席，南京反共主席；椿萱跨两格，乃父制军总理，生母谭如夫人，异母宋太夫人。"此联一字不著褒贬，而苛削特甚。又以康南海名有为，集句嵌字歇后联云："国家将亡，必有；老而不死，是为。"或谓亦出太炎手。又王正廷字儒堂，籍耶稣教，北洋派政府时屡任总长，后以张学良推荐在南京政府一度任外交部长，太炎为联云："正廷屡受伪廷命，儒堂本是教堂人。"王闻之自亦啼笑皆非。太炎为联不止此，仅就所记数联录之，不只属联话，亦当为史乘矣。

周彬治石

石　孙

　　周彬字尚均，漳浦人，生于清顺治间。善治石为文房服玩。昔年曾见袁珏生先生励准藏寿山石佛像，款刻"周彬尚均氏"，八分书。又见潍县陈矩曾先生陶，藏有田黄石印一对，高二寸许，方一寸许，纽刻荷鹭，极精妙。篆书款，如绿豆大，一刻周彬，一刻尚均。余旧藏有白寿山冻石笔砚，面作大荷叶。一半开荷花。二小蛙蹲叶上水草间，有"尚均制"篆书，阳文小方印。梁绍壬《两般秋雨庵随笔》，作屈尚均，实误。

八仙庵、大觉寺玉兰

丛　碧

余二十六岁时曾到西安。值正月末，往游骊山华清池。逢雨雪，云雾弥漫，不见骊山顶。温汤流入园池，热气如烟，笼罩池上。池两旁迎春花盛开，景如画。就贵妃池浴，水滑真如凝脂也。次日晴霁，又游八仙庵。庵右院有玉兰树一株，高十余丈，一人不能合抱。正花时，千葩万蕊，若雪山琼岛，诚为奇观。余癸未去秦，复往游，树已为驻军伐作薪矣，怅惘者久之。八仙庵在唐时为繁盛区，酒肆多在此，俗传吕洞宾曾于此现身，故后建庙名八仙庵，盖为道家所附会者。庚子清西太后那拉氏与光绪逃西安，以庵为行宫，是以庙宇今尚修整。余有《谪仙怨·八仙庵》词云："京华东望烽烟，夷虏频惊犯关。君后当时巡幸，王孙何日归还。　　看花萧寺城外，系马高楼柳边。依旧长安酒肆，不逢游侠神仙。"

京西旸台山大觉寺，为辽清水院故址。寺甚闳壮，南院有玉兰二株，高过屋檐，花时笼盖一院。清麟见亭嘉庆《鸿雪因缘·大觉卧游》，未言及。此树传为乾隆下江南时宫监买得盆花，携归种于此。麟嘉庆时来，花尚未成树，且为夏日游，故不及之。余每岁清明必来寺宿此院。午去管家岭大工看杏花。晨晚赏玉兰，有时夜间坐花下，暗闻清香，如入禅定，惟寒冷不能久坐。记有诗句云："花光满院夕难阴"，即咏此院玉兰者，的为好句，但忘为谁人诗。余依此诗意谱《踏莎行》一词云："银烛朝天，金茎承露，千妆万舞临风树。二分明月在扬州，移家便似唐昌住。

玉女含情，江郎无语，年年一到前游处。花光直欲挽斜阳，暂时不放人归去。"北京气候虽较寒，然种玉兰皆活。如万寿寺、北海、颐和园、潭柘寺、南苑、团城、香山、香积寺，花皆成树。余后海寓亦种一株，已九年，花盛时可开二十余朵。余每坐花旁相对，如与八仙庵一株相较，则直折取之一枝耳。董玄宰有小中见大画本，可作赏余之玉兰语。

王门三匠记

次　溪

　　湘潭齐白石先生与同邑张仲飏、衡州曾昭吉，业工能诗，又同隶王湘绮先生门下，世称王门三匠。张仲飏名登寿，操铁工，业余好吟咏，尤工书法，出入汉晋。长女妻刘白云，次女妻齐子愚，即白石第三子也，夫妇皆擅诗画，尤以草虫著名。仲飏卒年才逾五十，遗诗一卷，存刘白云家，未梓行。

　　曾昭吉为铜工，能文章，尤喜研究科学。尝制气球如今飞艇状，时外国氢气球尚未流入中国也。昭吉初制成，即邀师湘绮观。昭吉述机要并草开厂制造计划。湘绮为介于江西夏叔轩观察。叔轩首肯，后未成。昭吉好名，有官气，喜著靴，行路作八字步，状殊可哂。藉叔轩力，曾一任县令。

　　白石以木工能诗画，与张为总角交。湘绮得曾、张为弟子，既闻白石名，又于郭葆生处见白石诗，欲纳白石为弟子。一日语葆生曰："吾湘有三奇人，君知之否?"郭佯装不知。问曰:"何谓三奇人?"湘绮曰:"吾门下之曾、张为二奇,合白石则三奇人也。"葆生为告白石,白石遂奉贽王门。

史痴翁自绘《听琵琶图》小像

　　史痴翁《听琵琶图》帧，纸本墨笔，吴兴陆氏《穰梨馆书画记》著录。中绘梧桐一株，其下为姬人何白云手抱琵琶端坐拨弦。对面为史翁，坐栏楯侧。前横棐几，上置笔箸各一双。盘中盛鱼餐。痴翁乌巾白袍，拍手作击节状，意态潇洒。下右方写陂陀一角，风竹数竿，杂树一株，笔墨简净，骎骎梁楷。上端七律一章并跋语，草书横放，逸趣丛生。诗云："白云仙子本良家，痴老平生好琵琶。胡语传来中国好，忽雷弹处女郎嘉。花前一曲唯清赏，月下重听不外夸。共坐老身知此趣，逍遥贫薄度年华。"跋云："右痴翁与爱姬何氏白云像也。白云颇聪敏解事，好笔墨，学篆书及小画，知音律，寻两京绝手张禄，授以《南吕·一块玉》《双调·雁儿落》《仙吕·后庭花》《南曲·驻马》数阕，可释老年怀抱。尔因午夜无遣，弄笔写此图，并赋诗，与后之好事君子同一赏鉴，不与草木同腐也。弘治甲寅秋日写此，姬年二十七，痴翁五十七矣。"押尾朱文"徐氏端本"，白文"痴翁"两方印。诗前引首有"痴翁"之印，及诗尾"飞鸿主人"两朱文方印。痴翁名忠，金陵人，本姓徐名端本，字廷直，痴仙、痴痴道人其别号也。佯狂玩世，工书画乐府。山水师方方壶，纵笔直写，脱尽恒蹊。与沈石田交，尝诣石田于吴门，值他出，堂中有素绢，泼墨成山水巨幅，不通姓名而出。石田归见曰："必金陵史痴也。"邀之归，留三月而别。有楼近冶城，题曰卧痴，年八十余卒。玉仙名昙，号白云道人，上元人，痴翁之妾，妙音律琵琶，得两京国工张禄之传，兼能篆书。所画山水小景，萧疏淡宕（见徐泌《明画录》）。张禄字天爵，吴江中沔人。世传重刊《增益词林摘艳》即禄所编纂也。余得此帧于京师故家，藏篋衍者垂四十年。癸未秋日，蛰园吟集，出此帧索赋。傅沅叔丈为题"史痴翁何白云小像"八字。余跋云："白云名玉仙。今金陵有望仙桥，即其故址也。"黄宾虹先生首倡七绝二章，一时题咏者为郭蛰云则沄、陈莼衷宗蕃、夏枝巢仁虎、杨蓼庵秀先、张丛碧伯驹。予亦赋《琵琶仙》一词以附骥尾。时阅二十年，旧游如梦，同时题咏诸老，墓木已拱，俱为异物，独余与丛碧在耳。衰病颠连，幸存人世，展图依旧，不禁涕泗横集，因草成此记，以志翰墨因缘耳。黄宾虹："妙有新诗被管弦，琵琶张禄为谁传。披图墨谑膏中见，娱老痴翁何玉仙。""书名媲美赤松农，画癖神交白石翁。我亦更痴护真迹，西楼一札识墙东。"郭则沄："碎梧庭院月溶溶，凉生罗袖风。翠尘斜掩小银红，郎痴侬更慵。

金缕惜，玉仙逢，白云何处峰。粉香微沁锦芙蓉，花如人面浓。"（《阮郎归》）陈宗蕃："对月无言，停琴寄想，中有千般情绪。莫笑痴翁，尽任柳欺梅妒。惊乍见，绰约鸾姿，最消魂，间关莺语。倩丹青，描写风流，衰颜娇鬟漫凝伫。　　望仙桥上寂寂，只剩春潮晚急，春归何处。一幅云笺，空见谢娘眉妩。横翠黛，蛾矗寒尖，拨红牙，鹍弹愁缕。愿双双，重降人间，结成鸳凤侣。"（《绮罗香》）夏仁虎："卧痴楼在石城边，约略今犹署望仙。可有绿霄遗墨在，徐翩翩与马玄玄。""虎踞关前柳万丝，一楼风月贮蛾眉。东桥太岳皆秋草，算得痴翁未算痴。""檀槽貂锦拥红颜，绝妙风情似对山。要觅乡亲救良友，也应不及史翁闲。""绝手琵琶总解弹，君家亦有白云寒。呢呢儿女谈恩怨，为语剔庵自写看。"杨秀先："小扇捐秋，轻衫趁晚，柔情浅诉深葱。弦频换，意还慵。低低似闻轻语，不似胡沙幽怨重。娇怯倚栏、粉香揾袖，珠汗微融。　　　南朝春梦匆匆。甚垂柳千丝黛浓。病酒风怀，卧云心事，写恨银红。荒陌斜阳，怕逢旧燕，迤逦河桥仙影空。只今花落、暗回肠处，碎月帘栊。"（《云仙引》）张伯驹："疏梧淡月影参差，风吹花暗移。红颜白首画中诗，人痴情更痴。　　　翻水调，捻冰丝，如闻私语时。声声只是诉心思，知君知不知。"（《阮郎归》）黄孝纾："留影惊鸿，问谁似，鹤背仙翁痴绝。浑拨慢捻龙香，鹍弦语嘈切。秋渐远，胡沙万里，诉思怨，逻逤哀阕。南吕新声，西京绝手，江左人物。

又还是，阿堵传神，正梧院新凉透罗袜。闲把酒边诗思，和空廊风叶。秋梦渺、巫峰十二，算入怀，剩有明月。为忆桥旁秦淮，望仙伤别。"（《琵琶仙》）

《唐诗三百首》辑者补述

玉　谷

　　《唐诗三百首》辑者署名蘅塘退士，而不著真实姓名，黄君娄生考定为无锡人孙洙西洙。按此曾见于无锡丁仲祐福保《畸隐居士七十自寿》，称孙洙字临西，号蘅塘，晚号退士，无锡人，乾隆十六年进士，编《唐诗三百首》行世。此说已可作为定论。娄生又谓出魏子安之说，乃时代错误。按此说出于戚牧饭《牛庵笔记》，谓蘅塘退士即著《花月痕》说部之闽人魏子安季仁孝廉。魏曾为闽王雁汀尚书抚晋时幕友云。尚有一说，谓系娄东李锡璜秬香选《邹尊德幻园杂记》，又言李氏兄弟五人，秬香居长，并选有《能与集》云。皆不足凭也。

双棠花下留影记

次 溪

辛丑春,余于小肆得壬申梅畹华与其友好赏花留影,图中余识者如张丛碧、陈半丁、徐兰沅、姚玉芙四君外,余者已成古人。余持示丛碧,始知是年三月十七日在北京西四牌楼弓弦胡同丛碧故居所摄。海棠两树花正盛开,灿然盈目,自左至右为李释戡、黄秋岳、姚玉芙、梅畹华、陈亦侯、朱虞生、吴延清、陈半丁、齐如山、陈鹤孙、徐兰沅、白寿之、张丛碧、岳乾斋。先一年,北平国剧学会成立,地址在宣外虎坊桥纪晓岚阅微草堂故址,即今晋阳饭庄。成立之日,余亦参加,畹华致词,极宾主之乐。次年二月二十九日,又成立北平戏曲音乐院,冯幼伟任主任委员,畹华及余叔岩、齐如山、张丛碧任常务委员,未几,移至绒线胡同东口路北。日晚则常在丛碧家宴集,今才三十余年,已坠欢难拾矣。

滂葩庵丛书

玉 谷

　　三四十年来，仆除家藏楹书外，尤好搜集朱墨、蓝墨初印本刻本，以及明代闽刻套印之书，旁及广东五色版、三色版书，见即收之，蔚为大观。又有前人稿本、抄本未经剞劂者，并及故友手稿尚未印行者。因此，引起校刻《滂葩庵丛书》之动机，终以财力物力所限，迄未实现，心常耿耿。近十余年生活艰窘，藏书十万卷陆续斥去。当时立愿他物可卖，书必保存，结果竟至全部挥尽甚矣，其难也。三年前曾自撰斋联云："赋诗九千篇，是变风也，是变雅也；藏书十万卷，自我聚之，自我散之。"聊以解嘲而已。

王荆公不颒面

继　祖

老苏《辩奸论》为南宋反王学者所伪托，前人论之详矣。然其文虽伪，其事则非纯出虚构，如谓囚首丧面。今沈存中《笔谈》王荆公病喘一则，记公面黧黑，门人忧之以问医。医曰："此垢污非疾也，进澡豆令公颒面。"公曰："天生黑于予，澡豆其如予何？"（卷九人事一）存中非毁公者，则其言自可信。盖荆公政术文章，事事不欲苟同于人，即细至日常之事亦如此。面积垢不至颒于黧黑，则发之不枥可知。然则囚首丧面之喻宁为过乎。

讳　盗

伯　弓

　　清嘉道间,讳盗成风。江阴缪烜记一事绝可笑。河南鹿邑有极白日抢劫者,即捕获五人,虽未伤人,贼已构成盗案。官与刑幕为规避处分,改作窃案。堂讯后,定为三人在外嘹望,二人入室行窃,命吏教供。一人不从,大呼冤枉,曰:"余在江湖十余年,行劫不可胜记,拒我者杀之。我乃堂堂丈夫,奈何诬好汉为贼。"官吏各匿笑,若不闻,仍以窃定案,纵之去。又滑县之乱,令投诚自新者许为安插搜业。有一人执黄布尖角旗至,曰:"我李文成大王手下壮士,与官兵战,手刃数人,大王欲封我官,我不愿受,特来投降。"一役见而笑曰:"此北乡施二狃也,孤贫无赖,行乞市中,前三日犹见其夹秫稭一束在酒店门前露宿。"盖于路拾得黄角旗,而思诳一安顿处。遣役质之,仍哓哓不已,曰:"我杀人! 我杀人!"一委员杖之,曰:"我为尔消杀人罪。"此则乞丐而冒盗矣。于此足见当时上下粉饰蒙蔽之一斑。

谈校书

丛　碧

　　校书有死校活校之别。所谓死校者,据此本以校彼本,一行几字,钩乙如其书,一点一画照录而不改,虽有误字必存原本。活校者,以群书所引,改其误字,补其缺文,又或错举他刻择善而从。前者考订书式,取辨精椠之真伪;后者贯通训诂,以利后学之诵读,各有定义专长,未容轩轾。迩者,东壁图书公诸五都之市,"石渠""天禄"尽发秘藏问世。新刊搜奇斗富,思轶往古,对于校勘古籍,罗列众本,采互校之式,而又参以活校,取拾断语。然恒有未惬人意者。近如《南唐二主词校订》一书,以寥寥数十阕之本集,增辑考订至七万余言,赡博诚足以过人,至校订词句,《虞美人》阕"春花秋月何时了"下注云:"《花间集补》'花'误作'月'",未免词费矣,而《后庭花破子》阕"天教长少年","天"字本文刻作"大",下注云:"'大',各家补遗俱作'天'。康熙己巳,宝翰楼原刻本《古今词话》实作'大',《词话丛编》本亦讹作

‘天’。"是以"大教长少年"为定本矣，又何说耶？金根误文，欲索解人实难！

《崧高大雅集》墨迹

劳　人

　　《崧高大雅集》，为陈玉璂汇集益都冯易斋相国稀龄祝延诗词，而由王嗣槐序存者也。易斋名溥，临朐人，清顺治丁亥进士，授编修，历官文华殿大学士太子太保，谥文毅，著有《佳山堂集》，清史有传。冯氏自间山先生进士起家，以诗名海岱间。子四：惟健、惟重、惟敏、惟讷，皆有诗名。惟讷纂《古诗纪》《风雅广逸》诸书。易斋则惟讷之元孙，胚胎前光，少有令名，穷极经史。在吏部时，尚书及右侍郎皆在告，独主铨补，号称得人。大拜后，力荐魏象枢，卒后为名臣。在阁一任，至公不诡不随，敦好风雅，尤喜奖掖士类，屡典文衡，再知贡举。康熙己未，召试鸿博，经其举荐及注籍门下，皆一时人望。居京师，得元廉希宪万柳堂别墅故址，葺而新之，退食之暇，与名流觞咏其中。吴农祥、王嗣槐、吴任臣、毛奇龄、陈维崧、徐林鸿，世所称"佳山堂六子"，尤极一时之选。康熙十七年戊午嘉平月，寿臻七秩，门生故旧以诗词为寿者梁清标、胡会恩、傅山、叶封法、若真、王泽弘、白梦鼐、曹贞吉、徐釚、张瑞征、魏学诚、宋维藩、孙于旭、李良年、王日温、柯维桢、许曰琼、张可前、上官鑑、倪灿、李念慈、陈维崧、柯崇朴、朱彝尊、白铭、孙暘、汪楫、宋涵、王申锡、毛奇龄、汪琬、叶奕苞、王日曾、吴农祥、谭吉璁、傅眉、陈维岳、徐孺芳、王金真、储方庆、唐朝彝、乔士容、李应豸、冯云骧、王祚兴、陈晋明、程大昌、孙枝蔚、李芳广、陈论、李宗孔、张能鳞、马行贤、江阖、张含辉、杨还吉、郎戴瓒、宋犖、姜宸英、秦松龄、尤侗、范必英、董杲、孙棨、周尤舒、周清原、汤斌、洪玕、洪昇、程易、杨雍建、徐林鸿等七十二人为诗,共八十五章,词一阕,前弁以王嗣槐序文一篇。嗣槐字仲昭,号桂山,仁和人,康熙己未召试鸿博,官内阁中书,著有《桂山堂偶存》《啸石斋词》等。陈玉璂,字春明,号椒峰,武进人,康熙进士,官内阁中书,著有《学文堂集》,亦易斋门下士也。

夏枝巢《读〈清真词〉偶记》摹本册

晋斋

夏枝巢仁虎，于己卯岁秋读《清真词》写为偶记稿二十六纸并自序一纸，寻倩黄䣓庵孝纾、傅娟净岳棻各跋二纸，装为一册，赵坡邻椿年署签，余于庚寅岁夏趋晤枝巢时，借此册归，就偶记稿并序附黄傅二跋共三十二页，一一摹之，借以存副，并索钤三公原印，余自题《减字木兰花》二阕并识付装池，倩当时居京之骚坛耆旧题跋署签。题者二十家，计夏枝巢、许季湘、傅娟净、黄䣓庵、汪仲虎、曾武、汪公岩鸾翔、彭王昰一卣、张丛碧伯驹、张修府厚谷、关颖人赓麟、邵伯褧章、萧龙友方骏、李响泉浚之、高潜子毓澎、薛淑周肇基、商云汀衍瀛、董逋叟王书、罗復堪惇曧、黄君坦孝平等，共诗二十七首，词八阕，跋者三家计叶遐翁恭绰、邢冕之端、顾季随，署签者三家计萧龙友、邵伯褧、叶遐翁。十数年来，诸翁次第谢世。现二十二人中健在者仅遐翁、丛碧、䣓庵、君坦四人。枝巢翁原稿册已于辛卯岁奉赵。余于丙申岁夏赴京时，枝

巢翁已失明，及询此册，竟不复记忆。今枝巢翁归道
山亦已期年，原册更不知在何处，幸此摹本尚藏敝
箧，得时时展视。念当年一时好事，遂留此一段故
实，然每触人琴之感，亦为之欷歔不置也。

袁督师水南乡故宅

次　溪

　　袁督师崇焕故宅在东莞石龙水南乡守义坊罗邹二姓村后，旧有月楼已圮，水南今又称水南头、水南尾，村前东江水贯之。先叔祖豫荃公偕先父篁溪公《访水南》诗有"昨寻督师宅，盈盈度一水。水色绕盘号，江涯怒如此。"其萧瑟可见也。先文烈公大司马《袁公祠》诗云："吊罢忠魂泪暗挥，辽阳回首事成非。空留冷庙荒江上，不见犁庭铁骑归。星落尚疑阴雨暗，风高犹想阵云飞。即令羽檄星驰急，那得先生再解围。"其系人深思如此。又东莞县城榜眼坊前及广州城内亦各有庙。

黄承恩

丛　碧

　　黄承恩,字凤池,行四,湖北人,极机警干练,善伺候人意,先君总办永七盐务时为文案,颇倚任之。先君擢长芦盐运使,黄任提调,历保举。光绪末已为候补知府,美仪度,喜阔绰,服御皆选上品。清例,妻官服较夫高一品,如夫四品,妻则御三品服。端午、元旦贺节时,余曾见其妻红裙青褂,三品孔雀补服,小亮蓝宝石顶为指头大,花翎约二寸余,插髻上。黄亦冠服辉煌。夫妇偕行,人惊富丽。又当时大官之子甫十岁左右,亦袍服朝珠顶戴,盖纳资捐官,不论年岁。此种现象,即《吴友如画宝》中亦未之见,吴友如未尝经历此等场面也。黄为人谄上傲下,揽权怙势,讦之者多。先君亦渐知其人,移督大梁,遂不复用之。比先君创办盐业银行,来求用,以之任总稽核。后以其妹丈江西许建桥之介,更入张勋幕,结纳张左右,又拜张勋夫人为义母。复辟之役,先君任度支部尚书,黄言于张勋,谓先君意欲其任度支部侍郎，又言于先君，谓张勋意欲其伺候先君任度支部侍郎，两方捣把，遂得任一时红顶花翎，沾沾自喜。时有人改唐诗嘲之云："黄四郎成黄侍郎，顶翎对镜试新妆。可怜夜半承恩后，才了新张又旧张。"盖恨之者改"才了蚕桑又插田"句，故为恶谑耳。迄今作者未知为谁。复辟败后，黄仍供事盐业银行。乃又思致巨富，办井陉宝昌煤矿，因以亏累，愈陷愈深。直皖战后，张锡元任察哈尔都统，张为先君旧部，黄因谒张，谓先君意欲其到察哈尔听差遣，张适缺乏银行人才，遂任其为察哈尔省银行行长，黄周旋殷勤，颇得张信任。余亦改唐诗嘲之云："黄四先生承师恩，平明拍马上衙门。却嫌瘦脸无颜色，浓抹雪花朝碫民。"黄喜修饰，每日早午晚三次洗面必搽雪花膏。碫民则张锡元字也。黄暗用行款弥补宝昌煤矿亏空数十万元。张锡元卸任后，张景惠继任察哈尔都统，乃予以通缉，黄逃大连。至日寇投降，黄始回北京，贫至无以举火。余时周济之，未几病死。人谓黄一生荣瘁，未能离开张姓者，亦堪噱也。

庚子赔款饶宝书轶事

伯　弓

饶宝书，字简香，广东兴宁县人，光绪十八年壬辰科进士。光绪二十七年，改总理各国事务衙门为外务部，饶任榷算司掌印郎中。庚子八国联军之役，迫胁清廷赔偿兵费四百五十兆关平银两，分三十九年摊还，并应按年息四厘逐月计息。由领袖公使、英公使萨道义照会外务部，另附折罗列每年应付数字。饶虽未习西方算术，但精于珠算，经再三核对，发现不符之数逾三千万两，乃详具说帖呈请堂官，据情更正。时唐绍仪为右侍郎、那桐为左侍郎。唐谓西人精于算术，况经各国核审，决无差误。饶坚持数目不符，损失太大。那见二人争执不已，许以据情照会英使。越数日，英使来部，承认原折差讹，且请见饶掌印，取回原折，照数更正。赔款定后，又有俄商捏称当时贩运茶砖行至库伦被义和团劫掠，值八百余万两。俄公使据以照会索偿。饶以各国商人损失早经列入赔款单内，何得漫无限制事后追加，力争不许，亦得作罢。又赔款原定付息还本,办法系每年上半年正月初一日还本,下半年七月初一日付息。饶又发现应扣回提前付本及提前付息之息差,经照会后悉如饶议。迨入民国,饶任通商司司长,旋因病请假,荐嘉定周传经自代,未几卒于北京。时陆宗舆为外交总长,知其有功于国,为之胪陈请邮,袁世凯批给治丧费三千元,并任其一子入部办事。查"辛丑条约"内本息均结合成金,用金付给,或按应还日期之市价易金付给。此后每届还本付息,金价由洋商操纵,吃亏甚钜,饶君却未察及。

清代继承统治之训条

公　孚

　　清代列帝向以"敬天法祖，勤政爱民"八字训条传示后嗣，永为遵守。实则此八字亦有所本。考谈迁所著《国榷》卷百零一有一条，载李自成将乾清宫明帝所悬"敬天法祖"额改为"敬天爱民"。清代以后，遂将此两语融合加"勤政"二字为"敬天法祖，勤政爱民。"有清一代尤以敬天为不易之常径。如冬至节则大祀天于圜丘，正月上辛亦祈谷于上帝，祝文书："嗣皇帝臣某（直书其名，读时亦必朗读），敢昭告于昊天上帝"，或久旱不雨，或积雨不霁，皆由皇帝躬诣南郊并亲往城内大高玄殿行礼，宣谕诚祈。冬季祈雪亦然。俟雨雪降或晴霁必有一道极谢之诏，如所谓"仰荷昊苍眷佑，渥降甘霖，农田霑足"，或"祥霙渥沛，朕心实深寅感"等字样，一似天权之尊无二上，而帝王人民皆为其所祸福而统宰之者。至戊戌变政，慈禧太后即以"擅变乱祖宗成法"为光绪帝罪，其顽固守旧，亦由此训条授受为借口也。

郑婉娥

玉 谷

　　元明之际，四方豪杰蜂起。沔阳陈友谅本业渔，初属徐寿辉部，既而并其军下，江西诸路所至披靡，自称帝号，国号汉。嗣与明太祖朱元璋战，中流矢亡，所谓汉帝四载即消灭。包安吴《过翟秀才墓》诗有注云："翟工诗，沔人，其先人为陈友谅大将"，所谓先人，不著其名。友谅有嫔妃名郑婉娥，工词，《历代诗余词话》曾志其本末。余有绝句云："四载沔阳称汉帝，元明之际苦干戈。谁云十步无芳草，不朽词名郑婉娥。"

陈沧洲诗

蛰　庐

清康熙时，陈沧洲先生守苏州，《重游虎丘》诗云："雪艇松龛阅岁时，廿年踪迹鸟鱼知。春风再扫生公石，落照仍衔短薄祠。雨后万松全还迎，云中双塔半迷离。夕住亭上凭栏处，红叶空山绕梦思。""尘鞭删余半晌间，青鞋布袜也看山。离宫路出云霄上，法驾春留紫翠间。代谢已怜金气尽，再来偏笑石头顽。楝花风后游人歇，一任鸥盟数往还。"时总督噶礼以诗为诽谤，句句旁注而劾奏之，先摘印下狱。圣主诏云："诗人讽咏，各有寄托，岂可有意罗结以入人罪。"命复其官，寻擢霸昌道升河道总督兼摄漕运总督。卒谥恪勤。

汪衮甫挽张香涛联

伯　弓

　　清宣统间,南皮张之洞直军机。当时,满汉之争,新旧之争,亲贵与朝士之争,张左支右蹶,难得调停。与摄政王载沣争论朝局,咯血而出,赋诗二绝云:"璇宫忧国动沾巾,朝士翻争旧与新。门户都忘薪胆事,调停头白范纯仁。""诚感人心心乃归,君臣末世自乖离。岂知人感天方感,泪洒香山讽谕诗。"不久遂卒。其门下士吴门汪荣宝挽以联云:"立朝苦费调停策,绝笔惊看讽谕诗。"即取材于此而成。当时推为著墨无多,包举一切。

朱元璋致田兴书

蛰 庐

明太祖定鼎金陵后,回念十余年各方战斗多赖旧友田兴为之画策,天下既平,遂不复至,匿于六合县西乡五十余里。嗣太祖访知,连发诏使,坚不肯出,最后遣使持太祖手书往征,书云:"元璋见弃于兄长不下十年,地角天涯,未知云游之处,何尝暂时忘也。近闻打虎留江北,为之喜不可抑。两次召请而执意不肯,我顾为何开罪至此。兄长独无故人之情,更不得勉强相屈。文臣好弄笔墨,所拟词意不能尽人心中所欲言,特自作书略表一二,愿兄长听之。昔者龙凤之僭,兄长劝我自为计,又复辛苦跋涉,参谋行军。一旦金陵下,告遇春说大业已定,天下有主,从此浪游四方,享太平之福,不复再来多事矣。我故以为戏言,不意真绝迹也!皇天厌乱,使我灭南寇、驱北贼,无德无才,岂敢妄自尊大。天下遽推戴之,陈友谅有知,徒为所笑耳。三年在此位,访求山林贤人,日不暇给。兄长移家南来,离京甚近,非但避我,且又拒我。昨由去使传言，令人闻之汗下。虽然，人之相知莫如兄弟，我二人者，不同父母，甚于手足。昔之忧患，与今之安乐，所处各当其时，而平生交谊不为时势变也。并未兄因弟贵惟是闭门踰垣以为得计者也。皇帝自是皇帝，元璋自是元璋，元璋不过偶尔作皇帝，并非一作皇帝便改头换面不是朱元璋也。本来我有兄长，并非一作皇帝便视兄长为臣民也。愿念兄弟之情，莫问君臣之礼。至于明朝事业，，兄长能助则助之，否则听其自便，只叙兄弟之情，断不谈国家之事。美不美，江中水，清者自清，浊者自浊，再不过江，不是脚色。"兴得此书，遂野服入京，太祖迎于龙江，欢宴累月，偶涉时事，兴曰："天子无戏言，所约我而忘之乎？"遂辞去，不知所终。

卷五

记丹阳吉曾甫先生之博学

进　宜

　　丹阳吉先生，名城，字凤池，号曾甫，与余同郡并同流寓苏北之东台县，为先伯父星南府君之契友，余因时时得以请益。先生淹贯群经，尤精于穀梁之学，旁及楚辞、汉史，皆有述作。尝于书斋榜有"通齐鲁学，治班马书"联语，确为纪实之词。先生曾语余《楚辞·天问》之"雷开何顺而锡封之"。"雷开"当即"累启"。"雷"为"累"字误文；"开"为汉代之避讳，谓微子启封于宋也。王逸《章句》解雷开为纣佞臣说，恐非是。又谓，古代谚语无不用韵，惟《汉书·王吉传》之"王阳在位，贡公弹冠"两语，骤读之似乎无韵，实为两字一韵。以上略举两例，能见其思精识锐。先生著述甚多，晚年丧子，不久亦病逝，诸孙幼稚，遗稿全佚。因思古来俊才硕彦,姓氏翳如者,何可胜数,先生即其一例。家保之兄所著《殷墟书契小笺》有先生之序言。李吟白丈所著《春秋后妃本事诗》刊在《云在山房丛书》,有先生之题词七绝四首,可以借窥生平治学之崖略。

赤壁赋吹洞箫者

君　坦

赤壁吹洞箫之客名杨世昌。吴匏庵《赤壁》诗云：“西飞孤鹤事何详，有客吹箫杨世昌。”绵竹道人与东坡同游赤壁，所谓客有吹洞箫者，即其人也。说见明俞弁《山樵暇话》。

清六部书办状况

仰　放

　　清六部，各设满汉尚书各一员，侍郎各二员，下则分司办事。每司设郎中、员外郎、主事等官。掌印者，属郎中。主稿者，属员外郎。未补缺者曰行走，则无事可办，亦无俸给，只领印结局之印结而已。各司均有书办多人，为首者曰经承，熟习例案。司官无经验者，每赖之。于是经承能从中操持蒙蔽，虽不敢过于违法，但在例案中巧于援引比附。经承并招收徒弟，以继其业，如绍兴师爷者。然上下一体。俗称此辈为当衙门的，言其能操持部务也。各部门所司不同，经承舞弊之法亦异。如吏部文选司收纳捐官之款，经承能巧于多收，循例报账。各省官吏出缺，应由吏部铨选，经文选司开单，由堂官圈出，经承则以贿赂之多寡，开列其先后，尤能巧于措词，以名列首端。户部以各省分司并有兼任事务，如山东司之兼管盐政，贵州司之兼管报销。例如光绪中叶，有云南省军务报销一案，为十余年未决者，由藩司密派人到部运动经承,则派一书办到省,改列用款结案。后经都察院奏参,将尚书王文昭降调,并罢免主管各官吏。而经承援引条例,并不违法,亦只遣成了事。兵部武选司关于各省武职升迁调补,经承亦能从中纳贿。刑部外省待决囚犯,必由刑部以钉封行文到省,秋后处决,经承则有意错递其文,如钉封应寄四川省者,错投新疆;应寄吉林省者,错投贵州,由该省折回京部,再投应给之省,辗转数月,秋决时期已过,必待来年秋决之日执行。经承只认疏忽之过,罚薪若干,而所得之贿,十倍于此矣。惟礼部属于礼制科举,工部建修各有专司,经承无从作弊。六部书办为多年积习,司官亦知而不问,直至光绪庚子后,始行裁撤。

贵妃石与骊山词石

丛　碧

余居秦三载,未一至马嵬驿,引为憾事。贵妃遗物,已无可睹。长安有贵妃石,高及丈,玲珑瘦削,石面有掌痕,云是贵妃手印。又明杨升庵《词品》云:"昔于临潼骊山之温汤,见石刻元人一词曰:'三郎年少客,风流梦,绣岭盅瑶环。渐浴酒发春,海棠睡暖;笑波生媚,荔子浆寒。况此际曲江人不见,偃月事无端。羯鼓三声,擂开蜀道;霓裳一曲,舞破潼关。

马嵬西去路,愁来无会处。但泪满关山,空有香囊遗恨,锦袜传看。玉笛声沉,楼头月下;金钗信杳,天上人间。几度秋风渭水,落叶长安。'再过,石已磨为别刻矣。"余数至华清池,石固在,刻字似六朝体,绝非明以后书,未嵌墙壁上,置廊庑下。自元至今,字丝毫未损,盖人以关于贵妃事迹,而不忍毁之耳。又牡丹一捻红云曾为贵妃爪掐,与贵妃石皆为后人怜惜贵妃而附会者。余《金缕曲》词内有句云:"五丈原头马嵬驿,都是天怜才俊",谓死得其时,千百载后,人无不寄予同情者。白乐天《长恨歌》以"天长地久有时尽,此恨绵绵无绝期"作结,一唱三叹,足抵一部传奇。杜工部诗"不闻夏殷衰,中自诛褒妲",则俨然冬烘口气,只可在私塾学究面前读,不宜于尊前花下吟之。李义山诗"未免被他褒女笑,只教天子暂蒙尘",却是人人要说之公平话,而以谑语出之,何其风流跌宕。至"如何四纪为天子,不及卢家有莫愁",则直责三郎矣。明皇不能敕尸天子,竟掩面坐使一代红颜为君绝,有情人当如是耶?假令当时愿与贵妃同死,陈玄礼又当如何?虽后闻铃哭像,何足以赎,其南内秋草之下场,亦自取也。

《释摩诃衍论赞玄疏》残页

继　祖

　　《辽陵石刻集录》(卷五)载,辽僧法悟《释摩诃衍论赞玄疏》首尾两残页,原本出于辽,而高丽复刻之,故尾页有"寿昌五年己卯岁高丽国大兴王寺奉宣雕造"款一行。日本从高丽得之,又据以复刻,故续前款后又有"正二位行权中纳言兼太宰师藤原朝臣年中依仁和寺禅定二品亲王仰遣使高丽国请来,即长治二年乙酉五月中旬以太宰差专使奉请之"款三行及"正应元年戊子九月廿一日于高野山金刚三昧院金刚佛子性海书"款一行。日本长治二年,当辽乾统五年(公元一一〇五);正应元年,当元至元二十五年(一二八八),此自非辽刻。然日本刻书工模仿,观其保留高丽原题可知,虽谓为犹略存辽刻面目可也。其首页为辽耶律孝杰引文,前题"贞亮咄赞同德致理功臣开府仪同三司,守太保兼中书令,监修国史知枢密院事、王柱国燕国公,良邑七千五百痒,实封柒佰伍拾扈耶律孝倐奉勑撰"三行,其中颇有异体字,如亮作亮，翊作㫥，兼作兼，上作王，食作良，邑作邑，五百户之户作痒，实则户下尚应有食字，此殆两字合书而成为痒，柒作桼，户臣两字合书作扈，杰作𠉣，下从呆。先君跋语谓笔画间带有辽文（契丹国书）习气，实则辽时北方佛经中多见异体字，证以《龙龛手鉴》，可知其中笔画近辽文者仅一北耳。此残页甚难得，原为先君藏，现已不知所在矣。耶律孝杰即张孝杰蒙赐姓者，《辽史》入奸臣传，功臣号及封燕国公号皆未及。

北京地震及大雨

虹　南

康熙十八年七月初九日，地震延及通州、三河、平谷、香河、武清、永清、宝坻、固安凡八州县。震皆同时。《清史稿》称地大震，声响如奔车、如急雷，昼晦，房舍倾倒，压毙男妇无算，地裂涌黑水。其次，则雍正八年八月十九日，延及宁河、庆云、宁津、临榆、蓟州、邢台、万全、容城、涞水、新安、东光、沧州凡十二州县，较康熙十八年灾区尤广。除此两次外，北京地震在前后尚有十三次小震。又光绪十六年，北京自五月二十九日起至六月中旬，凡十余日大雨。据潘祖荫奏，京畿一带房屋庐舍漂没，全村被淹，伤毙人口甚多。周大霖奏，大清门左、右部院各衙门皆浸灌水中，堂司各官进署，沾体涂足，难以办公。永定、左安、右安各门，雨水灌注，不能启闭。震钧氏《天咫偶闻》记云，无室不漏，无墙不倒，东舍西邻，全无界限，而街巷至结筏往来，新旧房屋，无不上漏下穿，人皆张伞为卧处，京中苇席、油纸为之顿绝。商旅断迹，百物腾贵，蔬菜尤艰。宣武门扇为水所拥，不能开启，乃以绳索套于象身，使曳而开之，亦轶闻也。

宋杨婕妤《百花图》卷

丛　碧

素绢本，著色，画无款，凡十七段。每段楷书标花名，并纪年、诗句于上。总识"今上御制中殿生辰诗"，下注云四月八日。第一段题寿春花，下注己亥庚戌，诗云："上苑风和日暖时，奇葩色染碧琉璃。玉容不老春常在，岁岁花前醉寿卮。""一样风流三样妆，偏于永日逞芬芳。仙姿不与群花并，只向坤宁荐寿觞。"第二段题长春花，下注庚子甲辰乙未，诗云："花神底事脸潮霞，曾服东皇九转砂。颜色四时长不老，蓬莱风景属仙家。"精神天赋逞娇妍，染得轻红近日边。羡此奇葩长艳丽，仙家风景不论年。"又诗云："丹砂经九转，芳蕊占长春。"第三段题荷花，下注辛丑癸卯丁未，诗云："试问如何庆可延，请君来看锦池莲。呈祥只在花心见，玉叶金枝亿万年。""休论玉井藕如船，叶底巢龟如小年。自是生从无量佛，言言万岁祝尧天。"第四段题西施莲，下注丁未，诗云："昔年曾听祖师禅，染得灵根洒洒然。瑞相有时青碧色，信知移种自西天。"第五段题兰,下注壬寅,诗云:"光风绣阁梦初酣,天使携来蕊半含。自是国香堪服媚,便同瑞草应宜男。"第六段题望仙花,下注乙巳,诗云:"珍丛移种自蓬莱,细缫繁英满意开。注目霓旌翻昼永,尚疑星鹤领春来。"第七段题蜀葵,下注丙午,诗云:"花神呈秀群芳右,朱炜储祥变叶新。随佛下生来上苑,如丹九转镇千春。"第八段题黄蜀葵,下注己酉,诗云:"袖里黄中推正色,叶繁芘足蔼青阴。医经屡取为方妙,昼景惟倾向日心。"第九段题胡蜀葵,下注辛亥,诗云:"蜀江濯锦一庭深,谁植芳根傍绿阴。有似在廷臣子志,精忠不改向阳心。"第十段题阇提花,下注戊申,诗云:"阇提花号出金仙,似雪飘香遍释天。偏向月阶呈瑞彩,的知来自玉皇前。"第十一段题玉李花,下注己卯,诗云:"仙观名花剪素琼,仙娥曾御宝车轻。朅来月苑陪青桂,共折芳葩捣玉英。"第十二段画槐,无题字,上注壬子,诗云:"虬龙展翠舞宫槐,青翼凌云羽扇开。侍辇九嫔趋玉殿,坤仪随佛下生来。"第十三段画三星在天,无题字,上注癸丑,诗云:"祥光椒阃曜朱躔,初渡南薰入舜弦。环珮锵锵端内则,与天齐寿万斯年。"第十四段画旭日初升,无题字,上注丙辰,诗云:"楼台日转排仙仗,汉岳云开拥寿山。"第十五段画桃实、荷花，无题字，上注丁巳，诗云："莲花开十丈，桃熟岁三千。"第十六段画海水，无题字，上注戊午，诗云："垂祥纷可录，俾寿浩无涯。"第十七段画瑞芝，无题字，上注庚申，诗云："千叶芝呈瑞，三河玉效珍。"后明三城王跋语云："右《百花图》一卷，乃杨婕妤画也。婕妤宋光宁时人，说者谓与马远同时，后以色艺选入宫。其绘事过人，自能题咏。每流传于人间，此其所画以寿中殿者也。予得于吴中好事家。今逢唐贤妃殿下千秋令节，敬献以祝无疆之寿云，弘治丙辰吉日识。"下钤三城王图书一印，见《石渠宝笈》《画史汇传》著录。三城王芝垝，唐定王孙献王子，嗜绘事，法书名画，未尝一日去手，行草称绝，见《明史·诸王年表》，及《书史会要》。跋语称杨婕妤，又谓以色艺选入宫，似谓杨后也。杨后与杨妹子是一人抑二人，书画鉴定家各有说。一说杨妹子即杨后，而非杨后另有妹。元吴师道题马远《仙坛秋月图》自注已云：杨后幼年以歌儿入宫，忘其姓名籍贯，以杨次山为兄，有兄而后有妹，人遂以为杨妹子矣。以杨后之出身孤子无依，何来有妹。且杨妹子题或画，亦不应僭用坤卦小玺，及坤宁睿笔印记。又在宋代皇后能诗者，惟宁宗杨皇后，与高宗吴皇后。杨皇后《宫词册》宫词五十首,经汪水云、钱功甫、毛子晋、黄尧圃藏,水云、功甫有印记,子晋有两跋,尧圃亦有跋,为端方故物。子晋以刻入《五家宫词》。厉樊榭《宋诗纪事》杨皇后诗在卷一中。另闺媛一门八十家,无杨妹子诗也。一说杨妹子诗词见诸家记载,所题每关情思,多长门怨女之语,不合于皇后身份。再如清末叶赫慈禧后御笔书画,皆属缪素筠代笔,则杨后亦有捉刀弄笔者,固意中事也。以上二说,各见玉谷、君坦笔中。此卷画笔纤细精丽,花卉为马麟体,山水一段为马远体,书法娟秀工整,为宋高宗体。盖为南宋当时之风格,与《樱桃黄鹂图》(上海博物馆藏)、《月下把杯图》(天津博物馆藏)画笔书体完全相同,非马远、马麟画,而皆女子之作无疑。惟两图皆有坤卦小玺,此卷则无。按:三城王跋,称杨婕妤《百花图》。杨后由封平乐郡夫人进封婕妤,而进封婉仪贵妃,及册立为皇后,如系为宁宗皇后生辰作,杨后时为婕妤,自不应用坤卦小玺。又总识"今上御制中殿生辰诗",下注四月八日,及第七段题诗"随佛下生来上苑"、第十二段题诗"坤仪随佛下生来"是皇后生日为四月八日浴佛节。宋理宗谢皇后为四月八日生,则所称中殿者即谢后也。《续通鉴》绍定三年十一月戊申,册立贵妃谢氏为皇后。原理宗欲立贾贵妃为后,而杨太后意立谢贵妃,曰:"谢女端重,宜正中宫。"谢贵妃为丞相深甫之孙,杨太后以深甫有援己功也。时杨后已称寿明慈睿皇太后,自不能用坤卦小玺矣。《续通鉴》:绍定五年十二月壬午,杨太后崩。则此卷当作于绍定四年谢后为皇后后之第一生日前,时杨太后已七十五岁,为其自书画以赐谢后者,抑饬人代笔,则难以确断,但与《樱桃黄鹂》《月下把杯》两图并看,似应为一人之笔者也。又,每段皆注干支,亦不能详,希待博雅更考。戊戌岁,宝古斋于东北收得此卷,故宫博物院未购留,余遂收之。余所藏晋唐宋元名迹尽归公家,此卷欲自怡,以娱老景。余《瑞鹧鸪》词结句"白头赢得对杨花"即指此卷也。复欲丐善治印者为治一印,文曰:"杨花馆"。会吉林省博物馆编印藏画集,而内无宋画,因让与之,此印亦不复更治矣。

亡　八

丛　碧

　　王八非骂人语也。杜工部诗《巴陵夜别王八员外》，又《岳阳重宴别王八员外贬长沙》，李嘉祐诗《赠王八衢州》，独孤及诗《自宋濠州奉酬王八谏议见赠》，是唐时王八之称，同于杜十二、韦十七、元九。《聊斋志异》三朝元老大门楹联云："一二三四五六七，孝悌忠信礼义廉"，当为讥嘲清初贰臣者。上联为亡八，下联为无耻也。此时王八已为骂人语，惟讹亡忘为王耳。清末留学外国毕业生归国后，赐翰林，当时谓之洋翰林，然识字无多。有某洋翰林者，致书何秋辇中丞，辇字误作辈字，究字误作宂字。何作一联嘲之云："辇辇并车夫夫竟作非非想，究究同盖九九难将八八除。"乃有人将此联改数字云："辇辇同车，人知其非矣，究究并盖，君其忘八乎。"联殊谑，盖以忘谐王也。辛亥年余与袁世凯之第四五六七八子在天津新学书院同学，革命事起，次年春，随先君去大梁，此后遂不复见面。袁洪宪帝制失败死后，始又见面于天津，余时过其家，书案上各置有皇子印，或金或玉，篆"皇几子印"四字。克轸字晋庵，行八，一日余至其室，见书案上印，取视之，不禁哑然失笑，晋庵问余何笑，余曰：幸尊翁为皇帝，假为王，则君之印文竟作何语乎，彼亦胡卢。

关壮缪画竹卷

丛　碧

　　壬申岁某日晚，余与梅畹华、陈半丁、齐如山、徐兰沅、姚玉芙聚于虎坊桥国剧学会，有人求见，畹华延入座，其人持一卷，云，此卷曾有美国好古人士愿出金三万元购收，彼以为国珍，不肯让，愿让于梅氏收藏。视之，乃关云长羽画竹也。纸本，墨笔，以五言律诗字组成竹叶，诗句如"义气冲霄汉，忠以贯斗牛"之类。后题跋有如兄刘备如弟张飞愚弟诸葛亮以及赵云、马超、黄忠等。晋以后，王羲之、李白、杜甫、郭子仪、岳飞、文天祥历代名人不下五六十家，观后以价昂无力收藏，谢之。作伪者，殊不知有明版《康熙字典》之事。在三国时尚未有五言律诗，而亦无墨竹画，至唐始见画竹。张萱《唐后行从图》有之，至五代李后主写竹，创铁钩锁金错刀法。黄筌事刁光胤学竹石花卉。筌有《花竹鸡坡图》轴、《翠竹图》轴（见《大观录》《江树销夏录》），皆设色，双钩，亦非墨笔。墨竹则至宋始有，至元始盛也。余昔即曾闻有关壮缪画竹卷，题皆蜀汉及历代名人，而中有一题则最为难得，盖为"愚妹观世音拜题"之一段。此卷并无此一题，尚非余昔所闻之一卷也。

袁寒云讽乃父称帝诗

伯　弓

　　项城袁世凯帝制自为，强奸民意，不独众叛亲离，全国指骂，即其第二子克文，亦心不谓然，尝有一诗云："乍著微棉强自胜，阴晴向晚未分明。南回寒雁淹孤月，西落骄阳黯九城。驹隙存身争一瞬，蛩声警夜欲三更。绝怜高处多风雨，莫到琼楼最上层。"何其婉而多讽。

辛亥后海上社集

继　　祖

　　辛亥武昌起义以后,清室遗臣四散,其流寓海上者,则多结社联吟,诗酒自放。于时有超、逸、希、淞诸目,遗臣中有不谓然者,举明末南岳大师讥周礼部之屿,临死含笑,大非所宜为喻,若谓家国沦亡,不当复近诗酒。章一山椵遗臣之一也。作书论之曰:诗酒乃遗民常事。渊明高节,人人无异词,而无日不酒,无诗非酒。宋则月泉汐社,遂为诗会。明末遗民,江浙相错之壤,诗社百余,宁波一城,多至十有余处。现今海上寥寥一二社,偶尔酬唱,愧明末甚矣。若谓诗酒高兴,非苟活土室者所宜,说自正当。顾明末遗民,窘者多而豪者亦多。孙钟元坐得马郎中夏峰之田,弟子依之以处。亭林出游载书数车,频年未闻乏资。苏州诸名士至邓尉观梅,人具一船。徐昭法以卖字画度日,尚独具一船,非若今日之章检讨出不步行,即趁电车,设有观梅之雅,便不能到。若冒巢民之水绘园,宾朋侍伎,常时满屋。祁六公子之梅墅,酒歌结客,挥金如土,则豪华不减于平时。盖明代身为仕宦,与仕宦子弟之气概局量,均非本朝穷京官所能及其万一。又曰,上海壬子以来,故有超社十人,轮流诗酒。甲寅一年,出山者半。王子展观察戏谓超字形义,本属闻召即走,此社遂散。章意盖嫌社集过于寥落,不逮明末;又致慨于穷京官,而叹羡明末遗民之豪举,此可窥见当时遗臣矛盾心理。王子展释超字为闻召即走,虽非造字本谊,然实趣闻,可入《拊掌录》者。

观察第

丛 碧

清代大族皆有祠堂,族有中举人者,则于祠堂前立一旗杆,中进士始能立二旗杆。族以祠堂前旗杆多者为荣宗耀祖也。又,家有中举人者,则于其大门楼内悬"文魁"横匾。及中进士点翰林,则于门楼前悬"进士第"及"太史第"横匾,文职有悬"大夫第"者。至督抚则悬"帅府"竖匾矣。吾邑高姓为大族,有父子兄弟为翰林者。有某族人,非科甲出身,以捐班知县候补直隶省,曾任南乐县知县,入民国屡膺差使,保记名道尹,回籍整修第舍,于其夫人寿日,悬"观察第"匾,开贺。门楼前后出厦,轮奂一新。匾红地金字,悬正门上,耀然夺目。厦檐伸张,微遮匾上端观字一部,及察字宝盖头、第字竹字头。是日,贺客盈门。邑有刘某,狂士也,亦来贺,至门仰视匾,读曰"观祭弔"。曰:"何不祥之甚耶!"又自左读之曰"弔祭观"。曰:"夫人其弔祭观之菩萨乎?"众为哄堂。过后不数月,夫人以疾殁,狂士虐谑竟成谶语。

跋顺治《蔚州志》

旧　燕

蔚州,明隶山西大同府,清雍正六年改属直隶宣化府。明时州卫并立,清康熙三十二年废卫设县,乾隆二十二年又裁县并入州。蔚于古为代郡。《州志》之创始于万历三十六年,知州刘生和纂修,崇祯九年知州来临续修。今万历、崇祯两志,俱久佚不传,所习见者,为乾隆四年王育榞《县志》,乾隆十五年杨世昌《州志补》,及光绪三年庆之金《州志》。此为顺治十六年知州李英纂修本,甚少见,凡二卷,分十二志:方舆、建置、秩官、政令、武备、祀典、赋役、学校、选举、人物、外志、艺文。每志各分子目,目之前有引,后有论。或谓出自州人魏象枢笔,乾隆杨志凡例云《州志》创自有明,及我朝顺治十六年前任州大夫关中李英重修。都人士相传为敏果魏公所辑,但据《人物志》所载魏公小传,通体皆推重之词,若志出自公,不近于自诩耶? 况体制文义及诸所考订绰有秦风,其为李公之书无疑。光绪志云《寒松堂集》有重修

《蔚州志》议，又有州志编次问答。其志卷首全载原文，则其体例实公所定可知。此书曾经魏氏所参订，而其稿则出自李牧所纂辑也。然《秩官志·知州》目内，李英之后为郑牧民。按:光绪《志·职官表》载李英于顺治十三年任，郑牧民于康熙元年任，则此书刊行当在康熙元年之后。或李牧脱稿后，付之剞劂，至康熙初郑牧继任时始竣工耳。故书中补入郑牧之名，且于李牧名下附有小传，备至推重，苟李牧自为，亦将如杨志之所谓自诩矣。又书中巡检作巡简，则避明思宗讳。盖距明亡未久，犹袭明季之旧，未及改正也。李牧字乐天，陕西扶风人，进士，乾隆、光绪两志均有传。今《蔚志》明本已不可见，当以此本为最早，而传世者亦仅矣。

前清御用纸

稼　庵

　　清故宫懋勤殿之文房四事,笔墨砚均有记载,惟纸则付诸缺如。二三十年前,京市之暗龙宣风行一时,谓为懋勤极品,其实御用纸不限南产,而四裔皆有之,名曰四裔笺楮。东裔有高丽之洒金笺、金龙笺、镜光笺、苔笺、咨文笺、竹青笺各色大小高丽纸。琉球则有雪纸、头号奉书纸、各式中山纸。西裔则有西洋之金边纸、云母纸、漏花纸、回部之各色笺纸。南裔则有大理贡纸、安南贡纸、金叶表笺、暹罗之金叶番笺、缅甸及南掌之销金蒲叶笺,若内地则金云龙朱红福字绢笺、五彩盈丈大绢笺、各色花绢笺、蜡笺、金花笺、梅花玉版笺、新宣旧宣(即侧理、金粟、明仁殿宣德诏敕等纸)、仿古笺(即澄心堂明仁殿侧理纸、藏经纸、宣德描金笺等)。以上名称皆见内务府内用纸册子。

唐人砖志

继　祖

　　吾家旧藏唐上骑都尉韩君妻綦母氏砖志一，书迹精整而已磨灭五十余字，今不知存佚矣。幸先祖手录其文，尚存箧中，文曰："夫人讳字□酒泉人也其先□□孙承庆枝叶郁□繁昌□子□□□□□□□□其后或游赵而□辩或仕晋□□□代有人焉备乎图谍曾祖伯□齐夫徐兖三州刺史隋开府仪同三司祖□□皇□□文兖庐四州刺史父颐良恭临洮温泉三县令夫人降阴精于月□□女气于星光资性端华风神□朗孝友慈惠禀自天然织纴组纫不劳师习仍留意雕篆属情缃素既清逾于蔡琰亦美丽于班姬四德聿修三从有度俯应大礼言适良俦斋敬居心婉□成性洁诚苹藻和如瑟琴相重如宾有逾冀室高□以德远尚梁妻岂其与善无征辅仁违喻花□落□仙鹤分双春□□有九以大唐贞观十七年岁次癸卯正月壬子朔十二日癸亥终于私第□以其月九日窆邙山□□□□□□□随玉质以沉沦宝帐妆奁逐□□□□□唯徽猷而尚在与兰菊而无穷乃勒斯铭其词曰姬风靡靡因生□□□□命氏兰丛散叶桂苑分枝雍雍令范抑抑威仪爰娉好仇作嫔君子福兮祸□明销魄起巾车陇□飞旐泉门永归冥□无复□□"连前题共二十二行,文甚雅饬,具录之,以备综录唐文者之甄采。

《梦华集》序

丛　碧

开封靳仲云先生志，中第后授外务部主事，入民国仍供职外交部，抗日军兴，佐湖南戎幕，复随军入川。仲云工诗，辗转流离中未尝废吟咏。日寇投降后，南京当事者图借外力为内战，局面愈恶，仲云归大梁，不更入仕途，益肆力于诗，数年成《梦华集》，嘱余为序。余素喜六朝赋体，文精洁雅丽，因效颦为之序，曰："风舞龙翔，日月中州之会；名区乐土，衣冠北宋之都。六街灯火，犹是樊楼；四巷胭脂，依然旧院。鼙鼓忽来，烽烟再举，歌传白雁之谶，风卷落花之愁。踵元老《东京》之录，不少遗闻；续择端《上河》之图，都成梦影，此仲云先生《梦华集》之所由作也。先生桑梓名贤，敦槃重望，早登上第，晚屈常参，青莲作客，吟成蜀道之难；子美依人，犹入严公之幕。比者扫清夷虏，洗涤膻腥，杭州肯作汴州，巫峡更穿巴峡。乃辽左归时，城郭无恙；而长安近日，局棋又新。大陆方起龙蛇，君子将成猿鹤。痛定思痛，言无可言，则惟有托迹于坛场，寄情于诗酒者矣。仆也淹滞京华，饱经桑海。少年结客，驰驱锦绣之丛；老去填词，飘泊干戈之际。燕垒斜阳，谁怜王谢；兔园雪月，尽减邹枚。读君斯篇，生我离绪，能不下晋驼之泣，动越鸟之思乎？南望嵩云，北遮燕树，忝属同声之契，长怀忘岁之交。百年过客，看转烛之光阴；千里吟俦，当联床之风雨。"自余北返，仲云东归，迄于今日，未尝晤面。秋间，南平陈瘦愚词人寄来游记，曾至大梁与仲云相唱和，乃知吟兴尚健也。

五　子

丛　碧

春秋齐管夷吾、宁戚、隰朋宾、胥无、鲍叔牙称五子。秦由余、百里奚、蹇叔、丕豹、公孙支称五子。宋儒周敦颐、程颢、程颐、张载、朱熹称五子。又干支相配甲子、丙子、戊子、庚子、壬子为五子。余七岁入家塾上学，始读《三字经》，塾师命生记死背。中"窦燕山，有义方，教五子，名俱扬"，至今不忘。当时则不知其义。说相声者说《三字经》，此四句云，窦燕山有五个儿子，命名皆曰扬，所谓大扬、二扬、三扬、四扬、五扬也。京剧《凤鸣关》赵云斩韩德五子，赵云例使枪，独此剧使大刀。汪派老生王凤卿善演此剧，上阵即使大刀，他演员皆如之，独钱金福老辈第一场上阵仍使枪，于韩子手中夺取大刀斩之，后遂皆用刀，故此剧又名《斩五子》。京剧名老生演员言菊朋，内行中人称之曰言五子：一、低网子。饰演老生宜长脸，言为短脸，是以在前台看之网子分外嫌低。二、短胡子。以前髯口皆甚长，至言始渐用短者。三、薄靴子。言因武功夫不够，不能穿过高厚底靴。四、洗鼻子。谭鑫培老板于演戏扮装前必洗鼻子，因闻鼻烟，故洗之。言虽不闻鼻烟，而亦效其习惯。五、装孙子。言为票友出身，内行中人故为此谑语。日寇投降，国民党军人官吏到北京，上下贪污，淫靡成风，京中人亦称之曰五子：一、金子。二、房子。三、车子。四、女子。五、戏子。一曰：一、抢金子。二、占房子。三、抓车子。四、玩女子。五、亦曰装孙子。盖装孙中山先生之孙子也。

试帖诗

丛　碧

清朝《野史大观·满员笑柄》一则云："吴县潘文勤祖荫，清光绪初叶长刑部，有满司员某，闻其好尚文雅，思所以媚之者乃急就成诗数十首，恭楷录正，于堂上署诺时，揖而进之，文勤即时翻阅，及首章题目，乃《跟二太爷阿妈逛庙》八字，不禁狂笑。"证于余所见者，此当为事实。余邑夏姓者为富户，亦附庸风雅，父子兄弟叔侄间，皆为诗。叔某者号项城才子。余曾见其《辛亥革命感时》七律诗，内一联传为名句，云："早知北地赞成少，孰意南方反对多。"侄某，七绝诗题为《闲游三叔厅院》，诗云："闲游三叔大庭堂，一派清幽非寻常。两边排列太师椅，中间安放象牙床。"父某年事高，曾赶上科考时代，为诗皆旧题，其赋《鸣鸠在桑》五绝云："老鸠立树枝，两翼勾尾鸣。忽然往下转，落在地流平。"又《赋得小楼一夜听春雨得春字试帖》诗，前四句云："一夜昏昏睡，无精又少神。不闻雨打点，但听猫叫春。"余改编湖南戏《祭头巾》为京剧，以此四句为老举子自念其闱中所作得意之诗，颇为恰当。清末，外邑文风窳陋，其已中举人者，诗文殊不足观。其已中进士者，甚至尚不知岳飞为何时人。因所存所读之书，皆八股文与试帖诗，除此外更不知有学问之事，亦科考制度之流毒也。

《清儒学案》编纂经过记略

慧　远

　　自来巨帙闳编鲜出一人之手,而具名者又往往非自己执笔亲任编纂。如系官书,则多将提调编纂人姓氏列之卷首。私家著述具名者,或以财,或以势,而实际操觚者多隐而不彰,有之而见于序跋中,或竟毫无记载。至于当时编纂情形,则更鲜有所录,惟赖私人杂记随笔之流传后世,方可略窥其一二,然泰半皆久而无考焉。如《清儒学案》及《清诗汇》二书,具名者为徐世昌,实际徐氏只出资任名而已,担任选诗与编学案者,则皆其友朋也。徐在总统任期时,即于中南海设晚晴簃,尝招集旧日友朋,及当时所聘之顾问、咨议等文学之士,分任选诗,为文酒之会。迨民国十一年壬戌,徐离任居天津,《晚晴簃选诗》仍继续,惟人数甚少,仅旧友数人任之。至民国十八年己巳,《清诗汇》刻成,共二百卷,六千余家。徐于《清诗汇》竣事后,意欲仿黄黎洲、全谢山《宋元学案》《明儒学案》例,编纂《清儒学案》。于是邀聘旧友数人共为之，而徐仅任其名，负担经费，并未曾亲自执笔。当日参与编纂之役者，为先父夏孙桐闰枝，及王式通书衡、金兆蕃篯孙、朱彭寿小汀、闵尔昌葆之、沈兆奎羹梅、博增湘沅叔、曹秉章理斋、陶洙心如诸人。夏、王、金、朱、闵、沈分任编纂，傅任提调，曹任总务，陶任采书、刻书。另有助理抄写，汪惟韶伯云、漕葆宸君儒，开始拟具编纂方案，商酌案名体例，然后分别担任功课。曹理斋原为徐旧属，时已中风偏废，不能出门，即以其北京受璧胡同寓为编纂处。每逢星期五，众人会聚，商榷功课，各人陆续交卷，由理斋处缮清寄津。徐披阅后，或提出意见主张，再与编纂人商订，但此乃偶然之事，徐并非逐篇细阅也。理斋颇究食谱，星五之会，备茶点甚精致。同人中又有生日会，即假曹氏家厨，文酒谈燕，除编纂诸人外，如杨寿枢荫北，章钰式之、徐鼐霖敬一、郑沅叔进、赵椿年剑秋、涂凤书子厚、傅岳棻治乡、邢端冕之等，先后参加生日会。学案编纂经费，全由徐担负，每月致送编纂诸人车马费。盖此数人除一二人生活较裕外，多半皆赖卖文鬻字为活。数年之间，金篯孙南归，王书衡病逝，仅有夏、朱、闵、沈四人纂辑，力量单弱，成书过半，又须综核前后，检阅复漏，统一体例，任颇繁重。以前虽无总纂名义,而由先父持其总,是时年近八旬,精力日衰,因书近完成,关系甚大,拟约一助手。廿三年甲戌秋,乃商之徐,约聘张尔田孟劬任之。张学问渊博,著述甚富,惟性情傲岸,对编纂高谈阔论,提出许多主张,致与葆之、羹梅、理斋龃龉,未及三月即拂袖去,仅草序文一篇,后亦未用。先父深以《清儒学案》一书为三百年学术嬗递,不应草率成书,而各人所纂,亦体例不一,恐不能克期蒇事,负良友之托,乃函徐请辞,并草拟凡例若干条(详见《观所尚斋文存》卷六)寄津,徐迭次挽留,遂亦不再过问。综计编纂者,不过六七人。自王死金归夏辞之后,只余朱、闵、沈三人。徐急于观成,又无总揽之人,遂益草率将事,至民国廿七年戊寅春粗毕,一面清稿,一面付刻,经陶心如交法源寺内文楷斋刻成。凡二百另八卷,计一百册,包括正案一百七十九人,附案九百二十二人,诸儒六十八人。据朱小汀笔记云:"是时,社友皆散,终其事者,仅余一人。书首序例目录,修改数四而后定。因刻书仓促,全稿未经复阅,于东海谢世后匆匆刻竟,流布坊间,致读者对此书内容不免有所指摘,此则私衷所深为负疚耳。"观朱氏所言,可了解此书收尾时之状态矣。当时仅印行白纸、黄纸各一百部,故外间流传有限。文楷斋书板移归中华书局后,闻已重印数十部。此书以少数人之力,数年间成书二百余卷,其纂辑之辛劳,亦不为细。至于内容学术之观点、体例之编排、文献之采择、人物之搜罗,不无可议之处,然于清代三百年学术梗概,粗具形貌,人数亦达千余,尚不失为一种资料汇编,以待后人之研究考证,再作定评也。编纂时草稿及往来商讨之书札文件,概存曹氏家中。理斋逝后,早经散失。当徐选《清诗汇》及编《清儒学案》时,向各方征求并采购书籍甚多,尤以集部为大宗,其中颇有罕见或孤本,原皆存在北京东四五条胡同徐氏宅中。迨徐氏逝世,即风流云散,不知归何处,未能全部移归图书馆保藏,殊为可惜。当时编纂诸人,今无一存者,欲详悉其经过已不可得,仅见诸朱小汀之《安乐康平室随笔》一则,亦极简单。未及三十年时间,已有文献难征之感,谨将予当年趋庭所闻见者述之,庶免日久遗忘,或亦书林之谈助云。

三　绝

自　在

作诗书画,有平衡成就,是为三绝。《唐书·艺文志》载郑虔善画山水,常向慈恩寺取柿叶作画。一日,以所作诗画进于玄宗。玄宗即提笔书"郑虔三绝"四字。因此,后人以能诗书画者,称为三绝。但古来所称三绝,并不专指其人同时工诗书画者而言,如晋顾恺之,人称其三绝是:才绝、画绝、痴绝。《尚书故实》则以曹丕受禅碑为王朗撰文、梁鹄书丹、钟繇镌字,谓之三绝。谢瞻与族弟灵运同负盛名,瞻作《喜霁》诗、灵运写录、谢琨歌咏,王弘称三谢作品为三绝。唐玄宗至潞州道出金桥,仪仗多而美,命绘图,陈宏绘山川、韦之秦绘车旗、吴道子作人畜,时人称三绝。唐文宗太和中诏以李白歌诗、裴旻剑舞、张旭草书,为三绝。唐僖宗广明元年,因黄巢攻陷长安奔四川,诏曰行在三绝。右散骑常侍侍中李潼有曾闵之行,职方郎中孙樵有扬马之文,前进士司空图有巢许之风,列在册书,以彰有唐之德。《历代名画记》：田僧亮、杨契丹、郑法士同与京师光明寺画小塔，郑图东壁、北壁，田图南壁，杨绘外边四面，是称三绝。《拾遗记》：吴主赵夫人能于指间以彩丝织云霞之锦，称机绝；刺绣作五岳河海之形，称针绝；拈发以神胶续之，称丝绝。则知三绝一词，范围颇广，非专指一人于诗书画而言也。

鸡公山云海

钟　美

　　山势嵯峨,直立天际,攀跻下视,云铺如海,故名云海。明吴廷简《黄山纪略》与《黄游续纪略》谓天平矼山势稍平,阴雨时白云如涛,高峰如岛,银潮汹涌,隐现无恒,所谓海也。华山、衡山均有此胜,而文人墨客诗词吟咏独称黄山,并有前海后海之目。至鸡公山云海,则更寂然无闻。鸡公山古名鸡翅山,又称鸡头山。山在河南省信阳县南,与湖北应山县接壤,其最高峰名鸡公头,风景幽绝,天时阴晦,踞峰下瞰,絮云翻滚,状如洪涛,远胜观海。吾尝于此度过冬夏,意谓不减黄山,所逊者惟少松耳。吾友陈侠堪自谓爱此荒寒境界,因偕余傲屋而居焉。侠堪工诗,出入苏黄之间,以故当时之桃江西诗派者,咸推崇之。其《咏鸡公山云海,次东坡海市韵》云:"虚非虚兮空非空,鲸鱼腾起雪浪中。扬鳍振尾突逞怒,颢颢一白翻贝宫。眼前斯景谁足道,敛手惊倒万画工。须臾云色判浓淡,偏师别跃双玉龙。群峰畏之匿不出,偶亦露顶如秃翁。我时高处独倚筇，俯仰自诩平生雄。蓬莱昨者阅海市，仓卒惜未竟其穷。揭来冥想试相较，彼多变幻此浑融。何当更上天都峰，乾坤奇福有特钟。裹粮蜡屐从奚僮，遇亦莫问啬与丰。功名笑谢虎符铜，但愿山居日日襟袖回长风。"奇崛之笔，直升涪翁之堂。山灵有知，应感侠堪为状其雄伟之景，使侪于黄海而赋此诗也。黄山松石，固不同于鸡公山之石之树，不知鸡公山之云，涌而为海，与黄山之云海，亦有以异乎。

羊城谈往

次　溪

南汉芳华苑，在广州千佛寺侧，桃花夹水，可通小舟。《南海百咏》云："绿阴到处小舟藏，浅水漂红五里香。不见芳华旧亭苑，桃花应解笑刘郎。"昔廖云翼居荔枝湾，犁田得长刀，其铦已尽而嵌银文彩如绣，为当时芳华苑中遗物。又北十里田塍中多甃石，亦宫人所遗。黄瑜诗云："江水东流西日斜，刘郎遗迹尚天涯。芳华苑外裙腰草，玉液池边鼓吹蛙。隔陇牛羊闻牧笛，远林烟火见樵家。当年翠辇曾游地，留与东风长稻花。"不胜麦秀黍离之感。

花田在广州珠江南岸，弥望皆素馨，南汉时宫人葬地。家筱岑公诗曰："花田满值小南强，始信温柔别有乡。休把鸳鸯梦惊醒，梦魂长恋枕函香。"陈坤诗曰："素馨花市闹黄昏，抛掷金钱价莫论。争似种花郎有幸，一生长伴美人魂。"袁廷柏诗曰："名妃娇宠隔千秋，香气犹留土一丘。最惜花魂招不起，芳心何日得依刘。""依稀玉骨似当年，南汉凭谁说旧缘。

怪杀渡头天正晓,声声人唤卖花船。"陈天与诗云:
"兰麝堆边噪晓鸦,女儿争指美人斜。情根不死应留
种,玉貌如生亦似花。""蝶趁南村香有梦,魂归天上
汉无家。芳心自分随青冢,夜夜浓妆挹露华。"家北
野公诗曰:"刘王亭榭已无闻,剩有珠江绕小坟。十
载琵琶愁皓月,一湾茉莉葬红裙。野田漠漠谁为主,
春恨年年欲寄君。香魄至今名未死,竹枝声过泮塘
云。"罗秋浦诗曰:"燕雀秋风冷夕阳,遗钗堕珥散余
香。刘王自作降王去,一度花开一断肠。"按:素馨可
簪鬓、穿灯、佩衣、薰茶、点酒,入夜花田如雪,芬芳四
溢。广州旧城南岸名花渡头,花贩日载素馨入市出
售,由此上船,故名。

跋稿本同治《菱湖志》

旧　燕

　　菱湖，浙西巨镇，属湖州府归安县治。镇志之存于今者，为光绪十八年孙志熊所修本，余皆不可见。此为同治元年姚彦渠所修稿本，凡三卷：上卷，地理、建置、户赋、风俗；中卷，物产、人物；下卷，选举、艺文、杂记。按：姚彦渠字巽园，一字溉若，诸生，世居菱湖，潜心力学，不得志于有司，退而著书。光绪志有传，称其于经学罔弗贯串，尝作《禹贡正诠》，驳徐氏会笺潼漳不入河之非，正义从漯入济，自济入河之误，皆独具卓见，是其于舆地之学，盖夙有研究也。其撰镇志适丁太平军之役，烽火仓卒中独能不废笔，经数年而始成稿。光绪志杨岘序云："曩者，余从卞雅堂光禄游，光禄居城南之菱湖镇，令子小雅与余契，喜著书，尝谓明万历间镇人庞氏为志三卷，不传，拟续辑焉。余曰：'此杞宋之文献也'，力赞之。小雅曰：'姚巽园专一，盍少待乎？'盖巽园亦镇人，方勤搜访，稿已具而未竟也。曾未几时，粤事起，吾湖亦遭锋镝,余远客秦陇,不知巽园何时卒。小雅于咸丰庚申官娄县知县,殉职,度所著皆付咸阳一炬,呜呼酷哉!"孙志熊凡例云:"菱湖有专志,肇始于明庞太元、郑元庆。湖录称其未成之书。国朝如孙氏霖、卞氏乃绳、姚氏彦渠,先后采辑,亦未克观成,其稿佚不传。"是姚氏手稿当时未尝刊印,故杨岘疑已付之劫灰。孙志熊亦谓散佚不传,而不知其稿固犹在人世也。姚氏此书,简赅有法,考证尤精审,如谓"宋于吴兴存十六镇,而菱湖不与。南渡后始兴市廛。安禧王裔南迁于此,故附近多赵氏产。元末,罹兵火。明初,设务司、建社坛,日益蕃凑。维时市酤盛于东湖陵波塘以西,皆桑墟苇岸,阒无居人。成宏间,萑苻多警,民乃濒西湖居,以御溪寇。自是宅第连互,湖东西无隙地。"又谓"具区东岸,别有菱湖,史记以当五湖之一,而此湖以产菱得名。"皆为光绪孙志所不载,则他日续修志乘必当有采于是书矣。

陶成制银器

石　孙

陶成字懋学，一字孟学，号云湖，宝应人，明成化辛卯举人，性至巧，多才艺。尝见银工制器，效之即出其右。善写真，花鸟人物，皆入妙品。惟行则不端，晚年慕一妓，而妓不甚理之，成乃自织锦裙锻金环以赠，精类鬼工，妓大喜，因与款洽成，遂挟之以遁。事发，被遣戍。余旧藏有云湖作《三香图》花卉卷子，乃其在戍时作者。

《肄雅集》

继　祖

　　《碧血花》剧本女主角葛嫩之夫孙临,《明史》附见《杨文骢传》。其诗文集《千顷堂书目》著录凡四种:一、《楚水吟》,二、《肄雅集》,三、《我悝集》,四、《大略斋稿》。今惟《肄雅集》吾家藏一部外,余皆未见。光绪间,有人刻其崇祯壬午被放诗手迹,附以嘉庆名人题词,为孙节愍遗翰,钱保塘序之,谓集皆不传(《清风堂文钞》卷四),是《肄雅集》亦未见矣。予遍检公私藏书簿录。惟于《贩书偶记》(卷十四见《肄雅堂诗选》十卷,注康熙间精刻,有王士禛、张实居诸序。王载《蚕尾文续》卷二),言"先生犹子中麟,与予为同年,又三十余年,而其孙元衡来宰吾邑,出先生遗诗一编云云",盖即应元衡之请而作也。吾家藏本亦十卷,惟无'堂'及'诗选'字,崇祯八年乙亥刻,黄纸,半页九行,行十八字,淡绿色书衣,尚是明代旧装,前有张自烈、方以智序及自序。卷一至四为乐府歌行,题皖桐方以智密之选;卷五至十为五七言古,五七言律绝，五七言排律，题苍山张自烈尔公选。每诗题上有单圈、有双圈，亦有少数未加圈者。行间又有圈点，皆选者所加。全书无一方藏家印记，仅卷十有朱笔圈点及断句数处而已。此集旧藏贵阳陈松山田听诗斋，陈与吾家为姻戚。陈辑《明诗纪事》时，广搜明人别集，多秘本，此其一也。辛亥后，其藏书全部归日本田中氏文求堂。先祖适居海东，与堂主人相识，亟以金赎之，记其事于《五十日梦痕录》。嗣又归乌程蒋氏密韵楼，归上海商务印书馆涵芬楼，卒烬于日寇闸北之火。当售归蒋氏时，先祖择留其一二，是集在焉，幸得脱厄。予检《明诗纪事》卷六上共录临古近体诗六首，皆见集中，即所录张自烈、方以智评语，亦摘自二人所撰序者也。是集即《纪事》选录之底本无可疑，至《肆雅堂诗选》与此同否，予疑元衡即据此选本重刊而改题诗选者。然《肆雅集》已为作者著作仅存之一种。又其自刻版本，价值应在《肆雅堂诗选》之上，目为孤本，似非过矣。

集中大半皆仿古之作，可略窥见作者一生遭遇与志趣。卷二《孤儿行》自注"自伤如此"，盖临在襁褓中即失父。卷五《咏怀》二十首之十六云："十五研诵读，弱冠游黉宫。十六初染翰，嗜古大义通。壮志不家食，遨游任西东。"又云："秕糠席上说，刍芥柱下翁。南越系缨志，聊城一矢功。宁处非吾事，伤哉所遇穷。"又同卷，《拟古》十九首之十六云："我生二十年，行道何靡靡。"又云："金镶辘轳剑，光芒照秋水。一言不相能，发指怒相视。行侠无所成，茫茫归乡里，嗤我为轻薄，名我为荡子。荆和在路隅，涕泣刖双趾。"又云："全璧困蓝田，骏马加长齿。有才不自用，谁能为遣此。"临盖少有大志，热中功名，而倜傥不羁，慨慕游侠，以致命途偃蹇，不免赋诗自伤。是集以崇祯八年为断限，其总内容正如王士禛《肆雅堂诗选》序所说，和平怡愉之意寡，而幽忧痛愤之言多也。

孙临一生不偶，然其兄晋总督宣大，妇翁方孔炤（方以智之父）巡抚湖广，皆膺方面之寄，非无有力为推挽者比。故崇祯十一年，孔炤抚湖广，临即亲身参预戎幕。吴应箕《楼山堂集》（卷二十六）《赠孙克咸诗·小序》云："克咸自其外舅开府来小饮刘舆父家，自言曾临战杀贼，并言贼情形甚悉。诗有'英姿诸幕客，宅相有孙郎'及'论功宜上赏，如君即傅张'等句。但不久，孔炤与上官龃龉而被逮入京，临亦意兴萧索，退隐金陵，沉溺声色矣。"张自烈《芑山文集》（卷八）有《与友人论远声伎书》云："足下生长卿大夫后，讲悉古今利害，不仅以议论高天下。曩年足下以外舅大中丞入楚图贼,今春还里门,介胄见吴次尾,言剿抚方略,次尾壮之。因忆今士攻诗歌,鹜交游,袭蹈程朱之训诂,规摹欧曾之文词,倚谈孙吴韩岳之韬钤,矫饰陈窦李范之风节,皆无补当世。足下岂不过人远哉!"又云:"友人告弟曰,某沉湎声伎非一日。弟曰,某曾有杀贼功,大中丞疏其名于朝,当路薄加奖励。夫国初破格用人,意某由是窃自愤,视天下事无足有为。晋人引恶色自污,非沉湎可同日语。"或又曰:"子抑知其太夫人日夜忧其子狎声伎,废寝食,长太息耶!某虽负才,一旦逞意渔色,坐令太夫人废寝食长太息如此。昆弟戚党私共语痛悼如此,某岂藐藐罔闻耶,抑闻之而悍然不顾耶。"又云:"同人中如吴次尾、周勒卣文词为天下共推,独酒酣往往不自制,弟深以为忧,不谓足下复沦胥至于此极也。"友人实指临,书又云:"高会新居,与陈宧戟手交詈。"陈宧不知何人。《板桥杂记》:"临先昵珠市妓王月,月为势家夺去,抑郁不自聊。"临有争妓事,与书亦合。惟据金天翮《皖志列传》(卷一):"与临争王月者,为贵阳蔡如蘅。"则陈宧者,殆又别为一人矣。

清代日月食之救护

公　孚

自古以日食为天变,《春秋》书之,《通鉴》亦特纪其异。实则日月交会,其日时分秒皆可推测而知。明末泰西历算入中国,清康熙帝用西人汤若望为钦天监监正,又饬臣工著《历象考成》及《数理精蕴》两书,于是推算乃益精确。然列帝每于元旦逢日食,必且下诏修省,沿为成例。清代于日月食,皆有救护典礼,百官齐集,著玄青外褂。于初亏、食甚、食既,分次行礼,至复圆后,始易常服,其行礼地点在礼部。遇月食时,其所供牌位则大书曰:"夜明之位",其知识之幼稚可笑有若是者。迨光绪季年,朝廷纪纲日益懈弛,于奉行故事之时,其仆从等拥挤喧哗,并秩序而不克维持,盖一般人之心理,亦以为事类儿戏也。

燕市旧闻

次　溪

清代年例，二月二日朝阳门外墙根八旗官员于此打马枪。是日凌晨，复向马道口焚香，沿土冈拜跪，名祭龙岗。

崇文门内泡子河附近，有旧日科举试场。光绪甲辰以后，科举停止，试场空闲。宣统元年二月，将房舍围墙拆毁，木料砖石移至马神庙。大学分科，为添盖房屋之用，遗址初拟修建资政院，以革命事起，未果。

早年，元宵前五天，灯节期间，京市细民怀所饲草虫蟋蟀、蝈蝈、油葫芦之类，竞往茶馆比赛。有一种名蚂吉了，鸣声尤清越，凝神静听，如秋日在郊外青草地也。此会名为叫灯。

蛤蟆岸在宣南法源寺南岸，上有白马寺。昔人有诗云：“祠宇当城角，露蹄刻画真。房星何日坠，骏骨自能神。曾蹴阴山雪，思清瀚海尘。长疑化龙去，腾蹋上云津。”其旁有老槐一株，只剩孙枝，地为元之火焰营，昔有碑记，今已毁，下有积潦，现填平建成楼厦。

广安门外西南窑坑之旁有水一泓，名南泡子，中植芰荷菱蒲，四周榆柳环之。泡之北，有园亭，中植杂卉、松竹，极幽邃之致。

北京创办阅报社，以西城为最先，东南城继之，北城除日新阅报社外，尚不多见。继有北新桥北大街路西设立一东北城进化阅报社。又玉器商程启元创立果子巷讲报处，此光绪乙巳年底事也。直至民国十五年，仍开办，每晚并请王旭东讲故事，听者甚众。

天桥在永定门正阳门间，清代禁在桥上通行。每年天坛祭天，先农坛祀神农皇帝，由桥上经过，事先铺置黄沙，平时用辖管木将桥封锁。桥基作八字形，高出地面六尺，宽约七丈。民国七年修马路，将桥面落矮若干。十八年，因行车不便，将桥修平，不久，又将桥拆去，天桥遂名存实亡矣。闻故老言，光绪三十三年，西太后寿辰，桥上用鲜花扎搭彩牌楼，所费达数千金。

永定门外有地名花椒树，广植花椒以供市易。昔年曾产生大形蝴蝶，五色斑斓，同光之际，京中闲民辄于冬季豢养大蝴蝶以炫奇。先觅虫卵，以火薰，如唐花然。蝴蝶出生后，蓄于葫芦内，置怀中，愈大愈鲜艳，常于茶馆内比赛，妇女则取以插鬓。民国后，此风已革。

北京向皆土路，宣统初年，设民政部兴修马路，自骡马市大街开始以次及于城内。未兴修前，宣武门内外大街及地安门外大街之土道皆高于便道数尺，两旁屋宇多在其下，土厚辙深，车过尘扬，不能睁目。

苍然《集唐诗》稿本

玉　谷

　　岁壬寅，四明王西簃于冷摊得释苍然《集唐诗》稿本三卷，邮以赠余。苍然为清嘉道咸同间人，其手稿未刻，字体工整，一笔不苟，历年百载，几濒湮没，今幸归余，而余亦一时无力为之剞劂也。苍然名杭苇，号落拓头陀，俗李姓，昌善其名，幼年丧父母，九岁披剃为僧，初学禅于鄞南觉圆庵，拜如兰为师，既而云游宁海，问诗法于孝廉王云樵。嗣返明州，结茅于镇海龙山之北，曰宁远庵。又自署吟远山房，著有《吟远山房吟草》及《集唐诗》。生于清嘉庆初，卒于同治末，年约七十余。说者唐诗人有孟浩然，诗僧有皎然，今得苍然，可谓三然矣。《集唐》至为浑成，以他人之意为己意，而借他人之词为己词，人各有意，不啻若自其口出者。昔文信国公集杜诗四卷，已开先例。觉范大师《冷斋夜话》曾云："集句诗山谷谓之百家衣，至清人则有香屑蓄锦诸集，要以剪裁工整、天衣无缝为上乘。"吾观苍然所集，自与剽窃掇撷者不可同日而语，惜其所作《吟草》尚未发现为憾。稿前有自序一篇，骈四俪六，亦非俗手所能办。集中有《自题吟远山房集唐人句》，七律五律各三十首过半。《回草堂访包居士云孙得诗》三十首，《过朗吟仙馆》三十首，《觉圆月记》十四首，皆钩心斗角之作。兹录其一，以见一斑："石林精舍虎谿东（郎士元），对远方知色界空（白居易）。清景乍开松岭月（武元衡），早寒先到石屏风（温庭筠）。桑田碧海须臾改（卢照邻），野径荒墟左右通（张南史）。无伴偶吟溪上路（钱翊），不须回首问渔翁（罗邺）。"

崔莺莺墓志铭与李香君桃花扇

丛　碧

张君瑞与崔莺莺事，即元微之本事。双文，微之所命字也。元人写为《西厢记》，不更赘。故友陶心如云，于河南浚县曾发现莺莺之墓志铭，书郑妻崔夫人，为古董商人所得，心如曾见之，后不知所归。又，余二十余岁时，即闻岳武穆书《出师表》，与杨龙友画李香君之桃花扇，同在项城袁氏家（为袁保恒之嫡支，非袁世凯之一支）。后知武穆书《出师表》确在袁氏家，与《满江红》词皆明人所伪，是以书体近祝允明。桃花扇则不在袁氏家，仍藏壮悔后人手，曾持至北京，故友陶伯铭见之。扇为折叠扇，依血痕点画数笔。扇正背，清初人题咏无隙地。以紫檀为盒，内白绫装裱。绫上题亦遍。伯铭极欲购藏，而索价五千，无以应，持去。再访之，人已不在，扇迄今无消息，恐此二尤物，已均流入日本矣。

李莲英一冠所值

丛 碧

　　清朝顶戴七八九品，金顶。六品，砗磲顶。五品，水晶顶。四品，暗蓝顶。三品，亮蓝顶。二品，珊瑚顶，嵌寿字。一品，珊瑚顶，不嵌寿字。亲王、郡王、贝勒、贝子，则红宝石顶。翎有蓝翎、花翎、双眼花翎、三眼花翎。翎管，有翡翠者，有玉者。四品以下多用玉翎管。冠纬，冬日用红丝织纬，夏日藤冠，用红犀牛尾纬，罗冠用红丝织纬，冬冠用貂皮帽檐，夏冠前面嵌大珍珠一颗。吾友溥雪斋忻为清贝子，余曾问其当时所御一冠之费。彼称红宝石顶分大小与成色，特好者亦需三数千金。彼之三眼花翎，购值为银四百两，连红宝石顶翠翎管，亦数千金云。按此尚非阔绰者，传吴三桂有三宝，其一即红宝石顶，特大，光照数尺（见《清朝野史大观》）。一冠之值最昂者，为李莲英之冠。李三品，戴亮蓝顶，以蓝宝石为之。蓝宝石珍希数倍于红宝石，此一顶值银四万两。黄杨绿玻璃翡翠翎管，复值银一万数千两。所戴翎为蓝翎,孔雀眼并不贵,而鸵鸟羽线特贵,披盖满肩,又值二三千两。冠前大珍珠,精圆彩焕,又值数千两,其一冠之值,竟在六万数千两,真足骇人听闻!

戏子坟

次　溪

广渠门内夕照寺西南四眼井地方,有安庆义园,为梨园子弟丛葬地,土人名之曰戏子坟。余修梨园史,曾往访之,于败草丛莽中见同光间傅芝秋、朱霞芬等墓碣及乾嘉以来名伶旧墓。又见高朗亭《重修安庆义园碑记》,知为明末所置,道光七年重饰。稍南南极庙旁,有春台义园,建于道光十五年,陈孔蒸、蒋云谷所倡,现以整理市容,均已夷平。又右安门内盆儿胡同南潜山义园、猪营松柏庵安苏义园、陶然亭西南梨园义冢,同时均迁往永定门外大红门第三公墓,于是三百年来城内伶工葬地遗迹遂绝。庚子夏,余于厂肆宝古斋得李莼客贺朱霞芬新婚联,墨沈犹新,人琴俱渺,盖已越百年矣。

贯华阁散记

彦　和

无锡词人顾梁汾为营救吴江吴汉槎作《金缕曲》二阕，词情悲激，纳兰容若读之为泣下，引为己任，从中援手，汉槎得释回，其事耸动一时，诸人之名亦因而大著。梁汾南归后，容若扈从康熙南巡至无锡，访梁汾，夜登惠山贯华阁，去梯玩月，作竟夕谈，艺林传为盛事。阁屡经倾圮，乙丑年先父味云公始鸠工重建，并请同邑名画师吴观岱绘成图卷，当代名流题咏殆遍。适江阴夏孙桐丈辛未年于厂甸书肆收得梁汾诗四册，除《栌塘集》已有刊本外，复有《楚颂亭集》《扈从集》《清平遗调》皆世所罕见，遂嘱先父付诸剞劂，俾使前贤遗著不至散失。又哲嗣慧远先生为贯华阁图题诗有句云："余音未付广陵弦"，即指此书也。近人有以张任放《饮水词人年谱》载梁汾康熙二十三年重入京师一语为据，误认容若扈从南巡在二十三年九月。时梁汾已入京师，无同登贯华阁之可能，实则梁汾《弹指词》有"大江东去"一阕，落句云：

"等闲辜负,第三层上风月。"词后注云:"呜呼!容若已矣,余何忍复拈长短句乎!是日狂醉。忆桑榆墅有三层小楼,容若与余昔年玩月去梯中夜对谈处也,因写此调,落句及之。"可见梁汾、容若同登贯华自属实有其事。复查梁汾之门人邹升恒所撰《梁汾传》曾云甲子旋里,甲子即康熙二十三年。《楚颂亭集》有梁汾《重制竹垆告成志喜》七律一首,系甲子仲秋作,后附容若题竹垆新咏卷,其序亦云:"惠山听松庵竹茶垆,岁久损坏,甲子秋,梁汾仿旧制复为之云云。"则康熙二十三年夏秋之间,梁汾尚在无锡,为登阁事又得一佐证。盖因张任放《饮水词人年谱》中未说明月份,乍观之似梁汾于二十三年全年皆未在无锡,乃使后人有所误会。余则认为是年十月汉槎卒于京师,或梁汾闻之,遂专程北上为其营葬,藉尽山阳死别之情。以此推断,梁汾、容若登阁事必在是年秋末,而梁汾入京当在是年初冬矣。

亦谈同名

和　孙

二卷中载清桐城与海宁两张英，师生同名事，一时传为佳话。忆幼闻先大父子和公谈，晚清时，铁宝臣良为兵部尚书，有湖北荆州驻防旗人铁韵铮亦名良，进京引见毕，晋谒兵尚，谒于署，谒于邸，屡遭屏绝，烦闷殊甚，一日，与大父述及，并倩大父为彼探之。不数日，大父遇宝臣于某处，因询之，宝臣笑曰："我与他夙不相识，更无芥蒂可言，不过铁良见铁良不便耳。"韵铮闻之，乃改名铁忠。此较之张文端师生，何其鄙也。

板桥逸文

玉　言

李勺洋著《十二笔舫杂录》，刊于道光壬午，其先人曾客瑶华道人弘昈家，勺洋得与相接，是以书中亦偶存八旗诗人掌故，如《记正白旗步兵良诚七律》，谓为"情韵萧疏，无烟火气"，而叹美行伍厮役中居然有此诗才。又论李眉山（隶正黄旗）谓沈归愚《别裁集》中，于厉青诗合乐府、古风、五七律，才取五首而已，以为南北门户之见，尚未尽泯，皆为具眼。其《梅影丛谈》卷二云："郑板桥令潍县日，尝口占一绝，赠一富室，云：'八个头钱一副牌，几年挣得好家财。劝君莫更夸能事，自有儿孙送出来。'"又一则云板桥罢官归扬州，贫甚，以诗寄潍人韩某云："老去依然一秀才，荥阳家世旧安排。乌纱不是游山具，携取教歌拍板来。"隔岁，韩遣人往遗之，则板桥已下世矣。余按此二诗似俱未见收于近人所辑《板桥集补遗》中。又余尝有板桥致朱青雷书札一通，文云："潍署一别，于今十数年，须白尽，发之黑者十无二三。人生不耐老,亦至是邪？足下精神意趣,量不减从前,而须髯亦稍稍改矣。破船羸马,年年来往扬州,足下至时,我独不遇,深为怅惋！想高情古道,亦欲径到敝邑,恐陶潜官罢,酒瓮皆空,极不愿令主人烦费乎。紫琼仙客,忽归道山,闻之令人气短。然新主人能识足下于牝牡骊黄之外,其遇合亦不减昔时也。绣章亲家,屡接华翰,皆谆谆念切鄙人,荷蒙此意于数千里外,且不一次,实为难得,颇欲作拙书拙画相寄,而穷途卖字,刻无宁晷,非此则无以糊吾口,往往匆遽懒慢,开罪故人,想复原谅。足下近日书法愈觉老成,比之傅青主则体格端凝,比之郑谷口则精力完足,比之万九沙则气味清谨,老夫当在下风矣。刻印之妙,古不乖时,健而能软,使南阜再生,凤冈复作,当敛衽而避。拟于今年二月策蹇来燕,因家有期亲之服,赆馈为之一空,又俨然在忧服之中,未便径出。此时又溽暑盛夏,老年人不耐渴烦,当待清秋露冷,然后听晨鸡而著鞭耳。有安道长名凤彩者,与予善,曾往来平邸,在扬时深知鄙人近况,若得会面,便可询问一切。又有小徒昆宁者,曾为国子监丞。查新缙绅,忽复不见,不(当落知字)近日所署何官,乞问而告我,用一小纸条置绣章兄书中可耳。板桥郑燮顿首,青雷贤友年兄足下,乾隆己卯六月十二日午余,扬州拜。尊堂太太、尊阃夫人万安万吉。"考紫琼卒于戊寅(乾隆二十三年),青雷先客其家,至是遂移席平郡王府,即札中所谓新主人者是矣。己卯,板桥已六十七龄,犹有来燕之意,不知何为?因念平生所见板桥诗文题跋散在各处,若能随手纂录,可助考索者实多,今但能举此一二矣。

清代考试出截搭题

公　孚

清代各省学政对应考之童试八股文，每出截搭题。所谓截搭者，截去《四书》题应连之上句，而搭入不同章节之下文，又截去应连之下句，盖所以防考童之抄成文。其是否连上犯下，一望而知，易于弃取，无烦细阅通篇也。俞曲园樾任河南学政时，曾以"入于海周公"命题，类是者不一而足，为御史所参，指为割裂圣经，部议革职。又有人谓其以"君夫人阳货欲"命题，则不但隔章，而且隔篇，并语含嘲谑，周内之可贾奇祸矣。昔年王益吾先谦为江苏学政按临常州，阳湖庄思缄蕴宽以考童应试，原名惜抱，题为子路拱而立，至下章之逸民伯夷，而截去叔齐以下。凡为截搭题文，向有钓渡挽等法。此题必须扣准伯夷，而不牵到叔齐，方为合作。庄文至渡法时则云，"吾不知丈人所居之室，为伯夷之所筑与？丈人所食之黍，为伯夷之所树与？"虽直《抄孟子》，而确与叔齐毫不相干。时吾邑应试者几及千人，学额仅二十二，较乡试之得举人者为尤难。榜发，庄名列第一，及发落时，学政对众勉励数语，传话独留案首（小试第一通称案首），进内单见。庄趋至庭，王在阶上相迎，连称大才大才，邀入室谈话，且云汝之名原取姚姬传惜抱轩之义，究嫌冷僻，为改名蕴宽云。庄为予从母之夫，过从之暇，辄为予追述如前。又某学政按试苏州长洲、元和、吴三县，所出题长洲为"洋洋乎"，元和为"洋洋乎"，题下均附注出处，考童哗言《四书》中只有两个洋洋乎（按皆在《中庸》），第三题看他如何出法。及吴县题出，则"少则洋洋焉"。此不过临时弄巧取笑而已，识之以见光绪朝一时之风气。

饭后诗钟分咏

丛　碧

　　诗钟源于福州，时在清嘉庆，林文忠则徐在《雪鸿堂初集》中有折枝诗句即是。《清稗类钞》载诗钟有正格，有别格。正格有凤顶、燕颔、鸢肩、蜂腰、鹤膝、凫胫、雁足诸称（即一唱至七唱）。别格有魁斗、蝉联、鼎峙、鸿爪、双钩、杂俎、卷帘、辘轳、碎锦诸称（字不相对者），此皆嵌字体。作者多依正格，如张之洞宴集奕劻、袁世凯，招幕僚为诗钟，拈"蛟断"二字四唱，蔡乃煌应声云："射虎斩蛟三害尽，房谋杜断两心同。"上句乃影射瞿鸿机、盛宣怀罢职与岑春萱谢病，下句指张袁交欢主持国政，故奕劻张袁皆大悦，即擢放乃煌苏松太道，此已为诗钟之史事。又樊樊山、易实甫瀟社诗钟拈"女花"二唱，有集义山、乐天一联云："青女素娥俱耐冷，名花倾国两相欢。"皆以为佳。旋又有人集牧之一联云："商女不知亡国恨，落花犹似坠楼人。"又较前联为妙。复又有集义山、少陵一联云："神女生涯原是梦，落花时节又逢君。"

遂以抡元。此为嵌字体之脍炙人口者。又有分咏体,以毫不相干两题上下分咏,有时妙语天成,较嵌字体尤饶意趣。余即最喜为分咏体而不喜嵌字体。如甲午中日之役,李鸿章主和,朝野气节之士群起讦之。当时有"赶三一死无苏丑,李二先生是汉奸"之联语。此亦诗钟分咏体之史事。岁乙未,余倡为饭后诗钟集,专为分咏诗钟,参与者有夏枝巢、陈紫纶、章行严、靳仲云、江公岩、诸季迟、宋筱牧、黄娄生、沈仰放、谢稼庵、萧钟美、黄君坦、溥叔明、夏慧远诸人,每月一集,多在季迟及余家。每集五题至六题,每题作二联至三联。先七日示题,收稿汇印,聚饮评唱,亦时有趣致之作,举例如次:"张京兆""升官图""五日风流看走马,一场春梦竟呼卢。"(季迟)"九转彩骰新仕版,一方玉印旧家声。"(君坦)"风流只在眉间黛,腾达全凭骨里红。"(丛碧)"银锭桥""诸葛亮""大名突起庚辛后,奇计难成子午中。"(筱牧)"卧波儿和西陂咏,辞庙孙偕北地传。"(枝巢)"燕居此地邻虾菜,龙卧当年侣凤雏。"(仲云)"才胜曹丕超十倍,名齐李广夹双流。"(娄生)"五丈原星沉渭上,太行山影落波前。"(紫纶)"清波近映金丝套,英气长留玉垒关。"(丛碧)"萧何""川菜馆""无双谱忆花猪味,第一功羞汗马劳。"（君坦）"生涯定为文君盛，相业能逃吕后诛。"（筱牧）"招客开尊龙阵摆，劳君定律鸟弓藏。"（季迟）"宋广平""螃蟹""独立几曾阿武后，一生恨不近文君。"（筱牧）"文传梅赋心如铁，注考檀弓背似匡。"（娄生）"相业姚崇分正变，将才彭越等英雄。"（钟美）"正色扎朝嗔鹤监，无肠诗狱到龙王。"（君坦）"脂膏甲壳惟宜酒，铁石心肠也赋梅。"（稼庵）"周穆王""痔疮""何处更求回日驭，岂宜重问后庭花。"集义山（丛碧）"出缘造父归谋父，饮戒中年咏大年。"（筱牧）"上赏五车酬一舐，哀歌八骏问重来。"（季迟）"医方鹰爪王家帖，轶事龟山戚氏词。"（君坦）"连鬓胡子""牡丹""人面不知何处去，狂心更拟拆来看。"集崔护、方干（丛碧）"侠士双钩金灼灼，美人一捻玉纤纤。"（季迟）"半遮人面长生草，独放仙盆顷刻花。"（公岩）"老马""中秋不见月""明岁花灯防雪打，当年金勒惯风嘶。"（筱牧）"曾傍大旗嘶落日，欲持利剑砍浮云。"（丛碧）"此日依人羞恋栈，他乡作客不思家。"（叔明）"无限风光虚桂子，可怜颜色恋桃花。"（君坦）"金主亮""麻子""立马峰头窥宋室，卖刀燕市数王家。"（筱牧）"柳永乐章终误汝，李蟠花烛却羞郎。"（君坦）"千秋谥法侔隋帝，九姓江山买美人。"（丛碧）

"宋江""柿子""三十六人瞻马首,百千万树系牛心。"
(筱牧)"吉语朱盘谐四事,薄情黑面咒三郎。""覆灭
宋徽辛丑岁,复生唐睿景云年。"(仲云)"曹操""背面
美人""使尔遗羞惟赤壁,教人看杀是苏州。"(季迟)
"疑冢何曾瞒后世,羞花故不现前身。"(筱牧)"宁肯
负人休负我,莫须猜丑但猜妍。"(紫纶)"杨贵妃""近
视眼""承欢侍宴无闲暇,对影闻声已可怜。"集乐天、
义山(丛碧)"面前但觉乾坤小,掌上犹嫌体态肥。"
(季迟)"风前仙袂飘飘举,天上星辰断断无。"(筱牧)
"曾借爪痕钱上掐,长教鼻印卷端留。"(娄生)"抹胸"
"蟹爪菊花""新词抱肚谁家玉,瘦影爬沙满地金。"
(君坦)"乳香贴护双峰凸,花蕊撑开八脚圆。"(筱牧)
"黄嫩略同钩弋瘦,红酥难掩玉环肥。"(季迟)"隋炀
帝""秃子""鸽粪着时嘲佛子,燕泥落处杀诗人。"(筱
牧)"落日锦帆万杨柳,枯霜青镜一葫芦。"(行严)"兔
冠老尽中书兔,剪采飞残废苑萤。"(枝巢)"尼寺私妆
蒙锦帕,迷楼秘戏入铜屏。"(君坦)"地下应兄陈后
主,邺中英婿广陵公。"(丛碧)"落叶""驸马""恨曲甲
申哀巩尉,秋词庚子哭珍妃。"(筱牧)"昨夜秋风今夜
雨,一人女婿万人怜。"集卢纶(丛碧)"杜老秋怀伤玉
露,郭家喜剧打金枝。"(丛碧)"新词圆月王都尉,旧

泪回风楚大夫。"（紫纶）"废园""月份牌""主人不在花常在，世事何时是了时。"集钱起、张继（丛碧）"香笺秘记红潮信，残础都迷绿野痕。"（季迟）"惆怅双双逢燕子，依稀几几染梅花。"（筱牧）"壁版历揿罗马字，台基碑出水蛇年。"（君坦）"去无所逐来无恋，月自当空水自流。"（行严）"霸王""鹦鹉""功业输人双玉斗，文章累我一金笼。"（君坦）"乘时得路何须贵，卷土重来未可知。"集罗邺、杜牧（丛碧）"刓头终不臣刘季，折翼犹能警媚娘。"（筱牧）"老妾""三月三十日""曾经沧海难为水，未到晓钟犹是春。"集句（钟美）"小妇多年成大妇，东风过夜即南风。"（季迟）"今夜饯春随烛尽，小星替月似珠黄。"（君坦）"当夕春心犹荡漾，明朝夏气已清和。"（仲云）"温柔情味鸡皮少，春夏光阴燕尾分。"（枝巢）"科甲翰林""聋子""一朝选在君王侧，终岁不闻丝竹声。"集乐天（丛碧）"高文大策人皆用，耳冷心灰百不闻。"集放翁、东坡（行严）"尾若烧成从鲤化，耳同割去学龙乖。"（季迟）"魁占三元传捷报，禅参八识断闻根。"（筱牧）"曾赐锦袍宣李白，空凭瑶瑟对秦青。"（紫纶）"红绫馅饼叩春宴，玉瑱冠旒塞帝聪。"（君坦）"鬓外貂斜妨耳语，发中蝉响兆头鸣。"（丛碧）"美男子""尿壶""好向中宵

盛沆瀣，焉能辨我是雌雄。"集陆龟蒙、骆宾王（丛碧）
"目迷花伴雌雄侣，宠夺汤婆上下床。"（季迟）"玉貌
形惭王武子，金牌名耻赵文华。"（筱牧）"智伯数终头
似虎，秦王十八貌如龙。"（枝巢）"腹消午夜三瓯茗，
貌胜河阳一县花。"（叔明）"三珠捧出归花部，七宝装
成入烬宫。"（君坦）"歌妓""髑髅""商女不知亡国恨，
除君皆有利名心。"集杜牧、皮日休（丛碧）"十二珠帘
金缕曲，三千红粉玉钩斜。"（丛碧）"出土三郎残玉
貌，登坛蹇姐炫名娟。"（行严）"唐殿珠喉借罗黑，宋
陵玉骨泣冬青。"（枝巢）"蚀雨土花金锁骨，娇春檀板
锦缠头。"（季迟）"豆赤君能传吉语，柳青娘善啭歌
喉。"（仲云）"柳七新声牙板付，李三冥福玉颅祈。"
（君坦）"难得邢娘先入道，谁知辽主竟通神。"（筱牧）
"杜牧之""白干酒""刻意伤春复伤别，不惟烧眼更烧
心。"集李商隐、李绅（丛碧）"好好诗工怜燕子，陶陶
味永醉羔儿。"（季迟）。"绮梦十年吟荳蔻，香醪一盏
对莲花。"（君坦）"姚广孝""旅行社""两朝帝相双和
尚，万里江湖一小家。"（行严）"迁客生涯羁客舍，少
师勋业大师才。"（季迟）"莫更寺门寻庆寿，已无店主
识连升。"（娄生）"荣贵少师遭姐怒，光阴过客替人
忙。"（筱牧）"王昭君""豆腐""秋水为神玉为骨，汉恩

自浅胡自深。"集工部、半山（行严）"青冢牛羊依塞北，丹房鸡犬附淮南。"（筱牧）"琵琶驮上阒支马，苜蓿分来小宰羊。"（君坦）"马上琵琶犹汉语，盘中钉饳似婆心。"（丛碧）"尼姑""冰""出世无心谐凤卜，渡河倾耳起狐疑。"（季迟）"发易长成嗤武氏，心难比并笑文君。"（筱牧）"名从佛国优婆塞，冻合胡天热落河。"（枝巢）"老年纳宠""水田""阳精欲落阴精出，黄鸟时兼白鸟飞。"集韩偓、杜甫（丛碧）"多补先天餐枸杞，少留余地种慈菇。"（丛碧）"夏木荫中飞白鹭，枯杨命里照红鸾。"（筱牧）"秋日普收春日种，小星时伴寿星明。"（季迟）"春禊""美人足""谁能载酒开金盏，应愿将身作绣鞋。"集杜甫、温飞卿（丛碧）"美酒被愁花被恨，春风钩梦月钩魂。"（季迟）"上巳风流能踵继，秘辛杂事记肤圆。"（紫纶）"阁帖右军传玉枕，宫花后主制金莲。"（筱牧）"人嫌藕覆添龙爪，天为兰亭缚鼠须。"（行严）"兵尘惨淡朝天烛，韵事留连曲水觞。"（君坦）"苏东坡""河豚""同馋人口江瑶柱，可鉴臣心水调歌。"（丛碧）"水府谗言逢鳖相，米家赝本怯鱼羹。"（君坦）"玉局酒痕蕉叶称，都官诗兴荻芽高。"（行严）"神女祠""病夫""常言吃药全胜饭，尽日灵风不满旗。"集贾岛、李商隐（丛碧）"支离还觅三年艾，云雨空留一炷香。"（慧远）"巫峡朝云生画壁，茂陵秋雨卧文园。"（紫纶）"千秋云雨依荒庙，半世光阴寄药炉。"（叔明）"候补官""花轿""不应永弃同刍狗，从结高笼养凤凰。"集骆宾王、陈陶（丛碧）"可怜里面红鸾命，无奈前头老虎班。"（丛碧）"俗风犹自拘三箭，捷径还须仗八行。"（季迟）"美缺几时膺鹤版，奇缘中道寄麟囊。"（君坦）"趋承不亚蝇钻纸，闭置浑如凤困笯。"（筱牧）"身闲此日听衙鼓，子贵他年换板舆。"（丛碧）"风筝""功臣像""欲上青天览日月，早闻黄阁画麒麟。"集李白、杜甫（丛碧）"误里姻缘怜姐妹，画中恩宠系君臣。"（君坦）"汗马只留麟阁画，纸鸢不见蜡丸书。"（筱牧）"李邺巧思安竹笛，文渊无分误椒房。"（紫纶）"秘书""轮船""贪看案牍常侵夜，远似乘槎欲上天。"集白居易、韦庄（丛碧）"水激火攻占既济，捉刀借箸眩同人。"（行严）"简牍劳形惟伏案，机舵齐力不张帆。"（紫纶）"盾墨花飞传露布，璇玑地转失风樯。"（仲云）"贺监乞湖空翰藻，杨么踏浪此权舆。"（君坦）"李白""会馆""心是主人身是客，诗家才子酒家仙。"集白居易、赵嘏（丛碧）"群玉山头传绝调，泥金门首报长班。"（筱牧）"能识汾阳为国士，应夸苏小是乡亲。"（季迟）"匾额常悬龙虎榜，诗篇独占凤凰台。"（娄生）"容身白屋长安易，举目青天蜀道难。"（稼庵）"老友""滁州""两边蓬鬓一时白，雨后山光满郭青。"集白居易、张籍（丛碧）"深树独怜西涧草，残灯初影九江人。"（行严）"交久向来如水淡，地偏无处不山环。"（仰放）"濠上虎龙王气尽，山中猿鹤故人稀。"（季迟）"多妾""木主""列屋闲居教夜舞，后车同载伐朝歌。"（筱牧）"从来力尽君须弃，直至如今鬼不神。"集乔知之、汪遵（丛碧）"只恐妒争逢母虎，无须战栗说公羊。"（紫纶）"内宠如夫人雁列，外荣赐进士鸿题。"（季迟）"忍寒半臂风流队，堕泪长生禄位牌。"（君坦）"老童最怕听先考，内嬖偏多宠后来。"（丛碧）"欠债户""社日""暂尝新酒还成醉，来是空言去绝踪。"集乐天、义山（丛碧）"东墙去挖西墙补，九土能平后土封。"（筱牧）"台避揖将穷鬼送，村居扶得醉人归。"（娄生）"今生事了前生事，半醉人扶已醉人。"（季迟）"春雨恰逢新燕到，秋风不见旧蚨归。"（君坦）"世有冯驩焚旧券，人多张蝘赋新诗。"（稼庵）"无台可避颜常赧，有酒能医耳不聋。"（丛碧）"妻妾争宠""邮差""未知肝胆向谁是，欲问平安无使来。"集骆宾王、杜甫（丛碧）"输赢云雨双摇会，奔走风尘一纸书。"（季迟）"到门不作催科猛，列屋皆如敌体尊。"(娄生)"当夕须防狮子吼,到门疑送鲤鱼来。"(筱牧)"胃病""花船""停杯投箸不能食,载妓随波任去留。"集李白(丛碧)"理气合拈红荳蔻,浮家宜住紫鸳鸯。"(季迟)"封到烂羊愁汉尉,摇来轻燕爱吴娘。"(紫纶)"载妓直穿红藕去,求仙欲逐赤松游。"(丛碧)"闲官""峨嵋山""簿领风清无吏到,旌旗日薄少人行。"(筱牧)"郊无戎马郡无事,未见高僧只见猿。"集乐天、义山(丛碧)"洞仙灵迹连嘉定,祠禄空衔领建宁。"(筱牧)"两点黛螺齐瓦屋,双飞梁燕舞琴堂。"(季迟)"绝顶僧来残雪带,讼庭人少落花多。"(叔明)"卧来月比钟僧冷,飞出云如剑侠奇。"(仲云)"索债客""鳏夫""和靖寒梅聊慰意,丘迟寸锦不留情。"(君坦)"赵璧当归安可避,秦宫独活最难堪。"(季迟)"此生无意为鹣鲽,来世教他作马牛。"(筱牧)"排队买票""三河县老妈""论鲫名流如贯柳,赶驴夫婿不寻梅。"(丛碧)"俏皮别作风流样,案目今无支配权。"(季迟)"朝云""生子""天涯何处无芳草,池上于今有凤毛。"集东坡、少陵(丛碧)"惠州抔土如青冢,江左英雄似紫髯。"(丛碧)"暮雨梦婆欣有伴,恩波臣等愧无功。"(行严)"北堂秀发丛兰桂,南岭凄凉对荔枝。"(筱牧)"开会""病犬""语终尽兴各分散,客至从嗔不出迎。"集乐天（丛碧）"聚如茗肆辞锋骋，瘦到梅花脚印疏。"（君坦）"帷眠不复声如豹，铃振何尝睡似狮。"（季迟）"关羽单刀来夏口，李斯空手出东门。"（丛碧）"秋郊""旦角""万木自凋山不动，少年为戏老成悲。"集李群玉、白乐天（丛碧）"新声花部三珠媚，寒色荆村一掌平。"（仲云）"乍疑芳树莺声啭，入望霜天雁影迷。"（娄生）"风光可惜生萧索，模样终难作藁砧。"（叔明）"无酒""石崇""纵使有花兼有月，只能谋富不谋身。"集李义山、吕岩（丛碧）"未解散财空斗富，只宜学佛不成仙。"（季迟）"金谷剧怜红粉尽，黄花不见白衣来。"（娄生）"唐人小楷""指挥刀""体法黄庭传八象，庄严丹陛卫千牛。"（丛碧）"督战三军同马首，端书广韵有蛾眉。"（行严）"卯金芒砀摩天刃，玉枕昭陵缩影书。"（君坦）"钟傅远师承魏晋，王祥不羡失萧曹。"（丛碧）"花柳病""江淹""彩笔梦还来郭璞，天花宾驭误春坊。"（筱牧）"锦段赋成花比艳，胭脂驮上马嫌轻。"（丛碧）"身上杨梅疮作果，梦中筠管颖生花。"（丛碧）"东风暗惹频频发，南浦别愁黯黯生。"（娄生）"老年猎艳""墓志铭""且向花间留返照，唯应石上见君名。"集李义山、卢纶（丛碧）"文字埋幽同瓦狗，风流结局到人虾。"（季迟）"驴鸣只剩韩陵石，鹤鬓羞寻杜曲花。"（仲云）"冯道""隐士""天下久讥长乐老，人间共羡少微星。"（筱牧）"天爵竟为人爵误，青云不及白云高。"集李玖、赵碬（丛碧）"七里江山双鬓老，五传朝代一身全。"（丛碧）"十主致身长乐老，九师低首小山徒。"（季迟）"兔园册子频回顾，豹雾文章未易窥。"（行严）"身世人寻孤鹤侣，家风女亦九龙妃。"（君坦）"妓女""不语""桃花息国三年恨，杨柳章台一段愁。"（筱牧）"秋雨枇杷门巷冷，春风桃李径蹊成。"（季迟）"自是一身嫌苟合，只将羞涩当风流。"集刘威、骆宾王（丛碧）"身家怜共落花比，心事休教鹦鹉知。"（丛碧）"陶渊明""懒汉""但使残年饱吃饭，先拼一饮醉如泥。"集杜甫、李白（行严）"匣里有琴尊有酒，中宵多梦昼多眠。"集汪遵、李昌符（丛碧）"鹤恋故巢云恋岫，醉闻花气睡闻莺。"集刘长卿、元稹（丛碧）"吟集聚餐""邯郸""芳樽饤坐吟坛客，利屣鸣弦大道娼。"（行严）"借枕亦同蝴蝶梦，拈毫兼作稻粱谋。"（丛碧）"分曹共进先生馔，救赵曾挥力士椎。"（丛碧）"简化字""悲秋""义音依旧形俱变，草木于今气不堪。"（季迟）"点画且从蝌蚪始，呻吟直似候虫鸣。"（君坦）"每到林间怀宋玉，无劳亭下问扬雄。"（筱牧）"汉文有道恩犹薄，王粲登楼兴不赊。"集刘长卿、戴叔伦（丛碧）"萧萧愁咏少陵句，咄咄还输殷浩函。"（丛碧）"凤凰""南阳茅庐""到门不敢题凡鸟，尘榻无人忆卧龙。"集王维、元稹（丛碧）"尽瘁自因三顾重，于飞端为儿成来。"（季迟）"对向隆中筹鼎峙，筮从妫后协归昌。"（紫纶）"不逢萧史休回首，终见降王走传车。"集义山（行严）"铁路""流莺""花迎剑佩星初落，车走雷声语未通。"集工部、义山（君坦）"荡舟为乐非吾事，度陌临风不自持。"集朱之间、李义山（丛碧）"百盘地逐修蛇驶，千畴春随语燕娇。"（筱牧）"飙车来往遵同轨，诗品纤秾喻比邻。"（紫纶）"感冒""排队""但有后先无少长，最难调理是炎凉。"（筱牧）"时令中人鹦鹉疟，班行笑汝鹭鸶群。"（君坦）"为乘阳气行时令，谬荷鹓鸾借末行。"集王维、皇甫冉（丛碧）"日序班头如候补，时多涕泪似陈情。"（丛碧）"病人吃药""浮云""忍苦可能遭鬼笑，长安不见使人愁。"集韩渥、李白（丛碧）"白衣苍狗俱随化，金匮黄龙且试方。"（紫纶）"生机但靠神农谱，秘笈空余宝绘堂。"（君坦）"舌尖甘苦三年艾，日下阴晴一霎时。"（慧远）"作幻随观翻白絮，偷生宁愿茹黄连。"（钟美）"阮籍""帝国主义""古往今来皆涕泪，虐人害物即豺狼。"集工部，乐天（丛碧）"咏怀格调翔鸾凤，蓄意侵

吞暴虎狼。"（季迟）"何人值得垂青眼，此辈包藏尽黑心。"（娄生）

丙申岁筱牧逝世后，戊戌季迟亦逝，叔明、枝巢、公岩、娄生又相继逝，此会遂不能复举。今者南北各有词社，吟人为旧体以歌颂新世。诗钟则属雕虫小技，无更为之者矣。

王可庄购藏程君房墨故事

亮　吉

　　程君房为明朝著名制墨家,在万历年间以还朴
斋墨业问世,与当时名墨家方于鲁相竞争,旋更名宝
墨斋,亲自操持,所制益精,名益显,凌驾方氏之上。
清初,藏墨家争宝君房墨,然其真品已不可多得。清
末,翰苑每恃明墨为善事利器,而程氏作品尤珍同拱
璧。可庄殿撰闻知都门一旧家和程氏墨质于当铺,
无力赎出,殿撰雅嗜喻橐,时与盛伯熙祭酒为昆弟
交,鉴别考订,至为精审。此墨是一巨螺形,一面镌
五棵松,一面镌"五大夫"篆书三字,苍劲古雅,完整
无瑕,对此尤物,不忍交臂失之,而赎金需二百两。
时清俸所入,尚不敷数,又不愿向人告贷,商诸夫人,
即脱金臂钏一环以助之。盖以钏可再有而墨则绝品
也。嗣殿撰任粤省学政,即购翠玉钏一环以酬夫人。
按君房辑有《程氏墨苑》一书,为墨坛绚烂之花,版画
艺术之杰作,此五松墨即载于《墨苑》第八卷《物华》
下,为君房殚思精制,久闻于世。殿撰故后,由哲嗣

彦超保存。曩年,京中藏墨家袁珏太史见此奇珍,欲以番饼五百相易,彦超婉言却之,于此见殿撰夫妇维护名迹之殷。彦超世守家宝之笃,均有足多者。

记樊樊山遗稿事

慎　之

五十年前，北京词坛艳称楚三老樊樊山增祥、左笏卿绍佐、周沈观树模。余为乡里后进，与左老有年谊世交，时往谈艺。沈观抚江宁，余为幕宾。三年两膺特荐，情感融洽，过从尤密。樊老于泊园宴集，时时聚晤。彼时余颛心乙部，不尚吟咏，于樊老较疏。樊老八十，余集吴梅村句"南内旧人逢庾信，黄初耆德重杨彪"书联为寿。余有楚三老轶事诗咏樊句云："可怜遗憾如花笔，洪宪开元第一春。"近年杨通谊为《贯华阁图》征诗，余因乃翁昧云三十年前曾拟印樊集未果，遂询商樊集所在，其族人有言已入质库，不知下落者。适陈翁叔通赠余新刊《蓝洲丈诗集》，集中与樊山唱酬极多。余亟函叔通，谋保存樊山遗稿。叔通商章行严馆长。通谊昆仲为行严弟子，述乃翁未竟之志，行严饬馆员访取樊集收入文史馆，樊集始末如是。余于樊老初非为乡里友谊。第念一代才人，古今有几，任其沦落，徒生嗟叹，不惮再三周旋，出于怜才之意.至樊集如何处置,当局自有权衡。昔年徐东海见《沈观集》印本,谓卢某可报知己。今日樊集保存,赖群贤之功,下走亦可告无愧矣。

诗　谜

丛　碧

　　诗谜以五言诗或七言诗一句,空其中一字,别书五字,五字中有原诗之一字,余四字皆配入者,押者猜中原诗之一字即赢,否则输。余初见于上海半淞园,有二三处开诗谜者(又名开诗条),亦借此以谋生。猜者中否,对证刊本。然所开者,皆不足传之诗,无开唐宋名家之诗者。俗说:"大爷有钱开杜甫。"工部诗,人皆熟读,开其诗句,不啻送钱与人也。卢沟桥事变后,少出门,但月聚于蛰园律社诗会,并时作诗谜戏,参与者有夏枝巢、郭啸麓、陈纯衷、陶心如伯涤、瞿兑之、刘伯明、杨君武、黄公渚君坦兄弟等。惟诗谜必须开整首,不许只开单句。间亦开明清名家诗,颇极一时之盛。日寇降后,余自西安归京,啸麓旋病逝,蛰园律社与诗谜会皆散,更集新雨为诗谜会于溥雪斋家,有载润、于思泊、郑毅生、杨今甫、唐立庵、张船岛、张柱中等。余与雪斋倡必须开唐以上诗,每条换一字或二字三字皆可,甚至可换整

句。由余与雪斋开条时多为,单押一字者为孤丁,一
赢三,押二字者为线,一赢一,押一字赢一字和者为
打,一赢二,如认为必系某一字者,可竖旗杆,即是将
他人押别字之注统移至自己所押孤丁之字上,能多
赢亦能多输。某日在雪斋家为诗谜戏,张君柱中开
条已至夜子半,余伏案睡,柱中呼余醒押条。余视
之,上条有"华顶"两字。此条换城字上之一字,为渭
城、雒城、赤城、晋城。按华山西渭城、北韩城、南雒
城、晋城虽在山西,亦可望见华岳,独赤城无关,注多
押渭城、雒城上。余乃于赤字上竖旗杆,开出果为赤
城。盖余曾游天台山,山上一峰平阔,名华顶。赤城
在天台山之下,故知华顶非华岳。如果为华岳,而思
路想到赤城,似亦觉离奇也。余开诗条多为五七律,
间开古体诗,有时并开杜工部排律,兹举其例如次:
"□自肩如削",一、倦,二、偎,三、偏,四、优,五、倕。
"难胜□缕□",一、万丝,二、一情,三、数绦,四、万
愁,五、数金。"□香飘凤尾",一、天,二、温,三、檀,
四、桐,五、涎。"□暖在檀槽",一、生,二、春,三、指,
四、余,五、情。《书琵琶背》,李后主。"乱猿啼处
□□□",一、过重山,二、客心惊,三、锁巫峰,四、访
高唐,五、在孤舟。"路入□□草木香",一、重岩,二、

烟霞,三、仙居,四、仙源,五、重峰。"□□未能忘宋玉",一、云影,二、云色,三、山色,四、云意,五、云雨。"□声犹是哭襄王",一、江,二、滩,三、水,四、雨,五、瀑。"□□□□阳台下",一、朝朝夜夜,二、云云雨雨,三、疑云疑雨,四、为云为雨,五、非朝非夜。"为云为雨楚国□",一、亡,二、忙,三、狂,四、荒,五、旁。"□□□□多少柳",一、今日庙前,二、庙外只今,三、憔悴庙前,四、惆怅庙前,五、庙外可怜。"□□空□□□长",一、春来学画眉,二、春来斗画眉,三、春风袅细腰,四、枝枝学画眉,五、春风舞细腰。《谒巫山庙》,薛涛"□是张公子",一、应,二、本,三、知,四、谁,五、不。"□名萼绿华",一、何,二、缘,三、曾,四、因,五、从。"□□□小像",一、莲花羞,二、香红披,三、粉痕饰,四、沉香薰,五、芙蓉怜。"□□□□□",一、芍药咏春花,二、琼树发奇葩,三、芝蕙苗红芽,四、风采出萧家,五、杨柳伴啼鸦。"露重金□冷",一、盘,二、猊,三、貂,四、泥,五、衣。"□阑玉树斜",一、歌,二、宵,三、杯,四、盉,五、栖。"□堂沽酒客",一、鸾,二、琴,三、书,四、秋,五、兰。"□□□□花",一、泥醉不胜,二、催赏小园,三、犹见广陵,四、新买后园,五、看遍隔帘。《答赠李长吉》:"华山黑影□崔嵬”，一、阴，二、宵，三、霄，四、势，五、夜。“□□□□门未开”，一、闾阖金天，二、金天闾阖，三、□□金天，四、金天□□，五、锁钥金天。“雨淋鬼火□□灭”，一、明复，二、明不，三、湿不，四、明又，五、灭不。“风送神□来不来”，一、灯，二、香，三、音，四、车，五、旌。“□外素钱飘似雪”，一、门，二、墙，三、殿，四、陵，五、宫。“□前阴柏吼如雷”，一、殿，二、门，三、墓，四、庙，五、隧。“□君暗宰人间事”，一、知，二、凭，三、从，四、听，五、由。“□□苍生梦里裁”，一、莫把，二、休把，三、莫错，四、休错，五、莫枉。《雨后过华岳庙》，李山甫。“□□乡园古”，一、上鄠，二、下杜，三、泺下，四、颍上，五、长乐。“泉声绕□啼”，一、舍，二、社，三、屋，四、户，五、涧。“□□长惨切”，一、独游，二、静思，三、旅情，四、避居，五、寸怀。“薄宦与□暌”，一、孤，二、离，三、违，四、乖，五、徂。“北阙千门□”，一、曙，二、迥，三、外，四、锁，五、阁。“南山谷□西”，一、五，二、午，三、二，四、右，五、鄠。“倚川红叶□”，一、岭，二、岸，三、路，四、满，五、树。“□寺绿杨堤”，一、接，二、傍，三、连，四、隔，五、背。“□野翘双鹤”，一、远，二、高，三、振，四、云，五、迥。“澄潭□锦鸡”，一、濯，二、戏，三、舞，四、照，五、浴。“涛惊堆万

□",一、里,二、浪,三、阜,四、雪,五、岫。"舸急□千溪",一、度,二、转,三、下,四、过,五、骛。"眉□萱牙嫩",一、点,二、缬,三、斗,四、翠,五、叶。"风□柳□迷",一、翻絮,二、飘絮,三、吹眼,四、条幄,五、丝线。"□藤梢虺尾",一、岩,二、岸,三、古,四、断,五、峡。"沙□印麂蹄",一、草,二、雪,三、路,四、径,五、渚。"□□□桃坞",一、火燎湘,二、锦浪生,三、火灼夭,四、绮树妆,五、火灼绯。"波□碧绣畦",一、明,二、光,三、痕,四、分,五、摇。"日痕□翠巘",一、綖,二、循,三、绲,四、缘,五、绳。"□影堕晴霓",一、陂,二、霞,三、岩,四、峰,五、湖。"蜗壁□□□",一、涎拖藓,二、苔斑浅,三、斓斑薜,四、行苔篆,五、涎书薜。"□□豆蔻泥",一、金笺,二、银筵,三、龙香,四、兰橑,五、虹梁。"洞云生□□",一、暧㬈,二、晻蔼,三、片段,四、窈窕,五、玉叶。"□径缭高低",一、苔,二、竹,三、石,四、萝,五、兰。"□□松公老",一、鳞甲,二、蟠屈,三、偃蹇,四、郁郁,五、磊落。"□□竹阵齐",一、参差,二、编排,三、纷披,四、森严,五、招摇。"小莲娃□语",一、解,二、欲,三、似,四、戏,五、笑。"□稚子相携",一、幽,二、青,三、新,四、疏,五、丛。"汉□留余址",一、瓦,二、殿,三、苑,四、馆,五、寝。

"周台□故蹊"，一、接，二、掩，三、改，四、废，五、剩。
"□□岗隐隐"，一、蟠蛟，二、蟠龙，三、龙蟠，四、伏龙，五、鱼鳞。"□雉草萋萋"，一、藏，二、交，三、斑，四、伏，五、没。"树□萝纤组"，一、老，二、古，三、密，四、倒，五、秃。"岩□石启闺"，一、深，二、空，三、幽，四、欹，五、崇。"□窗紫桂茂"，一、拂，二、当，三、映，四、侵，五、荫。"□面翠禽栖"，一、对，二、识，三、拂，四、掠，五、扑。"□□冠终挂"，一、有愿，二、有计，三、何幸，四、有幸，五、何计。"无□□谩□"，一、名塔题，二、才笔提，三、名壁题，四、名笔提，五、才壁题。"自□□□□"，一、多怀古意，二、嫌非予薄，三、陈何太急，四、今惟啸咏，五、然堪下泪。"□笑触藩羝"，一、休，二、莫，三、应，四、犹，五、堪。《朱陂》，杜牧。"□水春犹早"，一、湘，二、淮，三、洛，四、锦，五、桂。"□□日正西"，一、彬州，二、藤州，三、昭州，四、彬川，五、韶川。"虎当官□□"，一、路斗，二、道斗，三、道踞，四、路踞，五、道卧。"猿上□楼啼"，一、郡，二、戍，三、驿，四、县，五、市。"□烂金沙井"，一、绳，二、绠，三、泥，四、石，五、瓶。"□乾□洞梯"，一、松乳，二、芝玉，三、芝乳，四、乳石，五、松玉。"乡音□可□"，一、殊喜，二、真喜，三、吁骇，四、殊骇，五、真骇。"□□醉如泥",一、未觉,二、不遣,三、常欲,四、仍有,五、只可。《昭州》,李商隐。"临□□兮背青荧",一、泱潒,二、丛耸,三、幽邃,四、楸旦,五、阴壑。"□□□兮合窅冥",一、吐云烟,二、怳欻翕,三、岚气肃,四、涵烟景,五、空阴阴。"怳欻翕兮□□□",一、懔深湛,二、若仙会,三、沓幽蔼,四、隐沦躅,五、共急日。"□飘渺兮群仙会",一、意,二、思,三、神,四、魂,五、心。"窅冥仙会兮□□□",一、构幽馆,二、接云路,三、促萝筵,四、枕烟庭,五、发灵瞩。"□□□兮凝视听",一、洁精神,二、竦魂形,三、竦形神,四、洁灵神,五、游神魂。"闻夫至诚必感兮□□□",一、神可谷,二、整泰坛,三、百灵宾,四、视无兆,五、祈北巅。"□□□兮养丹田",一、辟灵关,二、鼓拙火,三、灭闻见,四、通二脉,五、契颢气。"□□□兮觌灵仙,一、泽妙思,二、终仿像,三、鉴洞虚,四、若可期,五、信仿佛。枕烟庭。卢鸿"青苔幽巷□",一、满,二、遍,三、合,四、滑,五、积。"□林露气微",一、丹,二、苍,三、疏,四、疏,五、高。"□声在深竹",一、棋,二、书,三、诗,四、经,五、琴。"□斋独掩扉",一、空,二、艹,三、上,四、二,五、□。(按为四二明刊诗集字有虫蛀也。)"憩树爱□岭",一、岩,二、岚,三、峰,四、山，五、云。"听禽悦□晖"，一、秋，二、曙，三、日，四、夕，五、朝。"方□静中趣"，一、知，二、耽，三、觉，四、会，五、领。"□与尘事违"，一、自，二、足，三、因，四、暂，五、得。《神静禅院》，韦应物"□国称多士"，一、王，二、京，三、上，四、郡，五、谋。"□□复几人"，一、贤良，二、贤才，三、才贤，四、才良，五、良才。"异才应□□"，一、间出，二、间世，三、挺出，四、世出，五、挺世。"□气必殊伦"，一、爽，二、英，三、逸，四、隽，五、奇。"始见□□□"，一、刘书记，二、高常侍，三、张京兆，四、严开府，五、王谏议。"□居汉近臣"，一、今，二、新，三、宜，四、超，五、跻。"□□□□□"，一、琳琅识介壁，二、豫章深出地，三、骅骝开道路，四、圣情常有眷，五、词华倾后辈。"□□□风尘"，一、鹰隼出，二、鹍鹠出，三、鹰隼离，四、鹍鹠离，五、鹍皂出。"侯伯知何□"，一、等，二、种，三、算，四、筹，五、绩。"□□实致身"，一、云霄，二、经纶，三、文章，四、丹青，五、尊荣。"奋飞超□级"，一、显，二、计，三、限，四、等，五、历。"□□□沉沦"，一、振刷起，二、容易失，三、诣绝及，四、班序越，五、微分辱。"□□蟠溪钓"，一、宁得，二、宁得，三、宁得，四、脱略，五、商略。"□□郢匠斤"，一、持衡，二、操持，三、墨绳，四、规模，五、衡量。"云霄今已□"，一、达，二、迩，三、逼，四、逞，五、逮。"台□更谁亲"，一、象，二、衮，三、阁，四、鼎，五、庙。"凤□雏皆好"，一、队，二、种，三、穴，四、德，五、藻。"龙门客□新"，一、倍，二、故，三、更，四、又，五、自。"义声□感激"，一、重，二、纷，三、终，四、从，五、同。"败绩□逡巡"，一、耻，二、孰，三、且，四、动，五、自。"□□欲何向"，一、路远，二、途远，三、道远，四、歧路，五、迷路。"天高难重□"，一、陈，二、申，三、询，四、振，五、裡。"学诗□□□"，一、遵尼父，二、遵尼圣，三、尊尼父，四、犹子夏，五、犹孺子。"乡赋□嘉宾"，一、忝，二、念，三、集，四、惠，五、羡。"□□同晁错"，一、颠踬，二、不得，三、不使，四、不敢，五、不谓。"□□后郗诜"，一、孤骞，二、吁嗟，三、何能，四、敢能，五、何从。"计疏□翰墨"，一、惟，二、亲，三、疑，四、余，五、求。"□□忆松筠"，一、岁晚，二、时过，三、寒至，四、时至，五、时晚。"献纳纤□眷"，一、宸，二、天，三、宫，四、皇，五、垂。"中间□紫宸"，一、立，二、上，三、谒，四、侍，五、感。"□随诸彦集"，一、且，二、仍，三、叨，四、暂，五、追。"□□薄才伸"，一、难假，二、方觊，三、每愿，四、枉道，五、任使。"□□遭前政"，一、刻骨，二、强项，三、束发，四、破胆,五、切腹。"□□独秉钧",一、应图,二、披肝,三、阴谋,四、吹嘘,五、魁梧。"微生□忌刻",一、妨,二、忘,三、穷,四、霑,五、乘。"万事□酸辛",一、只,二、祗,三、益,四、几,五、饱。"□□丹青地",一、交合,二、妙绝,三、画妙,四、旌旆,五、听履。"恩□雨露辰",一、承,二、倾,三、叨,四、思,五、陪。"□儒愁饿死",一、腐,二、老,三、小,四、有,五、迂。"□□报平津",一、孰为,二、迟暮,三、早晚,四、宁为,五、孰使。《奉赠鲜于京兆》,杜甫。"□□远接天",一、层峦,二、重峰,三、江流,四、黄河,五、湖波。"绝岭上□烟",一、流,二、浮,三、横,四、栖,五、笼。"松□轻盖偃",一、高,二、低,三、悬,四、排,五、欹。"藤细弱钩□"一、牵,二、连,三、悬,四、缘,五、拳。"□明如挂镜",一、石,二、泉,三、穴,四、月,五、潭。"苔□似□钱",一、分列,二、斑剥,三、聚连,四、合铺,五、晕含。"□□为龙杖",一、携取,二、暂策,三、时倚,四、欲掷,五、愿借。"何处□神仙",一、托,二、觅,三、得,四、遇,五、访。《出石门》,骆宾王。"□窗游玉女",一、山,二、烟,三、月,四、风,五、霞。"涧户□琼峰",一、障,二、郭,三、列,四、对,五、叠。"□□翔双凤",一、岩顶,二、扶岭,三、连拱,四、望阙,五、翠掌。

"潭心□九龙"，一、曳，二、引，三、倒，四、汇，五、彙。"□□□□□"，一、碧原开雾隰，二、韶光开令序，三、云芝浮翠叶，四、酒中浮竹叶，五、攀藤招逸客。"杯上□芙蓉"，一、写，二、映，三、漾，四、隐，五、照。"□□□□□"，一、务使霞浆兴，二、茗宴东亭晚，三、今日星津上，四、眺听良无已，五、故验家山赏。"惟有□□□"，一、入松风，二、入风松，三、风入松，四、松入风，五、松外风。《游九龙潭》，武则天。"□□移中律"，一、晦魄，二、阳气，三、短晷，四、寒晦，五、子月。"□□起丽城"，一、烟华，二、凝暄，三、暄风，四、初风，五、凝晖。"罩云□盖上"，一、飞，二、青，三、朝（阴），四、朝（阳），五、芝。"穿露晓珠□"，一、呈，二、承，三、盈，四、明，五、擎。"□树花分色"，一、闹，二、媚，三、妆，四、笑，五、飘。"啼枝鸟□声"，一、变，二、递，三、引，四、合，五、弄。"□□□□□"，一、以兹游观极，二、幸属无为日，三、顾言欢乐极，四、游情兼抚迹，五、披襟欢眺望。"□□畅春情"，一、极目，二、骋目，三、浩荡，四、对此，五、于以。月晦，唐太宗"春光□禁苑"，一、回，二、返，三、临，四、来，五、迎。"暖日暖□桃"，一、池，二、津，三、湘，四、江，五、源。"□□□□□"，一、石侵苔藓绿，二、石苔侵藓绿，三、苔藓绿侵石，四、石苔侵绿藓，五、藓苔侵石绿。"□草发青袍"，一、岸，二、路，三、池，四、阶，五、园。"回歌□转橛"，一、随，二、收，三、望，四、逐，五、住。"浮水□度舻"，一、随，二、留，三、遮，四、阻，五、拥。《立春日泛舟玄圃》，陈后主。"孤鸿散江□"，一、渚，二、浦，三、溆，四、泽，五、屿。"连□遵渚飞"，一、番，二、翻，三、翩，四、翾，五、翻。"含嘶衡□□"，一、桂浦，二、湘浦，三、阳阵，四、阳渡，五、湘渡。"□□河朔畿"，一、接影，二、逐侣，三、离群，四、驰顾，五、回依。"□□劲秋木"，一、瑟瑟，二、竦竦，三、攒攒，四、萧萧，五、戚戚。"昭昭□冬晖"，一、带，二、度，三、践，四、净，五、背。"窗前□欢爵"，一、涤，二、奉，三、集，四、饮，五、尽。"帐里缝□衣"，一、离，二、征，三、客，四、舞，五、春。"□□□□□"，一、芳岁犹自可，二、弦绝空有托，三、凭楹望夜月，四、不怨身孤寂，五、此际对风景。"□□□□归"，一、知君归不，二、日夜望君，三、问君归不，四、忆君君不，五、思君君不。《绍古辞》，鲍照。"阳春白日□花香"，一、飞，二、落，三、百，四、风，五、李。"趋步明□舞□珰"，一、堂明，二、堂瑶，三、玉明，四、玉瑶，五、堂琼。"声发金石□笙簧"，一、激，二、澈，三、彻，四、媚，五、碎。"罗□徐转红袖扬",一、襦,二、袿,三、裯,四、裙,五、袜。"清歌流响绕□梁",一、画,二、绣,三、凤,四、杏,五、燕。"□□□□□□",一、如推若引留且行,二、凝停善睐容仪光,三、楚腰卫鬓四时芳,四、如矜若思凝且翔,五、牵云曳雪留陆郎。"转眄□精艳辉光",一、摇,二、驰,三、含,四、流,五、遗。"□□□□双雁行",一、左右翩翩,二、以引以翼,三、将流将引,四、以翼以引,五、左回右引。"欢□何□意何长",一、乐极,二、来极,三、乐晚,四、来晚,五、乐短。"□□□□□□",一、追念三五安可忘,二、晋世方昌乐未央,三、举座叹咏不成章,四、红烛白日遥相望,五、明君御世永歌昌。《白纻舞歌》,晋无名氏。以上所举,可略见一斑。

余所作诗谜五代以上诗约数百首,所获者依句法字法,诗即不具名,可知或为晚唐中唐初唐六朝之诗,版本则以明刊诗集及殿版《全唐诗》为准。余等为诗谜戏赢者不得将钱拿走,交一人为次日聚饮之费,亦即输者为主人,赢者为客。余每开诗谜,尚多作座上客也。

清代乡会试闱中用五色笔

公　孚

乡会试，试卷卷头有姓名、履历、三代。因防考官预知其姓名，将卷头折叠弥封盖印，卷面仅留省分坐号，又防认识其笔迹，三场试卷概用誊录，总裁主考及同考官所得见者，皆此誊录之试卷。所谓糊名易书之制也。闱中定例，誊录用朱笔，对读校正用黄笔，同考官用蓝笔，监试御史用紫笔，总裁主考则用墨笔，合成五色，加圈加批，皆在誊录卷上。及取中之后，始调墨卷（即原写之卷）核对。临填榜时，乃拆弥封，始知所中为何人。于是闱中选刻之文谓之闱墨。本人自刻送人谓之朱卷，即誊录之卷。故事北闱乡试及会试填榜在聚奎堂（中悬匾额为康熙御笔聚奎两字，并无堂字，通称曰堂耳），自第六名填起，拆弥封后先写榜条，由书榜吏持条高唱某人年若干岁某省某县（旗卷则分别满洲蒙古汉军某旗）。会试则曰举人，乡试曰廪生、增生、附生或贡生、监生。自第一房同考官面前传观起，遍十八房而回到写榜之案,然后用茶碗口大之墨笔楷书写入榜内。全榜写竣,必在午后十时左右,各回房小憩,再同诣聚奎堂,拆前五名试卷,姓名必由第五名倒填而上。光绪乙未会试,大学士徐桐为正总裁,先君是科膺分校之命,为第十三房同考官,于填第五名时,忽闻徐桐拍案高声曰"如何",不解所谓,及唱榜条,则康祖诒年若干岁,广东南海县举人也(中后改名有为)。后询悉,康卷为翰林院编修于齐庆所荐,徐自康公车上书,即深嫉其人,兹得广东卷,疑之,招副总裁李文田(字若农,广东顺德人)同阅,合观二三场,春秋题文主公羊传策对,金石独重汉魏,决其为康,揭晓果然,此高呼"如何"二字之由来也。予见张篁溪所撰《南海先生传》云,李文田所以龁龅先生者无不至,未得其详。

张勋轶事

　　张勋,字少轩,江西省南昌府奉新县人,少孤贫,走九江,依其同乡设货栈者某充搬运工。适逢许振祎(字仙屏,奉新人,以编修擢至河东河道总督)由原籍取道九江赴任,住于货栈。张容貌魁梧,伺应周到,颇为许赏识。栈主即令随许之任,以其既是同乡,又兼年少,得跑上房。值某年腊底,号房门上(即传达处亦名承启处)令向同城衙门分送通书(即皇历)。凡上级机关向下级机关送时宪书(亦日历之别名),例须给赏。张敛赏在腰,遂入赌场,更鼓既敲,倾囊输尽,自揣无法销差,乃泣请文案某求计,因用许名义函荐与广西提督苏元春,由行伍积功至把总都司。随苏入觐时,许亦在都,张恐苏许相晤,发其假冒八行之事,即先行直造许邸请罪,许笑而恕之,并见苏面托。后张参与法越之战,保至参将。苏后失事遣戍,张随毅军驻奉天。袁世凯练兵小站,充管带。义和团之役,统巡防营,擢副将,护两宫西巡随扈,回銮充乾清门宿卫,授建昌镇总兵,擢云南提督,改甘肃提督,皆未赴任,调奉天行营翼长,节制东三省防军,赏穿黄马褂,旋命署江南提督。武昌起义,苏州独立,南京新军应之,张与战于雨花台,清廷命为江苏巡抚,摄江南江北提督。民国成立,历充定武上将军、江北镇抚使、长江巡阅使、江苏都督、安徽督军。黎元洪与段祺瑞交恶,入都调停,拥宣统复辟。段起马厂之师以覆之,逃入荷兰使馆,旋赴天津作寓公。张作霖以女许勋长子张梦潮,屡向北京政府推荐出山,不果,年七十卒。张贪财好色,挥金如土,娼优杂进,妾侍成行,有所谓小毛子王克琴,皆其金屋中人。当其自北京外放时,负债累累,不能成行,由刑部主事兴国人萧熙,某部主事奉新人闵荷生代为分别承担,遂结为兄弟。及其权势烜赫,萧已早卒,闵则健在。复辟之举,不听闵劝,以致于败。张之发妻曹氏,出身虽微,张不得志时,能为人洗缝度日,故始终敬礼。张之身后,南昌万绳栻为之清理财产、房屋及不动产,多数出售,契约中人多由闵荷生署名。子平家推闵八字,云晚年财旺,盖所入巨万云。张署江南提都时,债尚未清。辛亥,两江总督张人骏,江宁将军铁良,逃上海,署布政使李瑞清怀印走,藩库存银尚二十余万两。勋悉据为私有，遂为发家之始，号称家财千万，清理时实存七百余万。平生好交结，凡同乡中甲乙榜中人（甲榜进士，乙榜举人）过徐州投刺者，莫不设筵款待，厚致赆仪。又于北京宣武门外大街置江西省馆、南昌郡馆，使同乡官绅憩息之所。张虽未尝学问，然喜阅《御批通鉴辑览》。其困居荷兰使馆时，余曾数往探问，见其案头横列殿版楷字体本《御批通鉴》，原有圈点，张更依样葫芦更加圈点，盖又通读两遍矣。其坚持复辟及始终不肯剪辫，或亦受《御批通鉴》之毒素云。

北平国剧学会缘起

丛 碧

　　各国退回庚子赔款，国民党政府指定用于教育文化方面。李石曾乃以创办教育文化事业而分取庚款。当时，李有"文化膏药"之称。其在北平所经办文化事业之卓著者，在中华戏曲音乐院内设北平戏曲音乐分院、南京戏曲音乐分院。北平分院，梅兰芳任院长，齐如山任副院长。南京分院，程砚秋任院长，金仲荪任副院长。而南京分院实设北平中华戏曲音乐院内，并附设戏曲音乐学校，以焦菊隐任校长。更拨庚款十万元助程砚秋赴法国演剧，邀集各界名流百余人于中南海福禄居会餐，为程砚秋饯行，余亦主人之一也。而北平戏曲音乐分院虽在北平，实徒具空名，仅成立一院务委员会而已（冯耿光幼伟任主任委员，梅兰芳、余叔岩、李石曾、齐如山、张伯驹、王绍贤任委员）。梅程本为师生，是时程有凌驾其师而上之势。梅氏之友好多为不平，遂挽余为间，约余叔岩与梅畹华合作，发起组织北平国剧学会，募得各方捐款五万元作基金,于辛未岁十一月在虎坊桥会址成立,选举李石曾、冯幼伟、周作民、王绍贤、梅兰芳、余叔岩、齐如山、张伯驹、陈亦侯、王孟钟、陈鹤孙、白寿之、吴震修、吴延清、段子均、陈半丁、黄秋岳为理事,王绍贤为主任理事,陈亦侯、陈鹤孙任总务组主任,畹华、叔岩任指导组主任,齐如山、黄秋岳任编辑组主任,余及王孟钟任审查组主任。指导组下复设传习所,训练学员,以徐兰沅任其事。举行开学典礼日,晚间演剧招待来宾,大轴合演反串《八蜡庙》,畹华饰褚彪,余叔岩饰黄天霸,朱桂芳饰费德功,徐兰沅饰关太,钱宝森饰张桂兰,姚玉芙饰院子,王蕙芳饰费兴,程继光饰朱光祖,白寿之饰金大力,姜妙香饰王栋,其余角色亦皆系反串,叔岩是日以病未能演。畹华演戏带髯口,则为平生第一次也。传习所教师皆前辈任之。畹华、叔岩并亲自指导,编辑组出版《国剧丛刊》《国剧画报》《戏曲大辞典》,成绩颇有可观。梅程师生见面,仍蔼然亲敬。后以卢沟桥事变,一年前北平形势紧张,畹华迁居上海,学会遂事收缩,而仅留会名,以陈列戏剧材料。以私人捐助为经费之国剧学会,自不能与以庚款为经费之戏曲音乐院抗衡,只好以时局紧张而收缩。后来北平、上海沦陷，梅氏又避居香港，不曾在沦陷地区登台演剧，则又足以增长梅氏之声望。当时曾有人问李石曾，何以如是大力支持砚秋。李答曰："非我之故，乃张公权（公权，张嘉璈字）之所托耳。"盖张嘉璈与冯耿光在中国银行为两派系，互相水火，冯捧梅，张乃捧程以抵制之。李石曾以有庚款之存款，又开工农商业银行，而张嘉璈正为中国银行总裁，互为利用，受其托，适为得计（外传李张并有盗卖古物于美国、法国事，虽不能定其有无，而故宫博物院出售存物，张继之妻与李石曾大闹，以及易培基盗宝案，其中情形亦甚复杂）。由于官僚、政客、大商之争权夺利，而造成艺人之不和，盖非幕外人之所能知也。

记郑丈叔问姬人张小红

亮　吉

　　姜白石《过垂虹》诗云："自作新词意最娇，小红低唱我吹箫。曲终过尽松陵路，回首烟波十四桥。"古人谓词以可歌者为工，可歌必须协律。白石是宋代词家最知声律者，故作词而自吹箫，令小红歌之。郑丈叔问填词取径白石，尝取白石自制曲其字旁所记音拍，皆能以意通之。俞曲园赞曰："真得不传之秘。"盖郑丈曾学琴于江夏李复翁，讨论古音，悟四上竞气之指，又善吹洞箫。有金闾歌妓张小红擅弹琵琶，亦识字，郑丈取置别馆，称冷红簃，为小红取别号曰南柔，一曰可可。每作词或自吹箫，令小红歌之，或由小红弹琵琶而自歌之，务期协律，始定稿印行之，《冷红词》即是时所作。顾若波为绘《冷红簃填词图》，庭园小景，怪石修篁，郑丈坐茅亭内，伏案拈毫，小红侍侧，首望天外飞鹤。王晋卿题图诗有句云："瘦碧微吟工抵笛，小红低唱记吹箫。"又云："小印侍儿传可可，名泉余事记憨憨。"（郑丈与洪文卿游虎丘，发现梁憨憨尊者所凿憨泉，筑灵涧精舍于上）。郭春榆题句云："宛委扪余瘦碧篆，玲珑唱付小红妹。"沈砚传题句云："记得红绡低唱好，锦帆泾上鬎金桥。"（冷红瑹在鬎金桥畔）陈弢庵题二绝句，第二首云："三过吴门一面悭，眼中犹是旧朱颜。如何入画还相避，背坐拈毫对小鬟。"汪旭初题《虞美人》词，上阕云："新词细写马丝格，付与红儿拍。石湖端合老词仙，悄得暗香疏影似当年。"曲学名家吴瞿安精通声律，尝论郑丈声律之学最深，所著《词源斠律》，取旧刻图表一一厘正，又就八十四调住字各注工尺，皆精审可从。至其所作词，炼字选声，处处稳洽，而语语缠绵跌宕，清末词笔之清，无逾叔问者矣。其题此图，全集郑丈本词句成《念奴娇》一阕，情景吻合，天衣无缝。沈子培亦有题词句云："收拾碎金传笔髓，分波杀字都安"，足证郑丈词笔协律可歌，而姬人小红识音善乐亦不无助力。郑丈好游，邗江、歇浦、梁溪、邓尉，时见吟屐，携姬与俱，文采风流，扬播艺苑。吾友张丛碧工倚声，夫人潘素雅善琵琶，唱随之乐，吟俦健羡，将见上薄白石，近侣樵风，卓然成一代作家矣。

紫云出浴图

丛　碧

　　陈其年与冒辟疆歌童徐紫云九青缠绵一段公案，见清人笔记。冒鹤亭太史辑有《云郎小史》甚详。其关于紫云图咏，除崔不凋所作《小青飞燕图》纨扇外，则只有《出浴图》一卷而已。《出浴图》为五琅陈鹄画，纸本，横一尺五寸，纵七寸。紫云像可三寸许，著水碧衫，支颐坐石上，右置洞箫一，发鬒鬖然，脸际轻红，星眸慵睬，神情驿宕，若有所思。卷中题诗者有张纲孙、张梧、罗简、姜廷梧、曹亮武、丁确、孙枝蔚、范云威、杜浚、陈维岳、宗元鼎（诗二首，《云郎小史》录一）、吴兆宽（诗二首，《云郎小史》录一）、刘体仁、谈长益，后另纸题诗者有冒襄（二首，《小史》录自注末句，包举数意，其年应为解颐。又四首题与其年诸君观剧，各成四断句）、顾靖、唐允甲、吴锭、梅庚、沈泌、瞿超、沈寿国、孙枝蔚、毛师柱、张圮授、贾琮、王士禄（四首，《小史》录二首）、陆坼、吴旦、何絜、华衮、宋琬、师濂、毕际有、王士禛（《渔洋集》不载。二首，其一云，"斗帐新寒歇旧薰，人间何路识香云。江南红豆相思苦，岁岁花前一忆君。"下注前一首同床各梦，此首乃能道其兄意中事耳，如何如何)、龚贤、孙默、林古度、陈玉壂(二首，《小史》录一)、崔华(诗云："开缣无处不销魂，知是桃花洒面盆。画里恼人争欲绝，况君曾与共黄昏。娇郎艳女斗香尘，总在含颦色态新。手抵粉腮如有忆，知君真是意中人。"与题《小青飞燕图》非一人)、方以煌、黄生、吴嘉纪、王天阶、尤侗、宋实颖、马世乔、曹绣、许嗣隆、顾炜、冒丹书、刘愈炤、储福益、陈维崧、黄迁、王摅、王曾斌、徐晨耀、王吉武、朱谠、郁炜、曹延懿、杨岱(《谒金门》词一阕)、郁植、石笋樵夫、陆昌龄、胡从中、叶虞封、钱肃图、蒋连、吴鹗、余怀、石沨、李仙原、许旭。雍乾时，吴棨序题并诗。曹忍荪题诗。图原藏湖海楼，雍正辛亥归吴青原。后归曹忍荪。后复归陆氏穰黎馆，见李宗莲题诗。后又归端方。袁世凯第五子袁克权规庵为端方婿，端女于归，图遂归规庵。余于规庵处见之，极羡爱，请其相让，未许，乃谋于方地山先生。时地山正窘困，余议以二千金畀规庵，以一千金为规庵与余共赠于地山解厄者。定议后，图卷遂归余。图在穰梨馆时，光绪三十年甲辰李葆恂曾题于武昌，光绪戊申有郑孝胥、梁鼎芬及瑜庆题诗，此时或仍在穰梨馆，因梁节庵曾任武昌知府也。后不知何时始归端方。《云郎小史》载此图乾隆间有一摹本，为罗两峰画，陈曼生手录题咏。又云图咏扬州旧有刻本，均未见。又云检讨举鸿博日有《填词图》，释大汕画。官翰林日有《洗桐图》，周道画。《填词图》闻在项城袁氏，然余于袁氏家未见。《填词图》或即此图之误。《洗桐图》冒鹤亭太史愿意让余。当时在上海，匆促未果行。《出浴图》归余后，曾携至上海，丐陈夔龙庸庵太老师题七绝句二首，并书引首"离魂倩影图"五字。夏敬观词人题《玉楼春》一阕。冒鹤亭太史题诗三首。回京又倩傅增湘沅叔、林葆恒訒庵、夏仁虎蔚如、傅岳棻治芗、高毓浵潜子、夏孙桐闰庵、关赓麟颖人诸老题诗词。诸老皆以庸庵太老师题引首"离魂倩影"四字与图不切合，是以沅叔年伯题诗第四首云："韵事流传感叹新，娇娆误认女儿身。嗤他海上庸庵叟，雾里看花恐未真。"余复携卷去上海，庸庵太老师见诗甚怒，更题卷上云："辛巳正月重阅云郎《出浴图》，见傅增湘题句牵涉老夫，一笑付之。"诗云："病起重披出浴图，知君亦赋小三吾。无端牵涉庸庵叟，一笑狂奴胆气粗。"盖庸庵太老师任直隶总督，沅叔年伯任直隶提学使，固属吏也，"嗤"字似嫌不敬矣。余回京以告沅叔年伯，并示以诗。沅叔年伯亟具书谢罪，托余转陈，始了此一事。沅叔年伯曰："罗瘿公曾函其为程砚秋征诗，诗引用紫云事被退回，今又以紫云事开罪老上司，何紫云之不利于余也。"此亦关于紫云之一段趣事，余亦题诗二首与书，皆稚弱，颇使西子蒙不洁，有两句云："何缘粉本归三影，只有莲花似六郎。"余前岁得明牙印，刻莲花，篆"六郎私记"四字。俟图重装裱，原题诗去之，留此二句，改成《鹧鸪天》词，下钤此小印。余所藏书画尽烟云散，惟此图尚与身并，未忍以让。

卷六

《单云阁诗集》序

慎　之

余少时阅《曝书亭集》，喜诵上史馆七书，手自抄录，犹存箧中。晚年学词，喜竹垞《江湖载酒集》。综计生平，始终与浙人有文字之缘。先兄木斋列陶子方模先生门下。陶公子拙存葆廉，又为先兄及门弟子。先兄以天算对策，受知朱蓉生一新先生，与劳玉初乃宣，同为畿辅循良楚学社校刊孙仲容《周礼正义》。初校者黄翼生、傅汉亭、孟寿荪，皆沔阳仙桃镇人，与余家为乡邻。余肄业经心两湖书院，谭复堂献、黄仲弢绍箕两先生吾师也。邵伯绹章、陈仲恕汉第与余同官，同为谭师弟子。仲恕弟叔通，同岁同门。余旅居天津，胡季樵宗楙、章一山梫、金息侯梁，同作流人，时时唱和。其他如张菊生元济、刘翰怡承干、许季湘宝蘅、苟定础璜、余越园绍宋、罗叔蕴振玉、罗子经振常、邵茗生锐，时通笺启。寒家与浙贤师友之谊如此。今日惟叔通、难先、茗生及余健在，余皆人往风微，有屋梁落月之感。忽故人杨味云寿枏令嗣通谊，介镇海陈器伯邮诗为寿，旬月之间，投赠纷集，敏捷精悍，邈焉寡俦。自言吟诗逾万，长短句二千，盖今日词坛之健者，浙贤之后劲矣。吾国诗人篇什最富，前有放翁之万首，近有樊山之三万。器伯诗篇已逾放翁，再阅岁时，不难与樊山等量齐观。器伯客冬始与余订交，前此之交游学行，非我所知，姑置不论。即就甲辰一岁，得诗四百首，词二百四十阕，此岂常人所能者。器伯属余为序，余谓与君订交日浅，不足以知君。昔陈石遗序《海藏集》摘录佳句，余亦援例以告来者。君赠余诗云："生平史职通诗理，排纂酣畅称绝诣。胸中常余浩荡春，百丈尘氛莫能蔽。大声喤嗒鸣蒲牢，锦鲸戏海腾笔势。元气充沛无不宜，脱手往往见鸿制。"又云："墨海金壶发其幂，大匠多能无洪细。洪则彩凤鸣朝阳，细则翡翠舞兰砌。"是为与余订交之始。又题《慎园诗选余集》云："绵绵诗脉远，随地涌灵泉。萼绿冬逾健，苍松老益妍。若华美无度，兴会韵疑仙。著作名山盛，篇章万口传。"题《忏庵集》,其一云:"奥邃苍坚境,青冥笔可凌。乘桴千顷浪,飞舄一枝藤。堂庑超双井,襟怀拓杜陵,至文皆寓理,一钵万花蒸。"其二云:"章贡环成篆,匡庐碧作城。雄材天柱峻,雅韵谷帘清。物我神无隔,屯通意自平。高吟参造化,初不计元贞。"其三云:"草木笺华夏,风骚变杜韩。一炉新旧贯,三昧古今团。苦语偏能绮,秋声别作欢。乙庵瑰异处,刮目共巉岏。"虽云未窥全豹,已略见一斑。句奇语重,一字兼金。箭无虚发,中必叠双,可以论君之诗矣。昔日放翁处南宋偏安之局,为家祭告翁之谋。樊山丁颠沛百六之会,为美人香草之吟。君则际昌明之期,秉方兴之气,远驾陆樊,何啻霄壤,不可谓非人生之幸。古今诗人,类皆萧条偃蹇。子美跋涉秦川,崎岖剑阁,浣花江上,暂获栖迟!君则久居六朝胜迹,南国名都,秦淮风月,藻饰吟怀,江上壮丽,环绕笔端,有小仓宦居金陵之乐,蕴子昂开国雄风之奇,仰企浙贤之芳踪,兴起来学无穷之观感,其愉快为何如耶。乙巳首夏序于天津寓庐。

徐贯时

继　祖

　　贯时名柯，又号东海一老、白眼居士，文靖公沂之次子、俟斋枋之弟，著《一老庵文钞》一卷、《一老庵遗集》四卷，近年始有《辛巳丛编》刊本，世人推重。俟斋见《居易堂集》中，除有与贯时一札外，他无一语涉弟。俟斋易箦托遗孤于杨易亭无咎，贯时尚健在，独不过问。甚至俟斋于辛酉（康熙二十年）作告家庙文，称男枋同叔沐、兄枚、兄集、兄柣、兄杕、侄炯，侄辉、侄爆、男文止，亦不及贯时，遂谓其兄弟参商。沈归愚《国朝诗别裁》录贯时诗，谓贯时始则风流跌宕，继则和光同尘，与俟斋各行其是，然贯时固亦以遗民终身者也。今读其集，则果与俟斋异其趣，试略言之。俟斋所师事交游，若郑士敬敷教、李灌溪模、杨曰补补、朱以发集璜、姜如须垓、郑青山之洪、张苍眉隽、吴佩远祖锡、杨潜夫炤、葛瑞五芝、归玄恭庄、杨易亭无咎辈，集中屡见称道。贯时集中惟见佩远、潜夫而已。一也。俟斋苦节涧上，当时非无弓旌及门，一概峻拒。集中首列答苏松兵备王之晋、长洲知县田本沛、吴县知县汪燧南三书。俟斋不食新朝一粟，可质天日。贯时作《大司马大中丞山阴吴公应召还朝序》。吴公者吴留村兴祚，新朝贵人，贯时乃颂其靖海氛清藩孽之功，以武乡比之。此俟斋所不忍下笔者。二也。杨易亭经纪俟斋身后，风谊独绝。乃为之弟者，反投书申辩斗争，又皆微末。三也。大抵贯时为人，放诞不羁。自作《白眼居士小传》，谓慕谢康乐之为人。又以阮嗣宗、刘伯伦自比，意似不屑俯首于新朝。然欲知俟斋之槁饿空山，屏绝声华，又有所未能，则兄弟之参商也宜矣。又贯时遭遇亦奇穷。明亡后不常厥居，首迁苕上，既而归吴，侨于紫琅，迁于阴阳双井、临顿，嫡子贞明不肖，当在双井也。贞明集里中恶少年，置酒高会，而不为父具一饭，率嗾恶少假券契逐之。庶子昺为人略诱，莫可踪迹。贯时目为天地间冤惨奇变，而始末未详。分见所撰田孺人（贯时妾）小传及与昭略（疑是族人）书中。陈鱣、王大隆两跋，一称为无忝文靖家风，一称为耿介孤高，皆嫌溢美。至朱竹垞《明诗综》、陈松山《明诗纪事》不录贯时诗，似由未见其集，初非鄙夷其人而置之也。

清末畅销之洋烛

公 孚

昔居家必备照明之物,亦倚舶来品以代原有之灯烛。于是燃灯之石油名之曰洋油,白油烛名之曰洋蜡。犹忆六十年前,始有英商白礼士以所制白油烛贩运来华,其商标为多帆之海船,名曰船牌洋烛,光亮无烟,极便于看书写字。每封六支,内附彩印画片,作考场形,矮屋连比,皆有士子在内,每屋燃烛一支,并题诗于其上曰:"三更灯火五更鸡,正是男儿励志时。黑发不知勤学早,白头方悔读书迟。"此系华人代为设计,意在推销。而勉人勤学,亦有可取。后又有所谓僧帽牌洋烛,销购尤广。英国之僧,即教堂之大主教也。彼时洋货倾销,现金外溢,靡有底止,此不过区区之一端耳。光绪戊戌冬,予应童子试于潞河,即已用洋烛写试卷。院试向不准继烛,惟点名发卷,甫交子正,在天未明以前,例许燃烛,当时谓之例给烛。

陈其年填词图

亮　吉

　　陈检讨举鸿博日，有释大汕画《填词图》。余曾于友人曾天宇教授处见所藏湘南啸霞居士性蔚模勒释大汕，岁在戊午闰三月廿四日、为其翁维摩传神墨拓册页，绘其年与其姬人像，有翁方纲隶书题"填词图"三字，后列康雍乾嘉四朝名流题词。其名次为李良年、高士奇、尤侗、彭孙遹、王士禛、朱彝尊、何维祯、李符曾，严绳孙、梁清标、宋荦、毛际可、邓汉仪、孙枝蔚、洪昇、徐林鸿、吴农祥、米汉雯、王顼龄、于敏中、英廉、裘曰修、陆费墀、王文治、陈奕禧、蒋士铨、翁方纲、钱载、谢墉、洪亮吉、吴锡麒、沈初、汪端光、李御、汪如洋、李尧栋、梁章钜、阮元、陈继昌等，或诗或词或曲，洋洋大观。余又忆及《袁文笺正》有陈检讨《填词图》序一篇，起句云："《填词图》者，前辈其年先生遗像，其从孙望之中丞所摹刻也。"遗像如何，据袁文云，一则长髯飘萧，拈花微笑，一则云鬟窈窕，对酒当歌。核与释大汕画，检讨左手捻髭，右手执笔，姬人则双手持一竹箫，情形不同，是其年填词图当不止一图。惟大汕、望之两图现在何处，则不可知。若啸霞居士摹勒墨拓册，余意似可誊印传布。存此掌故，亦艺林韵事也。

科场换卷

丛 碧

　　清代科考，场内弊病甚多，互换试卷，则经常事也。有专作枪手者。入场除换卷外，尚为人作卷；己卷则故为小疵，以使其不中，下科再入场。夏枝巢先生即南京之名枪手，所枪替皆大族子弟。榜发取中，动酬二三千金，主考亦知，后专觅其试卷而中之，遂不能再入场。先祖与先叔甲午科同入场，先祖盼子功名心切，以为先叔卷无取中望，以己卷换之，榜发，先祖竟获中。林贻书、袁珏生、冒鹤亭先生，皆与先祖是科同年。其实余应晚其一辈，因是余晚两辈矣，见面只有以太年伯称之。珏老好昆曲，其两女公子皆昆曲生旦之杰出者。时与红豆馆主溥侗聚，珏老唱虽荒腔走板，亦不之顾。又好书画，皆与余有同癖。今余所藏项子京六牙印，即其所让也。贻老善围棋，称国手，余与对奕，初须受四子。鹤老则因观赏《紫云出浴图》在上海相识，值其八十生日，余寿以《临江仙》词云："水绘鸳鸯旧梦，罗浮蛱蝶新知，红丝词好继乌丝;江山输末造,名字入传奇。 一醉当时题壁,百年此日称卮。青芜故国影迷离;松存经岁干,菊有傲霜枝。"词言水绘园董小宛有两两鸳鸯戏水纹图。鹤老以罗浮蛱蝶为友,有图咏纪其事。红丝则其如夫人之名也。广和居讽陈庸庵尚书及朱纶与奕劻、载振事题壁诗,一时都下盛传,有人或谓鹤老作。此三公文笔,以鹤老为胜。袁、林皆入翰苑,鹤老则否。前余记《紫云出浴图》,称其为太史,盖误也。

田颂尧瑞士存款

　　旧日军阀往往以搜刮所得寄存国外，以为失势后菟裘之谋。川军田颂尧以历年聚敛，俾其侄入瑞士留学。侄年少冶游，久之病瘵，遂至不起死。后其戚友遵田氏命，欲以遗产名义取回存款，但瑞士法律，死者遗产必须遵照遗嘱办理，不尔亦应直系继承人领取，不能由侄及叔。此时适有一外籍女郎，携婴儿来，自称为死者未婚妇，婴儿乃死者亲骨血，并出示外文遗嘱，要求继承产权。一重公案，乃照章解决。而川人脂膏，逝如黄鹤矣。

《中国地方志综录》书后

旧　燕

　　中国地方志书浩如烟海。域内千八百余县,志名之可得闻见者无虑万种,而目录专著,尚鲜佳制,或佚或存,殊难稽索。朱士嘉纂辑《中国地方志综录》,曾由商务印书馆印行,其体例全袭张国淦氏之《中国方志考》,取材则较张氏为多,标举流传可见之本,分省眉列,意未尝不善。顾按其内容,则疏漏讹谬,不一而足。姑举其例:如云南之道光《新平县志》,系邑令李诚所纂修。李为浙江黄岩人,朱氏误黄岩为人名,竟称黄岩所纂修。又如河北之同治《清河县志》,为邑令王镛所修,邑举人郭兆藩纂辑。朱氏分列二名,不知实即一书。清河康熙有两志,一为五十七年卢士杰修;一为十七年钱启文修。卢志早于钱志四十年。朱氏谓"钱志作于康熙十七年,卢志作于乾隆二年",并称"卢志系增补康熙十七年",前后倒置,不知其何所据而云然。又如河南之正德《临漳县志》,系邑令景芳所修。景芳山东定陶人。万历志赵序云:"取其旧志而读之,乃定陶景公之所刻者"。黄虞稷《千顷堂书目》卷六地理类载景芳《临漳县志》,正德间修。雍正志有景芳传,皆可证。朱氏据近人所编鄞县范氏《天一阁书目》,将地名定陶之下一字移在景芳人名之上,误作陶景芳修。大抵此所谓《中国地方志综录》者,朱氏仅就公私藏家书目钞撮成篇,既未取证原书,亦未博览群籍,故人云亦云,以讹传讹。袁子才尝云,偶有所得,必为辽东之豕,纵有一瓻之借,所谓贩鼠卖蛙,难以成家者也。朱氏之作,亶其然矣。

宋词韵与京剧韵

丛　碧

　　韵学之书，自《切韵》始而《唐韵》《广韵》《韵略》《集韵》至明《洪武正韵》，清《佩文韵府》等韵书，名虽屡易，而体例未尝改变。每一时代科考，以及文人学子之诗歌文赋，无不奉为金科玉律，但经过时代种族地域之变迁分合，此一类韵书，虽包括古今南北，而与当时当地之语音，则仍有格格不入之弊。

　　词始于唐而盛于宋，但并无词韵之书。宋绍兴二年刊定箓斐轩《词林韵释》一书，曾经阮元藏。其跋语谓疑是元明人伪托。考其分韵以上去入三声配隶平声，与元《中原音韵》《中州全韵》同是曲韵，而非词韵，确为后人伪托无疑。至清沈谦、赵钥、曹亮武、李渔、谢天瑞、胡文焕、许昂霄、吴烺、程名世、戈顺卿、谢默卿等，皆有词韵之作。在嘉道前后，词人用韵率以沈谦、戈顺卿、谢默卿三氏之作为准，其他词韵均未风行。沈氏《词韵略》根据诗韵，每部首分平上去三声，凡十四部：为东董韵、江讲韵、支纸韵、鱼语韵、佳蟹韵、萧筱韵、歌哿韵、麻马韵、庚梗韵、真轸韵、寒阮韵、尤有韵、侵寝韵、覃感韵。入声五部为：屋沃韵、觉药韵、质陌韵、物月韵、合洽韵。共十九部。又以平声九佳、十灰、十三元；上声九蟹、十贿、十三阮；去声九泰、十卦、十一队、十四愿皆分其半，以声相属。谢氏《碎金词韵》，以词为诗余，自应以诗韵为准从，沈氏惟遵《佩文韵府》增入应用之字，复于每字注明阴阳及阴阳通用。戈氏《词林正韵》，则系参用《中州全韵》，亦列平上去三声为十四部，入声为五部。其与沈氏《词韵略》不同处：例如沈韵目列第一部东董韵；平声一东、二冬；上声一董、二肿；去声一宋、二送。戈韵目则列第一部平声一东、二冬、三钟通用；仄声一董、二肿、一送、二宋、三用通用，余类推。戈氏韵与谢氏《碎金词韵》不同处：戈氏韵平上去入不分阴阳，而有增补之字，如虞麌遇韵内增入尤有宥韵之浮缶否母某亩妇负阜副等字。屋韵内增入国字。沃韵内增入北字。药韵内增入陌字。总之，皆系根据韵书诗韵，故其分韵部首无或稍异，于此可见清词人用韵之一般。

宋词人用韵，就词之本身寻求所得，可以知为一方沿袭韵书，一方适合语音，已了解经过时代、种族、地域之变迁分合而自行开放。上既不同于《广韵》《韵略》《集韵》，下亦不同于清词韵，而却与近代京剧韵相同之处甚多。不独是韵，即音之注重平声之阴阳与上去，亦多相近。现就宋词人用韵举例，与京剧韵作一比较，可以知之。

一、宋词人平上去之用韵

宋词人平上去之用韵，一部系沿袭韵书。例如以诗韵分配：一、东冬董肿送宋；二、江阳讲养绛漾；三、支微齐灰（半）纸尾荠贿（半）寘未霁泰（半）队（半）；四、鱼虞语麌御遇；五、佳灰（半）蟹贿（半）泰（半）卦（半）队（半）；六、真文元（半）轸吻阮（半）震问愿（半）；七、寒删先元（半）阮（半）潸铣愿（半）翰谏霰；八、萧肴豪筱巧皓啸效号；九、庚青蒸梗迥敬径；十、覃盐咸感俭豏勘艳陷通用；十一、歌哿个；十二、麻马卦（半）祃；十三、尤有宥；十四、侵寝沁独用等（以下略从沈氏韵目）。其一部适合语音者，如真轸韵之通庚梗韵，侵寝真轸庚梗之互通，覃感韵之通寒阮韵，此例最多。盖为广大地区之语音，与京剧韵完全相同。鱼语韵一部分之字通支纸韵，亦与京剧韵相同。又佳蟹韵之通支纸韵，虽与京剧韵不同，亦为当时广大地区之语音。其歌哿之通麻马韵，尤有韵

之通萧筱韵,鱼语韵之通歌哿韵,江讲韵之通寒阮韵,歌哿韵之通萧筱韵,皆为一部分地区之语音。其例甚少,如次:

(一)真轸韵通更梗韵

苏轼《浪淘沙》:"昨日出东城,试探春晴。墙头红杏暗如倾。槛内群芳芽未吐,早已回春。　　绮陌敛香尘,雪霁前村。东君用意不辞辛。料想春光先到处,吹绽梅英。"余如欧阳修《江神子》,秦观《南乡子》,宋徽宗《小重山》,黄庭坚《满庭芳》,张抡《临江仙》,赵长卿《浣溪沙》《采桑子》,黄裳《蝶恋花》,毛滂《浣溪沙》《雨中花》《青玉案》,房舜卿《玉交枝》,石耆翁《鹧鸪天》,李璂《满庭芳》,朱敦儒《鹧鸪天》,王之望《临江仙》,葛立方《满庭芳》,侯寘《阮郎归》,王质《生查子》《满江红》《八声甘州》,辛弃疾《贺新郎》《念奴娇》《御街行》,刘过《沁园春》《六州歌头》,张镃《江城子》,韩淲《鹧鸪天》,陈璧《玉楼春》《踏莎行》《谒金门》,程垓《木兰花慢》《天仙子》《鹧鸪天》,魏了翁《水调歌头》,林正大《朝中措》皆是(原词不录,下同)。

(二)侵寝韵通庚梗韵

岳飞《小重山》:"昨夜寒蛩不住鸣。惊回千里梦，已三更。起来独自绕阶行。人悄悄，帘外月胧明。　　　白首为功名。旧山松竹老，阻归程。欲将心事付瑶琴。知音少，弦断有谁听。"余如赵师侠《诉衷情》，苏庠《鹧鸪天》，陈克《鹧鸪天》《临江仙》，韩淲《浣溪沙》，林正大《水调歌头》皆是。

（三）侵寝韵通真轸韵

晏几道《采桑子》："心期昨夜寻思遍，犹负殷勤。齐斗堆金，难买丹诚一寸真。　　　须知枕上尊前意，占得长春。寄语东邻，似此相看有几人。"余如周邦彦《南乡子》，周紫芝《鹧鸪天》，史浩《水调歌头》，朱敦儒《鹧鸪天》《行香子》，曹冠《水调歌头》《临江仙》皆是。

（四）真轸庚梗侵寝韵互通

姜夔《隔溪梅令》："好花不与殢香人，浪粼粼。又恐春风归去绿成阴，玉钿何处寻。　　　木兰双桨梦中云，小横陈。漫向孤山山下觅盈盈，翠禽啼一春。"余如周密《西江月》《江城子》《木兰花慢》，朱敦儒《西江月》《胜胜慢》《沁园春》，《鹧鸪天》《长相思》，张抡《临江仙》，赵师侠《鹧鸪天》，姜夔《摸鱼儿》，陈师道《南乡子》，毛滂《清平乐》，贺铸《小梅花》，张炎《渔家傲》《江城子》，康与之《江城子》，曹良史《江城子》,方岳《沁园春》,向子諲《六州歌头》,葛立方《水调歌头》,王质《水调歌头》《万年欢》,辛弃疾《鹧鸪天》,廖行之《水调歌头》,韩淲《鹧鸪天》,李谌《六州歌头》,程垓《南歌子》皆是。

（五）覃感韵通寒阮韵

周密《鹧鸪天》:"燕子来时度翠帘,柳眠犹未褪香绵。落花门巷家家雨,新火楼台处处烟。　情脉脉,恨恹恹,东风吹动画秋千。刺桐开尽莺声老,无奈春风只醉眠。"余如谢懋《浪淘沙》,毛滂《玉楼春》《浣溪沙》《河满子》,谢逸《玉楼春》,韩淲《临江仙》《水调歌头》,周紫芝《渔家傲》《鹧鸪天》,辛弃疾《行香子》,叶梦得《千秋岁》,陈参政《木兰花慢》,欧良《多丽》,周密《木兰花慢》,向子諲《满庭芳》,王寀《玉楼春》,杨无咎《解蹀躞》,朱敦儒《朝中措》《鱼家傲》《清平乐》,王千秋《风流子》《西江月》,王质《水调歌头》,刘过《唐多令》皆是。

以上用韵与京剧韵完全相同。

（六）鱼语韵通支纸韵

姜夔《长亭怨慢》:"渐吹尽,枝头香絮。是处人家,绿深门户。远浦萦回,暮帆零乱,向何许?阅人多矣,谁得似、长亭树?树若有情时,不会得、青青如此。　　　　日暮，望高城不见，只见乱山无数。韦郎去也，怎忘得、玉环分付？第一是、早早归来，怕红萼、无人为主。算只有并刀，难剪离愁千缕。"吴易《贺新郎》："身世今如此。甚重阳、正逢阳九，劫花飞坠。憨雨娇云天欲暝，孤馆海涯愁寄。纵满目、天涯秋霁。红萼黄英堪斗艳，但登临、只迸西风泪。千壶酒，怎能醉。　　　　龙山嘲咏成何事。尽豪雄、彭城歌舞，金钗铁骑。挥霍燕秦如电扫，万里鹰扬虎视。问江左、霸才何处。捡尽纷纷南北史，算神州、离合浑无据。江水咽，向东注。"余如冯应《瑞天香》，赵以夫《水龙吟》，史浩《永遇乐》，王炎《踏莎行》《蓦山溪》，蒋胜欲《探春令》，俞灏《点绛唇》，林正大《酹江月》皆是。

以上用韵一部分相同于京剧韵，如《贺新郎》处据注韵是；一部分不同于京剧韵，如《长亭怨慢》户暮数付等字通此字韵是。

（七）佳蟹韵通支纸韵

范仲淹《苏幕遮》："碧云天，红叶地。秋色连波，波上寒烟翠。山映斜阳天接水。芳草无情，更在斜阳外。　　　　黯乡魂，追旅思。夜夜除非，好梦留人睡。明月楼高休独倚。酒入愁肠，化作相思泪。"余如欧阳修《踏莎行》，苏轼《无愁可解》，黄庭坚《南乡子》，周紫芝《玉楼春》《减字木兰花》，秦观、黄庭坚、李之仪、孔平仲、黄公度《千秋岁》，葛胜仲《蓦山溪》，洪皓《江城梅花引》，张镃《渔家傲》，陈瓘《卜算子》，晁元礼《洞仙歌》《满江红》，毛滂《点绛唇》《感皇恩》，吴琚《念奴娇》，向子諲《蓦山溪》，李弥逊《蝶恋花》，李弥远《醉花阴》，曹勋《点绛唇》《水龙吟》，朱敦儒《蓦山溪》，吕本中《西江月》，吴文英《拜星月慢》，林正大《贺新郎》，刘克庄《贺新郎》皆是。

以上用韵与京剧韵不同，但为当时广大地区之语音。《缃绮楼词选》云，范希文《苏幕遮》"外"字，嘲者以为江西腔。今江西人支佳却分，且范是吴人，吴亦分宾泰也。正是宋朝京语耳。按：王缃绮之说甚是。今开封以南"外"字音都坏切。开封北陈桥长坦以至山东，"外"字则音"谓"。是此一地区，重念外字尾音，未变宋音念法。

（八）尤有韵通萧筱韵

欧阳修《定风波》："把酒花前欲问君，世间何计可留春。纵使青春留得住，虚语，无情花对有情人。

任是好花须落去。自古，红颜能得几时新。暗想浮生何事好，唯有，清歌一曲倒金樽。"余如陈允平

《探春》，刘过《辘轳金井》，赵长卿《永遇乐》《惜奴娇》《水龙吟》，周紫芝《水龙吟》，曾觌《钗头凤》，危稹《水龙吟》，韩淲《卜算子》，林正大《贺新郎》，刘克庄《满江红》，卢炳《水龙吟》皆是。

以上用韵为闽赣区域语音，欧阳修、赵长卿、危稹皆赣人，林正大、刘克庄皆闽人。

（九）江讲韵通寒阮韵

张孝祥《临江仙》："误入蓬莱仙洞里，松阴忽睹数婵娟。众中一个最堪怜。瑶琴横膝上，共坐饮霞觞。　　云锁洞房归去晚，月华冷气侵高堂。觉来犹自惜余香。有心归洛浦，无计到巫山。"

以上用韵为南京地区语音。张孝祥历阳乌江人。

（十）萧筱韵通歌哿韵

林外《洞仙歌》："飞梁压水，虹影清光晓。橘里渔村半烟草。叹今来古往，物是人非，天地里，惟有江山不老。　　雨巾风帽，四海谁知我。一剑横空几番过。按玉龙、嘶未断，月冷波寒，归去也，林屋洞天无锁。认云屏烟障是吾庐，任满地苍苔，年年不扫。"

以上用韵为福建地区语音。林外福州人。

（十一）鱼语韵通歌哿韵

张矩《水龙吟》："昼长帘幕低垂，时时风渡杨花过。梁间燕子，芹随香嘴，频沾泥污。苦被流莺，蹴翻花影，一阑红露。看残梅飞尽，枝头微认，青青子、些儿大。　　谁道洞门无锁。翠苔鲜、何曾踏破。好天良夜，清风明月，正须看我。闲展蛮笺，寄情词调，唱成谁和。问晓山亭下，山茶经雨，早来开么。"

以上用韵为吴地区语音。张矩润州人。

（十二）歌哿韵通麻马韵

辛弃疾《江神子》："簟铺湘竹帐笼纱。醉眠些，梦天涯。一枕惊回，水底沸鸣蛙。借问喧天成鼓吹，良自苦，为官耶。　　心空喧静不争多。病维摩，意云何。扫地烧香，且看散天花。斜日绿阴枝上噪，还又问，是蝉么？"

以上用韵为吴地区语音。辛弃疾非吴人，盖沿用古音。

（十三）真轸韵通寒阮韵

周文璞《一剪梅》："风韵萧疏玉一团。更著梅花，轻袅云鬟。这回不是恋江南。只是温柔，天上人间。　　赋罢闲情共倚阑。江月庭芜，总是销魂。流苏斜掩烛花寒。一样眉尖，两处关山。"

以上用韵为沿用古音。

以上八至十三之用韵，系狭小地区之语音，或古音，与京剧韵不同。在宋词中例亦甚少。

二、宋词人入声之用韵

清词韵入声共分五部，已见上述。宋词则不拘于此，循声揣合，展转杂通。如张安国《满江红》："高邱乔木，望京华南北。"是通屋沃与质陌。晏几道《六幺令》："飞絮绕香阁，意浅愁难答。韵险还慵押，月在庭花旧园角。"是通觉药于合洽。孙光宪《谒金门》："留不得，留得也应无益。扬州初去日，却羡鸳鸯三十六，孤飞还一只。"是通质陌于屋沃，此例甚多，不更举。

京剧韵之入声，则分隶医欺、姑苏、怀来、爷茄、发花、梭波六韵，可作阳平叶韵。

宋词之于阴阳平。例如张玉田称《惜花词》"琐窗深"之"深"字不协，改"幽"字，又不协，改"明"字始协，是此字必须用阳平。又如《点绛唇》第一句，赵长卿词"雪霁山横"，周邦彦词"辽鹤归来"，吴琚词"憔悴天涯"，舒亶词"紫雾香浓"，第三字皆用阴平，第四字皆用阳平。依此寻求，宋词重于阴阳平之分可知。

京剧之《点绛唇》，如"地动山摇""凤烛光浮""手握兵符"，阴阳平与宋词相同，且唱法并有阴平不宜行腔，只有行音之说。

宋词之于上去。宋词对上去声之用法甚严。例如周邦彦《花犯》词："粉墙低，梅花照眼，依然旧风味。露痕轻缀。疑净洗铅华，无限佳丽。去年胜赏曾孤倚，冰盘同宴喜。更可惜，雪中高士，香篝薰素被。　　今年对花最匆匆，相逢似有恨，依依憔悴。凝望久，青苔上、旋看飞坠。相将见、脆圆荐酒，人正在、空江烟浪里。但梦想一枝潇洒，黄昏斜照水。"上词，上半阕第一字必用上声，"照眼"二字必用去上。第二句"旧"字必用去声。第四句"净洗"二字必用去上。第五句"限"字必用去声。第六句"胜赏"二字必用去上，"倚"字必用上声。第七句"宴喜"二字必用去上。第八句"更可"二字必用去上，"树"字必用上声。第九句"素被"二字必用去上。下半阕第二句"有恨"二字必用上去。第三句"悴"字必用上声。第四句"望久"二字必用去上。第六句"旋"字必用去声。第七句"见"字必用去声，"荐酒"二字必用去上。第八句"浪里"二字必用去上。第九句"但梦想"三字必用去去上，"洒"字必用上声。第十句"照水"二字必用去上。此调凡去上之必应遵者共三十四字，邦彦首唱，方千里和之，谭在轩、王碧山、吴梦窗诸家无不字字遵守。末句尾二字去上尤为紧要。他如《兰陵王》之末句必用去去上，去去入。《瑞鹤仙》《永遇乐》之末句必用去平去上。此等处正多。

京剧唱念，入声短促，平声收韵，全以上去为带起转折顿挫作用。例如《空城计》引子："羽扇纶巾，四轮车，快似风云。阴阳反掌定乾坤。保汉家，两代贤臣。"上引子，"羽扇"二字上去。"四"字去。"快似"二字去上。"反掌"二字上。"定"字去。"保汉"二字上去。"两代"二字上去。除"反掌"两上声作顿，他上去字都是带起下面平声念法。至于唱法上去为带起及行腔作用，更不胜举。

京剧之十三辙：一、钟东，二、江阳，三、医欺，四、姑苏，五、灰堆，六、怀来，七、爷茄，八、发花，九、梭波，十、幺条，十一、尤求，十二、人辰，十三、言前。

以上十三辙内，三、医欺韵除本韵字外，另以鱼语韵内一部分上口字（即淮河以北黄河以南中州地区语音）及近于纸支韵一部分之字并入之。四、姑苏韵除鱼语韵内并入医欺韵之字，余字单成之。五、灰堆韵系以支纸韵内一部分之字单成之（包括诗韵支微齐灰纸尾荠贿寘未霁泰队各韵内之字）。七、爷茄韵系以麻马韵内一部分之字单成之，为长江流域之语音。十二、人辰韵中由真轸庚梗侵寝韵合并之，为长江流域之语音。十三、言前韵寒阮覃感韵合并之，为长江流域黄河流域共同之语音。

以上十三辙以收韵论可总分五部：一、穿鼻，钟东、江阳属之；二、展辅，医欺、怀来、灰堆属之；三、敛唇，姑苏、幺条、尤求属之；四、抵腭，人辰、言前属之；五、直喉，发花、爷茄、梭波属之。原尚有闭口音，侵寝覃感属之，现只广东一隅尚存此音，广大地区均无此音，且不宜于歌唱。更依宋词真轸庚梗侵寝韵及寒阮覃感韵之互通，可见在北宋时此音已废，而《清词韵》犹列侵寝覃感韵为独用，是不求实际，将已开放之韵而又缚束之，可谓泥古不化。

已了解时代种族地域之变迁分合，切合实际作音韵之改变，则是宋词开之于前，京剧继之于后。当时与现在不惟在歌唱上，即对于互相通晓方言，亦起甚大之作用。

清慈禧太后御笔代书人姚宝生

和　孙

　　缪素筠为慈禧太后书画代笔者,人皆知之。而另有一代书人姚宝生,则知者鲜矣。姚宝生字铁臣,直隶任邱县人,美丰姿,工书通医。乡试不第,流寓京师,闲无聊赖,日至茶馆遣闷,因得结识一马姓内监,时相过从。马监为内殿值更者。每晚太后入寝时,马监即于帏幔外为太后说笑话,直至太后入睡始罢。因此马监每日到茶馆搜集材料。一日,姚宝生向马监讲一极为鄙俚之笑话。当晚,马监即为太后述之。太后当即追问此笑话是从何处听来,马如实以对。太后又追问此人人品如何,对以是读书人,风度甚好。太后欲见之而无词可藉,乃又问姚某人都会些什么,答以会医。太后因示意马监,令姚宝生至太医院投效。姚闻之大喜。及至太医院,则遭到拒绝。后乃以荣禄保荐名医,姚竟膺太医院右院判。嗣是日常进宫请脉,并为太后代笔写字,宠眷极隆,因为人所忌。有崔监者于太后前谮姚与荣禄勾结,泄露宫廷秘密。太后即召姚面质之，事白，当将崔监立毙杖下。庚子西狩前一日，太后突降旨钦犯一名姚宝生，著即押赴原籍，交任邱县看管。后有内务府之曾某为之料理一切，姚遂散居县署。翌岁，两宫回銮，甫出西安一站，荣禄奏云："去年奉旨命任邱县看管之姚宝生，若无大罪，可否求太后恩典。"当即由八百里敕任邱县，命姚宝生驰驿接驾。返京后，姚则仍为院判矣。

袁崇焕伪墨迹

自　在

袁崇焕惨被崇祯听信谗言而处死刑,成为千古奇冤。读史者至此,莫不慨叹。辛亥邓秋枚主办《国粹学报》,曾发表袁崇焕行书幅墨迹,文为"心术不可得罪于天地,言行要留好样与儿孙。壬申夏月袁崇焕。"袁崇焕字迹,因无其他旁证,真伪无从核对。惟其所署年干壬申,则有历史常识者必发生怀疑。袁崇焕死年,从极普通之工具书如旧版中华书局《辞海》下册,《中外历年大事表》三十九页,姜亮夫《历代人物年里碑传综表》五二八页,均注明袁崇焕死于一六三〇年庚午崇祯三年,是根据《明史》卷二百五十九,《明史稿》卷二百三十六,陈田《明诗纪事》卷庚二十三,非虚构也。今崇焕墨迹年干壬申,则为一六三二年,即崇祯五年,为袁崇焕已死去之第三年,是本身已说明为伪。当年《国粹学报》误为发表,或因提倡民族气节,尚有可原。而此伪迹,一九五四年北京

《岭南文物志》又制版转载篇首,《历史文物图谱》亦将其编入作为参考之用,以讹传讹,误人不鲜。

蒋蔼卿之穷困

逸　梅

《历代两浙词人小传》,周梦坡之所作也。中有蒋坦一则云:"坦字蔼卿,钱塘人,诸生,有《百合词》二卷,《夕阳红半楼词》二卷,先世业盐,有园亭歌伶之乐。蔼卿生禀异资,弱冠善文章工书法。配秋芙娴倚声,解弹琴,尤善内典,偕隐家园,联吟礼佛,出则文坛吟社,客满樽盈。别筑枕湖吟馆于水磨头,春秋佳日,游燕极欢。未几秋芙死,蔼卿为制《秋灯琐忆》,皆幽闺遗事,文极隽雅,视冒辟疆《影梅庵忆语》更过之。杭州辛酉戒严,奔慈溪依其友王广文景曾,比返,寇又至,以饥殉焉。"以上小传所谓《百合词》及《秋灯琐忆》,予皆寓目。又曾一读《夕阳红半楼诗词剩稿》,惟《夕阳红半楼词》未之得睹耳。曩岁予刊印拙著《人物品藻录》,蒋蔼卿固予纪述人物之一,友人边政平见之,因出示《息影庵诗集》八卷,乃蔼卿之遗作,梦坡《小传》未尝涉及者也。据政平云,是书为其邻居杨翁所贻。尤可宝贵者,首页空白有马芸台亲笔所书识语，足以补充小传之不足。予乃假录之。识语云："咸丰乙卯，读书稽山，始交何子镜山，尝于其案头见《息影庵诗》，把玩不释手，镜山即以见赠。遇有索予作字者，每录其词，固未尝谂其人也。戊午冬，镜山忽告予曰，子乐诵其诗之蒋君今在是，见子之与人书多录其诗也，愿一觌止。次日，小谷王君招饮半野堂，遂与蔼卿晤。年约四十许，困顿之色溢于眉睫，镇日以阿芙蓉自娱，一灯之下，诗稿满焉。不事修饰，虮缘于须，左右有唾之者。蔼卿于簟下出一纸示予，乃赠予七古，激昂慷慨，有金石声，后为友携去而亡其词，仅忆有云：'已教片语感平生，相逢何必曾相识。'并约来岁秋试相待于巢园。索余诗数篇，称泖之诗话中。时同坐者若赵君益甫、王君缦卿、余君晓云皆以名士自负，颇短蔼卿。余君甫获秋荐，让蔼卿曰：'子昨赠诗纨，有薄俗文章一第尊，骂我耶？'蔼卿大笑，诸君愈怒，几欲攘臂，赖小谷劝止，蔼卿遂行。明年予至武林，客严氏富春山馆。一日携从游严少卿步孤山遇蔼卿，云遍觅予踪不可得，已仆仆十一日矣，责予爽约。予遂访之巢园。墙垣四圮，破屋两椽，饭无厨灶，埋锅而炊，寝无帏床，支板而息，一赤脚老丑之婢执爨，子三四龄亦蓬跣无人色。蔼卿出诗话，印有样本示予，已成帙矣。及庚申春，贼突入会垣。事平，闻蔼卿无恙，冒刃护其书板得未毁。壬戌省城陷，蔼卿饿死，著作不知所归，伤哉！予挟是编至明州，乱后遗其半。任邱边仲明师守明州，长公云航见而欲之。云航博雅工诗，遂出以相赠。辛未云航成进士，宰豫之宝丰。辛巳卒于官，遗籍数千卷，载归金陵。予适在师门，复乞是编以归。今秋检自故箧，令奴子线装一过，书不足感起人琴，用赘简端，以告后之得是书者。光绪十三年冬至日芸台瑛书于董庠寓斋。"款旁钤一印，为一马氏。卷末有任邱边仲明亲笔所书之跋语，品评蔼卿之诗格，亦殊可珍也，惜未录存。

敦煌劫余解京后之余波

继　祖

　　清光绪末年,甘肃敦煌千佛洞所藏唐人卷轴,为英法人先后盗取,菁华垂尽。甘省僻远,人文朴塞,当时政府又无地方文物不许流出国外之禁令,遂坐视外人之捆载席卷,而毫不加干涉。及宣统初元,法人伯希和者道出北京,介其友与先祖相见。先祖时官学部,睹其行箧所携,诧为异宝。伯氏时固以学者面目出现也,乃约同好曹君直元忠、蒋伯斧黼、王捍郑仁俊、董绥经康诸公觞之,与约写影,伯氏许诺。且言石室尚有卷轴约八千轴,以佛经为多,异日将为人取携无遗,曷早日购致之。此伯氏之顺水人情。先祖亟据以白部。部电甘督以三千元委购。此八千轴者,已为石室之劫余,讵意甘督派员解京后,此八千轴又为劫余之劫余,固当日所不及料也。盖甘省解送委员为江西人某,到京不先谒部,而主其同乡德化李氏。李乃呼其朋侪竭三日夕之力,窜取其中菁华一二百卷,数不足,则裂一为二三以充之。及解部,部但凭文验收,数苟相符,即无他说。然先祖固知之，晚年一记之于《集蓼编》（《贞松老人遗稿甲集》），再记之于《姚秦写本维摩诘经残卷校记序》（《七经堪丛刊》）。前者第言某某，后者历举其姓而讳其名，以与有私人交谊，碍于旧时情面，不欲显斥之也。侍坐燕语，亦尝及之。予去岁来都，偶于西单书肆买得吴伯宛昌绶《松邻书札》影印本。札皆致张彦云祖廉者。中一札云："顷鬯威同年来，谓访公未值。有言托为代致甘肃解经卷之傅委员，淹留已久，其事既无左证，又系风流罪过，今窘不得归，日乞鬯威道地。第闻前事已了，堂宪本不深求，可否仰仗鼎言，转恳主掌诸君，给批放行。其批即由公交鬯威亦可。渠既相属，特为奉致，望径复之。"（下略，末署九月二十四日）始知此事虽秘，风闻固藉甚。委员至于遭部留难，窘不得归，特浼何鬯威出为调解。何求之于张，吴又为何转达张，时不知张任学部何官。所谓主宰诸君，亦不知谁指。大概在堂宪本不深求之情况下，此一纸书遂起作用，以事无左证四字结案，傅得脱身而去，余波亦告平息。此旧时官场之惯例，不足异也。顾此事绝不见他人记载，先祖亦未及解部后之经过。然则伯宛此札，足补史氏缺文，故特志之。

步军统领

丛　碧

清步军统领衙门之官职,专为拱卫京师,故俗称九门提督。其对刑事及缉捕盗贼、稽查户口、巡察地面则有刑部、顺天府尹、街道御史、兵马司指挥司之。咸丰庚申京师失守,于时瑞芝山常为步军统领。有人为联云:"三国谋臣巴夏礼,八门提督瑞芝山。"盖英人巴夏礼衔下狱之辱,英法美联军内犯,巴特为之主谋。联军既从东直门入,则九门仅余其八也。入民国,步军统领衙门机构仍存。左右翼两总兵亦原官名。兵士龙钟,枪枝破旧,不过摆样子而已。王绂绮手抄笔记云,议员某质问步军统领衙门之职务,谓其对军事上、司法上、缉捕盗贼、稽查户口、巡察地面等,究竟一机关而兼数机关之性质,有无独立理由,当时政府不知何以答之。江朝宗始终任步军统领职,其家大门悬有三定京师匾。盖北京曾经三换局面,而江浮沈终能保其位,亦如《聊斋志异》之三朝元老也。

戊戌变法之与伊藤博文来京

慧　远

清光绪二十四年(公历一八九八年)戊戌变政之前夕,日本前首相伊藤博文以游历为名来京师觐见光绪皇帝载湉。伊藤以日本重臣,适于中国变法政局十分动荡之时,与清帝相见,其事颇可寻味,必有极重要关键。然此事迄无明白记载。虽康梁诸人著述中,亦未详阐其始末,今殆成一隐谜。近人史籍,如胡滨著《戊戌政变》一书,仅言伊藤博文于七月三十日到达北京,大肆进行活动,企图对改良主义加以利用,使维新变法运动改变其原来面貌。康有为等曾奏请光绪亲予召见,并建议聘伊藤为指导新政客卿云。番禺叶遐翁谈当时传说,在伊藤觐见之日晨,慈禧太后那拉氏于光绪请安时故作闲谈口吻问曰:"听说要召见伊藤博文,在召见时我可隔着屏幔一觑。"光绪唯唯尊命。及至伊藤觐见,遂不能作何密谈,仅普通周旋而已。此一传说,当为确实。缪子彬曾收藏有先父寄与其尊人艺风姑丈之戊戌八月初二日至二十三日日记，摘录一页。其时艺风老人在南京，为钟山书院山长。先父在京翰林院，乃将当时目睹情形，写实寄之。其八月初五日记有伊藤博文觐见勤政殿，太后坐于里间听之，上寒暄而罢。初六日记有梁启超避至日本使馆，变服而去。伊藤面告合肥云，国犯例不交出等字。惟胡滨书中谓光绪接见伊藤博文，本想请他出面帮忙，但那拉氏已派人在旁监视，光绪不便说出口来，只含糊表示希望他在京多住些日子云。胡书谓派人监视，未言太后坐在里间听之，稍有异同，不知系根据何种记载。总之，伊藤回使馆后，已知中国将发生政变，不久即东返。果然，翌日即宣布慈禧垂帘听政，立即开始搜捕维新派人物。依此推之，伊藤之来京绝非普通游历，当有一番计划。如何之与康梁联系，以及见事已不可为，废然而返，种种情形，皆未获见详细史料，尚有待于他日之发现也。余偶读王式通《志庵诗稿》卷四中有《为伯玉题其尊人几道严复先生〈江亭饯别图〉，忆卅年旧事，怆然书此》，诗凡十首。其二云："使者朝天奏对还，微辞似惜枉移山，蓬莱采药才申约，仓卒登车涕泪潸。"注曰："戊戌八月，公偕余与张菊生、夏楝三、陶杏南诣日本使馆访伊藤博文，商留学事，值其觐见方旋,辞意感叹。比归校得公留笺云:'君宜自重,愿此后绝口不言时事。'又有'瞻望国门,潸然出涕'之语。盖公出使馆后,知政变即行,于此益见当时之蛛丝马迹矣。"随伊藤来京之秘书森泰来字槐南,工诗,有集刊行。其七律一首云:"长城雁影几回翔,忍过完颜旧地乡。月魄含冤迷绛市,露华流恨满银墙。溯从碧汉人何在,照到昆仑论未央。惊觉瑶池启明镜,蛾眉萧飒似秋霜。"尾句已明指慈禧之毒忍焉。

陈蓝洲、曹东屏、赵秉钧

玉　谷

　　沔阳卢慎之先生今年九十，著作十余种，多已刊行。尚有《慎园笔记》稿未刊，曾以见示，多百年来遗闻轶事，足资谈助。其中记陈青天事，亦为清末掌故之一。略云：陈青天者，仲恕叔通文尊公蓝洲先生也。公官湖北知县，有循声，士人呼曰青天。公宰房县，有夫妇诉子不孝。公审非不孝者，乃老妇惑幼子之言耳。遂留其子于署中，教之诵读，十余年游泮，入经心书院，中光绪乙酉拔贡，大挑知县，分发直隶，其人即曹东屏景郕，与先兄木斋经心同学，乙酉同年，直隶同官者也。曹请假南旋，迎养母亲（即前诉不孝者）。道经沔阳，在寒舍二宿，为余改诗文课卷一本，此卷犹存。余与曹师师弟关系，只此一次。陈氏仲恕叔通昆仲，则曹师十余年之弟子也。陈公与曹虽师事，而情同父子。陈公夫人亦视曹如子。陈公夫人逝世，曹挽云："恩同鞠我。"以上云云，皆叔通函告我者，余初不知也。曹师北来，在同僚中言同年卢木斋，有弟幼而好学，能文能诗。桐城吴挚甫先生有女待字，倩人作伐，因女年长未谐，此女即柯凤孙之继室夫人也。曹师官某县，赏识马快某，彼不知所由来，曹师冠以赵姓，为之纳粟官典史。民国初元，阁揆之赵秉钧，即其人也。曹师官热河道尹，卒于任。赵经纪其丧，回籍安葬。此段公案，前因后果结束矣。好事者可编作传奇也。

阮公亭、虾菜亭

阮公亭又曰阮公台，在北京后门西步凉桥北，水中废石数堆而已。传为亭基，或曰外冰鞋处。乾隆时西路用兵，天寒地冻，军旅不能进攻，故在京先练此军，挑选捷足者补缺额，俟纯熟赴玉河桥南黄亭候视，相传如此。友人博尔济吉特君，元之宗室，清室尊以虞宾，世袭通侯。曾为余谈，并出其谱系，自元顺帝至清末，次序井然，并有明代始封侯赐地四址，在后门外，东至后门桥，西至西河滨，南至东不压桥，北至鸦儿。而阮公亭即在其内。又有侯府花园图，西滨德胜门水关，一水流入故宫。水道即今游泳池，余皆园中地。园中水可行舟。至阮公亭之名，或系元以前所留欤？

虾菜亭在北京莲花社西，戴大圜建，今无考。按亭若在社西，即邻大铜井矣。前人诗有"不看荷花看稻花"句，当在汇通祠迤南田中。西字或南字之讹也。

散曲偶谈

钟　美

散曲昉于诗词之后，戏曲之前。散曲之名，概括小令与套数而言。就其用韵造句用事观之，实系诗词蜕变之一种文体。因创自金元之北人，北人发音无入声，故韵亦因之。用韵平仄既可通押，又以入声派入平上去三声，已知是从诗词束缚之规律中开放出来。元曲姿肆谲诡，无所不至，经史百家，俱供驱遣。周德清氏序中赞关马白郑之作云："韵共守自然之音，字能通天下之语。"明王骥德《曲律杂论》云："世有不可解之诗，而不可令有不可解之曲。"亦即周氏所谓文而不文，俗而不俗，使人闻声尽得了解之义。此又说明造语用事，无不力求开放。散曲曲词，因体段简短，作者可以直抒胸臆，无排场宾白科介为累。但在作成后，读之必须非诗非词，更非其他一切长短句，确是曲子，才算当行。其病最易与两宋之长短句相类。故作曲第一要义，在能尽脱词法，尤须曲折尽情，委婉如话，始是作曲妙手。任中敏《散曲概论》云："以说得急切透辟、极情尽致为尚，不但不宽弛，不含蓄，且多冲口而出。若不能待者，用意则全然暴露于词面。用比兴者，并所比所兴，亦说明无隐，此其态度为迫切为坦率，可谓恰与诗余相反也。为欲极情尽致之故，乃或将所写情致，引为自己所有，现身说法，如其人之口吻以描摹之；或明为他人之情致，则自己退居旁观地位，以唱叹出之，以调侃出之，此其途径，为代言为批评，亦皆诗余中所不能有者也。"上论曲之判别于词，深中肯綮。兹选录小令如次，就嬉笑怒骂、谲诡诙谐、愤世疾俗、轻松愉快、比兴讽刺之作，以阐明正如上论，与诗词或其他长短句迥异，于诗词于后，别开天地而耐人欣赏玩味。如张鸣善之《双调水仙子》云："铺眉苦眼早三公，裸袖揎拳享万钟，胡言乱语成时用。大纲来都是哄。说英雄谁是英雄？五眼鸡岐山鸣凤，两头蛇南阳卧龙，三脚猫渭水飞熊。"味其词，似对当时元代统治者深怀憎恨，以怒骂泄其悲愤之气。张可久之《正宫醉太平》云："人皆嫌命窘，谁不见钱亲。水晶丸入面糊盆，才沾粘便滚。文章糊了盛钱囤。门庭改作迷魂阵。清廉贬入睡馄饨。葫芦提倒稳。"愤世疾俗之心情，以讽刺出之，亦足为当时社会写照。钟嗣成亦有《正宫醉太平》云："俺是悲天院下司。俺是刘九儿宗枝。郑元和俺当日拜为师。传留下莲花落稿子。撅竹枝绕遍莺花市。提灰笔写就鸳鸯字。打爻捶唱会鹧鸪词。穷不了俺风流敬思。"窘困到打爻捶卖唱，犹说穷不了风流敬思。潦倒愤激之情绪，跃然纸上。元代以异族入主中国，分社会人类为十个等级。儒在第九，十等便是乞丐。文人落魄至于此极，又安能不佯狂谩骂也？其他或轻松愉快，或一往情深，有其人其事，而后有其词。如关汉卿之《南吕四块玉·别情》云："自送别，心难舍，一点相思几时绝。凭阑袖拂杨花雪。溪又斜，山又遮，人去也。"又马致远、贯云石、卢挚均有《双调落梅风》，马云："云笼月，风弄铁，两股儿动人凄切。剔银灯，欲将心事写，长吁气一声吹灭。"贯云："新秋至，人乍别。顺长江水流残月，悠悠画船东去也。这思量，起头儿一夜。"卢《送别珠帘秀》云："才欢悦，早间别，痛杀俺好难割舍。画船儿载将春去也，空留下半江明月。"其事思之，如见其人，呼之欲出。刘致《中吕朝天子》云："画船，绮筵，红翠乡中宴。荷花人面两婵娟，花不如人面。锦绣千堆，繁华一片，是西湖六月天。扣舷，采莲，怕什么鸳鸯见。"张可久《中吕红绣鞋》云：

"绿树当门酒肆。红妆映水鬟儿。眼底殷勤座间诗。尘埃三五字。杨柳万千丝。记年时，曾到此。"又《中吕迎仙客·括山道中》云："云冉冉，草纤纤，谁家隐居半山崦。水烟寒，溪路险。半幅青帘，五里桃花店。"只将眼前事信手拈来，即成绝唱。余中年后曾致力于散曲，惜苦学未工。近检得十余年前旧稿《中吕朝天子·题丛碧词》四首，云："少年，着鞭，天下干戈乱。夷门结客信陵贤。去学龙韬战。事习戎旃。志在燕然。狼牙时控弦。弃捐，息肩，未随澄清愿。""玉闺，画眉，领袖鹣鹣队。脸霞红傍镜台飞。羡甚鸳鸯睡。浪迹江湄。驰心山翠。相携湖海归。月辉，入帏，共对梅花醉。""小词，柳枝，按拍红牙字。桐烟象管写乌丝。唱遍长安市。丽句清辞。月夕花时。歌喉娇女儿。逸姿，牧之，载酒风流似。""缊袍，定交，琴古无凡操。藏身人海暮还朝。我与君同调。北牖逍遥。东篱高傲。归来彭泽陶。斗筲，折腰，只恐黄花笑。"意在摹拟小山，愧难得其神似，近年朋交制曲者甚鲜，故此调已久不弹矣。

谢无量与成都存古学堂

亮　吉

　　清末，成都存古学堂由川籍在鄂省人士范溶、杨锐、顾印愚等投牒于蜀提学使署，请照武昌存古学堂设立。学使赵启霖即据此创办，并报告学部，请选派学堂监督。时川人乔树枏任学部左丞，推荐谢无量充任。是时无量住译学馆，与树枏相习。以无量前在杭州文澜阁遍览四库秘籍，今求新旧赅备，无量适合所需。赵学使遂如荐致聘无量返成都筹划成立，年甫二十三岁，膺此清要重任，世颇惊之。照学堂章程规定，学生资格为各州县举生监及中学堂毕业生皆可入选，但须中文素有根底，品行端谨，无嗜好者。其年龄限二十岁以上四十岁以下。故当时入堂生徒年龄多比二十三岁之监督为长。其学科以理学、经学、史学、词章为主课，兼习地理、算学各科。教员：经学由曾学传担任，饶炯为副；史学由杨赞襄担任，罗元黼为副；词章由吴之英担任；声韵小学由罗时宪担任，皆川省科举中有名耆彦，且多属尊经学院高材生。赵启霖学使为崇尚理学者,存古学堂特设范景仁、范淳甫、张南轩、魏鹤山四先生神位以示模范。而理学一科,不于耆彦中求人,即以无量兼任。学堂初办时因图书缺乏,无量请准学署,以既停之锦江、尊经两书院遗存书籍刻版及尊经阁原藏碑碣,均一并移交学堂。附设存古书局,事镌刻印装。又在城内卧龙桥设古书店,先后修刊书籍,并发行《国学杂志》《国学荟编》约三百余种,不仅供学堂研究,于发扬国学,裨益不少。辛亥革命后,省另成立国学院,合并迁入。存古学堂,改为国学馆,附设院内。院正为吴之英,无量与刘师培副之。师培原随端方军幕入蜀。端方被杀,章太炎恐及师培,急电川当局,谓如杀师培,则中国读书种子绝矣。故川当局亦礼遇之,不久师培因病回苏,无量亦称疾辞职出川。

存古学堂有遗闻一则。无量任监督时年纪既轻,众以"小谢"喻之。学生属举贡生监,骤入学堂,受学规拘束,行动不便,又嫌学期七年过长,复赵学使主张理学,不合时宜,学生某改杜诗一律云:"存古学堂何处寻,杨侯故邸柏森森。后园小谢自春色,隔壁老张空好音。三顿频烦司事记,七年辜负秀才心。假条未递身先出,常与罗监在扯襟。"诗第二句"杨侯故邸"，谓学堂为杨遇春昭勇侯宅第。第三句"小谢"指无量。第四句指学生张某，昼夜诵读，声达户外，同学常立舍侧，听其抑扬顿挫，谓较自读尤为得之。第五句指每人伙食以顿计算，吃满一月，总结收费。第六句指学期过长。末二句指学规。凡学生外出，必先书假条呈学监批准，持假条交门首稽查，返时再取回假条呈学监计时销假，学生甚不习惯，多不假而出，为稽查所阻，常与罗时宪学监争吵。川语"扯筋"即争吵，"襟"叶"筋"也。

元何澄《归去来辞图》卷

丛　碧

纸本墨笔,高一尺二寸,长二丈四尺。人物画法犹属南宋体系。山水树木用淡墨焦笔,已开元人法。款在卷尾,大中大夫何秘监笔。无印记。后张仲寿书"归去来辞",字径寸。款"至大己酉夏畴斋书"。钤畴斋、自怡叟,青箬蓑衣方印三。后姚燧、赵孟頫、邓文原、虞集、柯九思、刘必大、揭傒斯、太玄子跋。又武起宗、张士明、胡益、王章、岳信、王武题观款,危素跋。吴勉跋并诗。高士奇跋。《大观录》《江村销夏录》著录。诸跋皆极推重。《大观录》云:"笔不见精绝,何以为后人所重如此。"按此图已脱离宋人从写实提炼菁华,布置精严,笔墨变化鼓舞之法,而专趋向意致,诚如《大观》所言。余意为当时所重者厥有二端:一、重图之体裁。如邓文原跋云:"昔贤出处皆真,不为矫情,渊明归去来叙引可见,畴斋承旨喜书此以与人,其亦有感也夫。"又吴勉诗云:"彭泽休官未足奇,文章千载去来辞。寄奴横剑清夷夏,惟有陶潜醉不知。"盖元人以异族入主中国,气节之士犹有民族观感,跋语已隐约说出,诗尤激动。二、何澄、张仲寿、赵孟頫皆当时著名文苑而降元者。元人为笼络汉族文士,故对彼等极事标榜。如揭傒斯跋云:"右渊明《归去来辞图》及辞一卷,乃何昭文画,张承旨书。"何昭文画在当时即为人所爱重,至今京师之人犹然。张承旨书自谓当与赵吴兴雁行,然当时求之中贵之中已莫能及,以赵吴兴书画皆当为天下第一。二绝之评,足为此书此画之重。李士弘平生好写竹临帖,每作一纸,必自求赵公跋,然后与人,政欲托不朽也,况他人哉。此跋则专事推重何张赵者。余如虞集、柯九思跋,亦只推重何张姚赵,不著他语,盖已皆仕元矣。又后高士奇跋云:"何秘监澄,《图绘宝鉴》不载其人。"九灵山人《戴良集》中有《题何秘监澄山水歌》云:"至正以来画山水,秘监何侯擅专美。帝御宣文数召见,抽毫几动天颜喜。"又云:"海内画工亦无数,才似何侯岂多遇。权门贵戚虚左迎,往往高堂起烟雾。"今以卷内诸君跋语证之,即其人也。《图绘宝鉴》前后错乱遗失颇多,此书之不足据如此。按《元史》卷一百三十《阿鲁浑萨里附子岳柱传》:"岳柱方八岁,观画师何澄画《陶母剪发图》,指陶母手中金钏诘之曰：'金钏可易酒，何用剪发为也。'何大惊。"此则高士奇所不知耳。何澄画只此卷，为海内孤本。伪满覆灭，流失于长春，现归吉林省博物馆藏。

《后画中九友歌》

自　在

吴梅村《画中九友歌》，谈艺者传为佳话。其后金陵八家，扬州八怪，画中十哲，十六画人，以至明末四僧，四王吴恽，四任等，派别频传。卢沟桥事变后，叶遐翁恭绰蛰居沪上，曾作《后画中九友歌》，刻画现代画人，极有风趣。歌云："湘潭布衣白石仙，艺得于天人不传，落笔便欲垂千年（齐白石）。新安画派心通玄，驱使水石凌云烟，老来万选同青钱（黄宾虹）。映庵长须时自妍，胶山绢海纷游敟，已吐糟粕忘蹄筌（夏剑丞）。名公之孙今郑虔，闭关封笔时高眠，望门求者空流涎（吴湖帆）。更有嵩隐冯超然，俾夜作昼耘砚田，画佛涌现心头莲（冯超然）。王孙萃锦甘寒毡，子固大涤相后先，上与马夏同周旋（溥心畬）。越园避兵穷益坚，有如空谷馨兰荃，妙枝静如藏珠渊（余越园）。三生好梦迷大千，息影高踞青城巅，不数襄阳虹月船（张大千）。昙殊风致疑松圆，日视纸墨宵管弦，世人欲杀谁相怜（邓诵先）。"事隔二十余年，现存者只湖帆、大千而已。

上海书画家,更有九社符铁年铸作《九友歌》云:"酒家楼头日已晡,良朋嘉会兴肯辜。醉饱扪腹资谈娱,脱略那复形骸拘。交深却恨相见疏,得不及时思良图。金议立社九友俱,月再集会物力舒。互为主人治盘蔬,长日作画还论书。画成检点付籍储,奇文共赏留忻愉。商量邃密道不孤,定之忠裔握瑾瑜。超然尘表味道腴,挥翰潇洒拂长须。(汤定之)公展合伴渊明居,低首霜杰勤绘摹,绚烂天孙云锦铺。(谢公展)师子花鸟荃之徒,气象生动笔有余。(王师子)午昌矫矫谁复如,高寒气骨撑竹梧。(郑午昌)虎痴兄弟今二苏,蜀山奇秀腕底输,尽吸古髓熔洪垆。(张善孖、大千)玉岑抚篆墨池枯,晋人隶草风姿殊,画境简逸追倪迂。(谢玉岑)丹林肝胆忘艰劬,题画有时起狂呼。(陆丹林)铸也懒拙仍故吾,自惭瓦砾侪明珠,公等乃不嗤鸦涂,我歌已毕傥和余。"其中谢玉岑先逝,以王个簃补足九数。尔后公展、善孖、定之、铁年、师子、午昌先后捐馆,目下存者仅个簃、大千、丹林三人,而大千远处异邦,死生契阔,能不慨然。

磨石口永定河引水工程

虹　南

　　永定河发源于山西省北部,浑河与桑干河合流,故又名桑干河。入河北宣化南下,经怀来县官厅水库入北京。自西北而来,于山涧穿行至门头沟三家店间,始出山区流入平地。河又名卢河、小黄河、黑水河。至清康熙三十七年始名永定河。《水经注》称㶟水,又讹称湿水,为㶟字之误写。沿路挟沙而行,是以河流浑浊,非有两旁山岭所限,则沙淤河宽。出山后水不受制,每横决泛滥为害。历朝治河,亦只修堤筑坝,或别开引水河以削水势,治标而已。即能治水,亦难治沙,及至沙满河槽,又复泛决成灾。至于利用河水以事灌溉,在三国魏曹芳嘉平二年,征北将军刘靖因都督河北道诸军事,曾登梁山,查看河水流势,测量两岸土地高低,借梁山南高梁水往东导引,并开一渠名车箱渠。复于渠上端造一拦水坝,因与汉戾王陵相近,名戾陵堰,以调济车箱渠水。此渠自北京西北经古昌平又东南至通县,凡四五百里之农田,皆得其利。但至今此渠故道,与戾陵堰旧基皆已无存,即刘靖所登之梁山究在何处亦难指出。或有人谓梁山即石景山,然一般论永定河书,皆云河在西汉时水由梁山北麓东入昌平,经北京北面东入通县,与《水经注》㶟水出山过广阳蓟县北相合。降及魏晋,河水由石景山北麓东流,经北京南面入通县。隋唐以至辽时,始自石景山西麓南下,至看丹村口再经高丽庄入通县。依此,梁山显非石景山矣。刘靖所修之戾陵堰、车箱渠,只经过二百五十年已经毁废。至后魏时,幽州刺使平北将军斐延俊以水旱不时,重修旧有戾陵堰、车箱渠。《魏书》云溉田百万亩,百姓赖之。后北齐幽州刺使斛律羡,又导引高梁水北合易京水,东入于今通县(见《北齐书》)。唐太宗征辽东,太常卿韦挺为馈运使,借河水运粮,由幽州通至卢思台(即今宁河县),命燕州司马王安德开渠作漕。《唐书》云:"行八百里渠塞不通,韦挺所运六百余船之粮皆搁浅,当系沙壅所致。"至金亦拟以河水引至中都,在三家店稍南麻峪河之东岸打开一口子,将河引往东行,名金口河。但不久即堵塞不通。至元忽必烈至元二十八年,都水监郭守敬创修都城运河,引用昌平县白浮村水神山泉水及北京玉泉山水时,旧有高粱水已只存其名矣。一九一八年京津发生水灾，熊希龄任近畿赈灾及永定河督办，曾由石景山引河水至西便门入护城河，但未久即一片黄泥，淤塞不通。以上皆治水之下游，不治水之根本，终难彻底。一九五一至一九五四年，政府水利部先修成官厅水库，使水未出山即受节制。一九五五年更于磨石口（按磨石口即战国时燕国磨室宫，今称模式口）修筑引水工程，在三家店南河水出山处修一拦河坝，截住水势。又修沉水池使水澄清。复于磨石口山麓修隧洞，并建水电站，引水往东，经过西黄村田村双槐村入于紫竹院，北与长河合流，南与玉渊潭接汇，成一风景区。从此，河水盛时无泛滥之灾，旱时无枯竭之虞，即以磨石口水电站发电而论，自一九六四年十二月至一九六五年三月，已有五百八十二万度，变害为利，厚今薄古矣。

清宫内之缪姑太太

公　孚

　　慈禧太后为安徽道员惠征之女，出身并非微贱。外间传其种种及小名如何，皆里巷之委谈。平日文化程度不高，垂帘后始留意文字，几暇亦复怡情翰墨。归政后更喜作花卉，并写大寿字及一笔龙字，以分赐大臣。其所画向由南书房翰林题诗其旁，所钤太后御玺，必压于光绪年号之上，以示尊无二上。所作花卉，皆由缪素筠先钩粉本，以便照描，或径命其代笔。素筠名嘉蕙，昆明人。其兄嘉玉字石农，为醇邸西席。醇王奕𫍯临终，托孤于石农，故对于载沣等尽心启迪。素筠在醇邸走动，呼为缪姑太太，后荐入宫供奉。遇庆典日，太后之内家暨亲贵眷属皆入内叩贺，惟缪系缠足汉妇，未能著用会典所定之冠服，只得穿戴凤冠霞帔、蟒袍玉带而入，见者无不匿笑，太后亦为之莞尔。谑者至比之壁上所悬神影。盖汉官娶妇，上轿拜堂，死后入殓及传真，必用此官服，与满族妇女装束，迥不相同也。

珍珠鞋

　　杨贵妃为宏农人，即今河南省之灵宝县也。至后其地犹以产美人名。北洋派军阀时代，河南督军赵倜之妾，称西屋夫人者，即灵宝人。美而弓足，最得宠。时有县知事车云者，为邀赏计，乃异想天开，进睡鞋一双，以精圆珍珠于鞋上贯绣云车花样，因大受渥遇，屡膺优缺，人皆鄙之。明万历帝郑贵妃有宠，宰相万安进珍珠绣鞋，上刺"臣万安恭进"字。车云或知其事而效之。但彼为着地之绣鞋，此则为睡鞋，而云车花样即为其名，是思路又进一步。

里昂中法大学与国际大学

戚　伯

　　李石曾以亲法成名,借法国势力自重,其实不过旅居法国多年,难言与当时法国政府有重要关系。有之,则为李曾在第一次世界大战期间,在巴黎卖豆腐、豆芽,而在战后为法政府在国内以勤工俭学为名,招募华工,打扫战场,及从事粗重劳动而已。以此李颇为法国当局所看重,而在国内则俨然中法之间学术领袖矣。于是假其虚声,在南京政府时期,把持中法庚款,创立中法大学。其国内部分,由于众目昭彰,不得不粗具规模。但其国外之里昂中法大学,则完全是空头把戏,有名无实。所谓大学,不过在里昂市郊名圣提雷赖之一废弃炮台军房改为宿舍。入校学生合于法国入大学规定者,在法国里昂大学上课;不合规定或不愿入学者,则常住炮台以为传舍而已。校设秘书长一人,为法人古昂,专为李氏经营其大学法国部分。庚款出纳,权限极大,举凡准许入校住宿,是否发给留学公费,均由古昂决定。该校章程一项，载明凡能考入法国所谓高级工业大学等八个学校之中国学生，均可申请公费。一九三一年某君考入其中之一，援章申请，据答名额已满，不能办理。事实上当时并无任何中国学生享受该项公费，举此一例，可概其余矣。二次大战期间，此中法大学之法国部分，自因希特勒进军法国而销亡。但李氏在国外办空头大学之手腕，并未匿迹，又在美国纽约创办国际大学，自任校长。校址设于纽约市住宅区之一公寓楼上，共两三间，由李聘张某任教务长。举凡校中一应事物，均由张某主持。除张某外，无职员，无教授，亦无学生。询之张某，凡同意该校宗旨，均可通信入校，取得学籍，几年之后，即可毕业，领得文凭。此"一人大学"，确属有学校历史以来之创举也。

记三百年之广渠门育婴堂

北京有育婴堂，凭记载可考者共二十八处，大多由外国教会所办。名为慈善机构，实则罪恶渊薮。我国孤儿遭其毒虐，擢发难数。独广渠门内私立育婴堂，则纯为国人自力创办，成绩亦首屈一指。堂创始于清顺治四年丁亥，为明末进士柴世盛先生募建，距今已三百余年。先生浙江人，曾任河间府县令。入清隐居不仕，变服为道士，僦居广渠门内夕照寺。寺之建置年月已无可考，清初寺已崩圮，仅余屋一楹，先生稍补葺而居之。今则殿宇完好，乃复重建。殿之左壁，有王安昆书沈约《高松赋》。右壁为陈寿山画松五株，皆绝笔也。先生居寺内日事捡瘗枯骨，时承明末大乱之后，途多弃婴，或奄奄一息，先生喟然叹曰："死者吾犹瘗之，况生者乎。"遂解私囊于寺之西，置地建育婴堂，收养孤儿。并于堂之南植柳万株，名曰"万柳堂"。今柳已无存，相传为诸相国宴游旧址。嘉庆间朱野云指为廉希宪之别墅。阮文达元复题曰"元万柳堂",实误为一。据赵吉士《育婴堂碑》记载,堂之建始于康熙元年。《顺天府志》亦载堂为康熙时建。或顺治四年仅置地筹工,迨康熙元年募足资金始兴建耳。堂规模初未全备,赵吉士、章钦允复出值置地,扩建室庐。堂之外更建有南台、北台、施食台、观音寺、火神庙、龙王庙,以居僧人,为堂之下院。此或数十年中由金相国之俊、胡学士兆龙、冯相国溥、王相国熙等先后捐施而建者。雍正二年清世宗特赐帑银一千两,并饬各部捐银一千九百两,于唐县、大兴、宛平、固安、新城、涿州、房山等地购置田亩,年收租息为抚养孤儿之用,并赐书"功深保赤"匾额悬于厅堂。御制碑一座于院中建亭立之。先是育婴堂曾于崇文、宣武、朝阳、安定各门增设收婴分处,备老牛车四辆,巡行街衢,收集弃婴。至是赏以"陆地慈航"匾额悬挂车上。传世宗微服出幸前门,适老牛车不慎犯跸,帝怒拘讯御者,廉得其情,悯而释之。此虽未足信,然堂之得以延续至今实世宗捐银置田之力。民国以来,内战频仍,各县之田租无以收取,经费支绌,屡濒断炊。当时耆绅不忍其湮没,组织董事会勉力维持,苟延至民国十八年,遂呈准河北省民政厅年拨补助费一千元,改称河北省第一救济院育婴所。一九四七年丁亥,举行成立三百年纪念会,当时欧美慈善家慕名来访者莫不惊奇赞叹。盖英国有一慈善机关,自建立至结束仅一百七八十年,已誉为世界罕有,以视此堂之具有三百年历史者,实瞠乎后矣。后又改为河北私立世盛救济院。今日国益富强,一切公益事业均归公办,乃于一九五一年由原负责人将全部基业缴政府接管,从此孤苦无依之儿童,不特温饱无虞,而更参加祖国建设矣。

纪《宣南修禊图》

逸　梅

予获得《宣南修禊图》,图为一横幅,绘者汤定之涤。图作疏柳水堤,茅亭三五。远处微露城堞,半翳云烟,极空濛苍茫之感。左下端草堂轩邑,中列一案,一老者据案弄弦索。环坐于地者十人,作凝神倾听状。画以水墨为主,间著轻赭淡绿之色。参与修禊者皆一时名流。孟森撰一小记云:"丁巳春,同人集京师,日溷烦嚣,相约得一日闲,就旷朗处一清积痗。上巳日遂往城北积水潭高庙,行修禊事。与会者,蜀蒲伯英殿俊、罗子清纶,闽刘松生崇祐、林宰平志钧,黔陈维藩光焘,赣陈师曾衡恪、粤黄晦闻节、胡子贤样麟,浙余越园绍宋、吴汤定之涤、孟莼孙森,并歌者唐采芝。日中而集,濒水遨春,叩关访衲,见主僧松岩,延之入,同人咸休憩焉。时院中白海棠、丁香盛开,紫白相间,清丽宜人。俯瞰潭光,漭洋窗牖,水北,丛薄交错,隆阜陡起,宿烟未泮,疏钟欲来,有通汇寺焉。寺外城垣隐隐,德胜门谯楼若角之犄。

松岩指绿杨深处曰：'此李西涯旧居也，故国词人，风流百世矣。'有顷，松岩具素食饷客，席而饮，酒酣或弈或歌，或弹琵琶，或玩谈震屋瓦，水禽拍拍惊起。淑风疏襟。凭栏望西山，岚光浮动欲袭衣袂，几不知身在长安也。是日也，不咏而觞，不感慨而疏放，举人世间厌苦烦溷之事，一不概于胸中，其意盖欲以一死生齐彭殇为达观之蒙庄也。如渝斯约，斟以罚爵，兴尽而返，议定之为图，森作记。逸少云：'后之视今，犹今之视昔，'吾安知夫今不异于昔所云耶？吾安知后之犹今日耶？吾又安知游者之必图记，而图记之传一如《兰亭》耶！佛言过去事斯为陈迹，天地之大，已得皆尘垢秕糠也。持语松岩，请于入定时参之。松岩通词翰。采芝高洁绝俗，非徒以艺名云。"文颇似晋唐小品。幅末有方还题诗云："别有空明积水潭，何须海子逐游骖。春风绿到垂杨路，小集溪堂三月三。"又云："自愧支离百不胜，残年退院似枯僧。北城昨昔开莲社，孤负青山旧酒朋。"亦清新可喜。附识云："还性懒散，旅京六年，未一至积水潭，或督过还之落落，辄自矍然。观诸君子《修禊图》，愧未列席，猿鸟有知，亦冷笑书生福薄也。丁巳四月方还敬题。"还字唯一，昆山人。犹忆画家吴湖帆之尊人讷士先生，获得顾亭林《天下郡国利病书》手稿本，讷士以亭林为昆山人，斯乃昆山文献，即慨然赠诸方还。还却不自私，捐赠于昆山图书馆，并成诗一首赠讷士。有"千金赠我亭林稿，藏诸名山两不磨"之句，一时传为佳话。

妙　对

丛　碧

　　江西裴行恕,裴文达曰修之少子。父官大学士,兄官总督,幼恃娇成纨绔,学业无就。文达殁后,行恕年已长,乃捐一监生。复纳粟为同知,分发福建候补。时重科甲,蔑视捐班,总督藩司,皆不理之。而行恕又自以为高门,轻视同侪,无朋友来往。时福建有将军一职,例为满人任,品位虽高,然无权无势,人皆不登其门。行恕善京话,且染满人习气,养鸟观戏以为常。因与将军某气味相投,为莫逆交,数年无间。忽闽浙总督某病殁于任,新任总督以道路遥远,又办理交待,须数月始达。朝命将军某护理总督职。将军因首问行恕,愿得何缺,行恕以愿得厦门厅同知对。其职兼管厘税。厦门船舶货物,充斥络绎,官是者年可得银十万余两,最优缺也。将军某即以简之。会新总督到任,例问将军有何朋友需照顾。将军谓只有裴某为至交请勿动。行恕遂得官其任数年,宦囊盈五六十万两,调升湖北汉阳府知府,既贵又富,服御饮食遂极奢侈。曾自制一菜，拣肥嫩绿豆芽，选上等云南及金华火腿，蒸熟切成细丝，以针线引火腿丝贯于豆芽内煮之，名"火腿豆芽"。服御亦皆选上品精料。到任后例晋谒总督，袍服华丽，内著水红绸衬衣。时两湖总督为毕秋帆沅，文达之门下士也。谒见寒暄后，毕见其衬衣，戏曰："世兄暗藏春色。"行恕即拱而应曰："大人明察秋毫。"问答之间，一时传为妙对。

长平公主徽婙事略

虹　南

明崇祯帝有六女，长名徽婙，号长平公主，已选周世显为驸马都尉。甲申之变，公主年十五岁，帝以剑挥斫之，伤颊断左臂，养于皇亲周奎家。清顺治二年上书言愿髡缁空门，以申罔极。世祖不许，诏求原配，乃命世显尚公主。下嫁逾年卒，诏葬于彰仪门外公主赐庄。当时有张宸谏文记其始末甚详（见吴梅村长平公主诗注）。而近人所著清代小说，乃谓公主即断臂老尼，善剑术，授其术于吕留良之女，以刺雍正帝云。长平公主生长深宫，天潢弱息，安解剑术。留良之女如实有其人，亦当在康熙中叶。假定为康熙三十年，则长平公主若在人间，亦当六十余岁。以一老妪且断一臂，而又处于京城危惧嫌疑之地，而以剑术授徒，能乎不能？考之剑侠之说，惟世俗游荡之俦始喜称之，稍有学识者所不屑道也。晚村为浙江儒士，笃守理学，所持华夏夷狄之见虽深，而其子女仍以读书为重。故其子葆中曾于康熙四十五年丙戌科以第二人得入翰林，则其又焉能教以学剑乎？如谓其女学剑在晚村身后被诬之时（雍正十年），专为报仇而始然，则长平公主已为百岁以上之人。无其事可断言也。

蝈蝈葫芦

石　孙

蝈蝈即螽斯，其鸣声清亮。饲养者将其盛于葫
芦内，置怀袖间，或置室内近炉处，可经冬不死。并
有由人工孵化者。饲养得法，可活至次年二三月间。
因饲养蝈蝈风气日盛，葫芦亦复踵事增华，有各种各
样盖口，或用象牙，或用玳瑁，或用紫檀。雕刻为山
水、楼阁、人物、花鸟、葡萄、松竹、梅、子孙万代等，备
极精巧。此种手工技术，皆由明代巢鸣盛、清代康熙
间梁九公所留传者。巢鸣盛字端明，嘉兴人，崇祯丙
子举人，籍东林党。明亡，隐居乡村，环其居尽种葫
芦，手制成各种器皿，上刻花纹铭语，蝈蝈葫芦为其
一种，不止雕刻精细，而磨治亦极其光润莹泽。梁九
公康熙间太监，善种植葫芦。其法在葫芦未长成前，
先用雕刻成之铜模子两片，合为一器，扣于葫芦上，
形状方圆大小，不一其式，葫芦即随其式而长成。曾
见其手制蝈蝈葫芦，色紫红，坚润光泽，表里如一，上
刻十八罗汉渡海图，手执各式法器，身骑鱼龙鹤鹿及

其他怪兽,姿态活跃,面目各殊,衣纹线条,似佛像绘画,工细入微。葫芦底有"梁九公制"篆文小印。象牙口盖,雕刻葡萄,花纹至为精巧。现北京天津雕制葫芦者,尚不乏人,皆系仿照梁九公之花样。虽已少饲养蝈蝈者,而此种技术尚未失传也。

孙子潇《双红豆图》

慧　远

昭文孙原湘子潇，嘉庆乙丑进士，翰林院庶吉士，充武英殿协修官，文采风流，名闻一时。未久，即乞假南行，遂不复出。相传子潇因放诞不羁，京官颇有讽之者，故亟弃官归里。晚主毓文、紫琅、娄东、游文诸讲席，以诗人而终。李申耆为墓志云："君学足以治行，教足以泽远，才足以干事，乃一登第而旋退，仅以诗称也。可不惜哉，可不惜哉！"实具弦外之音。《双红豆图》者，子潇自序云，偶爱吴园次"把酒祝东风，种出双红豆"二语，自署双红豆斋主人，属邵云巢绘图，自题此调于前，率意达情，适成八阕。调本《长相思》别体，双红豆其又名也。嘉庆四年秋八月乙未作，越廿四日己未，书于一丈红蔷馆。子潇《天真阁外集》，诗皆艳体。此词八阕，尤为旖旎佚荡，盖有所托也。其词则集中未收入，词曰："正苦相思，迷离惝恍，如何画与人看。一情未了，又一情生，抛来两个疑团。忍折成单。只洗空心地，左右分安。物不替人瞒。宛双珠托出和盘。　　　愿有合无离,多生不灭,春风长晕朱颜。若非重结实,争能蒂固根蟠。种出虽悭,不信比天生更难。但频浇情田,露液未干。"(其一)"是否当年,二乔艳魄,相思并化江东。合欢树底,连理枝边,一双贻我灵珑。入手仍空。笑投琼末惯,记曲非工。拈出万花丛。胜常安银合当中。

待划梦为天,抟愁作土,情根托与东风。来生亲种下,便今生未算相逢。分付红红,须趁着春浓酒浓。莫逡巡先开,小朵心同。"(其二)"两点分明,不成心字,如何载得相思。须添意土,加护情苗,祝成三颗珠儿。一对蛾眉,着中间一点,是我情痴。只怕又差池,傍花阴鸭嘴亲携。　　　也知道来生,生原缥缈,便生已到秋时。西风难说与,仗东风先为扶持。廿四番吹。吹红线红绡并垂。待兼收重浇,杯酒酬之。"(其三)"我欲留将,分嵌钗股,与他凤比鸾交。或安骰子,点点鲜明,卜来佳谶连宵。就使闲抛。也堪烦记取,绛树声娇。争不手持牢,要泥中别长情苗。　　　算根已先离,枝难复上,经时容易红消。东风须作美,倩良媒绿酒亲浇。暮暮朝朝,如并嫁同居二姚。莫单如一双,解佩江皋。"(其四)"知道封姨,红情必妒,如何托与灵根。缄宜宝匣,藏合珠襦,心头牢印双痕。触着消魂。抵兰胸菽发，灭烛潜扪。径欲趁芳尊，当金丹一口全吞。 却酿酒陈辞，剪旛绣语，向空乞取私恩。调和花信暖，长连枝先绿成村。树底温存。盼日暮亭亭碧云。渐轻红逗来，少女榴裙。"(其五)"顷刻难葩，团栾未果，不如放下心肠。任抛两处，莫植同根，由他少二无双。宛转思量。当丹诚寄与，邢尹分藏。一遗雪衣娘。一桐花小凤衔将。 听的的朱樱，同声属付，他生毕竟缘长。风前齐撒取，愿花花叶叶相当。迟发何妨，胜日久红干佩囊。兆佳音并头，花结兰钛。"(其六)"合并难双，分开只一，除非种了还生。凭他和气，化作连珠，有如并命同庚。圆转轻盈。替天台二女，绘影摹情。看不出怀仁，皆寻常豆蔻聪明。 更左植频婆，右栽灵竹，中间配着星星。几抛心力在，伴香风烟草具耕。采撷休轻，劝留作枝头好春。供衔杯巡行，十二时辰。"(其七)"纵有他生，何从认得，双双即是前身。不如画里，信手拈来，宛然双笑浓春。种却何因。道今生已矣，来世须亲。心事自分明，又何消并启朱唇。 待留与人看，定应猜到，洒笺血泪犹新。几时真入画，醑芳尊说向花神。火齐圆匀，更红遍南邻北邻。是村庄有情，都结朱陈。"(其八)意中所指二人：一为屈宛仙秉筠，乃同邑赵同钰子梁之室；一为谢翠霞，乃侄妇也。《天真阁外集》十之七八为二人作。子梁亦负才名，夙为契友，屈与席道华夫人结异姓姊妹，同为随园女弟子，有《蕴玉楼诗集》。四十年前子潇后人孙雄师郑出图征题，余获展观。图卷绘子潇立像，一手举杯，一手拈双红豆，别无景物。除其自书词外，嘉道以来名流题咏如林。当时并不隐讳，故多传播，才人放诞，竹垞风怀入集开其端，此尤其甚者也。师郑久逝，此图不知仍藏其家否。

嘎杂子

丛　碧

　　杨士骧继袁世凯任直隶总督,性贪婪。时广东蔡绍基任海关道,缺至肥美。杨时恫胁之,继以谩骂。先君时摄长芦盐运使,与杨为同年,尝劝之曰:"彼亦道员,时谩骂似于礼貌稍逊。"杨曰:"老同年不知也,小骂则衣裘绸缎来矣,大骂则金银器皿来矣,是以不能不骂。"一日杨示蔡曰:"我要派嘎杂子查你的库。"蔡聆之惧,亟备厚礼以进,遂止。嘎杂子遇事刻薄挑剔,不讲情面,难以周旋之谓。其人乃银元局总办周学熙也。

张菊生盗窟赋诗

自　在

张菊生元济，提倡新学，戊戌政变失败，因之获谴，韬晦淞沪，致力校订编印古籍，虽坐拥百城，并非富翁。旧时上海盗贼如毛。一九二七年秋，菊生曾被匪掳去，即沪谚所谓绑票者。囚禁盗窟六昼夜，始脱险回家。张被掳时，终日枯坐无所事，成七绝十首。诗云："数椽矮屋称幽居，布被绳床体自舒。还我儒酸真面目，安然一觉梦蘧蘧。""牺易久严天泽辩，而今旧习待更张。料应到此无阶级，谁识犹分上下床。"（余高据一榻，守者皆席地而卧。）"寂寂深宵伴侣多，篝灯围语意偏和。微闻怨说衾绸薄，只为恩情待墨哥。"（第一夕寒甚，守者终宵瑟缩，自言为银钱分上，不得不尔。）"频烧银烛漏声长，陡觉熊熊焰吐芒。惊起披衣同扑灭，犹虞玉石烬昆冈。"（守者不慎失火，四周门窗紧闭，无可逃避，幸即扑灭，否则为熏穴鼠矣。）"静听邻家笑语声，池塘鸭子更喧鸣。闲中领略皆天趣，隔断尘嚣万虑清。""眼加矇瞶耳充绵，视听全收别有天。悔被聪明多误我，面墙从此好参禅。"（守者强余戴墨镜，并以绵塞余两耳，解释良久，始允撤去。）"天高只许隙中窥，一线晴曦射入迟。偷得驹光分寸好，有书堪读不多时。"（室中有板窗一，糊以厚纸，仅于屋顶启一小穴，方五六寸，借通光线。）"摩西十诫传来久，愧未研求到福音。马太路加齐卒业，可能穿出骆驼针。"（余索书消遣，守者畀以耶教新约马太路加福音两册，翻阅一过，所获甚微。骆驼针眼，即用新约故事。）"鸭栏豚苙贫民窟，安得三迁母教行。堪诧夜深人静后，邻童偏有读书声！"（四邻皆人家，儿童叫呼，异常喧杂，不意夜间书声忽起，令人神往。）"一之为甚何堪再，闻自此中人语云。我自塞翁今失马，评量祸福尚难分。"上诗盗窟生活，绘声绘影，此亦旧时上海之一现象也。

王鹏运轶闻

亮　吉

卷二载慧远《王鹏运之二三事》，记任监察御史时敢言被黜各则均确。因忆曩年冒鹤亭来京晤谈，涉及鹏运尚有"诗案"一事甚趣，可为都门掌故。鹤亭言京中南河泊为往时士夫消夏之地，有吴江某先达题壁诗，起二句云："城南一片荷花塘，种庄主人太原王。"指泊中种菜卖茶人为王姓也。鹏运见之狂笑，和其后云："出城一路烂泥塘，坐车老人太原王。"鹏运早年即自称半塘老人，此自谓也。以下备致嘲谑，某先达见之盛怒，具疏参其行为不端，五官不正。疏中误举一内阁中书王某，得旨革职。都下哄然，引《孟子》"有庳之人奚罪焉"句以为谈助。盖庳与鼻同音，鹏运鼻头因病缺陷，是无鼻者，被误革职者则有鼻之人也，忽作替死羊，可谓有幸有不幸，此亦鹏运历劫之微澜也。

又慧远文云，鹏运词集分为七稿，即乙、丙、丁、戊、己、庚、辛稿，独无甲稿。盖因春闱未第，终引为憾事，故不存甲稿。于此亦可见旧时视科第之重，贤者亦不免焉，此亦实情。惟余近见友人冯翰飞藏有《四印斋词卷》钞稿，是往年在汴梁书肆购得者。卷首有鹏运自署文云："乙未九月，李眉先生馆余家，为手录拙制《虫秋》《昧梨》两集，即用先生定本付之手民。先生后欲索观少作之在薇省《同声集》外者，因举此册奉赠，并请删汰为半塘甲稿。嗟乎！岁月几何，回首旧游如梦如影。而卷中师友所尝共琴尊者，死丧离别，已落落如晨星。余亦发秃眼昏，颓然老矣。即此文章至小之技，亦作辍一再，迄用无成，质之先生，不知何以教我。半塘老人鹏运记。"观此文是鹏运晚年因李眉索观少作，亦有印存甲稿之意，改易初衷。李眉似未实践其言，原稿流入书肆。此稿中词凡一百余首，核对定稿及彊村为刊印誊稿，已采入若干首，余存尚多，应作为拾遗附入全集。桂林人士，今有搜集全稿重为印行之举，如向翰飞借用藏稿，料可乐其成。兹补叙所见知，想慧远亦乐闻也。

坐班迎送

明代皇帝不常视朝,如神宗廿余年不视朝,群臣罕睹其面。故于午门外朝房,每旬逢五、十日,由各部司员轮班聚集,谓之常朝坐班,以备有事垂询。清代列帝则无日不御殿见群臣,各衙门轮流值日,大臣必须到班预备召见。乃仍沿明制,循行坐班不废,并由御史来收取职名,不到者纠举,已久成具文,向例卯集辰散。予初到兵部,尚轮派坐班,其稽查御史,竟辰后始到。众无所事事,哄谈等于茶肆,由朝房苏拉(满语,闲散在官人役)伺应茶水,犒以微赀,不给亦不索也。又遇皇帝于坛庙行礼,于驾出午门时,例由翰林及各部院五品官在午门前跪送,归时跪迎,谓之迎送,亦由御史收取职名。各部司员,大抵新到部者,由长官轮派。庚子以后,人数渐形寥落,御史并不认真纠举,亦成具文。

看河南家乡戏

丛　碧

前数年河南安阳豫剧团到京演唱，有同乡约往观，并请为词。其剧目《桃花庵》与《对花枪》最独擅，因谱《风入松》调云："孩时忆看赵玄郎，风度自昂藏。至今都念中州韵，更何分、北曲南腔。岂畏金元气焰，犹存宣政文章。　《桃花庵》与《对花枪》，无独亦无双。喜闻千里乡亲到。是安阳、不是钱塘。正在百花齐放，好须歌舞逢场。"上词言元时之《中州全韵》《中原音韵》，以中州中原为名，仍是根据北宋之音韵，以迄于今而无变。即元曲中任杂以他族之语，亦不能消灭汉民族之音韵。

河南戏班角色以红脸为主，凡一班之盛衰，皆以有无好红脸演员为定。所谓红脸非关羽之红脸，乃赵匡胤之红脸，即正工老生角。余六七岁时即曾观红脸戏，且能学唱数句。吾邑乡俗，小儿多病，遇酬神演戏，抱小儿至后台为开脸，可消灾延寿。余三四岁时多病，即曾由乳母抱至后台开脸，所开者即赵匡胤脸也。又吾邑有一嗦诗云："西山一猡确,李五王二多。赵京人争扒,好剥劣渣窝。"此诗为"媳钗俊矣儿书废,哥罐闻焉嫂棒伤"之体。释云:猡确为河南之一剧种。西山乃确山县。即确山在演一台猡确戏。李五演红脸者,王二演旦角者,以此二人出演为多。《赵匡胤送京娘》一剧,台下最喜看。后人争扒前人之肩而凝听注视。演之好者,台下人为剥江米粽子扔至台上;演之不好,则用豆腐渣、窝窝头扔至台上也。此亦说明以红脸为主角者。卢沟桥事变后,余避日寇入秦,路过河南周家口宿。晚间无事,随步至剧场观戏,适演南阳曲子戏。剧情为二女子之父为恶霸所陷害。恶霸父在朝为巨宦,二女子赴县署控诉,冤不得伸,乃跋涉去京,拦舆喊冤。一日拦舆,遇一奸臣,与恶霸父为友好,状不准,并鞭挞而驱之。数日,二女子又于街上遇一武将,拦马呈状,武将曰:"某不问民事,最好尔告至刘墉案下,彼是清官,尔冤可伸;但须先问官姓名,果系刘墉,再递状纸,否则勿递也。"二女子记之。一日拦舆,果遇刘墉,刘即下轿审问索状纸,二女子乃先问官姓名,刘墉唱曰:"你老爷坐不更名行不改姓,你老爷是清官我叫刘墉,我保过康熙和雍正,又保过二主爷名叫赵乾隆。"所谓二主爷者,乃赵匡义也。已经到了民国时期,河南戏词中犹奉赵宋正朔,何等可笑,然亦见其民族气节欤?

《少陵诗意》册子

晋　斋

临桂汪公岩鸾翔，耄年神明不衰，日课诗词书画不辍。关颖人赓麟有句云："画书诗髯具美。"盖纪实也，余自庚寅岁往谒公岩老人，订忘年交，自是每周休沐日辄聆塵教于重借山庐。余嗜杜句，偶以写少陵诗意为请，老人欣然以应。癸巳岁七月遂作画十二帧。先是余摘少陵五言诗句若干供老人采择，虽诗中多有画意，特有时殊不易著笔，迹近出难题，而老人能苦心经营，遂成杰作。写成授余，大喜过望，当即装为册子，倩许季湘宝蘅署端《少陵诗意》，并征得在京骚坛耆宿题词，计：其一、"四更山吐月，残夜水明楼。"（许季湘宝蘅题《生查子》）其二，"荒春建子月，独树老夫家。"（高潜子毓浵题《清平乐》）其三、"细雨鱼儿出，微风燕子斜。"（夏枝巢仁虎题《浣溪沙》）其四、"断桥无复板，卧柳自生枝。"（吴玉如家球题《忆江南》）其五、"水落鱼龙夜，山空鸟鼠秋。"（诸季迟以仁题《卜算子·集杜》）其六、"入天犹石壁，穿水忽云根。"(溥叔明儒题《菩萨蛮》)其七、"野径云俱黑,江船火独明。"(黄娄生复题《柳梢青》)其八、"星垂平野阔,月涌大江流。"(张丛碧伯驹题《望梅花》)其九、"涧水空山道,柴门老树村。"(郑世芬诵先题《忆江南》)其十、"城晚通云雾,亭深到芰荷。"(萧钟美禀原题《渔歌子》)其十一、"床上书连屋,阶前树拂云。"(黄君坦孝平题《南乡子》)其十二、"翠深开断壁,红远结飞楼。"(彭主卣一卣题《江城子》)。是岁公岩老人年八十三矣。老人为余作画綦多,至今什袭,就中此册,弥足珍玩。甲午岁余调津任教后,仍鱼雁往还。壬寅岁(一九六一年)七月老人归道山,今已四稔,而距作画恰一纪。题图诸公已泰半不在人间矣。

曹锟贿选总统前后之交通部

伯 弓

北洋军阀混战时期,直奉共同打倒皖系。后直系又打败奉系,曹氏气焰万丈,遂觊觎当选总统。其部下分津、保、洛三派,逼走二次登台之黎元洪。津派领袖王承斌在天津车站扣留黎氏,演夺印丑剧,以颜惠庆代理国务总理,任吴毓麟为交通部长,与众议院议长吴景濂磋商选票价格。当时北京各部除财政部外,唯交通部号称肥缺。盖所辖邮电、航路均属收入机关,有款可筹。邮电归外人掌握,航政招商局乃商业性质,均不能为所欲为。只有路政司大有油水,所辖京绥、京汉、京奉、津浦、沪杭甬等铁路局,绰号五路财神。吴毓麟奔走于京津保洛之间,参预贿选,无暇处理部务,任用其业师江某充机要科长,大权独揽。凡五路之局长科长,及来部洽办公事之人,均由江接见。而江乃冬烘先生,一旦跃登要津,诮谀之徒,争相结纳。酒绿红灯,钻营竞进,临老入花丛,不觉流连忘返,在大兴里眷一北妓。众人广座之中,不便直举某里某班，以外交大楼为隐语，临送客离部之时，辄云晚上外交大楼见，届时争先恐后而来。江又组织其亲密部下若干人，一散衙门，群趋北里，即展开麻将两桌。二十元一底，抽头多则五十元，少则三十元，每晚仅此一项，平均为一百元。而开市摆酒，索衣索饰，不在此内。妓又大施手腕，联络江之朋友，凡有包车者按例每次饭钱二角，则一律一元。又将点心水果装入蒲包，交车夫带回各家少爷小姐享用。至于待客之烟茶糕果，更丰盛奢华，于是无不入其彀中。此种局面，一直持续至冯玉祥发生政变为止，为时一载有余。有人谓不减于王三公子之三万六千两雪花银。至于部中化名兼差之滥，亦属骇人听闻。如吴氏所捧之名旦某，即化名在参事上行走，月支三百元，甚至家中仆妇婢女侍役，均有兼差。以予所知，直系鹅毛扇子张志潭之三小子冯某，亦在部任卫队稽查，月支三十元。其余类似情形，当不在少数。交通部在西长安街路南，由部租大房一处作俱乐部，平常有台球、扑克、麻将、棋类等，春节加上牌九、摇宝，输赢甚大。凡遇婚丧寿诞，郑重其事，每演剧称觞。其时青衣名票蒋君稼即在部挂名参与提调，夸多斗靡。此其景象，能不乐极生悲耶。

说来牟

松　生

鲁鱼亥豕之误,自古而然。由是而望文生义,附会成说者,实繁有徒。此学之所以难言,以贤者亦所难免,故贵夫多闻阙疑也。尝读"周颂"之诗,至《思文》之篇,未尝不叹自汉世经学大师而已,然则下此又何算焉。考《思文》之诗,有曰"贻我来牟",《臣工》之篇,又曰"于皇来牟",康成郑笺则一以为火流为"乌五",至以谷俱来,此谓"遗我来牟";一则以为于美乎赤乌,以牟麦俱来。盖于二者皆以来为往来之来,而与或以"来牟"为麦名者大异矣。然牟既为麦,麦何以复为来。说固当有分,义乃于何从,故或者又以来作秾。《说文》以为齐谓麦为秾者是也。由是而又有以来为小麦、牟为大麦为春麦者。岂所谓齐东之语则然,抑齐诗有如是之读欤?证以鲁诗则不然。考《汉书·刘向传》于贻我来牟之诗作饴我釐麰,向自言釐麰麦也。亦不别言来为麦。但推饴我之言,以为始自天降而言来,非即以釐为来为麦可知矣。

知向所引为鲁诗者，以向为楚元王之后，元王从申公受鲁诗也。惟颜师古注则以釐为力之反，又读与来同。然究其所以为来者亦莫可得而言也。岂非颜以毛诗之作来牟，因而会通之，以申刘之传而然乎。其托之天降，殆郑氏笺诗命意之所由。惟郑所引，乃以《尚书纬》赤乌之说言之，为武王《泰誓》之文，与《思文》后稷之诗不合。寻《思文》之贻我来牟，固当为指后稷而言之。以后稷之贻，因为之来牟，斯则以来牟为麦名也。可谓之天降之牟也，可谓之福釐之牟，亦无不可。不待赤乌以俱来，又何俟夫小大之曲说。义既可知，事复有征。证以《五音集韵》，以釐为音胎，地名，邰后稷所封云，为得其实矣。故知向传之饴我釐麰即饴我邰麰，为后稷而言之，无待曲说可知矣。然地名之邰，实不作釐，其作邰者斄也。《五音集韵》亦有未尽，此又不可不知也。考《汉书·地理志》，右扶风下斄注云："周后稷所封"。师古曰："读与邰同，音胎。"是《五音集韵》之所本，而又以为釐者是也。皆由未知其本，而有如是之误相似之谈也。所谓鲁鱼亥豕，自古而然。子夏传诗，毛氏即有此误，古文之说不足信可知矣。盖毛诗之所谓来牟之来，实由斄之下而误也（斄亦作庲，尤为为近之）。向传之所云釐斄者，亦由斄之两有损益而然也。本不作来，亦不作釐，虽或以通假，或以音声而言之，要皆非其本之谓也。本实为斄，故师古于《汉书》注内斄字下不言来，釐下乃言来者，以斄即来釐之本，不待言也。吾之为是言也，非独此也。证以《急就章》皆可见也。世传《急就章》为史游所作，远祖仓颉古书，解散隶体而为之，今所传小学之书，迹犹有存者，莫古于此矣。考其文有云来土梁者。注云：来一作斄，此师古所见，而王伯厚所详者也。然究为来究为斄，以二家之说言之，亦无能辨。《急就章》有数家之书，而今亦多不传，独有所谓太和馆与松江本者，云是皇象书，是为最古之本。然亦残缺不全，则又何从辨其本为来抑为斄乎？幸松江本后犹有元时东吴宋仲温所补书存，则于师古书所谓来土梁者，固作斄土梁，不作来土梁，乃知《急就》古本原如此，自唐所见已然，与《汉书》注言邰，伯厚所补注皆合。故师古序以为首称，其以此为据可知矣。师古序又云，为之解诂，皆据经籍遗文，先达旧旨，非率愚管，斐然妄作。字有难识，随而音之，别理兼通，亦即并载。证以书中所谓亦作某之言，在皇书乃无不如此。近世孙渊如考异，引绍圣本《玉海》亦然，皆以斄为本，知其师古书原著来者,实师古书为之训解之例。据经籍遗文,先达旧旨,有作来者而言之,故反以来冠诸首,而注为一作釐也。说经家未能明夫此,引而通之,触类而长之,以正毛诗郑笺诸人之误,诚可惜也。苟明夫此矣,则贻我来牟,为贻我后稷之牟,于皇来牟,为美后稷之牟,岂不文义直截显了,来有其由,而字无虚设也乎?

忆思辨社

革痴

一九二零年左右,北京有"思辨社"之集。社员仅十余人,据所记忆者为:黄侃、邵章、邵瑞彭、杨树达、吴承仕、陈垣、尹炎武、洪泽臣、陈匪石、朱师辙、孙人和及余。每周聚餐一次,轮作主人,但必在主人家中。饭后尚有余兴,且谈学论辨,往往达于夜分。社中同人治学不同,各就所近研讨问题,从而又分若干小派,此自然所趋,原非有意为之也。当时各人职业不同。有在政界者,如邵章在平政院;陈匪石、孙人和在农商交通等部;吴承仕在司法部;洪泽臣在警察厅;邵瑞彭、陈垣在众议院;朱师辙在清史馆;在各大学执教者仅黄侃、杨树达、尹炎武及余四人而已。其籍贯则自南至北均有之。陈垣为粤人,杨树达为湘人,黄侃为鄂人,吴承仕、洪泽臣为皖人,邵章、邵瑞彭、朱师辙为浙人,陈匪石、尹炎武、孙人和为苏人,余为直人。总之皆南人,北方只余一人而已。后高步瀛加入,则直省有二人焉。其中除余外,各有专长,考据、词章、版本、目录、书法无不精深,彼时已有著述行世者十居八九。一九二五年冬,余出长绥远教育,离京出社,继以黄、陈、尹、洪等先后南下,社亦无形解散。今存者在沪杭者有尹炎武、朱师辙,在北京者有陈垣、孙人和,在东北有余等五人而已。然存者亡者,均有或多或少之著述行世。独邵瑞彭于九流之学,无所不通,书法直造褚河南,惜早逝于开封河南大学教授任内,身后萧条,积稿星散,几于片纸只字无从搜集,可慨已夫。

江北提督

丛 碧

清江苏巡抚恩寿,贪婪淫秽,江南官界皆知,然有奕劻奥援,自言江督指顾可得。既总督李兴锐出缺,朝命宁藩李有棻就近护理,而不及恩(当时江苏巡抚驻苏州,布政使驻江宁)。恩怂恿奕劻借事罢之,未几竟为周馥所得,盖袁世凯力也。时廷议以清江为南北要冲,裁漕督而设江淮巡抚。恩藉奕劻力调补,兴高气扬,修理衙署,一班走其门者,连翩赴淮,南京候补为之一空。未数月议撤,而恩苏抚原缺亦失,调河南巡抚,清江则添设江北提督,首任者为刘永庆,河南项城人,袁世凯系。刘机警权谲,在当时言敦源(曾任大名镇守使,内务部次长)人最难与,然刘犹畏之(此张勋对余言者)。刘后卒于任,接其篆者为王士珍。接王任者为段祺瑞。如刘不死,北洋派中地位尚在龙虎狗之上也。

寓姓闲章

　　闲文印章除用前人成句以抒襟抱，亦有寓姓氏为鉴赏收藏印者，必须确知原句所寓，否则误攀宗裔，贻笑大方。忆十数年前曾见一旧拓兰亭，系山东陈氏家藏，端末皆钤有圆形朱文"陈"一字印。下又有正方形"忠孝传家"白文印。细辨印泥色泽，断非别家所用。按此印当寓钱姓。吴越王钱俶对宋不战而降，死后宋太祖赞之以忠孝而保社稷。东坡荔枝叹句"洛阳相君忠孝家"，盖指洛阳留守钱惟演。此陈公不识本意，误作一般闲章钤用。寓姓闲章，有词语清新别饶风趣者。如已故印人孔昭来文叔先生，有"方兄不与我同家"，盖脱自《钱神论》，亲之曰兄，字曰孔方，言彼非为孔姓，与我不同家，寓孔姓也。余曾为梦碧社友王禹人先生篆"六朝人物谢之先"印，寓王姓也。丛碧词人有牙印篆朱文莲花，旁篆"六郎私记"小字，盖寓张姓。观牙质篆法，当为明印。又有京兆葫芦朱文印，亦寓张姓，于鉴藏晋唐宋元书画钤用之，更偶遇画梅时用之，盖叶画眉也。又一方为昔日得杜牧之书张好好诗，倩沪印人陈巨来篆"好好先生"四字朱文印。此三方有肖形寓姓，有寓姓叶音，有寓姓而双关文义，皆寓姓闲章之别开生面者。

王湘绮集外诗

稼　庵

　　湘潭王壬秋先生刊行之《湘绮楼全集》,计分文集、诗集、书牍三种,而近体诗及词不与焉。其近体殊不弱于古体。犹记《寒食过故居偶感旧事》绝句云:"今日清明揽地风,山花无复缀枝红。秋千不动茶烟扬,独自闲愁午梦中。"颇类樊川半山。又《祁门》二首云:"已作三年客,愁登万里台。异乡惊落叶,斜日过空槐。雾湿旌旗敛,烟昏鼓吹开。独惭余短剑,真为看山来。""寂寂重阳菊,飘飘异国蓬。孤吟人事外,残梦水声中。书卷千年在,亲知四海空。莫嫌村酒浊,醒醉与君同。"又《马靴山夜行呈弥之》云:"村舍犬惊吠,暮寒行客稀。乱余枯树在,愁罢白云飞。远路又将雪,故园应掩扉。烦君共尊酒,岁晚莫相违。"又《独游妙相庵观道咸诸卿相刻石》云:"成败劳公等,繁华悟此间。依然一片石,长对六朝山。花竹禅心定,蓬蒿战血殷。谁能更游赏,斜日暮鸦还。"又《春风》云:"远水接云昏,风沙暗送春。日迟骢马倦，花落小园贫。秀野濛濛白，荒塍历历新。飞埃来不近，愁是庾公尘。"均戛戛独造，为世传诵。

清代军机处之值房

伯　敏

　　清代军机处之设,始于雍正七年,尽人皆知。而
《松月堂日下旧见》注云在七年六月初十日。陈援庵
《二十二史朔闰表》,则在公历一七二九年七月五日。
至其值房之位置,初在乾清门内西偏,继迁隆宗门
内,今尚可指其处。军机处本为机密机关,随跸扈
从。如西苑值房,则在西苑门之北,中海之东岸,背
苑墙而面海,与宝光门隔岸相对。军机大臣等入值,
均准乘船以代步。圆明园值房,据《会典》云在如意
门内,《养吉斋丛录》谓如意门御河之南,为军机堂。
颐和园之值房,则在东宫门外之南,即今服务所茶肆
之地。若随驻跸,亦设值房。有行宫者以宫门左偏
之屋。若行营等处,则权设蒙古包,或一般帐房也。

阻修铁路

丛　碧

清时修铁路,刘锡鸿上折谏阻,因至迟修。刘为法国使差,往往敝衣趿鞋,举止蹒跚,最爱立于高桥梁之上,周望四处。其随员等尝劝之,刘怒曰:"你等不知乃翁意,欲使外邦人瞻仰天朝人物耳!"其顽固如此。又河南商水县李某(轶其名),为翰林院侍读学士,亦上折奏阻修铁路,内有"火车行驶,震动宫阙,所经之地,四十里内田禾为焦"等语。后李休致,乘火车回籍,乃曰"此甚便当也。"

曹魏仓慈手写《佛说五王经》跋

进　宜

曹魏仓慈手写《佛说五王经》残卷，经文存六十四行，自"是为八苦也"句起，至经文最末"日日不倦"句止，每行十七字至十九字不等。卷尾有题记三行，文云："景初二年岁戊午九月十六日敦煌太守仓慈为众生供养薰沐写已"，连上经文，共六十七行。此经卷纯楷书，硬黄纸，有直阑，出于敦煌石室，诸家皆未著录。初为李木斋所藏，现归于友人项城张伯驹先生处。余今岁春游长春，见于伯驹寓斋，惊为秘笈。现《大藏经》中有此经文，与《佛说孝子经》《五母子经》相联次。此卷前段所缺约七百字左近，与传世经文互相校勘，异同很多。大抵写本文字尚简，今文尚繁，仅凭写本文字，亦甚通畅，疑当时本有原译本及修改译本两种形式，而非古今本之同异。《三国·魏书·列传》第十六，有《仓慈传》，略云："慈字孝仁，淮南人也。太和中迁敦煌太守。郡在西陲，以丧乱隔绝，无太守者二十年。数年卒官，吏民悲感，如丧亲戚。"传中又叙仓慈在敦煌时,有劝农理讼用过所送西域胡贾至洛阳等事。魏明帝太和计六年,经过青龙四年,至写经之景初二年,虽有十二年时间,然自太和中叶算起,至景初二年,约共八九年之久,与《魏书》本传"太和中迁敦煌太守""数年卒官"之记载亦甚合。

经文中多用当时之制度及口头语,例如经文云:"官调未输亦愁。"《晋书·食货志》叙魏武帝初平袁绍,以定邺都,令收田租亩粟四升,户绢二匹,绵二斤。又叙晋武帝平吴之后,制户调之式。丁男之户,岁输绢三匹,绵三斤,女及次丁男为户者半输,其边郡或三分之二,远者三分之一。据晋志,户调之名,萌芽于曹魏时,正式于晋武帝时。据经文,户调之名,在曹魏时已经确立,此经文关于制度方面极重要之史料也。经文又云:"家人遭县官事闭系在狱。"两汉人用县官词汇有三解:一指汉代帝王;二指中央政府;三指县令长。经文则指县令长而言,与《齐民要术·种枣第三十二》引《杂五行书》曰:"舍南种枣九株,辟县官宜蚕桑",所指之县官相同。此经文关于当时口头语方面者也。

现在《大藏经》本经前后之编次为:《孝子经》(注

失译人名），《佛说五王经》（注失译人名，今附东晋录），《五母子经》（注吴月氏国居士支谦译），《分别经》（注西晋三藏法师竺法护译），《佛说越难经》（注西晋清信士聂承远译），《佛说罗天忍辱经》（注西晋沙门释法炬译）。《大藏经》虽以《佛说五王经》附在东晋时代，然编引在吴支谦所译《五母子经》之前，似又疑为三国时译品。今据此卷，可确知译在曹魏时，且疑为敦煌人士所译，或仓慈之自译，或润文亦未可知。

我国楷书，及传世写经，当以此卷为最古。现在吴衡阳太守《葛府君碑》额，论者以为楷书之祖，实为梁人之所书。或又以为真赏斋所刻钟繇《荐季直表》，亦为楷书之祖，此帖应非真本，发掘可靠之物，则首推魏甘露元年所写《譬喻经》（见《书道》卷三），尚迟此卷二十年。观其笔法，正由隶变楷，且出于仓慈名人之手，尤为可宝。无论以楷书开始来说，佛经最古之写本来说，在文化上皆有崇高之价值。

元仇远自书诗卷

丛 碧

纸本，高九寸许，长六尺四寸，行书字大如指，书七律诗十首（原诗不录，见《江村销夏录》）。后款识"士瞻上人，习定好修，与予晦翁笑隐长老三世交矣。求予文章，遂信手写七言十首塞白。上人其为我佛前忏悔绮语业，至治元年九月山村仇远书于北桥躬行斋。"卷前钤"山村民"长圆印、"南阳仇氏"方印各一。款识下钤"躬行斋""山村"方印各一。后释妙声跋，释弘道题诗，释守道、释道衍、释奕梁、用行、姚姓跋，皆洪武时。后正德丁卯卢襄师陈观。后嘉靖丙辰顾应祥跋云："卷后诸跋皆释子所书，字画不苟，岂皆贤而隐于衲者欤。"按：山村书不多见，诗宗白乐天，颇静退闲旷。余初见此卷，以书不似元人，他鉴定家亦有此看法。后再细审，乃知此看法大误。元人书皆不出赵孟頫范围。山村为宋之遗老，世称仇白，并时与张玉田以词相唱和，因入元为溧阳州儒学教授，遂列入元人，亦如侯壮悔入清取中副榜。盖彼时环境,不如此即须厕于释道矣。此固贤者之瑕。其书法与赵孟坚子固、张即之温夫,皆为南宋末体,仍为米元章之绪。子固特挺劲,温夫亦多姿态,山村则较拘谨,因其为醇醇儒者,书亦如其人之风度。以其书不似赵孟𫖯体而断以为伪,岂不大谬哉!山村书偶于跋语中见之,其自书诗则只有此卷,实较赵孟𫖯书价值为高。后释道衍跋,道衍即姚广孝。跋在洪武二十一年戊辰十二月望日燕山大庆寿独庵时,尚在为僧时。余曾见姚广孝伪书,飞扬纵放。此跋书体全出右军《黄庭经》,工整端秀,明王雅宜书甚近此体,可知作伪者以其人其书必剑拔弩张。亦如岳武穆世传伪书《出师表》,颇有飞𩾃之势。而不知南宋绍兴以后,书法有三体:为宋高宗黄庭经体;米元章体;苏东坡体。此为当时风尚。武穆书正是东坡体,《出师表》书体甚类祝希哲笔,当为明人所伪。又其《满江红》词亦为明人所伪,武穆词清新蕴藉,非苏辛体,皆后人为伪者揣摩其人,以为其书其词,必系如此,但明眼见之,正足以证其伪也。此卷由溥仪流失于长春,为郑洞国所有。后归薛慎微。薛以贷金与赵孟𫖯《饮马图》卷并质于余不赎。赵卷余让于厂肆,此卷捐赠于吉林省博物馆。

学书杂语

玉　言

米元章与薛道祖同时齐名，而二人唱和戏笑，乃有米薛、薛米之争。世人论北宋书家，习言苏黄米蔡，又有不以为平，而易其次为蔡苏米黄者。此皆无谓之纷纠，只堪后世话柄。何则？为此争论者，盖不知此等名次悉与书法高下无关，只是由于吾国语言中之特点而产生之现象耳。质言之，吾人取二字四字之语，以表某事，若意义不因四声次序而变动时，则此语常依四声天然之次序而排列之。盖如此，乃出语最自然、最得力、最顺口，亦最顺耳。是以于并举四家姓氏时，即依阴阳平上去入之次序而排列之，即苏黄米蔡是矣。其间初无轩轾之意存焉。推之至于欧虞褚薛，亦正尔也。更推之而至于南宋四大诗家，以谓尤杨范陆，与夫俗语之张王李赵，皆此一理。论者欲于此间索深义争抑扬，直是未明语言之自然所趋，及经点破，便觉哑然，然而不点破，有终身不解其故者矣。（若有人必欲于四家之中，以一己之标准强分等次，而重为排列，固无不可，此自别为一事，与吾所言者无涉，分别论之可也。）

古代无照像制版复印法，于法书名墨，思所得所肖而广所传，遂有摹拓法生焉。真所谓智巧生于计穷也。六朝至唐，此法已极精妙之能事，且有终身专业于此艺者。宋时苏颂题右军帖云："予向见二王书帖多矣，疑非真迹，应是响拓。然笔势圆劲，无毫厘之差，都莫能辨其是否。所可辨者，一纸数帖，及用硬黄耳。"即言若非缀摹数帖，同在一幅纸上，若非所用乃唐人硬黄纸，真不能辨其为摹本耳。北宋人此法未废，如米元章常能乱真，人习言之。而元章叙苏沂之精于此技；一曰沂摹苏家《兰亭》第二本（即舜元房本）毫发不差。二曰沂所摹张颠《贺八清鉴帖》，与真更无少异。三曰又摹怀素《自叙》，尝归余家，一如真迹，则其不复可辨，正与唐人无异。汇帖盛行以前，法书之传，盖未有不赖摹拓纸本者。汇帖既兴，兹事日益消亡，元明仅有闻者。汇帖虽亦不能离乎摹勒之技，然其钩摹止为上石，终与拓为墨迹有间。既经上石，复多一层刊刻之工。既经刊刻，复多一层搥拓之工，其间精粗高下，众手不一，既不能悉遭良匠，出入遂巨，而去真迹日远矣。此为吾国书法史上一大关纽。

临摹二字，书家往往随意而用，虽黄伯思详辩于前，后之人亦不能严其区别。惟摹拓又自分数种。《紫桃轩杂缀》卷三有一则："唐人崇事法书，其治书有四种：曰临、曰摹、曰响拓、曰硬黄。临者，置纸法书之傍，眦睨纤浓点画而仿为之。摹者，笼纸法书之上，映照而笔取之。响拓者，坐暗室中，穴牖如盎大，悬纸与法书映而取之，欲其透射毕见，以法书故嫌色沉暗，非此不澈也。硬黄者，嫌纸性终带暗涩，置之热熨斗上，以黄蜡涂匀，纸虽稍硬，而莹澈透明，如世所为鱼枕，明角之类以蒙物，无不纤毫毕见者，大都施之魏晋钟、索、右军诸迹。以其年久本暗，又所宗师，故极意取之也。"（李君实往往摘录前人成说以入己书，此则或亦有本，兹但借以为例，未暇寻检有无出处。）观此则同是摹也，而方法等差有分矣。然犹有可得而言者，此三种摹，皆指摹仿书，即如小学生写仿影是也。虽有底本可凭，仍是一直写去，并非涂描。若双钩廓填，乃是摹中之别法。此即先钩四圈轮廓，为空字画，而后实以墨耳。是以米元章又言："天气殊未佳，颜鲁公帖，绿枣花绫，是唐人勾填，圈深墨浅。"此语最为明白。于此可知唐人硬黄书，非皆用钩填法也。余又读《柳待制文集》卷十九,题唐临吴兴二帖云:"临书始于右军,而滋盛于欧褚,惟其过之,是以似之耳。于时诸葛政、冯承素、赵模、韩政,又专事《兰亭》,其后临学之家,稍稍相沿而起。今《兰亭》及钟、王、郗、谢诸帖,临本犹有存者。然钩摹响拓,又各殊品。钩摹以填白易失精神,响拓非至精至熟,则不能近之。此吴兴二帖,方圆转折,应规入矩,出于能笔无疑。"云云。益征双钩与响拓分别极大,元人尚备谙其理。盖双钩乃即时可为,而响拓必须先习此帖,已至精熟之境,乃更复硬黄于原本之上,而落笔直写焉。故其能事在于既得位置形似,又得精神意态,仅下真迹一等,骤视直不能辨,如苏颂所见耳。此须大书家始能办,艺也,而非技也。后来大抵于此双钩、摹拓,又不知区别,混然一词以了之矣。明乎此,然后可以不待诘问唐人硬黄与明清丛帖,既同属摹拓之工,何以又横生歧异,妄为畦畛。盖丛帖家纵极精能,止是双钩好手,断无响拓之书家工夫本领也。况又钩者刻者,先有赵松雪、董香光一辈风格,梗塞于知见中,无不参杂元明,走作晋唐也。吾人学书,不可盲目迷信往古,更不可不分析科学道理。

以上云云，只就一般情况而言。若钩填虽不能如响拓之流动自然，多得意趣，而锋铩毫芒之间，最存其真本之细节，亦即笔法之眼目。真实可靠，过于摹书。是故二者各有利弊。况两种工手，又复各自有其技艺才能之高下不侔，亦非谓凡响拓必佳，而双钩必劣，总须分别论断也。意其高者，必是能于钩拓之间，用长舍短，能兼美而不使两伤者焉。于何悟是理？则米元章不亦尝云乎：苏耆家《兰亭》第二本，是最能得真者，而"观其改误数字，皆率意落笔所书，余字皆钩填，清润有劲秀气，转折毫铩备尽，与真无异，非深知书者所不能到。世俗所收，或肥或瘦，乃是工人所作，正以此本为定。"细玩此段语意，正即吾上文所论之理也。又吾向尝与友人以书札讨论某名迹，以为吾人既明明知其为摹本，而观之，又直似落笔自运者。此何理耶？蒙友复书云："谛观其本，实是描写兼施，颇似原迹。饱满之笔，则放手写之。枯笔破锋处，则描补之。窃恐唐人摹拓，实具二法：纸暗者则钩填；纸明者则照格仿写。此纯出臆度，不敢乱道也。"其末二语，犹存虚怀，不作断语。余则以为此诚灼见真知，无复疑义，非精研名迹而又自为书家者，断不能冥悟至此，臆度云乎哉。以上皆就唐摹佳本言也。若明清丛帖手，有可望兼是二美者乎？

汇帖兴而摹拓亡，为书法史上一大关纽，略论如上述矣。而前乎此更有一大关纽，尤须加以体认。此关纽维何？即印刷术之发明是也。自唐而前，凡书籍悉凭手写，读者人人自运，不待言矣。即佣书手亦极书法之能事，盖其人往往世业，笔法代代相承。又方以类聚，彼此观摩，虽千百人风格各异，而自笔法言之，如出一手。又终生从事于此临池之工，远非后世书家所能企及，是以当时之人，目中所见，腕下所运，无往而非书法，无待苦学而亦不失其步趋矣。印刷术既兴，写本日益减少，刊本逐渐流行，终至全取而代之，此在文化史乃一极其伟大之进步也。而自学书者言之，目中所见，遂罔非梨枣僵硬之刀刻字。若转而求之碑版，则亦复一色岩石僵硬之刀刻字。欲得墨本榜样寻求用笔之法，其难乃不啻倍蓰之比矣。积之既久，笔法笔致与昔自异。而晋唐历久相承之法，当时既非奥秘，亦不玄虚，存在于现实生活者，至是乃不复见。少数书家虽苦追冥索，而亦以古人为高不可攀，行不能至者焉。书论家往往于唐宋之间划一分界线，以为自唐而前，迥是一种书；自宋而后，又迥是别一种书，但见其现象，而不悟其缘故,乃一归之于运会,不能解释事理,必遁入于不可知之玄论中。今试贡一疑,何以君所划之书法变化分界线,适与写本、刊本之变化分界线时代密合无间如此?恐未有不恍然而有会者矣。

明乎是理,则魏晋六朝人学书时,对于碑刻之关系如何,亦自不难迎刃而解。俗传王右军题《卫夫人笔阵图》有云:"又八分更有一波,谓之隼尾波,即钟公《泰山铭》及魏文帝《受禅碑》中已有此体。""余少学卫夫人书,将为大能。及渡江北游名山,见李斯、曹喜等书,又至许下,见钟繇、梁鹄书;又至洛下,见蔡邕《石经》三体书。又于从兄洽处,见张昶《华岳碑》,始知学卫夫人书,徒费年月耳。遂改本师,仍于众碑学习焉。"此等嫁名右军之书论,前人已以种种考证订为伪作。其实何待考证其种种矛盾不通,即此所引一段,望而可知为后世人语。夫右军之时,墨迹之世也。即其稍前,汉魏遗笔,为时甚迩,未遭毁劫,亦并非如后世之稀见,宁有舍肉笔(此二字借日本语,觉最能说明问题)而有待乞灵于石刻之理?但稍寻思,便觉其作伪声口之异常可笑矣。古代刻石,其目的无过纪功、颂德、志事而已,其时本不以此为书法之传,故其时书人姓名见纪于石者千不一二。

蔡中郎以工书名，相传丰碑多出其手，及后世所得汉末碑刻，虽有种种附会想象，欲将某碑某刻归之于中郎名下以为之重，亦始终不能获半字之证明，其故尚不可思乎？即以《熹平石经》而言，史册记当时情景："邕以经籍去圣久远，文字多谬，俗儒穿凿，疑误后学。"乃与数人"奏求正定六经文字。灵帝许之，邕乃自书册（册一作丹，殆后人妄改）于碑，使工镌刻，立于太学门外。于是后儒晚学，咸取正焉。及碑始立，其观视及摹写者车乘日千余辆，填塞街陌。"此言本极明显。盖当时盛况若此，只为其碑乃官家新颁布之经籍合法定本而已。往观者、抄写者亦只为取正其文字以正定私本之传讹而已，曾何预于书法之事乎哉！

犹忆少年时与一同窗往观某处之书法展览，归途，余质之曰："君今日所得印象若何？"同窗答云："余不解书，不敢妄加评论。第有一感想，但觉满室琳琅，都无挥洒之趣，只是墨色之碑耳。余乃大外行，作此大外行语，供君一笑如何。"当时聆之，以为戏语耳。自后思之，其中实有至理。正因是外行，故能中无成见，冷眼察物，而一语破的也。刻石之刚刃，本所以不得已而勉传柔翰，今乃欲以柔翰强效刚刃,以活工具而作死书,孰为得其本末,亦在学者思之而已。

是故综而论之。刻石、镌木、捶拓、传摹,于是中以求书法,此皆后世晚起而不得已之方法耳。其事理既无二致,其得失亦各相准,而书家宗派,方纷纷而争碑帖之门户矣。在科学未发达时,无摄影制版印刷之法,只能求之碑帖,有何非难之可云。及于今日,武威之简、敦煌之卷,瑰宝满目,皆千百年来学书人梦想所不得见,又有科学复制法以济之,可以化身千亿,无毫发之走失,不于此考研笔法源流,犹欲囿于前人玩碑弄帖之陈习,则不知其为智为否也。

抑吾为是说,略无一毫轻视抹杀碑帖之意在。在古代之条件下,吾国乃能有此艺术发明创造,为世界所独,正应珍贵,何容轻视。其精者巧妙高明,至令人不能想象其良工苦意,应是何等惨淡经营方能达于若彼之境地。况妙刻佳拓,观其字口刀法之精能,纸墨毡蜡之可爱,其本身即为一种价值极高之艺术品,而复何轻视之有。然自是一回事。正如金石著录家,碑帖收藏家,不即等同于大书家也。尚不必论碑刻,有全不知书之匠人,信手剜凿,直不成字者,而迷信者亦奉为至宝,甚至愈丑拙者愈以为高古难及焉。为学书计，则不容不稍稍探求真源，破除故习，庶不为陈见假象所囿。若碑若帖，皆足资书学之参考，供书法之营养，是在善于利用，尤在深于认识。学书更不同于玩古董，观乎清代扬碑抑帖，护南攻北，纷纠折腾，非不力图另辟新境，而其终也，成就若何？流弊若何？自今而后吾国书法发展应如何推陈出新，后起居上？此则凡在学人，所宜鉴诸往辙，而一作深长思者也。

严范孙轶事

轶　伦

天津严范孙先生，物望甚隆，虽妇孺无不知有严先生其人者。入民国后专从事于教育事业，有功士林。一九二九年遽以沉疴不起，沽上士民莫不痛悼。相传先生逝世前数月，曾与友人小饮于大胡同真素楼，为学界张君所创办，先生固常来此宴饮者也。时在座者有邓君，亦从事教育者，及先生之旧友马君等。马君身材魁梧，邓君则矮短。马君戏曰："吾二人可称'马高镫（叶邓）短'，诸公有以对之乎？"座中或有以'牛鬼蛇神'为对者，先生则嫌其不工，亦遂置之。直至夜阑席散，相与起立欲归时，先生忽曰："吾辈可谓'人去楼空'矣，以此为对何如？"诸人无不抚掌称善。不数月而先生归道山，或有疑为谶语者，其实乃偶然巧合耳。

唐过海大师鉴真碑

君　坦

扬州法净寺，旧为南朝大明之故址。云盖踵栖灵之胜，蜀冈标独行之称，琳宇千年，平山四望。规天冠之爽垲，绀马朝翔；涌香界之庄严，青鸳岁古。粤在有唐中叶，鉴真法师，实卓锡于兹焉。

大师俗姓淳于，扬州江阳县人，慧炬夙明，禅枝早茂。悟天龙于一指，证石鹭于三生；毓灵桑梓之邦，擢秀檀林之域；仁祠立迹，辟三乘之津梁；沙界谒师，挈千山之瓶钵。以某年月住持寺任，激扬烦荫，挥觉剑而破邪山；祛发盖缠，炳智烛而照昏室。所以宏愿誓，振沈黎，汲引被于群伦，济度该于庶品。元津法乳，承熏沐者四万千人；荜路初基，奠精蓝者八十余所。遐陬向往，道俗皈依，度世之规，有可徵述：

盖自鹫岩西闳，象教东流，戒律浸埋，宗元或替。维时，有东瀛僧侣荣叡、普照者，负笈观光，听经问业，吁祈东渡，传律彼邦。三千弱水，阻蓬渚之回飙，十二因缘，载慈航而普度。千艰备历，百折不挠。裹粮松叶，修途企无相之虔；断港石帆，愿力翊平舆之迹。卒登彼岸，奠缔胜因。唐禅上院，演律法于六宗；汉月天台，尊讲坛之二圣。衣冠膜拜，銮辇贲临。四天结法会之坊，十地尽禅门之侣。羯磨法嗣，启曜青宫；绣偈袈裟，所辉长屋。是曰弘法。其可述一也。

夫收视返听，定慧炳于心灯；嗅味谙香，功德颺于理瀹。银海之波澜不起，虚室长明；灵枢之胗絷潜通，青囊术具。遍洒杨枝之水，静参蒼卜之馨。琉璃光转，绣为极乐药师；芝石经幡，垂作外台秘要。乃复冥搜坠简，口授真诠，勘檏牒丛残，订仓书之正字。悉厾扬旨，穷雕贝叶之文，受莂在心，敷赞珠林之典。肃灵椒于宝印，画壁祥腾；栖妙果于香城，旃檀像设。得使神州文藻，焕异采于遥溟；金殿奂轮，记考工于重译。是曰翼善。其可述又一也。

是知降魔运杵，忠信可涉波涛；正法开幡，声考自弥宙合。寓车书之先导，弹指而现华严；作丹楫于中流，破浪而超苦海。光华震旦，写入龙龛；海若波臣，胥皈狮座。演泽罩于众兆，迁拔被于恒沙。八梵呗音，微言毕显；五洲檀越，文轨同趋。以视布金须达，止表精舍于给园；入火阿难，但起浮图于两岸。

造福洪纤,胥有判矣。是曰广化。其可述又一也。

泊以唐广德元年,圆寂于日本奈良唐招提寺,春秋七十有七。其国主追谥为过海大师,事详僧思托《东征传》记。

今者,邢景云遥,世逾十纪,相轮猋转,石室空徵。鸯摩哀白氎之经,鸽王谒金表之相。钟鱼法会,送东海之潮音;香火丛林,郁淮南之烟树。九天刀雨,悉化祥云;百劫泥犁,同登乐域。檀波不竭,曾表头陀之碑;天琴幽鸣,亦铭相官之寺。用是伐珉勒篆,奠式禅宫,辞曰:

淮左名都,开天纪世,昌昌物华,英英开士。

晼谢尘栖,高标月指,圆音渊湛,正信岳峙。

大云垂天,无覆不周,沦溟靡垠,翕纳万流。

扶桑有国,同文共洲,未窥宝律,来迓祥桴。

日广善缘,迷津渡汝,裹我糇粮,载戢帆橹。

轩然拂衣,群疑众阻,水有蛟鼍,陆横豺虎。

崎岖于役,蹉跎十霜,头童欲雪,目眊而盲。

及门星稀,傔从走僵,卒造愿海,宏开道场。

金口琅琅,法筵济济,百城翘瞻,七众欢喜。

公卿趋跄,帝尊来礼,俯大九洲,履三摩地。

翻经罗什,传律昙柯,精椠冥勘,龙文手摩。

璧藻华鬘,香幢贝螺,文化输溉,视此先河。

医王之仁,释伽所锡,百草遍尝,千金作翼。

药圃灵芽,玄珠秘籍,满月悬容,妙香参息。

维摩示寂,道整不归,峨峨招提,照海一隈。

唐风宛在,沧尘坐飞,溯洄玄枻,是式是依。

维扬有山,挂锡经始,千龄刹那,万象平视。

鬘天往来,祥光尺咫,大千无量,德音昭只。

平平淡淡恰是真

——怀念我的姥爷张伯驹

一、写在前面的几句话

岁月如流,今年的 2 月 12 日,是我的姥爷张伯驹先生诞辰 120 周年。

还是在去年入春,南开大学出版社的编辑找到我,告知准备重新出版姥爷于 20 世纪六七十年代所编撰的《春游琐谈》,并问我是否愿意也写下一点纪念文字。初闻此讯,我先是感到意外,因为距此书初成已过去半个多世纪了,未想流逝的时光并没有带走人们的记忆。意外之后便是感动。我被出版社的诚意所感动,在一个讲求经济效益的时代,出版一本五六十年前的文人旧著实无甚利益可言,若非存为往圣继绝学之念,怎会付出至此?我也为姥爷所感动,他真是一个聪慧的老人,当年在这本书的"序"

中,姥爷曾写下过这样的文字:"他年或有聚散,回觅鸿迹,如更面睹。此非惟为一时趣事,不亦多后人之闻知乎!"这些话仿佛正是出版社此举的最好注释。姥爷是 1982 年 2 月 26 日过世的,算来已整整 36 个年头。这 30 余年中,有关他的回忆、纪念文章,在海内外报刊、书籍上从未间断;他的传记也已经有多个版本问世。这些文章和书籍的作者既有他的知心老友和老一辈的文化人,亦有与他素昧平生或未曾谋过面的晚生后学。其实不论作者是何人,读到相关文字,我都会为之感动。

在姥爷 120 周年诞辰之际,我原本就曾想过写下几行纪念文字,于是就答应了出版社写这篇纪念文章。虽是如此,我的内心还是颇有顾虑。其一,《春游琐谈》一书,是姥爷于 20 世纪六七十年代任吉林省博物馆副馆长期间,与一些意趣相投的文人学者们共同撰写的一部杂记,内容涵盖了金石、书画、历史、轶闻、风俗、游览、考证、掌故等多个方面,积日成书。全书作者共有 36 人之多,其中姥爷撰文 50余篇并负责编辑。坦率地讲,由于能力有限,对书中所载诸事诸物,我并不完全熟悉;对撰文的作者,也只是在与姥爷共同生活时期,对其中的几位略有了解。所以对此书的重新出版,我无法提供很多有实质性帮助的意见。其二,多年以来,记述姥爷的文字,大多着眼于他是一位大收藏家、书画家、词人或戏曲家,间或还有夸大的"传奇"与"逸闻"。其实在我的眼中和内心深处,姥爷实实在在只是一个慈善的长者,他给予家人和我的爱,才是我最真切的感受。不知道写这样普通平常的文字是否符合出版社的要求,但几经犹豫,我还是动笔了,因为坚信褪去那些所谓的"光环",平平淡淡地写出一个真实的姥爷,才是正确的选择。

二、"西餐"折射出的爱

在我的记忆中,姥爷是个生活朴素的人,特别是晚年的生活。诚然,在他的一生中,确实经历过常人难以企及的大富与大贵,但也经历过常人不可想象的贫困与失落,更忍受过常人难以忍受的磨难与坎坷。但这一切都没能改变他坦荡、豪爽与率直的本性。姥爷生活上没有沾染过任何不良嗜好,在我的印象中,衣着上他常年只穿中式的布衣布衫、布袄布裤,干净、舒适、得体即可,从不刻意装扮;饮食上,他虽曾遍品各大菜系,但在家中对饮食也从不挑剔,唯独有一点除外,那就是对西餐情有独钟,这或许也可以称为是他的"嗜好"吧。

说到西餐,20 个世纪 70 年代是个生活物资十分匮乏的年代,北京的西餐厅屈指可数,最出名的当属位于北京展览馆的莫斯科餐厅("文化大革命"中曾一度改名)。在我陪伴姥爷生活的数年中,曾几次造访过这里,但印象最深的却是两件事。其中一件为我亲历,另一件是后来从他老友的记述中得知的。之所以印象深刻,是因为这两件事比起仅仅吃顿西餐,更能从中感受到姥爷对家人的爱和对文化事业的执着。

先说后一件事。1995 年,画家黄永玉伯伯的画册出版,其中有一幅题为"大家张伯驹先生印象"的画作。画家在题记中记述了一次在莫斯科餐厅邂逅姥爷的情景。当时姥爷只身一人在餐厅,要了一份红菜汤和四片面包,喝完汤后将果酱、黄油涂抹于面包上,并小心翼翼地包好,这是准备带回去给姥姥品尝的。此情此景让黄伯伯无限感慨,一位将价值数以亿计的多件国宝无偿捐赠予国家的老人,如此坦然地面对自己窘迫的生活,且窘迫中仍不忘自己的家人。时隔 9 年之后,黄伯伯仍记忆犹新,于是动手

用这幅画作留下了当时的记忆,并在题记中写道:
"富不骄,贫能安,临危不惧,见辱不惊,……真大忍
人也!"我每每翻阅此画作,都会眼眶湿润,的确,这
就是真实的姥爷!

前一件事则为我所亲历。1977 年,姥爷过虚岁
80 寿辰(中国很多地方讲究"做九不做十"),因为姥
爷爱吃西餐,在莫斯科餐厅提前订下了寿宴。生日
那天,他的许多老友和学者都前来祝贺,包括:田个
石先生、沈裕君先生及夫人、萧锺美先生、夏承焘先
生及夫人吴无闻女士、黄君坦先生、徐邦达先生、童
第周先生、周汝昌先生、刘志学先生及夫人、周笃文
先生、楼宇烈先生等(有关寿宴的情况我曾于 2018
年 2 月 10 日在《北京晚报》的"五色土"专栏中做过
详细记述,在此不再赘述)。其实摆下如此规模的寿
宴,除过生日外,姥爷心中还藏有一个秘密。在宴会
开始前,他道出了这个秘密,就是乘过寿之兴,借此
"文化大革命"结束、国家开始恢复正常并走向盛世
之机,邀各位老友与他一道组建一个创作诗词的词
社。姥爷一生酷爱诗词,这也是他一个多年的心愿,
这一倡议得到各位老友的热烈响应。此后,于 1980
年由姥爷执笔,夏承焘、张伯驹、周汝昌就成立"中国

韵文学会"一事联名致函时任文化部部长的黄镇同志,后"中国韵文学会"终于1984年在长沙正式成立。此时虽然距姥爷去世已近两年,但最终是了却了姥爷一个未竟的心愿,相信他得知此事,也会含笑九泉。

三、我人生的指路人和护佑者

姥爷一生所喜好的,无论是收藏还是诗词、书画、戏曲,都体现出他对中华优秀传统文化的推崇与一力传承的至意。有关他在这些领域的成就与造诣,无需我在此多言。我想说的是,姥爷对中国传统文化的热爱,使我在他的循循诱导和教诲下、在他潜移默化的影响下,更是在他的亲切关爱和鼓励下,选择了自己的人生道路,并受益无穷。

小的时候,我见到姥爷的机会并不是很多,20世纪60年代,他和姥姥一直在吉林,70年代初他们返回北京后,姥爷的形象才在少年的我眼中变得逐渐清晰。记忆中与他在一起的时候,除了到公园玩耍,陶醉于自然景色之外,更多是侍立一旁看他与姥姥和朋友们吟诗作画,间或他会教我弹奏一两首古琴曲。长大后,特别是我高中毕业由西安转回北京，得以侍奉在他的左右后，这些场景就更常见了。

　　在一些人眼中，姥爷是一个大收藏家，其实收藏对他而言，多是20世纪三四十年代和中华人民共和国成立初期之事，至70年代，家中实已没什么可称得上是"国宝"或珍贵文物的藏品，"收藏家"云云早已是徒有虚名。而他一生中除收藏外还有两大爱好——京剧和创作古体诗词及书画。前者当时尚在"样板戏"独大的时空中，且与他相熟相知的名伶票友，多已故去或散去；但后者却不同，它们能不受时间、空间的限制，所以陪伴了姥爷一生。姥爷9岁即能吟诗，30岁上开始学词，此后一发不可收拾，一生作词达数千首，仅1985年中华书局出版的《张伯驹词集》就录词达千余阕。在他去世前一日，还作七律诗一首，寄怀远在海外的好友著名画家张大千，并赋《鹧鸪天·病居医院至诞辰感赋》词一首。诗词之外，姥爷还深谙楹联学之精妙，最广为人知的当属1972年他为陈毅元帅所作的挽联，受到同为大词人的毛泽东主席高度赞赏，成就楹联史上一段佳话。

　　在与姥爷、姥姥共同生活的数年中，耳濡目染，

附　录　**665**

我也渐渐爱上了中国传统文化。我于诗词不通，但对中国书画却很偏爱，这是因为在那些年中常看姥姥画画儿。我的姥姥潘素，擅长工笔重彩山水画，当时姥爷年事已高，很少再动画笔，但常会在姥姥的画儿上题字作诗，而我常在一旁或研墨洗笔或伫立观看。有一次姥爷见我神情专注，就对我说，你可以学习书画修复装裱，一是掌握一门技艺，二是以后姥姥的画儿就可以由你来装裱。未曾料想，就是这句话，成为了我一生奋斗的目标。1982年，我选择到首都博物馆工作，其后进入博物馆的文物保护中心从事书画的修复、装裱，一干就是30多年。中间虽也遇到过困难和曲折，但每逢困境，一想到姥爷的教诲和经历，动荡的心就会很快平复下来，咬咬牙挺过去。因为我不愿让他失望，也不愿在自己喜爱的事业道路上半途而废。30多年来，在自己的专业领域中，可以说是小有成就，但我最大的心愿，却是希望能亲口告诉姥爷、姥姥："你们对我的期望，我做到了。"

原想写的几行文字，到此本该住笔了，但突然又想起一件不算大的陈年往事，就以它作为结束吧。那是在20世纪70年代后期，我从西安回京后还没上班，每周都会陪姥爷从位于后海的家中到北海公园静心斋中央文史馆去上班。当时的中央文史馆聚集了一批"文化大革命"中劫后余生的老一辈文化人，其中有许多我熟悉的爷爷和奶奶们。那时的静心斋尚未对社会开放，水池中倒映着亭台楼阁，让人一眼望去真的能心静如水。在静心斋里，我见姥爷与大家时而严肃地讨论问题，时而开心地大笑，虽然我不清楚他们在谈论什么，但那阵阵发自内心的笑声，常常会触动我，因为其中充满着如迟到的春天所散发出的勃然生机。记得当时我听说李淑一奶奶也在文史馆里，十分想见一见她。知道这个名字是因为读毛主席的诗词《蝶恋花·答李淑一》，想见她也无非就是想了解毛主席笔下"君失柳"的"君"，该是什么样的人，可惜未能如愿。

那一段时光，该是自"文化大革命"以来姥爷最愉快的时光之一，而每周上班路上祖孙俩的相伴而行，也成为我对姥爷最难忘的记忆。几年后，姥爷走了。又过了几年，静心斋经重修后也对外开放了，我与几位博物馆的同事在开放之初还去了一次。再见到的静心斋，尽管风景依旧，却已物是人非。园中游人如织，幽静的景象难以再现，唯有笑声仍是不绝于耳。如今,我还会不时地和家人一道上静心斋走一走——姥爷若在天上有知,定会知道不仅是我们作为家人不会忘记您,这世上还会有很多人也都记得您,南开大学出版社重出您的《春游琐谈》,就是最好的证明。

楼朋竹

2018 年 2 月 25 日夜

写于北京丰台家中